Wer bestimmt darüber, wer wir sind? Unsere Herkunft, die Familie, wildfremde Menschen? Ein verschwundener Vater, ein deutsches Gericht, orthodoxe Rabbiner? Lola ist in Ostberlin geboren, ihr Vater macht erst rüber nach Westdeutschland und geht dann in den australischen Dschungel. Sie wächst auf bei ihren jüdischen Großeltern und ist doch keine Jüdin im strengen Sinne. Im Sommer 2014 reist sie nach Tel Aviv, zu ihrem Geliebten, Shlomo, der vom Soldaten zum Linksradikalen wurde und seine wahre Geschichte vor ihr verbirgt. Lola verbringt Tage voller Angst und Glück, Traurigkeit und Euphorie. Dann wird sie weiterziehen müssen. Hartnäckig und eigenwillig, widersprüchlich und voller Enthusiasmus sucht Lola ihr eigenes Leben.

Mirna Funk wurde 1981 in Ostberlin geboren und studierte Philosophie sowie Geschichte an der Humboldt-Universität. Sie arbeitet als freie Journalistin und Autorin, unter anderem für »Neon«, »L'Officiel Germany« und »Süddeutsche Magazin«, und schreibt über Kultur und ihr Leben zwischen Berlin und Tel Aviv. 2015 erschien ihr Debütroman »Winternähe«, für den sie mit dem Uwe-Johnson-Förderpreis 2015 für das beste deutschsprachige Debüt ausgezeichnet wurde.

Weitere Informationen finden Sie auf www.fischerverlage.de

MIRNA FUNK

──WINTERNÄHE──

Roman

FISCHER Taschenbuch

Erschienen bei FISCHER Taschenbuch
Frankfurt am Main, Juni 2017

© 2015 S. Fischer Verlag GmbH, Hedderichstr. 114,
D-60596 Frankfurt am Main

Druck und Bindung: CPI books GmbH, Leck
Printed in Germany
ISBN 978-3-596-03348-5

Für A. M.

Das wahre Bild der Vergangenheit huscht vorbei. Nur als Bild, das auf Nimmerwiedersehen im Augenblick seiner Erkennbarkeit eben aufblitzt, ist die Vergangenheit festzuhalten. ›Die Wahrheit wird uns nicht davonlaufen‹ (…).

»Über den Begriff der Geschichte«, Walter Benjamin

―――――――――――――― PROLOG

Lola nahm einen schwarzen Kajalstift aus ihrem Lederbeutel, beugte sich über das Waschbecken, so dass sie sich besser im Spiegel sehen konnte, setzte ihn über ihrer Oberlippe an und malte den Bereich ihres Philtrums vollständig aus. Dabei entstand ein anderthalb Zentimeter hohes und ein Zentimeter breites schwarzes Rechteck, das aufgrund der Glitzerpartikel im Kajalstift leicht schimmerte. Sie wusch sich die Hände, trocknete sie mit grauen, rauen Papiertüchern ab und ging zurück zum Gerichtssaal. Als Lola die Tür öffnete, befragte der Richter gerade die Angeklagte, die sich auf Facebook und Instagram Karla Minogue nannte und in Wirklichkeit Manuela Müller hieß, zu dem Vorfall im Herbst 2012. Der zweite Angeklagte, Olaf Henninger, saß zusammengesunken auf seinem schwarzen Stuhl.

Niemand außer David Frenkel, Lolas Anwalt, bemerkte, wie Lola den Raum betrat. Was in den wenigen Sekunden passierte, bis David bewusst wurde, was Lola getan hatte, sah eigentlich nur in Slowmotion so richtig gut aus. David blickte kurz zur Tür, als Lola reinkam, und lächelte sie automatisch an, genauso wie man Menschen eben automatisch anlächelt, denen man emotional zugetan ist. Dann drehte er sich genauso automatisch wieder zum Richter um. Und obwohl David mit dem Rücken zu Lola saß, konnte sie sehen, wie der Schock durch Davids ganzen Körper fuhr. Sie konnte sehen, wie er seine Hände vor das Gesicht legte. Und sie konnte sehen, dass er nicht sicher war, ob er sich jemals wieder zu ihr umdrehen sollte. Aber David drehte sich um und mit ihm auch alle anderen Personen, die sich im Gerichtssaal befanden. Die Protokollantin, die ein dunkelblaues, schlechtsitzendes Kostüm trug und rechts neben dem Richter am Fenster saß, drehte sich zu Lola. Der Richter, der eigentlich nur aus einem schwarzen Umhang und einem kleinen Kopf bestand, drehte sich zu Lola. Die Angeklagte, der Angeklagte und der Verteidiger drehten sich zu Lola. Sie alle starrten auf dieses schwarze Rechteck über Lolas Oberlippe, das symbolisch für den Führer stand, also die Person, die in Deutschland öfter auf dem Titelblatt des Spiegels zu sehen ist als jeder andere prominente Mensch, obwohl man ihn angeblich so sehr verachtet.

Lola setzte sich neben David. Der Richter schüttelte den Kopf, und der Verteidiger rief: »Herr Richter, das geht so nicht. Das muss unterbunden werden!« Weil keiner der Anwesenden seine Gefühle in irgendeiner Form kontrollieren konnte, vibrierte der Raum auf eine sehr angenehme Art und Weise. Und genau diese Vibration führte dazu, dass Lola zum ersten Mal an diesem Vormittag im Juni 2013 mit dem Verlauf der Verhandlung ernsthaft zufrieden war.

Dann wurde alles wieder schrecklich deutsch, und der Richter bat David zu sich ans Pult und flüsterte Dinge in sein Ohr. David kehrte zu Lola an den Tisch zurück und sagte leise: »Du musst jetzt leider den Gerichtssaal verlassen, Lola. Der Richter fühlt sich despektierlich behandelt. Was hast du dir nur dabei gedacht, Mensch. Das hätte echt nicht sein müssen. Lass uns später sprechen. Ich versuche hier mein Bestes, okay? Und dann ruf ich dich an, sobald die Verhandlung vorbei ist.« Lola überlegte kurz, nicht zu flüstern, sondern ziemlich laut zu schreien, nahm aber nur ihren Lederbeutel vom Tisch, stand ganz langsam auf – eigentlich viel zu langsam – und schaute den Anwesenden noch einmal in die Augen. Sie schaute Manuela Müller in die Augen und auch Olaf Henninger, dem Verteidiger Schulze, dem Richter Dr. Frank Schlapp und sogar der Protokollantin. Bevor sie hinter der Tür verschwand, winkte sie David kurz zu und machte heimlich aus der Hüfte einen Hitlergruß.

Auf der Turmstraße vor dem Eingang des Kriminalgerichts flog Lola der Sommerschnee ins Gesicht. Die Pappeln hatten spät begonnen zu blühen. Sie überlegte, ob sie Max anrufen sollte, ihre engste Freundin, aber Max würde sagen: »Hör mal, spinnst du!«

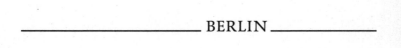

1

Dass es überhaupt zu einer Gerichtsverhandlung kommen musste, war Manuela Müller und Olaf Henninger zu verdanken. Manuela war eine kräftige Brünette, die immer einen Tick zu schnell und zu affektiert sprach, um von ihrem Umfeld so ernst genommen zu werden, wie sie es sich erhoffte. Manu arbeitete als Verkäuferin bei COS in der Neuen Schönhauser Straße und ging am liebsten ins *Dolores* Mittagessen. Olaf war für den Sales-Bereich der *What's next?* verantwortlich, einer Konferenz für neue digitale Medien, und ein schlaksiger Enddreißiger, der immer noch dreimal die Woche Koks zog.

Das zehnjährige Bestehen der *What's next?* wurde im Berliner Congress Center am Alexanderplatz ausgiebig gefeiert, doch Lola war an diesem Abend im Bett geblieben. Und als sie am Morgen nach der Veranstaltung aufwachte, hatte Manuela Müller, die mit ihr aus verqueren Gründen auf Facebook befreundet war, ein Foto von Lola getaggt. Auf diesem Foto war Lola zu sehen, oder vielmehr ein Selfie von ihr, das man ohne ihre Erlaubnis im Rahmen der Feierlichkeiten mit einigen anderen Selfies von einigen anderen Instagram-Größen aufgehängt hatte. Man konnte auf diesem Foto Lolas Selfie sehen und wie es an der

Wand hing, aber insbesondere konnte man Olaf Henninger sehen, der einen schwarzen Edding in der Hand hielt und einen Hitlerbart über Lolas Oberlippe malte. Dabei machte Olaf Henninger nicht nur ein äußerst vergnügtes Gesicht, sondern auch den weltbekannten Terry-Richardson-Daumen. Das muss vor Ort so lustig ausgesehen haben, dass Manuela nicht widerstehen konnte, davon ein Foto zu machen, dieses dann auf Facebook hochzuladen und als Kommentar darüber »Olaf Henninger schminkt« zu schreiben. Das Foto hatte binnen weniger Minuten vierundsiebzig Likes und dreiundvierzig Kommentare. Diese dreiundvierzig Kommentare wechselten im Tonfall zwischen »Saulustig!« bis »Seid ihr völlig bescheuert?«, was so viel hieß wie Was-hab-ich-mit-dem-Holocaust-zu-tun und Wir-dürfen-den-Holocaust-niemals-vergessen.

Lola saß derweil in ihrem Bett, hatte den Rechner auf ihrem Schoß und fühlte nichts. Dann summte ihr Handy, und sie sah, dass Manuela aka Karla Minogue sie schon wieder getaggt hatte. Diesmal auf Instagram. Auch hier erschien das Foto von Lolas Selfie, das Olaf mit einem Hitlerbart versehen hatte. Und weil Lola weiterhin nichts fühlte, machte sie erst einmal Screenshots. Von allem: den Profilen von Manuela und Olaf, den geposteten Bildern, den Likes und den Kommentaren. Als sie damit fertig war, trafen die ersten Nachrichten auf ihrem Handy ein, die sich ausschließlich um das Foto drehten. Selbst Lolas Freunde reagierten auf völlig gegensätzliche Weise. Manche fanden ihre Selbstironie »geil«, andere, darunter ihre jüdischen Freunde, fragten, ob das von Lola so gewollt war. »Immer musst du so krass übertreiben«, schrieb Ari, und Rosa schickte eine WhatsApp-Nachricht: »Ich find's ultra unangebracht.«

Es war 11:27 Uhr, als Max anrief. Sie fragte Lola in einer beunruhigenden Neutralität, ob sie das mit Manuela abgesprochen hätte. Lola legte auf, ohne zu antworten, löschte die Markierung auf Facebook und auf Instagram, wählte die Telefonnummer der PR-Abteilung der *What's next?* und brüllte drei Minuten Beschimpfungen ins Telefon. Dann rief sie ihre Freundin, die Musikerin Miri Eshkenazi, an, schrie auch hier wieder die meiste Zeit und schaffte es dennoch, die Nummer von Miris Anwalt, David Frenkel, zu notieren.

Obwohl maximal fünfzehn Minuten vergangen waren, fühlte sich Lola so erschöpft, als wäre es schon zwei Uhr nachts. Sie ging ins Bad, erinnerte sich daran, dass das Warmwasser an diesem Tag abgestellt war, drehte trotzdem den Hahn voll auf und duschte das erste Mal in ihrem Leben eine halbe Stunde kalt.

Danach fühlte Lola wieder nichts mehr. Sie druckte alle Screenshots aus, zog sich schnell etwas an, setzte sich auf ihr Fahrrad und fuhr durch die mit nassen Blättern bedeckten Straßen zur Polizeidienststelle in der Brunnenstraße. Dort empfing sie ein ruppiger Polizeibeamter, der aber, nachdem er die Screenshots gesehen hatte, nicht nur sofort einen Kriminalbeamten anrief und ihm die Situation schilderte, sondern auch äußerst freundlich wurde. Dann bekam Lola ein Merkblatt in die Hand gedrückt und musste im Warteraum Platz nehmen.

Nach einer Dreiviertelstunde trat eine Polizeibeamtin aus einem muffigen Raum heraus, in den sie Lola hereinbat. Der Raum roch nach kaltem Rauch. Die alten, vergilbten Poster, die an der Wand hingen, waren an den Ecken eingerissen, und der runde Tisch aus Pressspan stand verloren auf dem braunen Linoleum. Lola breitete die Screenshots auf dem Tisch aus, weil die Polizeibeamtin aber zuvor noch nie von Facebook oder Instagram gehört hatte, musste Lola ihr erst einmal beides erklären. Auch die Funktionen Liken, Kommentieren und Taggen. Das führte dazu, dass sie sich sichtlich näherkamen, denn dafür hatte sich scheinbar bisher noch niemand Zeit genommen. Nachdem die Lernphase abgeschlossen war, zeigte Lola abwechselnd auf Likes, Kommentare, Tags, Profile sowie Fotos, und die Polizeibeamtin musste den Begriff dazu nennen. Das lief ausgesprochen gut, und als Lola das Gefühl hatte, dass die Polizeibeamtin jetzt mit Facebook und auch Instagram umgehen konnte, erzählte sie von Manuela Müller, die sie nur kannte, weil sie manchmal bei COS shoppte und weil Manuela Müller vor fünf Jahren eine Affäre mit Lolas Exfreund angefangen hatte und sich seither schuldig fühlte. Dann berichtete sie von Olaf Henninger, den sie auch kannte, aber ausschließlich von den Abenden, die er in der *Odessa Bar* verbrachte, um Kokain zu ziehen, das Lola jedes Mal dankend abgelehnt hatte. Die Beamtin fragte, ob Lola sicher sei, dass Olaf Henninger nicht vielleicht unglücklich verliebt in sie wäre und der Hitlerbartvorfall möglicherweise aufgrund einer emotionalen Zurückweisung passiert sei. Als die Beamtin diese Frage zu Ende formuliert hatte, erklärte Lola schreiend, dass sie Jüdin sei und dass man das wisse, dass Manuela und Olaf das wüssten und dass es ihr scheißegal sei, ob

Olaf verliebt und Manuela braindead wäre, schließlich könne man unter absolut keinen Umständen auf einer Veranstaltung mit über fünftausend geladenen Gästen, die alle in gewisser Hinsicht aus Lolas Arbeitsumfeld stammten, einem Porträt von ihr einen Hitlerbart verpassen. Die Beamtin wurde rot und versuchte, Lola zu beruhigen. Das war aber nicht einmal Miri Eshkenazi gelungen. Also behauptete sie einfach, telefonieren zu müssen, und flüchtete aus der misslichen Lage. Sie ließ Lola mit ihrem Schreianfall zurück, an diesem braunen, hässlichen Pressspantisch mit den ausgebreiteten Screenshots. Als Lola niemanden mehr zum Anschreien hatte, dachte sie nach. Sie dachte daran, wie sie noch vor Jahren bei Hannah, ihrer Großmutter, gesessen hatte, die immer und überall Vorboten für das Sequel zum Holocaust sah, und wie sie jedes Mal mit den Augen rollte, wenn Hannah mit diesem Quatsch anfing. »Ich sehe keinen Antisemitismus«, hatte Lola immer zu ihrer Großmutter und auch zu allen anderen gesagt, die solchen Mist behaupteten. Sie dachte auch daran, wie in der Schule plötzlich rausgekommen war, dass sie Jüdin ist, und wie dann alle furchtbar nett zu ihr waren und sie drei Wochen später zur Klassensprecherin gewählt wurde. Sie dachte an ihren ersten Freund, der auch ostdeutscher Jude war und mit dem sie nur deshalb zusammen war, weil alle fanden, dass das doch eine unglaubliche Begegnung sei, schließlich hätten seine Urgroßmutter und ihr Urgroßvater zusammen in Schanghai im Exil gelebt, aber Lola hatte ihn nie geliebt und irgendwann verlassen, weil ihr diese Zusammenhänge absolut nebensächlich erschienen. Außerdem dachte sie daran, wie sehr Simon, ihr Vater, Deutschland hasste und wie ihr das so dermaßen auf die Nerven gegangen war, dass sie ihn nicht mehr ernst nehmen konnte. Sie hatte sich immer als Deutsche gesehen. Immer. Sie war als Jüdin großgezogen worden. Von Hannah und von Gershom und natürlich von Simon.

Lola hatte ihren Kopf auf den Screenshots abgelegt, und ihre Arme hingen kraftlos am Körper runter. Ihr war schlecht und schwindelig. Es schien sich eine Tür geöffnet zu haben, die sich nun nicht mehr schließen ließ, hinter der sich eine Wahrheit befand, die Lola viel zu lange einfach ignoriert hatte.

Die Polizeibeamtin betrat den Raum und brachte die ausgefüllte Anzeige mit. »Liebe Frau Wolf, ich kann ihnen mitteilen, dass es sich nicht nur um eine Beleidigung, sondern außerdem um ein Vergehen nach § 86a handelt. Es ist nach dem deutschen Gesetz verboten, verfassungswidrige Symbole zu verwenden oder zu verbreiten.« Lola atmete tief aus. Sie nahm den Zettel entgegen, steckte ihn mit den Screenshots in ihre Tasche und fuhr auf dem schnellsten Weg zurück in ihre Wohnung.

Sie krabbelte unter die Decke ihres Bettes und managte den nicht enden wollenden Ansturm an Reaktionen auf das getaggte Foto. Am späten Nachmittag rief der Chef der *What's next?* zurück und entschuldigte sich bei ihr, wie sich vorher noch nie jemand bei ihr entschuldigt hatte. Er versicherte, Konsequenzen aus dem Vorfall zu ziehen, und erörterte ausgiebig, wie unangenehm ihm das Verhalten von Olaf Henninger war. Theoretisch hätte sich Olaf

Henninger selbst unangenehm sein müssen, aber weder er noch Manuela fanden ihr Verhalten unangebracht. Und damit waren sie nicht allein. Schnell merkte Lola, wer auf der Der-Holocaust-is-so-over-Seite und wer auf der Wir-dürfen-nicht-vergessen-was-geschehen-ist-Seite stand. Das erste Schreiben, das auf die Unterlassungserklärung ihres Anwalts folgte, musste Lola geradezu zwanghaft dreißig Mal hintereinander lesen. Denn im Gegensatz zum Geschäftsführer der *What's next?* fanden Manuela und Olaf sich selbst richtig witzig. Die Erklärung der beiden, weshalb sie Lolas Porträt mit einem Hitlerbart versehen, davon ein Foto geschossen und dieses bei Facebook und Instagram hochgeladen hatten, war so unfassbar, dass Lola es kaum aushielt. Sie rief Miri an und las ihr den besten Satz des gesamten Dokuments vor: »Die Entscheidung, das Bild Ihrer Mandantin mit einem Hitlerbart zu versehen, hatte keinen rassistischen oder antisemitischen Hintergrund, sondern sollte lediglich das Groteske der Veranstaltung dokumentieren.« Dann schrie Lola wieder ins Telefon und versicherte Miri, dass sie diese beiden Schwachköpfe vor Gericht schleifen würde, egal ob David ihr davon abriet oder nicht. David riet ihr davon ab. Vom ersten gemeinsamen Treffen an, bei dem sie das zukünftige Vorgehen besprochen hatten, versuchte er, Lola davon zu überzeugen, nicht vor Gericht zu gehen. Er wollte verhindern, dass sie vor einem Richter sitzen würde, der auf der Holocaust-is-over-Seite stand, und er wollte ihr die Tragödie ersparen, die Verhandlung am Ende zu verlieren, und schlug vor, stattdessen Schadensersatzansprüche geltend zu machen. Aber Lola reichte das nicht. Lola konnte diese Tür nicht mehr schließen, die sich da plötzlich auf der Polizeidienststelle in der Brunnenstraße geöffnet hatte. Lola wollte Gerechtigkeit.

2

Der Vorfall hatte Lola grundlegend, auf stille Weise verändert. Zwar ging sie täglich ins Büro der Bilddatenbank *Perfect Shot*, für die sie arbeitete, aber am Abend blieb sie meistens zu Hause, anstatt mit Freunden auszugehen. Manchmal wachte sie morgens auf und dachte, dass das alles nur ein absurder Zufall gewesen war und nicht für eine beunruhigende politische Entwicklung innerhalb der Gesellschaft stand, und dann wachte sie manchmal auf und dachte, dass es sich dabei um Hannahs Vorboten handelte.

An einem Nachmittag saßen Lola und das Team von *Perfect Shot* zusammen, um die anstehende Umzugssituation zu diskutieren. Heiner Stab führte aus, dass sich Räumlichkeiten in Charlottenburg aufgetan hätten, in die er gerne ziehen würde, und dass die dortigen Lichtverhältnisse ideal für die Arbeit mit Bildern seien. Seine Rede unterbrach Nina Rabe, Stabs Sekretärin, die die Verhandlungen mit den Eigentümern führte: »Die Büros sind wirklich ganz wunderbar und ideal für eine Bildagentur. Trotzdem sieht es leider so aus, als ob wir uns nicht einigen könnten. Der Mietpreis, der von den Immobilienhaien Shtizberg angesetzt wurde, ist absolut frech und, wenn ich sagen darf, unter aller Sau. Wir haben es hier mit einem typisch jüdischen Problem zu tun: Gier!« Daraufhin erwiderte der schwedische IT-Spezialist Torben Quisling, er kenne das aus Stockholm und man dürfe diese jüdische Mischpoke nicht unterstützen. Es würden sich bestimmt auch andere schöne Räume finden lassen, die nicht aufgrund dieser orientalischen Profitgier unbezahlbar wären.

Lola schaute sich jeden Einzelnen genau an und wartete darauf, dass sich noch mehr der siebzehn Anwesenden zum jüdischen Problem äußern würden. Alle glaubten, frei sprechen zu können und sagen zu dürfen, was ihnen auf der Zunge lag. Nachdem ihre Kollegin Viktoria, die ihr von allen am liebsten war und mit der sie über ein Jahr lang den Schreibtisch am Fenster geteilt hatte, einen fünfminütigen Vortrag über die Familie Rothschild gehalten hatte, stand Lola auf und erklärte, dass sie mit sofortiger Wirkung kündige, weil sie nicht bereit sei, als Jüdin weiterhin unter einem Haufen Antisemiten zu arbeiten. Und dass ihre Großmutter Hannah Hirsch, die Dachau überlebt hatte, ihr die wichtigste Lektion ihres Lebens mitgegeben habe: Man kann sagen und machen, was man will, aber man muss am nächsten Tag noch in den Spiegel schauen können – ohne Scham!

489 Tage hatte Lola in der Agentur *Perfect Shot* gearbeitet. 489 Tage neben und mit Antisemiten, die sich niemals als solche bezeichnen würden. »Man muss doch auch mal offen etwas sagen dürfen«, hatte Viktoria ihr hinterhergerufen, nachdem Lola den Meetingraum verlassen hatte.

Als Lola in der U-Bahn saß und nach Hause fuhr, war ihr wieder genauso schlecht und schwindelig wie damals auf dem Polizeirevier. Sie wollte Hannah anrufen, aber Hannah war tot. Und als sie sich vorstellte, wie es wäre, jetzt Simon anzurufen, mit dem sie seit zehn Jahren kein Wort gesprochen hatte, wusste sie, dass Simon sich niemals an Hannahs Lektion gehalten hatte. Er war lieber ans Ende der Welt gezogen, in den Dschungel, um nie wieder in einen Spiegel blicken zu müssen. Simon hatte niemals die Wahrheit gesagt, war nie für etwas ernsthaft eingestanden, und alles, was er sein Leben lang als mutige Rebellion verkauft hatte, war Flucht vor Verantwortung. Selbst sein Ausreiseantrag, den er 1986 gestellt hatte, war ein Konglomerat an Ausreden. Eine Ansammlung von haltlosen Begründungen, die, wenn man Simon nur ein kleines bisschen kannte, absolut lächerlich wirkten. Er, der sich immer als Rebell und Anarchist gebärdet hatte; der Lola, als sie neun Jahre alt war, Englisch beigebracht hatte, damit sie beide beim Schwarzfahren – durch ganz Berlin – im Falle einer Kontrolle, auf Englisch sagen könnten, dass sie nichts von Fahrscheinen gewusst hätten; er, der immer eine Insel kaufen wollte, auf die sie sich, im Falle eines Dritten Weltkriegs – der für Simon immer und zu jeder Zeit kurz bevorstand –, hätten zurückziehen können: Dieser Mann schrieb in seinem Ausreiseantrag, dass er nach Israel wolle, um israelischer Staatsbürger zu werden, um Alija zu machen, wie es unter Juden heißt. Aber dieser Mann hasste die Armee noch mehr, als er Deutschland hasste, und er wusste längst, dass er drei Jahre dienen müsste, um Israeli sein zu können, was er sich angeblich so sehr wünschte.

Er dachte, das würde die DDR überzeugen. Einen armen Juden, der zu viele Kilometer von seiner ursprünglichen Heimat entfernt war, den würde man ziehen lassen. Man würde ihm helfen, seine Sachen zu packen, seine Koffer tragen und ihn in den vom Staat bezahlten Flieger setzen. Damit dieser arme Jude endlich in sein Heimatland zurückkehren könnte. Erez Israel. Amen.

Simon drückte auf die Tränendrüse, anstatt die Wahrheit zu sagen. Statt zu schreiben, dass er die DDR hasste, ihr System, ihre Überwachung, ihre Freiheitsbeschränkung, ach, einfach alles, schwieg er. Und weil Simon nicht nur ein normaler Mann in einem Piratenkostüm war, sondern absolut kein Vertrauen in die Menschheit hatte, wartete er nicht auf eine Antwort, sondern begann an dem Tag, an dem er den Antrag abgeschickt hatte, zu trainieren. Für seine Flucht.

Es war der Sommer '86, Simon wohnte in einer besetzten Wohnung in Friedrichshain. Er hatte nach der Scheidung von Petra, Lolas Mutter, keine Wohnung bekommen. So wie das in der DDR üblich war. Also verbrachte er nach seinem Auszug Tage damit, durch die Stadt zu ziehen und nach leerstehendem Wohnraum zu suchen. Er war anfänglich bei seinem Freund Stefan untergekommen, der ähnlich wie er geschieden war und die DDR hasste. Im Gegensatz zu Simon hatte Stefan allerdings alles, was er über diesen Unrechtsstaat dachte, in seinen Ausreiseantrag geschrieben. Stefan, den er schon seit Schulzeiten kannte, wohnte in der Mainzer Straße in der Wohnung eines verstorbenen Onkels, also beschränkte sich Simons Suche auf die Gegend rund um den Boxhagener Platz.

Diese Suche war schließlich erfolgreich. Simon fand eine leerstehende Wohnung im vierten Stock. Das war wichtig, denn niemand sollte täglich an seiner Tür vorbeimüssen. So konnte er in gewisser Hinsicht inkognito in diesem Haus leben. Um die notwendige Elektrizität in seine Wohnung zu leiten, bohrte er ein kleines Loch in die rechte untere Ecke der Wohnungstür. Die elektrischen Leitungen verliefen hinter einer Plastikabdeckung im Hausflur, er zog eine Leitung heraus, verband sie mit einem Kabel, das er besorgt hatte, und führte es durch das Loch in seine Wohnung. Simon war außergewöhnlich begabt, wenn es um Technik ging. Als Kind hatte er Radios gebaut und war immer zu den Nachbarn geschickt worden, wenn diese Probleme mit ihren Geräten hatten. Er war ein beliebter, flinker, aber schüchterner Junge gewesen. Ein bisschen schmächtig, mit großen dicken Locken, die man aufgrund seines Kurzhaarschnitts aber nur erahnen konnte.

Die Kohlen, die er für die kalten Wintermonate brauchte, klaute er aus den umliegenden Kellern zusammen. In der Wohnung lag eine Matratze, seine Bücher waren daneben aufeinandergestapelt und seine Gitarre in einer Halterung befestigt. Simon verdiente sein Geld zu dieser Zeit mit Straßenmusik und als Notdienstfahrer. Er hatte sein Studium abgebrochen und den Kontakt zu seinen Eltern, seiner Schwester, zu Petra und Lola vollständig eingestellt. Stefan war sein einziger Gesprächspartner, und wenn sie sich unterhielten, ging es um die Flucht. Alles in Simons Leben drehte sich nur noch um die Flucht. Er erstellte einen Trainingsplan, der es ihm ermöglichen sollte, lange Strecken immer schneller zu laufen. Im ersten Monat rannte er jeden Tag fünf Kilometer. Im zweiten Monat zehn und im dritten zwanzig. Neun Monate lang lief er zwanzig Kilometer am Tag. Er lief auf Sportplätzen, durch den Wald und durch die Straßen der Stadt. Jeden Morgen stand er um acht Uhr auf, frühstückte schnell und sparsam und begann mit seinem Trainingsprogramm. Am Nachmittag setzte er sich in die U-Bahnschächte des Alexanderplatzes, spielte auf seiner Gitarre und sang mit kräftiger und energischer Stimme Lieder, die er offen singen durfte. Manchmal, aber nur manchmal, wenn gerade zwei Züge abgefahren waren und er scheinbar allein in einem der Winkel des vernetzten Untergrundsystems saß, spielte er Biermann oder Wegner und sagte laut, aber immer noch verschlüsselt, das, was er wirklich dachte.

Um zwanzig Uhr begann seine Schicht in der Charité, für die er als Notdienstfahrer arbeitete. Es war ihm möglich, diesen Job, den er als Student begonnen hatte, zu behalten. Seine Vorgesetzten gaben die Hoffnung nicht auf, dass er sein Medizinstudium, das er nach der Scheidung abgebrochen hatte, eines Tages wieder aufnehmen würde. Simon war gut darin, Geheimnisse zu bewahren. Er war auch gut darin, sich nicht anmerken zu lassen, was er dachte oder sich im tiefsten Inneren wünschte. Wenn seine Schicht um zwei Uhr beendet war, fuhr er nach Hause, ging schlafen und träumte von nichts.

War sie auch vor der Verantwortung geflohen, als sie das Meeting verlassen hatte, fragte sich Lola, als das Signal zum Türenschließen ertönte. Und obwohl sie hätte aussteigen müssen, fuhr sie weiter.

3

Am nächsten Morgen stand Lola nicht auf. Selbst als Gershom anrief, bewegte sie sich keinen Millimeter aus ihrem Bett. Sie war erschöpft. Normalerweise rannte sie kreuz und quer durch die Wohnung, wenn sie telefonierte, aber nichts war mehr normal. Lola hatte keinen Job mehr und wusste nicht, wovon sie die nächsten Monate leben sollte. Die juristische Auseinandersetzung mit Olaf und Manuela hatte sie eine Menge Geld gekostet. Aber beim Telefonat mit Gershom ließ sich Lola nichts anmerken.

Gerhard, oder Gershom, wie ihn enge Freunde nannten, rief einmal die Woche an. Er hatte vor langer Zeit aufgehört, Fragen zu stellen. Seine Kommunikation beschränkte sich darauf, wiederholend zu versichern, dass es ihm gutgehe, und wie auf Knopfdruck alte Geschichten zu erzählen. Jedes Mal ermahnte Lola ihn, nicht zu vergessen, alle seine Geschichten aufzunehmen. Er solle sich ein Diktiergerät schnappen und erzählen, was ihm in den Sinn komme. Aber Gershom wehrte ab, er könne erst erzählen, wenn es jemanden gebe, der ihm auch zuhöre. Also hörte Lola zu.

»Na, Lolale? Wie geht es dir? Mir geht es ganz gut. Du weißt schon. Man wird nicht jünger. Es ist kalt im Moment. Na ja, nicht so kalt wie bei euch. Aber kalt für Tel Aviv. Seit vier Tagen regnet es. Was ich dir erzählen wollte, weißt du, Lolale, nachdem Großmama vor zwölf Jahren gestorben ist, wollte ich eine lange Tour auf einem Frachtschiff machen. Ach, eigentlich wollte ich quasi bis an mein Lebensende auf Frachtschiffen durch die Welt fahren. Zum Beispiel mit der *Tabeta 2*. Die wurde in Hamburg gebaut und 2001 ins Wasser gelassen. Zweiunddreißig Mann finden auf dem Schiff Platz. Alles internationale Seefahrer, die Container durch die ganze Welt transportieren. Stell dir vor, was diese Männer zu erzählen haben. Der Kapitän ist Theodor Rastner. Manchmal darf auf der Fahrt von Hamburg nach Schanghai ein Gast mitfahren. Ein einziger. Das wäre ich gerne gewesen, Lolale. Wirklich.« Und an einer solchen Stelle, an der Gershom ein wenig seufzte, durfte man ihn nicht unterbrechen. Lola musste dieses Seufzen aushalten, vielleicht selbst ganz leise mitseufzen und ihn dann weitererzählen lassen. »Die Kabinen befinden sich auf dem dritten Deck. Sie sind klein und dunkel, aber das stört mich nicht. Die meiste Zeit würde ich auf der Reling stehen und nachdenken. Auch über früher würde ich nachdenken. Das macht man ja sowieso, je älter man wird. Irgendwann erzähle ich dir, wie wir auf der *Otrato* nach Palästina geflohen sind 1939. Aber lieber später, später.«

Im Gegensatz zu Lolas Großmutter, die in der DDR einen Buchladen gehabt und in ihrem Leben über nichts anderes als den Holocaust gesprochen hatte – über wirklich nichts anderes –, schwieg ihr Großvater vehement zu diesem Thema. Als Hannah noch lebte und die Familie nach dem gemeinsamen Essen an dem runden Tisch in der riesigen Wohnung am Kollwitzplatz saß und die Zungen locker wurden von der energiegeladenen Geselligkeit und sie das Gespräch auf ihr Lebensthema lenkte, stand Gershom murmelnd und grimmig auf, behauptete, auf dem Balkon eine Zigarette rauchen zu wollen, und ließ sie erzählen: von Dachau, dem Fleckfieber, das sie fast umgebracht hätte, und von der Befreiung durch die Amerikaner. Auch wenn Gershom mit dem Zigarettenrauchen schon in den sechziger Jahren aufgehört hatte, ignorierte Hannah seine Ausrede. Es war ein stillschweigendes Abkommen, von denen es viele gab. »Lola, bist du noch dran? Habe ich dir schon mal von Hannahs und meiner Reise nach Kuba erzählt? Du erinnerst dich vielleicht. Warte, warte, ich überlege kurz: Du müsstest sechs gewesen sein. Sechs oder sieben. Wir mussten die Reise Monate zuvor anmelden, und die Genehmigung haben wir nur bekommen, weil ich damals im Palast arbeitete. Warte. Es muss vor der Flucht von Simon gewesen sein. Im Winter 1986. Über Kanada sind wir geflogen. Die Maschine war proppenvoll. Es gab keinen freien Sitzplatz, Lolale. Alles Bonzen. Nur Leute, die in der Partei waren oder im Staatsdienst gearbeitet haben. Und dann waren wir in Kuba. So ein runtergekommenes Land, aber schön. Wirklich schön. Das war ja das erste Mal, dass wir einen richtigen Ozean gesehen haben. Die Ostsee oder die Adria zählen ja nicht. Muscheln haben wir dir mitgebracht. Erinnerst du dich? Zwei Wochen waren wir dort, und auf dem Rückflug sind wir wieder über Kanada, und dann war die Maschine halb leer. Beim Transfer hat ein großer Teil den Flughafen verlassen. Das war's. Selbst die Bonzen wollten raus, Lolale. Selbst die. Aber wir konnten ja Simon und Hélène nicht zurücklassen, oder dich. So etwas gehört sich nicht. Weißt du, auch wir wollten weg, wie viele wegwollten. Klar, einige mochten die DDR, keine Frage, aber man lässt nicht seine Familie zurück. Das hätte Simon nicht tun dürfen. Das habe ich ihm oft genug gesagt. Auf dem Rückflug von Kanada, es muss Toronto, oder war es Montreal, gewesen sein, ach, ich weiß es nicht mehr, da musste eine Frau ohne ihren Mann zurück. Der hat zu ihr gesagt, er müsse mal auf die Toilette, und weg war er. Den ganzen Flug über hat sie geweint. Bitterlich. Großmama hat sie getröstet, aber wie soll man jemanden trösten, der auf so brutale Weise einen geliebten Menschen verliert? Wie? Plötzlich und unerwartet, ohne eine Ankündigung. Das ist kaltherzig und unmenschlich. Das hätte ich Großmama niemals antun können. Simon ist so anders als ich. So anders. Das habe ich immer gedacht. Schon als er klein war. Aber manchmal kommt das eben so. Da werden die Kinder ganz anders als man selbst. Du nicht, du bist wie Simon und wie Petra. Eine Mischung. Ich kenne niemanden, der so gemischt ist wie du. Halb Simon, halb Petra. Deshalb bist du dann wieder Lola. Also, du selbst. Verstehst du? Simon, in Simon konnte ich immer Hannah erkennen. Immer. Ja, vielleicht hat er meine Ohren oder meinen Mund. Irgendwas wird er schon von mir haben, aber nichts so Offensichtliches. Jetzt habe ich schon wieder so viel erzählt, Lolale. Ich wünsch dir noch einen schönen Tag. Bleib gesund und pass auf dich auf.«

Ehe Lola sich verabschieden konnte, hatte er schon aufgelegt. Das war immer so, und sie hatte längst aufgehört, sich darüber zu ärgern, zu wundern oder zu fragen, warum er das tat. Wichtig war, dass er anrief. Einmal die Woche. Immer zu einer anderen Zeit.

Gershom war ein großer, schlanker Mann gewesen. Nicht riesig, aber hochgewachsen. Mittlerweile war sein

Körper in sich zusammengesunken und hatte eine kompakte Form angenommen. Sein schwarzes, welliges Haar war längst weiß, und während bei anderen alten Menschen die Nase und die Ohren oft eine karikaturhafte Größe annehmen, war sein Unterkiefer im Laufe der Jahre immer weiter nach vorne gerückt, zu einer Art Unterbiss, und sein Nacken hatte sich wellenförmig verbogen.

Lola zog sich die Decke über den Kopf und schlief noch mal ein. Schließlich musste sie am Abend fit sein. Aus reiner Verzweiflung hatte sie sich am Vortag mit Toni zum Essen verabredet. Sie hatte gedacht, das würde sie ablenken. Ewig hatten sich Toni und Lola nicht gesehen. Aber nachdem Lola eines ihrer Instagrambilder auf Facebook hochgeladen hatte, schickte Toni eine private Nachricht und behauptete, sich für ihre künstlerische Arbeit zu interessieren. Ja, dass er selbst gerne fotografiere und deshalb von Lola wissen wolle, wie sie an die Sache herangehe. »Okay, morgen um 8 im *Trois Minutes*«, war Lolas Antwort gewesen.

Lola erschien zwanzig Minuten zu spät im Restaurant. Sie trug ein schwarzes Seiden-Babydoll und flache schwarze Chelsea-Boots. Ihr dunkelrotes Haar war zu einem Seitenscheitel gekämmt und ein Teil davon seitlich mit einer silbernen Haarspange hochgesteckt. Die Spange hatte sie zu ihrem neunten Geburtstag von Petra geschenkt bekommen und seitdem jeden Tag getragen.

Toni war Besitzer eines Plattenladens auf der Torstraße. Er trug eine graue Jogginghose und ein weißes T-Shirt mit dem Nike-Swoosh. Sein kurzes blondes Haar hatte er unter einer Beanie von Supreme versteckt. Eine Marke, die man eigentlich seit 2008 nicht mehr tragen konnte, dachte Lola. Sichtlich erfreut, Lola zu sehen, umarmte er sie einen Tick zu überschwänglich.

Er ließ sofort einen Riesling und eine Flasche Mineralwasser kommen, ohne dass Lola darauf Einfluss hatte. Sein Kontrollzwang dominierte den gesamten Bestellprozess. Dass sie ihr eigenes Gericht (Entrecôte mit Wurzelgemüse) bestellen durfte, war vermutlich seiner Großzügigkeit geschuldet. Toni nahm den Fisch.

Sie aß langsam vom Entrecôte, trank dafür schneller vom Riesling, während sie Tonis Ausführungen zu gesellschaftlich relevanten Themen zuhörte. Toni, der sich selbst als politisch gebildet empfand, eher links als mittig, schwenkte irgendwann nach der zweite Flasche Wein, also nachdem er alles zu Edward Snowden, der NSA, der Merkel'schen Führungsqualität und zu Obama gesagt hatte, was es in Tonis Welt zu diesen Themen zu sagen gab, auf Israel und Palästina um. Und weil auch Toni Lolas Background nicht kannte, legte er ungehalten und offen los: »Das ist ein Apartheidstaat, und jeder, der etwas anderes behauptet, lügt. Wie können die Juden den Palästinensern nur ein solches Unrecht zufügen? Gerade sie sollten es ja besser wissen. Aber was da in Gaza und hinter der Mauer der Westbank passiert, ist nicht besser als Auschwitz.« Und weil Lola von dem gestrigen Vorfall immer noch erschöpft war und nicht gewillt, an diesem Tisch die Meetingraum-Szene zu reproduzieren, sagte sie nur: »Ich habe ja Familie in Israel und bin daher sehr oft in Tel Aviv. Das muss man vielleicht alles ein bisschen differenzierter sehen. Warst du schon mal dort?«

»Ich muss nicht dort gewesen sein, um das Unrecht zu beurteilen. Seit Jahren beschäftige ich mich mit diesem Thema. Auch mit der Gehirnwäsche, der man uns Deutsche seit dem Ende des Krieges unterzieht. Immer müssen wir uns schuldig fühlen. Was habe ich denn damit zu tun, was mein Großvater getan hat? Nichts. Absolut gar nichts. Immer sind es die armen Juden, und man darf nichts gegen Israel sagen. Sofort ist das Antisemitismus. Dabei will ich doch nur ein Land von vielen kritisieren dürfen. Wieso bin ich da gleich Antisemit?«

»Ich kann dazu nichts sagen. Das geht mir irgendwie alles zu weit. Sprich darüber lieber nicht mit einer Jüdin. Das führt ja zu nichts«, antwortete Lola sanft und bestimmt, um Toni zu beruhigen und zurechtzuweisen. Daraufhin fing Toni erst richtig an. »Wer ist denn Jude bei dir in der Familie?«, fragte Toni so laut, dass sich alle Personen an den umliegenden Tischen umdrehten, und Lola antwortete leise: »Mein Vater.«

»Dann bist du ja gar keine Jüdin. Soweit ich weiß, muss deine Mutter Jüdin sein.« Und ehe Toni diesen letzten Satz zu Ende ausgesprochen hatte, war Lola schon vom Stuhl aufgestanden, hatte nach ihrem Handy gegriffen und war auf die Toilette gegangen. Dort zerrte sie eine Unmenge Papiertücher aus dem Behälter, stopfte sie in ihren Mund und schrie, so laut sie konnte, holte kurz Luft durch die Nase und schrie dann noch mal. Daraufhin schickte sie eine SMS an Benjamin, einen Juden aus Charlottenburg, mit dem sie seit anderthalb Jahren eine Affäre hatte:

»Heute Sex?«, und keine zehn Sekunden später antwortete er: »Wo bist du? Ich komme!« Lola übermittelte ihm die notwendigen Informationen, zog das durchnässte Papier aus ihrem Mund, ließ es in den Mülleimer fallen und ging zum Tisch zurück.

Ihr Leben lang schon hatte jeder Mensch, dem Lola begegnet war, über ihre Identität entschieden. Bei Philosemiten war sie Jüdin, bei Anhängern des Reformjudentums auch, bei deutschen Juden sowieso, weil diese erstaunt waren, dass außer ihnen noch mehr überlebt hatten, und gleichermaßen erfreut darüber, mit ihrer traumatischen Familienkonstellation, in die absolut jeder europäische Jude hineingeboren ist, nicht allein sein zu müssen. Benjamin sah sie als Jüdin, weil er ihre Geschichte kannte und ihre Geschichte nun mal eine jüdische Geschichte war und keine deutsche und das völlig ausreichte, um sich darüber im Klaren zu sein, dass Lola, unabhängig von den Gesetzen der Halacha, genau das war, wofür sie sich selbst hielt und zu dem sie durch Simon, Gershom und Hannah geworden war. Nur die Orthodoxen in Israel und die deutschen Antizionisten wiesen immer ruppig darauf hin, dass ihr Jüdischsein ausschließlich ihrer Phantasie entsprang.

Lola hatte noch nicht einmal Platz genommen, da sprach Toni ungefragt weiter: »Ich glaube auch, dass sechs Millionen tote Juden vielleicht doch ein bisschen übertrieben sind. Aber ganz im Ernst. Das alles ist doch ewig her. Verdammt nochmal. Irgendwann muss doch auch mal gut sein. Immer wieder diese Leier. Die arme Juden und die bösen Deutschen. Kommt ihr euch nicht selbst ein bisschen bescheuert dabei vor, immer diese Opferrolle einzunehmen? Mir wäre das unangenehm. Mir wäre das peinlich, einem ganzen Volk siebzig Jahre lang Theater zu machen. Meine ganze Jugend habe ich mich schuldig gefühlt. Für was? Für eine Sache, mit der ich nie etwas zu tun gehabt habe. Ich fände es cool, wenn die Israelis und auch die Juden endlich verzeihen würden. Ich fände es cool, wenn sie sagen würden, so, siebzig Jahre sind eine lange Zeit, uns reicht es jetzt auch langsam. Vergeben und vergessen.« Und als Lola spürte, dass Toni fertig mit seinen Gedanken war, antwortete sie: »Erstens geht es den Juden nicht darum zu vergessen, zweitens haben sie den Deutschen längst verziehen, und das ist kein Widerspruch. Drittens wundere ich mich immer wieder darüber, dass Deutsche und deutsche Juden scheinbar in unterschiedlichen Zeiten leben. Für euch ist das alles gefühlte dreihundert Jahre her. Warum aber ist das alles für mich gerade erst passiert? Warum erinnert mich jeder Besuch bei meinem Großvater daran? Warum erinnert mich der fehlende Besuch meines Vaters daran? Warum bin ich mein ganzes Leben mit diesen Geschichten groß geworden, von Menschen, die überlebt haben, von Menschen, die ihre gesamte Familie verloren haben, und ihr nicht? Warum seid ihr so groß geworden, als hätte es den Zweiten Weltkrieg nicht einmal gegeben?« Und zum ersten Mal an diesem Abend schwieg Toni für einen klitzekleinen Augenblick. »Ich kann dir sagen, warum. Weil eure Großeltern nicht reden! Weil sie euch nichts erzählt haben. Zum Beispiel, wie es so war als SS-Offizier oder warum sie Hitler gewählt haben. Wie sie dabei zuschauten, als ihre Nachbarn abgeholt wurden, oder wie sie die verdammten Leichen aufeinandergestapelt haben. Ihr seid alle mit Großeltern aufgewachsen, die geschwiegen haben, und deshalb glaubt ihr, dass das alles Schnee von gestern ist. Schnee von fucking gestern? Siebzig Jahre sind Schnee von gestern, ja?«

Toni war kein Idiot. Toni war auch kein NPD-Wähler, von dem man solche Argumente erwartet hätte. Toni wählte Die Grünen, kaufte im LPG-Markt ein und schaute gerne Dokumentationen. Toni war ein durchschnittlich gebildeter und überdurchschnittlich politisch interessierter Mann. Er hatte Abitur gemacht und studiert. Er sah sich liebend gerne das Comedy-Programm von Oliver Polak an, weil der so lustig war. Und nur weil sich in den letzten zwanzig Jahren die Zungen gelockert hatten, konnte man endlich laut hören, was alle leise dachten. Mittlerweile durfte jeder sagen, was er in den Jahren des aufgezwungenen Schweigens nur bei sich gedacht hatte. Nämlich: Dass jetzt Schluss sein müsse mit dem Schweigen, dass den Juden die Banken gehörten, die einem das Geld wegnehmen, dass die Israelis die neuen Nazis seien und dass der Holocaust nun wirklich der Vergangenheit angehöre. Diese Sätze konnte man in den Kommentarspalten auf den Onlineportalen der großen deutschen Tageszeitungen lesen. Diese Sätze konnte man offen auf Abendessen hören, ohne dass sich derjenige, der diese Sätze formulierte, dafür schämen musste.

Josh, der Kellner des Lokals, der vor zwei Jahren aus New York nach Berlin gezogen war, weil hier alles so tierisch cool ist, hatte das Gespräch zwischen Lola und Toni mitbekommen. Er hatte Lola mehrmals Jude sagen hören, und weil er sich selbst als Jude sah, obwohl seine Mutter keine, dafür aber sein Vater einer war, hatte er sich neben Lola positioniert und Toni in einer bezaubernden Mischung aus Englisch und Deutsch seine Weltsicht dargelegt. Toni stand plötzlich allein da. Aber dann gesellte sich der Mann vom Nachbartisch hinzu und diskutierte mit. Lola beobachtete, wie alle Stimmen durcheinandersprachen und -schrien und zwischendurch ruhiger wurden und wieder lauter. Weitere Menschen schoben ihre Stühle um Lolas und Tonis Tisch und erklärten, wie sie das mit den Juden und den Deutschen so sahen. Und wie sie das mit den Israelis und Palästinensern so sahen. Und alle glaubten, recht zu haben und vor allem sehr viel Ahnung von dem, was sie sagten.

Eine Dreiviertelstunde später stürmte Benjamin rein. Das *Trois Minutes* war leergefegt, nur eine Traube um Toni und Lola herum war übrig geblieben. Lola sah Benjamins lange schwarze Haare und wie diese von seinem schnellen Gang nach hinten geweht wurden und seine ultrakrasse North-Face-Jacke, die ihn aussehen ließ wie ein Mitglied einer Antarktis-Expedition.

Sie hatte Benjamin vor anderthalb Jahren im *King Size* bei einer ziemlich heroischen Aktion kennengelernt. Einer Aktion, die man heutzutage kaum noch von Männern erwarten konnte und die dazu geführt hatte, dass sich beide anschließend nicht mehr aus den Augen ließen.

Damals hatte Lola mit ihrer Freundin Lisa ausgelassen vor dem DJ-Pult getanzt, bis jemand immer wieder an ihre Hintern gegriffen hatte. Erst hatten sie es nicht bemerkt und das komische Gefühl auf die sich wiegende und schubsende Masse geschoben. Es war schließlich drei Uhr, die Zeit, zu der man das *King Size* weder betreten noch verlassen konnte. Als es aber nicht aufhörte, suchten sie den Umkreis hinter sich ab und entdeckten einen Mann, der ertappt und betroffen in ihre Augen schaute. Er war groß und wuchtig, hatte aber das Gesicht eines Zwölfjährigen. Also brüllten Lisa und Lola gemeinsam hysterisch auf ihn ein. Durch das Gebrüll wurde Benjamin auf Lola aufmerksam und fragte, ob der Mann sie belästige, und dann ging alles ganz schnell: Ein Fausthieb von Benjamin, und der wuchtige Mann mit dem Herz eines Zwölfjährigen ging zu Boden. Frank, der Türsteher, warf alle vier (Lisa, Lola, Benjamin und den großen Jungen) raus. Ein gelungener Abend eben, der damit endete, dass Benjamin Lola auf einen Drink einlud und dann auf noch einen und noch einen, bis sie in irgendeiner Eckkneipe gegen Morgengrauen knutschend auf einem durchgesessenen Sofa landeten.

Benjamin Liebermann war Künstler, entstammte einer jüdischen Ärztefamilie, war in Berlin-Charlottenburg aufgewachsen und verließ für zweiundsiebzig Stunden nicht mehr Lolas Wohnung. Benjamin und Lola erzählten sich in diesen zeitlosen Tagen von ihren Analytikern, die sie beide seit ihrem achtzehnten Lebensjahr besuchten, tauschten die Geschichten ihrer Familien aus und machten komischen Sex, den Juden aus den Stalag-Heften kannten und alle anderen aus »Fifty Shades of Grey«. Und als sich das alles irgendwann viel zu nah und viel zu richtig anfühlte, sprang Benjamin aus dem Bett, regte sich in einem übertriebenen Monolog über Lolas Kunst und Einrichtung auf, berichtete von seinen anderen drei Affären und zog sich parallel dazu an. Als er Lolas Wohnung verließ, versicherte er ihr, eigentlich in eine andere Frau verliebt zu sein.

Benjamin nahm sich einen Stuhl, stellte ihn neben Lola, die schweigend dem Spektakel folgte, und gab ihr einen Kuss auf die Stirn. Und weil Lola sowieso schon mindestens eine Flasche Riesling getrunken hatte und weil es auf keine der diskutierten Fragen eine richtige Antwort gab, rutschte sie langsam und unauffällig von ihrem Stuhl, krabbelte unter den Tisch, hockte sich vor Benjamin, öffnete den Reißverschluss seiner schwarzen Jeans und nahm seinen halbsteifen Penis in den Mund. Und je härter der Penis wurde, desto weniger hörte sie die Wörter, die am Tisch aus den Mündern der Gesprächsteilnehmer kamen: Palästinenser, Halbjude, Mauer, Gaza, Nakba, Hitler, Zionisten, Antisemiten, Broder, Netanjahu, Biller, Herzl, Göhring, KZ, Jude, Westbank und Lager. Diese furchtbaren Wörter wurden in furchtbare Sätze gepresst. Aus einer kaum zu fassenden Hysterie heraus und penetranten Unwissenheit. Und je öfter sie aus diesen furchtbaren Wörtern furchtbare Sätze bildeten, desto bedeutungsloser wurde das Gesagte. Zugleich war es doch gerade die Schwere der Bedeutung, die keiner mehr auszuhalten schien. Auch Lola hielt das alles nicht mehr aus. Schon lange hielt sie nichts von dem Gesagten mehr aus. Und als Benjamin in ihrem Mund gekommen war, kroch Lola unter dem Tisch hervor, griff nach ihrem Mantel und verließ das Restaurant.

4

Die drei Pappeln, die auf dem Hof verteilt waren, bewegten sich im Wind und glänzten silbrig. Lola trug ein hellblaues Kleid, auf das eine gelbe Ananas gestickt war. Sie musste alle paar Meter in die Luft springen und kräftig ihre Strumpfhose hochziehen. Ihre Mutter hatte im Herbst ein Loch in den Bund geschnitten und den Gummizug enger gemacht. Mittlerweile war es Frühling und das poröse Band mit einer Vielzahl von Doppelknoten versehen. Von Tag zu Tag wurde es weiter statt enger.

Lola durchsuchte halb springend, halb gehend, aber mit Akribie das Gelände hinter ihrem Wohnhaus. Sie schaute in jeder Ecke, jedem Winkel und hinter jedem Baum nach. Sie wollte ihn endlich finden, »Hab' dich!« rufen, aber nach einer halben Stunde war der Hinterhof ausgiebig durchsucht. Ergebnislos.

Immer wenn sie hinter einer unverschlossenen Kellertür oder einem Busch hervorgekrabbelt kam, wischte sie den Schmutz von ihren Sachen ab und strich sanft über die Ananas. Liebend gerne fischte sie die fruchtigen Stückchen aus der Dose. Diese Dosen hatte Simon immer in der Armee geklaut und mitgebracht, wenn er zu Besuch kam. Das war nun viele Jahre her, und dieser Nachmittag im Mai 1987 war der erste, den Lola mit ihm verbringen konnte, seit er vor drei Jahren spurlos verschwunden war. Aber viel Zeit hatten sie an diesem Nachmittag noch nicht miteinander gehabt, Simon war nicht auffindbar.

Er hatte sie spontan von der Schule abgeholt und war mit

ihr auf den Hof gegangen, um Verstecken zu spielen. Lola wollte eigentlich beginnen, doch Simon kam ihr zuvor und rannte einfach weg. Seitdem durchsuchte sie diesen Hof, der nicht groß war, aber Lola riesig erschien.

Als sie sicher war, jeden Millimeter abgesucht zu haben, gab sie auf. Sie setzte sich auf die Holzbank, von der der grüne Schutzlack abplatzte und die unter einer alten Trauerweide stand. Der Baum in der Mitte des Hofs bot Schutz vor den heißen Mai-Sonnenstrahlen, und weil Lola ihre rutschende Strumpfhose leid war, zog sie diese einfach aus und ließ ihre nackten Beinchen baumeln. Sie kratzte mit ihren kurzgeschnittenen Fingernägeln eine kleine Ecke vom Lack ab, klemmte die Ecke vorsichtig zwischen ihre Fingerspitzen und löste Stück für Stück eine Bahn vom Holz. Riss die Bahn vorzeitig, begann sie erneut an einer anderen Stelle, bis sie ein langes Stück weichen grünen Lack in ihrer Hand hielt.

Von der Bank aus hatte sie einen guten Überblick über das gesamte Gelände, das sich zwischen einem Vorderhaus, einem Hinterhaus und zwei Seitenflügeln erstreckte. Wo könnte er nur sein, fragte sie sich, wenn das grüne Stück Lack zu früh riss. Dann drückte sie ihre Zunge durch die Lücke, die ein fehlender Schneidezahn gelassen hatte, und vergrub das Gesicht hinter ihren angezogenen Knien, verschränkte ihre Arme und schloss die Augen, dass die Welt um sie herum ganz klein und dunkel wurde.

Lola hatte nicht viele Erinnerungen an Simon. Sie erinnerte sich an die Ananasdosen, die er immer mitgebracht hatte. Sie erinnerte sich daran, wie sie wild zu komischer Musik getanzt hatten, wenn Petra wieder einmal über Tage abhandengekommen war, und sie erinnerte sich daran – und das war ihre eindringlichste Erinnerung –, wie Simon, solange er noch zu Hause bei Petra und ihr gelebt hatte, keinen Abend verstreichen ließ, ohne ihr an der Bettkante sitzend auf seiner Gitarre Lieder vorzuspielen. Simon hatte ein Repertoire von genau sechs Liedern, die er immer und immer wieder spielte.

Lola bat ihn oft darum, ihr vorzuspielen und vorzusingen. Es gab keinen besseren Moment, um Simon nahe zu sein. Wenn er auf der Gitarre spielte, war er von einer Lebendigkeit durchdrungen, die sonst fehlte. Nie konnte man Simon fassen, greifen oder erkennen, weil er sich nie als ein wahrhaft Anwesender zeigte. Nur wenn er auf der Gitarre spielte und sang, existierte er in einer Echtheit, die man sonst vergeblich bei ihm suchte.

Während sie mittlerweile ziemlich kraftlos auf dieser Bank kauerte, wünschte sich Lola, dass Simon »Magdalena war so schwarz« für sie spielen würde, er hätte ganz genau gewusst, welchen Song sie meinte, aber er war nirgendwo zu finden, und allmählich wurde sie wütend und traurig und überlegte, einfach aufzustehen und in die Wohnung zu laufen, die sich schließlich im Vorderhaus befand. Weil Lola ewig brauchte, um eine halsbrecherische oder mutige Entscheidung zu treffen, vergingen weitere Minuten, die sich wie Kaugummi in die Länge zogen. Lola war in diesen Kaugummiminuten in Entscheidungsprozess, Schock und Angst versunken, als plötzlich jemand laut von hinten »Buh!« in ihr Ohr flüsterte. Die Atemluft des Buhrufers wirbelte ihre weichen Härchen auf, die den gesamten Stirnansatz zierten und ein ziemliches Eigenleben führten. Eine große, warme Hand strich über ihren Kinderkopf und zog ihn unbedacht zu weit nach hinten.

»Wieso hast du nicht weitergesucht? Immer musst du sofort aufgeben!«, sagte Simon zu ihr, und Lolas zurückgebeugter Nacken ermöglichte ihr einen freien Blick auf seine blaugrauen Augen. Hinter seinem schwarzgelockten Kopf leuchtete die untergehende Sonne. »Wo warst du?«, fragte Lola. Simon lief um die Bank herum, setzte sich neben sie und erzählte stolz: »Auf der Pappel am Eingang zum Keller! Gleich dort drüben. Ich bin bis ganz oben geklettert und habe dich immer wieder vorbeilaufen sehen, aber du hast mich nicht gefunden!« Er grinste siegessicher, und in seinem Blick konnte man das aufgewühlte Kind erkennen, das in ihm steckte. Als wäre er im selben Alter wie Lola und sie seine Schulfreundin, die er ausgetrickst hatte: »Wie soll ich dich in der Krone einer Pappel finden?« Aber Simon reagierte genervt und ungehalten und hatte plötzlich nichts mehr von diesem sechsjährigen Jungen, der er Sekunden zuvor noch gewesen war: »Lass uns nach Hause gehen. Ich habe keine Lust mehr!«

Simon ging, ohne auf Lola zu warten oder ihre Hand zu greifen. Als er nach wenigen Metern angespannt stehen blieb, stand sie auf und trottete hinterher. »Du hättest nach oben gucken können!«, warf er ihr vor, als sie mit einigen Metern Abstand hinter ihm lief.

Lola wünschte sich, er hätte sie nie abgeholt. Sie wünschte sich, dass er einfach verschwunden geblieben wäre, so wie die letzten zwei Jahre auch. Sie war gescheitert, an ihm und an diesem Versteckspiel, das ihm so viel

Freude bereitet hatte bis zu dem Zeitpunkt, an dem Lola einfach aufgegeben hatte. Hätte sie weitersuchen sollen? Hätte sie sich doch vor jede einzelne Pappel auf diesem Hof stellen sollen und ihren Nacken nach hinten biegen, wie es Simon vorhin mit ihrem Kopf getan hatte? »Hättest du einfach mal nach oben geguckt, dann hättest du mich auch gefunden, Lola!« Und Lola wollte in klitzekleine Stücke zerfallen und mit dem Wind verschwinden. Oder zu Wasser werden und einfach in der Erde versickern. Sie wollte nicht nur keinen Meter mehr gehen, sondern die Zeit anhalten. Alles anders machen. Aber Simon lieferte sie, ohne ein weiteres Wort zu verlieren, in der Wohnung ab, wartete, bis Petra nach Hause kam, und ging.

Als Lola an diesem Abend im Bett lag, versuchte sie, sich mit aller Kraft an »Magdalena war so schwarz« zu erinnern, und stimmte es ganz leise und vorsichtig an. Sie mummelte sich in ihre Bettdecke und sang:

Magdalena war so schwarz
und hatte große Hände
wen sie liebte
streichelte sie in die Wände
weiß und kalkig ward ihr Liebster endlich noch
dabei liebte Magdalena jeden doch.
Magdalena, -lena, -lena, Magdalena, -lena, -lena
Magdalena, Magdalena
Tausend Leben hat sie wohl
zu Tod gedrückt
manchmal glaubt sie selbst

sie wird verrückt
weil sie immer wieder lieben muss
dabei tötet jeden schon ihr Kuss.
Magdalena, -lena, -lena, Magdalena, -lena, -lena
Magdalena, Magdalena
Ach, die langen Haare gehen bis zum Knie
doch vier Tage überlebt man mit ihr nie
nimm nie ihre Hand, die sie dir gibt
ach, sonst hat dich Magdalena totgeliebt.
Magdalena, -lena, -lena, Magdalena, -lena, -lena
Magdalena, Magdalena

───────────── 5

»Was heißt das, du bist in Westberlin?«, schrie Hannah ins Telefon. Laut. Sehr laut. Sie stand vor der kleinen dunkelbraunen Holzkommode im Eingangsbereich. Dieser Raum, von dem sternförmig alle fünf Zimmer der Wohnung abgingen, war mit Raufaser tapeziert und mit Perserteppichen ausgelegt. Hannahs Mutter hatte sie mit anderen wertvollen Gegenständen bei Nachbarn im Keller verstecken können, bevor sie deportiert worden war.

Lola schlich aus ihrem Zimmer und lehnte sich gegen den Türrahmen. Sie starrte auf die Drehscheibe des Telefons, unter der verkrusteter Dreck klebte. »Seit wann bist du dort?«, fragte Hannah ernst, und Lola rutschte am Rahmen herab, um sich bäuchlings neben die Füße ihrer Großmutter zu legen. Auf ihre zu Fäusten geballten

Hände stützte sie ihr Kinn. Ihre Augen waren auf Hannah gerichtet, mit den Füßen machte sie kleine Kreise in der Luft.

»Was sagt Papa, Großmama? Lässt du mich mal mit Papa sprechen? Gibst du mir mal das Telefon?«, rief Lola von unten herauf, aber Hannah legte den Hörer auf. Ihre Hand ruhte auf dem Telefon, und durch Lolas Körper rannte eine Ameisenkolonne, die immer dann aktiv wurde, so hatte es Lola jedenfalls schon feststellen können, wenn es einem Menschen in ihrer Nähe schlechtging.

Hannah hob Lola vom Boden hoch und ging mit ihr ins Wohnzimmer zum Fenster. Lola hatte ihre Beine um Hannahs Taille geschwungen und den Kopf auf ihrer Schulter abgelegt. Obwohl sie schon sieben Jahre alt war, war sie immer noch leicht wie eine Feder. Hannah strich ihr sanft über den Kopf und sagte genauso sanft: »Lola, du musst mir gut zuhören!« Und Lola rutschte mit ihrem Kopf auf Hannahs Schulter hin und her, um ein Nicken anzudeuten. »Papa ist nicht mehr in Ostberlin. Papa ist in Westberlin«, fuhr Hannah fort, und Lola antwortete nur: »Und? Dann fahren wir eben nach Westberlin, den Papa dort besuchen.« Tränen liefen aus Hannahs Augen, die auf Lolas Wange tropften.

»Lola, man kann nicht nach Westberlin. Westberlin ist auf der anderen Seite der Mauer. Die DDR ist drum herum.«

»Und wieso darf Papa dort sein?«

»Der Papa darf da auch nicht hin, aber er ist ganz lange gelaufen und über hohe Zäune gesprungen, bis er irgendwann in Westberlin angekommen ist.« Lola seufzte nur und spielte mit dem blauen Tuch, das Hannah um ihren Hals trug.

Ihre Großmutter hatte kurzes graues Haar, das früher einmal ebenso schwarz und lockig wie Simons gewesen war. Ihre Augen waren eisblau, aber nicht kalt, sondern warmherzig. Und den großen Leberfleck, links unter ihrer Unterlippe, hatte sie Lola vererbt.

»Lola, der Papa wohnt jetzt dort«, flüsterte Hannah und setzte Lola ab. »Du wirst mir nun doch ein bisschen schwer.«

Lola lief zum Sofa, schnappte sich die Fernbedienung und schaltete den Fernseher ein. Gerade fing »Wolff und Rüffel« an, ihre Lieblingssendung. Manchmal hatte sie die mit Simon zusammen gesehen, als er noch bei ihr und Petra gewohnt hatte. Aber jetzt war Simon in Westberlin, und Lolas Bauch fühlte sich komisch an. Wo ist Westberlin?, dachte sie. Ihr Gehirn sprang wie eine Platte und setzte immer wieder mit »Wo ist Westberlin?« ein. Sie beobachtete, wie Wolff Rüffel jagte und Rüffel Wolff. Wie sich Rüffel im Schrank versteckte und Wolff ihm folgte, und dann beobachtete sie Hannah, die unruhig durch die Wohnung ging, ein Telefonat nach dem anderen führte und, als sie den Schlüssel im Schloss hörte, zur Tür rannte, Gershom bestürzt empfing und wie dieser dann ins Wohnzimmer zu Lola schaute, die weiter zwischen dem Fernseher und den Ereignissen hin und her zappte.

Wo ist Westberlin, dachte sie auch noch am Abend, als sie zu dritt belegte Brote an dem großen, runden Tisch im Esszimmer aßen und kein Wort miteinander sprachen, und weil Lola sich nicht traut, Hannah und Gershom zu Westberlin zu befragen, blieb die Frage unbeantwortet. Als Lola zu Bett ging, stellte sie sich Simon vor und wie er da irgendwo wäre, an diesem komischen Ort. Dieser Ort hieß Westberlin, lag hinter einer Mauer, umzingelt von der DDR. Es durfte aber niemand dort hin. Nur Simon war dort, weil er gerannt war. So hatte es ihr Hannah erklärt. Lola versuchte, sich das alles ganz genau vorzustellen, aber es entstand einfach kein Bild in ihrem Kopf. Und weil die Anstrengung sie irgendwann erschöpfte, schloss sie die Augen und träumte von einem seltsamen Ort, der hinter einer Mauer lag, an den nur Simon gelangt war und der es ihm unmöglich machte, Lola je wieder zu besuchen.

Gegen fünf Uhr morgens schreckte Lola aus dem Schlaf und war hellwach. Sie stieg aus dem Bett, tappste zum Schreibtisch, der vor dem Fester stand, und kletterte auf den Stuhl und auf die Tischplatte. Ihre Beine verknotete sie zu einem Schneidersitz und starrte auf die Straßenbahnschienen vor ihrem Fenster. Sie beobachtete, wie die Straßenbahnen aneinander vorbeifuhren und wie mit der Zeit die Lichter in den Fenstern der gegenüberliegenden Häuser immer mehr wurden. Lola überlegte angestrengt, wo Norden lag und wo Westen. Und dann kombinierte sie, dass Westberlin im Westen liegen müsse. Da, wo die Sonne unterging, und bei ihr ging sie gerade auf. Sie überlegte, ob es bei Simon noch dunkel war und ob er auch aus dem Schlaf geschreckt war und jetzt in einem Schneidersitz am Fenster saß und an sie dachte. Jedenfalls wünschte sie sich das. Sie drückte ihre Nase am Fenster platt, atmete gegen die Scheibe und schrieb »Papa« auf das beschlagene Glas.

Auch beim Frühstück hielt das Schweigen, das beim Abendbrot begonnen hatte, an. Hannah, Gershom und Lola aßen schweigend Brötchen und tranken schweigend Tee. Die einzigen Geräusche waren das Geklapper der Messer und der Löffel. Als Gershom Lola bat, ihre Schuhe anzuziehen, damit er sie zu Schule fahren könne, war sie froh, von diesem Tisch, an dem sie sonst immer gerne saß, wegzukommen.

Während der Fahrt stellte Gershom Lola unendlich viele Fragen. Fragen zu ihren Unterrichtsfächern, zu Arbeiten und Noten. Und als Lola alle diese Fragen beantwortet hatte, sie aber immer noch nicht in der Schule angekommen waren, begann er erneut, Fragen zu stellen, zu ihren Freundinnen. Lola erzählte von Marlene und wie sie mit Marlene und Marlenes Mutter vor ein paar Tagen nachmittags getöpfert hatten und wie Lola am Ende aus dem übriggebliebenen Ton einen Hund und eine Schildkröte geformt hatte, die Marlenes Mutter zusammen mit ihr bemalt hatte. Zum ersten Mal seit Simons Telefonanruf vergaß Lola Westberlin.

Gershom fuhr langsam vor dem Haupteingang der Schule vor und hielt an der Bushaltestelle. Lola gab ihm einen Kuss auf die Wange, stieg aus und wurde liebevoll von der warmen Sommerluft empfangen. Der Wind verfing sich unter ihrem rosafarbenen Glockenrock, und die Sonne spiegelte sich in den silbernen Knöpfen ihres blauen Oberteils. Lola winkte Gershom hinterher, als dieser davonfuhr. Sie stieg die großen Treppenstufen zur Eingangstür hoch und dachte daran, dass der rosafarbene Rock und das blaue Oberteil vor zwei Tagen mit der Post gekommen waren. Ein Geschenk von Papa, hatte Petra ihr erklärt. Wahrscheinlich war er schon links von Nord-Berlin gewesen, als Lola das Paket aufgerissen hatte.

In der ersten Schulstunde, Mathematik, konnte sie kaum zuhören. Sie dachte an Simon und das Versteckspiel. Sie dachte an die Tontassen und daran, wie sie den Rock und das Oberteil anprobiert hatte. Sie dachte an den gestrigen Nachmittag und den gestrigen Abend, an Hannahs blaues Halstuch und wie ihre Wange nass geworden war. Sie dachte an Westberlin, dieses zusammengesetzte Substantiv aus einer Himmelsrichtung und einer Stadt.

Das Pausenklingeln riss Lola aus ihrer Gedankenwelt. Sie rannte mit den anderen Kindern aus ihrer Klasse auf den Hof in die Wärme der ersten Sommertage. Lola und ihre beste Freundin Katja, ein pummeliges Mädchen mit dicken blonden Haaren, setzten sich auf eine Bank und tranken aus ihren pyramidenförmigen Milchpackungen, die sie aus ihren Schulranzen gefischt hatten. Lolas Milch schmeckte nach Erdbeere und Katjas nach Schokolade.

Als Lola gerade ihre gelben Kniestrümpfe runterrollte, weil es längst zu warm für Kniestrümpfe war, sah sie, wie Frau Strauss, die Direktorin der Schule, zielstrebig auf sie zukam. »Guten Morgen, Lola«, und Lola antwortete nuschelnd: »Guten Morgen.« »Kommst du mal mit, Lola? Ich würde gerne in meinem Büro mit dir sprechen«, fragte diese Mittvierzigerin, die sich eindeutig zu den achtziger

Jahren bekannte und eine blondierte Dauerwelle trug. »Ich hab gleich Deutsch«, entgegnete Lola, aber Frau Strauss nahm Lola ihre Erdbeermilch aus der Hand und bat sie eindringlich aufzustehen. Also trottete Lola hinter dem forschen Gang von Frau Strauss her. Die Schüler auf dem Hof schauten ihnen aufgeregt nach, und weil Lola solche dramatischen Szenen hasste, starrte sie auf den Boden. Auf dem Weg zum Eingang feuerte Frau Strauss Lolas Erdbeermilch in den dreckigen grauen Beton-Mülleimer und sagte, ohne sich zu ihr umzudrehen: »Keine Milch im Schulgebäude.«

Lola war keine besonders gute, aber auch keine schlechte Schülerin, und weil sie im Schuljahr weder eine Vier noch eine Fünf, dafür etliche Zweien und Dreien bekommen hatte, wunderte sie sich, dass Frau Strauss so dringend mit ihr sprechen wollte.

Die Direktorin öffnete das Fenster ihres Sekretariats. »Hach, was für ein schöner Tag, oder?« Aber Lola schwieg und setzte sich auf den Stuhl, der vor dem hellbraunen Schreibtisch stand. Der graue Filzstoff bohrte sich in ihre Oberschenkel, während Frau Strauss ihr den Rücken zukehrte, auf den leeren Hof schaute und das Gespräch begann: »Also, Lola, wir haben gehört, dass dein Papa in Westberlin ist. Was weißt du denn darüber?«

»Westberlin«, sagte Lola und merkte, dass sie Westberlin noch nie so laut gesagt hatte. Also wiederholte sie das zusammengesetzte Substantiv etwa zwölf Mal. So lange bis Frau Strauss sie unterbrach und energisch »Das ist eine ernste Sache. Damit macht man keinen Spaß« sagte. Für Lola war das auch eine ernste Sache. Ohne Zweifel.

»Hier steht«, Frau Strauss zog einen Zettel unter einem Block hervor, »der Papa hat gestern gegen 18:15 Uhr bei deiner Oma angerufen, und bei der hast du gestern ja auch geschlafen. Was hat dir die Oma denn gesagt, wo der Papa ist?«, fragte Frau Strauss, und Lola antwortete: »Westberlin.«

»Genau. Und, was hat die Oma erzählt, wie er da hingekommen ist?«

»Gerannt und über Zäune gesprungen«, erinnerte sich Lola, und Frau Strauss schrieb mit, was sie sagte. »Hat dir die Oma sonst noch etwas erzählt? Irgendwas, das ich wissen müsste?« In diesem Moment schaute sich Lola Frau Strauss genau an. Sie sah, wie kleine Schweißperlen an ihren Schläfen klebten und der rote Lippenstift in die Falten um ihren Mund lief. Frau Strauss trug hellblauen Lidschatten, der schimmerte und Lola an die Innenseite einer Muschel erinnerte. Sie schaute aus dem Fenster auf den leeren Hof und dann auf die Ohren von Frau Strauss, an denen goldene Kreolen hingen. Sie fragte sich, woher Frau Strauss das alles wusste, dass Simon gestern Hannah angerufen hatte und dass er in Westberlin war. Und dann fragte sie sich, ob Frau Strauss mit Hannah telefoniert hatte. Sie fragte sich, was sie überhaupt erzählen durfte, schließlich hatte es aus Hannahs Augen getropft, und das verriet ja etwas über das Ausmaß der gesamten Situation. Lola hatte wieder das komische Gefühl im Bauch und wünschte sich, Simon wäre da und könnte Frau Strauss alle Fragen beantworten, die sie Lola stellte, denn sie konnte es nicht.

Frau Strauss wurde immer lauter, aber Lola sah nur, wie sich die Lippen bewegten und der Mund größer wurde. Sie sah, wie Frau Strauss ihre Augen aufriss und mit den Armen fuchtelte. Und weil Lola wieder nur noch an Westberlin denken konnte und darauf überhaupt keine Lust hatte, drückte sie den Stuhl mit dem grauen Filz und der schwarzen Metalllehne nach hinten, sprang auf, riss die Tür auf und rannte aus dem Zimmer. Die letzten zwei Stufen jeder Treppe aller fünf Etagen sprang sie hinunter und hielt sich am Geländer fest. Sie rannte aus dem Schulgebäude bis nach Hause auf den Hof, ohne ein einziges Mal anzuhalten. Vor zehn Tagen hatten Simon und sie hier Verstecken gespielt. Lola vergaß ihre Höhenangst und kletterte, so schnell es ihr möglich war, in die schlanke Krone der Pappel, auf der sich Simon versteckt hatte. Im Wipfel des sich wiegenden Baumes angekommen, blickte sie auf den Hof hinunter und vergaß Frau Strauss. Sie vergaß den Unterricht und ihren grünen Schulranzen, der an ihrem leeren Tisch im Klassenraum lehnte. Sie vergaß die Erdbeermilch und auch Katja. Das Einzige, das sie einfach nicht vergessen konnte, war, dass Simon weg war.

———————— 6

Als Lola auf das Display ihres vibrierenden Telefons schaute und dort »David Frenkel« stand, wusste sie, was er sagen würde. Sie wusste, dass sie die Verhandlung verloren hatte. Wieso sollte sie also ans Telefon gehen? Aber David gab nicht auf. Nach dem er sie achtzehnmal hintereinander angerufen hatte, ging sie endlich ran.

»Was soll der Quatsch, Lola? Wieso gehst du nicht ans Telefon?«

»Ich weiß doch längst, dass wir verloren haben.«

»Ja, aber interessiert dich nicht weshalb?«

»Klar, wegen meiner Aktion.«

»So einfach ist das nicht. Und selbstverständlich weiß ich, wieso du das gemacht hast. Du kannst jetzt natürlich sagen: Ey, wir haben die Verhandlung deswegen verloren.«

»Und haben wir die Verhandlung deswegen verloren?«

»Willst du die offizielle Erklärung des Richters hören?«

»Keine Ahnung. Verkrafte ich die?«

»Wahrscheinlich nicht!«

Lola lief immer noch durch Moabit. Der Sommerschnee wehte immer noch in ihr Gesicht. Zwei Stunden waren vergangen, seit sie aus dem Gerichtssaal geschmissen worden war. Den Kajalstift hatte sie mit Spucke und einem Taschentuch entfernt. Aber nur, weil Passanten sie mehrmals gefragt hatten, ob es ihr gutgehe. Sie stand auf der Gotzkowskybrücke und schaute auf die Spree hinunter. Die Arme legte sie übereinander auf das Geländer, und der warme Wind spielte mit ihren Babyhärchen, genauso wie im Mai '87.

»Okay, ich bin bereit.«

»Wirklich?«

»Wir bringen es einfach hinter uns, David. Ich bin nicht bereit, aber das werde ich wahrscheinlich sowieso nie sein. Es hilft ja nichts. Du hast mir davon abgeraten, vor Gericht zu gehen, und du hast recht behalten. Ich wollte das durchziehen und habe es durchgezogen. Jetzt kommt die Abrechnung. So ist das im Leben.«

»Der Anwalt der beiden hat die Gesetze der Halacha herangezogen. Er sagte, du seist keine Jüdin, und deswegen könne es sich per se nicht um eine Tat mit antisemitischem Hintergrund handeln. Beide behaupteten außerdem, davon gewusst zu haben, dass deine Mutter keine Jüdin ist.«

»Wahnsinn. Totaler Wahnsinn.«

»Ich weiß.«

»Und was denkst du? Denkst du auch, dass ich keine Jüdin bin?«

»Es spielt keine Rolle, was ich denke, Lola.«

»Doch. Für mich spielt es eine Rolle.«

»Okay. Na gut. Klar, denke ich, dass du Jüdin bist und dass diese Tat sehr wohl einen antisemitischen Hintergrund hatte. Sonst hätte ich dich nicht vertreten.«

»Wie meinst du das?«

»Nicht so. Ich hätte dich auch vertreten, wenn du keine Jüdin gewesen wärst. Logisch. Ich meine damit, dass ich es als Antisemitismus verstanden habe, was da passiert ist. Und dass ich dich deswegen auch vertreten habe. Ich sehe es immer noch als Antisemitismus. Scheißegal, was der Richter behauptet, und scheißegal, was die Verteidiger behaupten. Es ist, was es ist. Aber was eben nicht sein darf, wird einfach ignoriert. Nie wieder Antisemitismus haben die Deutschen siebzig Jahre gelernt. Und weil es keinen Antisemitismus geben darf, gibt es auch keinen. Wen interessieren schon die Gesetze der Halacha? Die Gesetze der Halacha haben die Nazis auch nicht interessiert. Du wärst mit all den anderen nach rechts zu den Duschen geschickt worden und Feierabend. Darum geht es und um nichts anderes. Es tut mir leid, Lola, aber ich habe ehrlich gesagt genau dieses Urteil erwartet. Wir leben in Deutschland. So wird das immer sein.«

»Danke!«

Lola legte auf. Sie schaute auf die Spree und war froh, dass sie während des Freispruchs nicht dabei gewesen war. Sie war froh, dass sie diese skurrile und affige Aktion veranstaltet hatte und rausgeschmissen worden war. Auch, wenn sie eigentlich nur dazu hatte dienen sollen, den Freispruch zu erwirken, um am Ende nicht mit der Tatsache konfrontiert zu sein, wirklich verloren zu haben.

Damit, dass ihr fehlendes »Jüdischsein« Manuela und Olaf auf freien Fuß setzen würde, hatte sie nicht gerechnet. Zu keinem Zeitpunkt war ihr diese Idee gekommen. Sah sie sich selbst doch als Jüdin, wenn auch als deutsche Jüdin. So viele verschiedene Szenarien war sie Wochen und Monate vor der Verhandlung durchgegangen. Sie hatte sich etliche Erklärungen, wieso, weshalb und warum Manuela und Olaf freigesprochen werden würden, ausgedacht, aber dass es diese Begründung sein würde, hatte sie nicht eingeplant, und deshalb traf sie Davids Anruf in einer Intensität, vor der sie sich nun nicht mehr schützen konnte.

Bis die Sonne unterging, verharrte Lola in derselben Position. Manchmal weinte sie und manchmal starrte sie auf das fließende Wasser des Flusses, der West und Ost miteinander verband oder eben trennte. Wie sollte sie jetzt den Menschen in ihrem Umfeld begegnen? Wie sollte sie durch die Straßen laufen, ohne im Teer zu versinken? Was würde Hannah sagen, und was Simon? Was würde Max sagen, und was in aller Welt würden Olaf und Manuela jetzt erzählen? Genau vor diesen Gefühlen hatte David sie schützen wollen. Aber wäre nicht vor Gericht zu gehen nicht ein noch größeres Unrecht gewesen, also sich vor der Wahrheit zu verstecken und den braven Juden spielen? Lola hatte nicht den braven Juden gespielt, und genau das hatte dazu geführt, dass Manuela und Olaf vermutlich gerade in irgendeiner hippen Bar in Mitte auf ihre gewonnene Verhandlung anstießen und Lola in die Spree tropfte. Lola konnte einen doppelten Schmerz fühlen. Den Schmerz der ursprünglichen Verletzung und den, der aus der fehlenden Anerkennung der Verletzung entstand. Lola begriff, dass dieser zweifache Schmerz sie begleiten würde und dass er sie just in diesem Moment fundamental veränderte.

Am nächsten Vormittag telefonierte sie mit der Sekretärin des Rabbis aus der Rykestraße und informierte sich über den Ablauf eines Giurs. Der Übertritt zum Judentum würde etwa anderthalb Jahre dauern und machte Nichtjuden zu Juden. Lola hatte genug davon. Sie hatte genug davon, dass fremde Personen ihre Identität beurteilten und darüber entschieden, wer sie war und wer nicht. Die Sekretärin fragte Lola nach ihrem Hintergrund, und Lola erzählte, woher sie kam und wer ihre Eltern und Großeltern waren und wie sie aufgewachsen war. Sofort gab ihr Frau Upnizky einen Termin und sagte abschließend: »Frau Wolf, das wird ganz schnell gehen. Sie haben die allerbesten Voraussetzungen. Ich schicke Ihnen per Mail unseren Fragebogen, den sie bitte bis morgen ausfüllen müssten.«

Nur drei Tage später saß sie im Warteraum der Synagoge und wartete auf Rabbi Goldberg. Er verspätete sich um fünfzehn Minuten. Und in diesen fünfzehn Minuten hatte Lola Angst. Sie hatte Angst, dass auch Rabbi Goldberg, obwohl er dem Reformjudentum angehörte, Lolas Identität bestreiten oder bewerten würde. Sie hatte Angst, dass er dem Giur nicht zustimmen würde, und sie hatte Angst, weil sie vor alledem Angst hatte. Als er mit einem kleinen Aktenkoffer in der Hand und einer schwarzen Kippa auf dem Kopf reinstürmte, lächelte er sie an. »Sie sind also Frau Wolf?«

»Ja, genau.«

»Na, dann kommen sie mal mit. Wir gehen in eines der Zimmer da hinten rechts.«

Lola folgte ihm in ein winziges Zimmer. An den Wänden waren Bücherregale montiert, und in den Bücherregalen standen Gebetsbücher. Sie setzten sich an einen alten Holzschreibtisch auf alte Holzstühle, und Rabbi Goldberg holte den von Lola ausgefüllten Fragebogen hervor.

»Ich mochte Ihre Antwort auf die Frage, warum Sie Jüdin werden wollen!«

»Ja?«

»Ja, selbstverständlich. Zu sagen, dass Sie als Jüdin groß geworden sind und als eine solche erzogen wurden, ergibt Sinn. Sie sind ja auch eine. Wieso sind Sie dann hier?«

»Weil ich diese Zerrissenheit nicht aushalte?«

»Sie meinen, dass Sie aufgrund der Halacha nicht als Jüdin anerkannt werden und nicht von einem Rabbiner verheiratet werden können. Ich sage Ihnen etwas, Frau Wolf. Auch wenn Sie jetzt bei mir den Giur machen, was

Sie selbstverständlich tun können, dann können Sie nur von einem Rabbiner oder einer Rabbinerin, die dem Reformjudentum angehört, verheiratet werden. Die Orthodoxen erkennen Sie weiterhin nicht an.«

»Ich weiß.«

»Wir erkennen Sie in gewisser Hinsicht jetzt schon an, dürften Sie aber nicht verheiraten. Eine Bat Mitzvah haben Sie nicht gemacht, oder?«

»Nein.«

»Ja, das ist schade. Hätten Sie die gemacht und einen jüdischen Zweitnamen, dann müssten Sie gar nichts mehr unternehmen. Dann wären Sie Jüdin nach dem Reformjudentum.«

»Ich will den Giur trotzdem machen, auch wenn ich von den Orthodoxen nicht anerkannt werde.«

»In Israel hätten Sie dann aber wieder ein Problem. Ich will Ihnen das nicht madig machen, ich will nur, dass Sie wissen, was auf Sie zukommt.«

»Ich verstehe schon. Wir machen das. In Israel kann ich dann immer noch progressiv heiraten. Wer will schon orthodox heiraten? Das lehne ich sowieso ab.«

»Gut. Dann sollen Sie den Giur machen. Ich habe nichts dagegen. Im Gegenteil. Dann sitzt da mal eine Jüdin«, sagte Rabbi Goldberg und lachte laut. Richtig laut sogar. Und Lola versuchte mitzulachen, was ihr aber nicht wirklich gelang.

»Also, ich sage Ihnen jetzt, wie der Übertritt aussieht. Einmal wöchentlich kommen Sie abends in die Synagoge, da gibt meine Frau einen Lehrgang in Judaistik. Sie geht dort alles Wichtige durch. Sie wissen schon: die Regeln, die Feierlichkeiten, die Lebenszyklen. Das alles eben. Alle zwei Monate geben Sie mir dazu einen Essay ab. Zu einem beliebigen Thema, das Sie in diesen Wochen beschäftigt hat. Dann müssen Sie einen Hebräisch-Kurs besuchen und samstags in die Synagoge zum Gottesdienst kommen. Wie ich gelesen habe, können Sie schon ein bisschen Hebräisch. Wenn man seit zweiundzwanzig Jahren nach Israel reist, dann sollte man das auch. Nachon? Am Ende der anderthalb Jahre treten Sie vor das Beth Din. Die werden hart und böse sein und Sie abfragen. Wenn Sie das überstanden haben, dann kommen Sie am Samstagvormittag in die Synagoge und dürfen das erste Mal aus der Thora vorlesen. Das war's. Dann sind Sie eine zertifizierte Jüdin!« Er lachte wieder laut.

»Okay. Das klingt, als wäre es machbar.«

»Natürlich ist das machbar. Für Sie jedenfalls. Für alle anderen vermutlich nicht. Das Beth Din wird sie durchfallen lassen. Nichtjuden haben die nicht so gerne.«

»Nachon!«

In der Woche darauf fing Lolas Judaistik-Kurs in dem Lehrbereich der Synagoge an. Als sie den Raum, der wie ihr erstes Klassenzimmer in der Grundschule aussah und auch genauso nach Linoleum roch, betrat, saßen dort zwei Männer und zwei Frauen an einem sogenannten U. Das U war die Tischformation, die sich erst nach der Wende in allen ostdeutschen Schulen durchgesetzt hatte. Lola erinnerte sich daran, wie sie eines Tages in ihr Klassenzimmer gekommen war, wahrscheinlich 1992, und alle plötzlich an diesem U gesessen hatten. Die Lehrerin hatte gesagt, das U sei sozialer, offener und besser für die gemeinsame Arbeit und dass Frontalunterricht jetzt unmodern sei, aber Lola hatte sich nie an das U gewöhnen können.

Sie setzte sich zwischen die beiden Frauen, die ihr liebevoll zunickten und sich nacheinander vorstellten. Links von Lola saß Claudia, eine Endfünfzigerin mit gefärbten Haaren, die am Ansatz Grau nachwuchsen, und rechts von ihr Dasha. Dasha war Anfang zwanzig und trug ein fast durchsichtiges geblümtes Kleid. Sofort begann sie, Lola in ein Gespräch zu verwickeln, doch sie wurde von Frau Goldberg unterbrochen, die den Raum betrat und »Schalom« rief, woraufhin alle, außer Lola, mit »Schalom« antworteten. Während Frau Goldberg Materialien auf ihrem Tisch sortierte und Dasha in Lolas rechtes Ohr plapperte, beobachtete sie die Männer, die stolz ihre Kippa trugen und in ein Gespräch vertieft waren. Lola konnte hören, dass es um Schawuot ging, ein Fest, das eine Woche zuvor gefeiert worden war und währenddessen man Unmengen Eier- und Käsekuchen verdrückte. Die Augen der Männer leuchteten. Sie leuchteten, wenn sie von ihren israelischen Frauen sprachen und von ihren Kindern, Jacov, Avraham, Tali und Michali. Und sie leuchteten, wenn sie von ihren Schwiegereltern sprachen und von Israel. Sie leuchteten auch, als sie von den Kuchen und den Festlichkeiten rund um Schawuot erzählten, und immer wenn sie dies taten, dann ließen sie jiddische oder hebräische Worte einfließen, so wie das Agenturmenschen mit englischen Begriffen während wichtiger Meetings machten.

Lola wurde ganz schlecht von diesem Gerede über Eier- und Käsekuchen, und deshalb wollte sie nach ihrer Tasche greifen, sich aus dem U befreien und so schnell aus der Synagoge rennen wie damals aus dem Büro ihrer Direktorin. Doch Frau Goldberg positionierte sich, wie das Lehrer eben tun, vor der Gruppe und begann den Unterricht mit den Worten: »Wir haben von heute an ein neues Mitglied. Lola Wolf. Wir freuen uns sehr. Mein Mann hat mir einiges von Ihnen erzählt. Sie werden eine Bereicherung sein. Ihre eigene Geschichte wird eine Bereicherung sein. Und das Beste wäre, wir gehen jetzt durch die Runde, und jeder stellt sich vor, und dann, Frau Wolf, erzählen Sie, warum Sie hier sind. Ach, was sage ich da. Wir wissen ja, warum wir alle hier sind, aber vielleicht aus welcher Motivation heraus. Das ist doch das Interessante, richtig?«

»Nachon, nachon«, rief einer der beiden Männer. »Ich würde dann mal starten, wenn das oki-doki ist.« Klar, ist das oki-doki, dachte Lola.

»Ihr alle wisst das ja schon, die Neue eben nicht. Ich bin seit 2010 mit meiner Frau verheiratet. Maayan kommt aus Israel, wir haben uns aber in Deutschland kennengelernt. Sie ist sehr gläubig, und unsere beiden Jungs Jacov und Avraham werden streng traditionell erzogen. Das geht natürlich nur, wenn auch ich als Vorbild diene. Deswegen habe ich mich entschieden, einen Giur zu machen. Wir sind standesamtlich getraut und wollen dann noch einmal traditionell heiraten, wenn ich fertig bin.« Daraufhin setzte der zweite Mann ein: »Schalom, meine Freunde. Entschuldigt, dass ich letzte Woche nicht da war. Wir waren in Erez Israel«, und als er Erez Israel sagte, hob er dabei seine

Arme, drehte seine Handflächen nach oben und bewegte sie vor und zurück, um eine heilige Geste zu imitieren. Seine Geschichte ähnelte, mit leichten Unterschieden, der des ersten Kippa-Trägers.

Lola wollte ihre Handflächen vor ihr Gesicht legen, merkte aber rechtzeitig, dass der Raum zu leer war und die Aufmerksamkeit zu sehr auf ihr lag, um sich einer solchen Geste zu bedienen. Claudia meldete sich und sagte, dass sie an dieser Stelle gerne weitermachen wollen würde, und berichtete davon, dass sie vor zweiundzwanzig Jahren mit einem jüdischen Mann zusammen gewesen sei, eine Tochter zur Welt gebracht habe und nun, wo sie geschieden und die Tochter aus dem Haus sei, das Gefühl habe, Jüdin werden zu wollen. Zu spät, dachte Lola nur. Zweiundzwanzig Jahre zu spät.

Lola setzte ihre letzte Hoffnung in Dasha. Vielleicht wäre Dasha eine russische Jüdin, mit einem jüdischen Vater und einer russischen Mutter, aber Dasha war aus der Ukraine und ihr Urgroßvater Leiter eines KZs gewesen. Dasha fühlte sich schuldig. Und dieses Schuldigsein, so erklärte Dasha, werde erst aufhören, wenn sie Jüdin würde und wenn sie an die Stelle des Opfers trete und die Ahnenfolge durchbreche.

Als Dasha mit ihrer Geschichte fertig war, konnte Lola nicht mehr klar denken. Hätte man sie nach ihrem Namen gefragt, er wäre ihr nicht eingefallen. Und nur weil Frau Goldberg sagte »So, Frau Wolf, jetzt sind Sie dran!« wusste Lola wieder, wie sie hieß. Und als Lola erzählte, dass ihr Vater Jude sei, ihre Mutter aber nicht, dass ihre Großmutter, bei der sie in gewisser Hinsicht aufgewachsen sei,

Dachau überlebt hatte und ihr Großvater 1938 nach Palästina geflohen war, um dann 1945 als Kommunist in die DDR zurückzukehren, und dass Lolas Vater mit ihr 1991 das erste Mal nach Israel gereist sei, damit sie ihre Familie kennenlernen könne, hörte ihr Unwohlsein auf. Lola sah, wie die Gesichter der Kippa-Träger trauriger wurden und wie unbeeindruckt Claudia aussah und wie begeistert Dasha. Anschließend erklärte Frau Goldberg sechzig Minuten lang die Bar und Bat Mitzvah, aber Lola hörte nicht mehr zu.

Als sie drei Tage später zum Gottesdienst in die Synagoge kam, sah sie alle vier wieder. Die Männer trugen jeweils eines ihrer Kinder auf dem Arm und hielten das andere an der Hand. Sie sangen aus voller Brust, wenn der Vorsänger fertig war und der Chor einstimmen sollte. Sie kippten gewissenhaft ihre Oberkörper nach vorne und nach hinten, genauso wie das auch die orthodoxen Juden beim Gebet tun. Der Rabbi war nicht zu finden, und noch während Lola auf den harten Holzbänken saß, die in der Rykestraße wie in einer Kirche aufgeteilt waren, was die Synagoge schon seit Jahren zum Gespött aller Berliner Juden machte, dachte Lola an nichts anderes als ihre Flucht.

Nach zwei Stunden verließ sie den Gottesdienst und kehrte nie wieder. Sie schrieb in der Tram eine kurze Mail an Rabbi Goldberg, in der stand, dass sie das alles doch nicht könne. Im Laufe des Tages erhielt sie eine Antwort von ihm. Darin stand nur »Verständlich!«, und Lola konnte ihn lachen hören.

——————————— 7

Den Herbst und den Winter verbrachte Benjamin in London, und als er im Frühling 2014 zurückkam, hatte er eine rothaarige Frau mitgebracht, die ihm nicht mehr von der Seite wich. Und auch wenn er Lola nach wie vor jeden Tag anrief und sie nachts für zwei Stunden besuchte, um mit ihr Stalag-Heft-Sex zu machen, oder sich beide heimlich auf der Toilette vom *Pauly Saal* trafen, war die Londonerin immer irgendwie dabei. Entweder schickte sie Kurzmitteilungen oder rief terrorisierend mehrmals an, während Lola gerade Benjamins Penis in den Mund nahm. Und wenn sie richtig gut drauf war, postete die Rothaarige Bilder auf Instagram von ihrem schlechtgelaunten Gesicht und hashtaggte das Selfie mit #benjaminiloveyou, #benjaminwhereareyou und #benjaminforever.

Als Benjamin dann auch noch Lolas Geburtstag vergaß und nicht wie versprochen zum großen Essen ins *Richard* kam, dafür aber eine Woche später schrieb: »So ein scheisssss!? Sorry, konnte letzte Woche einfach nicht! Alles Gute nachträglich!!!!!! Ich will dich sehen!«, antwortete Lola ihm: »Schmeiß die dämliche Alte raus und dann können wir für immer Sex machen. Solange das nicht der Fall ist, sparst du dir am besten jeden Anruf und jede Nachricht.«

Zum Gallery Weekend im Mai hatte Benjamin eine Ausstellung in Charlottenburg, aber Lola blieb lieber mit Max im Bett liegen und lud sich die neue Dating-App *Tinder* runter. Sie hatte Benjamin fast zwei Monate nicht mehr gesehen und war, sagen wir mal so, über das, was auch immer sie gehabt hatten, hinweg. Das lag vor allem daran, dass sie seit Wochen den Instagram-Account der Londonerin verfolgte und an ihrem tragischen und letztlich einsamen Leben neben Benjamin Liebermann, der sich, offen gesagt, kein bisschen für sie interessierte, teilnahm. Und weil die Rothaarige zwar offensichtlich die bessere Sklavin war, dafür aber todunglücklich, konnte Lola ruhigen Gewissens mit der Geschichte abschließen.

Lola und Max swipten über mehrere Stunden hinweg, mit kurzen Pausen, in denen sie Pasta aßen und ohne sexuelles Interesse Pornofilme schauten, nach rechts und links, und als beiden der Daumen weh tat, entdeckte Lola Shlomo. Shlomo, dreiunddreißig Jahre alt, hatte acht Bilder hochgeladen, auf denen er abwechselnd aussah wie Bryan Greenberg und wie ein Silicon-Valley-Nerd. Aber weil sie drei gemeinsame Freunde in Tel Aviv hatten und diese Freunde nicht irgendwelche Menschen waren, sondern der Journalist Tamir Arad, der Filmemacher Rafi Sonnenbaum und die Schriftstellerin Gili Romano, swipte Lola Shlomo nach rechts. Diese drei Personen waren ein gutes Omen, dachte Lola, kurz bevor »You've got a match!« auf ihrem Display erschien. Shlomo hatte sie also auch schon nach rechts geswipt, und weil Israelis noch richtige Männer waren, musste sie nicht lange warten, bis eine Nachricht kam.

»Hi Lola!«
»You know Tamir?«
»Of course, I know Tamir!«

»For how long are you in Berlin?«
»Ten Days. Let's meet for dinner!«
»Sounds good. Monday?«
»Monday!«

Dann bekam Lola eine Freundschaftsanfrage auf Facebook und stalkte mit Max zwei Stunden lang Shlomo Levy ab, der als Journalist für die Ha'aretz schrieb, eine linksradikale Version der »Zeit«, eine eigene Galerie in Neve Tzedek hatte und auf den anderen 326 Bildern immer noch wie eine Mischung aus Bryan Greenberg und einem hässlichen, dicken Nerd aussah. Die Chancen standen also 50/50. Weil es niemanden gab, der so gut abstalken konnte, war Max Holmes und Lola Sherlock. Sie hatten sich vor über zehn Jahren kennengelernt und trotz kurzzeitiger Kontaktabbrüche niemals aus den Augen verloren. Sie hatten eine eigene Sprache, die aus Autocorrect-Fehlern entstanden war. Wenn Max immer auf dieselben Idioten traf und über diesen Wiederholungszwang in ihrem Lieblingsrestaurant *Pappa e Ciccia* in ihre Frutti-di-Mare-Pasta weinte, dann tröstete Lola sie, und wenn Lola wie auch am vergangenen Weihnachten im *Borchardt* randalierte, zog Max sie aus dem Laden und schrie: »Reiß dich mal!«

Sie waren so etwas wie ein eingeschworenes Team und lagen in Lolas Bett, hatten ihre Rechner auf dem Schoß und googelten Shlomo Levy bis ins Jahr 1995 zurück. Sie fanden seine Exfreundin, eine israelische Moderatorin; seinen Vater, seine Mutter und auch seine fünf Geschwister. Sie wussten irgendwann, was diese Geschwister beruflich machten und mit wem diese Geschwister wo auf der Welt verheiratet waren. Und als es nichts mehr gab, also wirklich absolut nichts mehr, das Sherlock und Holmes über Shlomo Levy, seine Vergangenheit und seine Familie hätten herausfinden können, stellten sie die Rechner neben das Bett und schliefen mit einem großen Abstand zueinander ein.

Zwei Tage später traf Lola Shlomo Levy am Rosenthaler Platz. Sie war überaus erleichtert, dass er weder wie Greenberg noch wie ein Nerd aussah, sondern einfach wie er selbst. Zur Begrüßung zog Shlomo Lola einen Kopfhörer aus dem Ohr und legte ihn an seine Ohrmuschel. Es lief gerade Kendrick Lamars »Swimming Pools« in der Sugababes-Version. Shlomo lächelte und gab ihr den Hörer zurück. »I love this song!«, sagte er nur, und sie schlenderten den Weinbergsweg hoch. Es war, wie es sein sollte. Als ob sie sich ewig kennen würden. Shlomos Haar hatte dieselbe Farbe wie Benjamins, war aber nicht so lang, dafür wuscheliger und vor allem dicker. Lola mochte wuscheliges Haar, durch wuscheliges Haar fahren und dem wuscheligen Haar dabei zuschauen, wie es sekündlich seine Form änderte. Wuscheliges Haar, so glaubte Lola jedenfalls, symbolisierte das Leben, und wer wuscheliges Haar trug, war dem Chaotischen im Leben gewachsen, ja geradezu zugewandt. Und das war eine wichtige Voraussetzung, um überhaupt ernsthaft am Leben teilnehmen zu können. Dass sie sich über *Tinder* kennengelernt hatten, war natürlich nicht unproblematisch und legte einen unangenehm schweren Teppich der paranoiden Vorahnungen und falschen Zuweisungen über das gute Gefühl, das beide füreinander hatten. Aber Shlomo sprach die Sache an: »You were actually the only one I liked«, und weil danach irgendwie alles zum Thema gesagt worden war, auch wenn Lola wusste, dass das eine Lüge war, kommentierte sie diesen Satz gar nicht, sonst hätte sie lügen müssen.

Shlomo bestellte, genauso wie sie, Pasta Salsiccia und ein Glas Rotwein, während Lola den Riesling nahm. Er wollte wissen, woher Lola Tamir und Gili kannte, und dann erzählte Lola, dass sie 2007 für drei Monate nach Tel Aviv gezogen war, um einen Sprachkurs zu besuchen, aber am Ende mehr Zeit damit verbracht hatte, mit Tamir das Nachtleben unsicher zu machen, und, ohne ein Wort Hebräisch gelernt zu haben, nach Berlin zurückgefahren war. Sie erklärte ihm, dass ihr Großvater Gershom seit dem Tod ihrer Großmutter wieder in Tel Aviv lebte und dass sie fast jedes Jahr mehrmals dort war, und Shlomo erzählte, dass es ihm mit Berlin ähnlich ging. Seine Mutter war eine Österreicherin, die sein Vater in den siebziger Jahren kennengelernt und nach Israel geholt hatte, wo sie konvertierte. Shlomo war also auch so zerrissen wie Lola, na ja vielleicht nicht ganz, schließlich musste er nicht mehr übertreten, das hatte seine Mutter freundlicherweise schon für ihn erledigt.

Shlomos Vater arbeitete im Ministerium, und seine Mutter war mittlerweile im Ruhestand. Sie hatte Shlomo als Letztes bekommen und irgendwie merkte man ihm das an. Noch nie hatte Lola einen Mann kennengelernt, der einen so ausgeprägten und weichen Mundbereich hatte. Seine Lippen waren extrem sinnlich. So sinnlich, dass Lola

Shlomo schon nach fünf Minuten küssen wollte, sich diesen Move aber selbstverständlich versagte. Seine großen blauen Augen waren von einem Kranz langer Wimpern umgeben, richtige Klimper-Wimpern, die, wenn er lachte, gegen seine Lider stießen. Shlomo konnte etwas, das nicht viele Menschen können, jemandem tief in die Augen schauen, während er sprach oder während der andere erzählte. Er blickte nicht nach unten oder nach rechts oder links, sondern direkt in Lolas Augen.

Nachdem er seinen Salat gegessen hatte, bestellte Lola ihren zweiten Wein und fragte ihn, was er in Berlin mache, und Shlomo erzählte, dass er hier eine Wohnung habe, die er sich vor fünf Jahren vom Erbe seines toten Großvaters gekauft hatte. Eigentlich hatte er nach Berlin ziehen wollen, sich aber wegen des schwer zu ertragenden Winters dagegen entschieden. Trotzdem besuchte er jedes Jahr, mit dem Frühlingsbeginn, Berlin mehrmals, bis es Herbst wurde. In Tel Aviv war er ein aktives Mitglied des linken Flügels, der durch Protestaktionen auf sich aufmerksam machte. Er hatte begonnen, sich verstärkt zu engagieren, nachdem er die Armee beendet hatte. Seine Augen wurden so traurig wie sonst nur die Augen von Simon. Er habe die Armee gehasst, und er hasste außerdem, wie Israel mit den Palästinensern umging. Ein Apartheidstaat nannte Shlomo Israel, und Lola war nicht überrascht. Sie wusste von den linken Aktivisten, und sie kannte ihre Meinung, war sie doch mit vielen befreundet. Lola hatte sich aus den Diskussionen immer herausgehalten, weil sie in ihren Augen mit ihrer Meinung als rechtskonservativ galt. Rechts und links sind auch nicht mehr das, was sie mal waren, dachte Lola, als Shlomo die verzwickte Situation Israels erörterte. Der Holocaust werde funktionalisiert, seit Jahrzehnten, und auf dem Rücken dieses Themas würden Entscheidungen getroffen, die völkerrechtlich absolut fragwürdig seien. Ihn interessiere nicht mehr, was mit seinen Großeltern passiert sei, er sei nicht seine Großeltern, erklärte er in einem Englisch, von dessen hebräischem Rhythmus Lola immer ganz warm im Bauch wurde, wenn sie es hörte.

Lola fragte trotzdem nach seinen Großeltern, und Shlomo erzählte, dass die Eltern seines Vaters aus München stammten und rechtzeitig nach Palästina geflohen seien, weil sie schlau und wohlhabend waren. Diese Großeltern hätten immer nur deutsch gesprochen, auch mit seinem Vater. Die Bände der großen Dichter und Denker ihres Heimatlandes hätten in den schweren Bücherregalen gestanden, und sie seien BMW oder Mercedes gefahren. Lola dachte an den Film »Die Wohnung« und wie schwer es den Protagonisten gefallen war, abzuschließen mit Deutschland. Kein deutscher Jude, außer er war Zionist, wollte nach Palästina, in diese armselige Steinwüste. Die deutschen Juden waren assimilierte Juden. Sie hatten das Deutschsein so in sich aufgesogen, dass sie schon zu Beginn des zwanzigsten Jahrhunderts die religiösen Feste zusammenlegten und Weihnachten und Chanukka zusammen feierten. Und dann hatte man sie aus diesem Land, in dem sie lebten, rausgeschmissen oder entsorgt. Israel würde es heute nicht in dieser Form geben, hätte der Holocaust nicht stattgefunden, und genau deshalb gibt es auch keine Geschichte Israels ohne den Holocaust. Wer dieses Land beurteilen will, muss auch Deutschland beurteilen, denn ohne Deutschland kein Israel. Das alles dachte Lola, während Shlomo sehr emotional über sein Heimatland sprach, das er so tief ablehnte, wie die Wir-dürfen-den-Holocaust-nicht-vergessen-Anhänger Deutschland ablehnten. Er lehnte Israel genauso ab, wie Toni Israel ablehnte, aber im Gegensatz zu Toni hatte Shlomo ein Recht darauf, auch wenn Lola seine Meinung nicht teilte.

Sie hatten im Freien gesessen und mussten irgendwann reingehen, weil der Mai noch kalt war. Sie nahmen nebeneinander am Fenster Platz, und wie zufällig legte Shlomo seine Hand auf ihr Knie, als Lola erläuterte, warum sie noch nie in ihrem Leben gewählt hatte. Weil im 21. Jahrhundert nichts so obsolet sei wie eine politische Partei. Keine Partei unterscheide sich mehr von der anderen, angebracht sei eine Regierung aus Experten. Shlomo sagte: »Like Plato«, und Lola: »Exactly, like Plato.«

Seine Hand nahm er erst wieder von ihrem Knie, nachdem Lola noch zwei weitere Gläser Wein getrunken hatte und sie entschieden, in die *Odessa Bar* weiterzuziehen. Auch dort legte er diese Hand wie selbstverständlich an derselben Stelle auf ihrem Knie ab.

Nur wenig später kam Benjamin zufällig mit einer rothaarigen Frau rein, die nicht die Londonerin war, und begrüßte Lola, die mit Shlomo und seiner Hand am Fenster saß. »Na, hast du meine SMS bekommen?«, fragte sie, und er antwortete ruppig: »Klar! Was sollte das eigentlich?« Die Rothaarige verschwand zur Bar, Benjamin rief ihr »Einen Rotwein, bitte!« hinterher. Er setzte sich zu Shlomo und Lola an den Tisch, und weil Lola schon fünf

Weißwein getrunken hatte, erklärte sie Benjamin, warum er nicht nur ein Riesenarschloch sei, sondern auch noch ein verdammter Loser, parallel dazu griff sie nach Shlomos Hand, der versucht hatte, diese wegzuziehen, aber Lola hielt sie fest, wandte sich ihm zu, als Benjamin irgendetwas sich selbst Verteidigendes stotterte, und sagte schnell und ernst: »Don't fucking leave, this will take five more minutes!«, und Shlomo lachte wissend, so wie nur jemand mit wuscheligen Haaren wissend lachen konnte. Die Rothaarige kehrte ohne Getränke an den Tisch zurück, verabschiedete sich unsicher und verließ die Bar.

Wie Lola versprochen hatte, war das Streitgespräch nach fünf Minuten beendet. Woraufhin sie Shlomo und Benjamin erklärte, warum sie sich vermutlich ganz gut verstehen würden, Benjamin war schließlich Künstler und Shlomo Kunstkritiker und Galerist. Dann verschwand sie auf die Toilette, in der Hoffnung, dass sich die Männer mit derselben Haarfarbe in der Zwischenzeit hervorragend über Kunst unterhalten würden, und atmete mehrmals tief ein und wieder aus. Sie kühlte ihre Schläfen mit etwas Wasser, spürte, wie betrunken sie war, und versuchte sich zu konzentrieren. Auf diese Begegnung und wie gut sie sich anfühlte und darauf, dass die Welt immer genau so funktionierte, wie sie es für richtig hielt, die Welt, nicht Lola. Erleichtert und erfüllt von dem Chaos, das in ihr steckte, in der Welt, nicht in Lola, lief sie minimal weniger betrunken zum Tisch zurück, setzte sich neben Shlomo, nahm seine Hand und legte sie an dieselbe Stelle ihres Knies, auf der sie schon den ganzen Abend gelegen hatte.

Dann verabschiedete sich Benjamin so liebevoll, wie Lola ihn noch nie erlebt hatte.

Als die Tür hinter ihm zufiel, zog Shlomo Lola fest an sich heran und küsste sie, wie sie noch nie jemand geküsst hatte, in Slowmotion. Lola hatte Mühe, sich auf dieses romantische Tempo einzulassen, aber nachdem die erste Verunsicherung über so viel Nähe und Sensibilität verschwunden war, konnte sie diese Intimität genießen. Sie erinnerte sich daran, wie sie vor Jahren ihren zweiten Freund geküsst hatte. Ohne Zärtlichkeit hatte er die Lippen auf ihre gepresst. Anfänglich hatte sie diese Grobheit abgelehnt, aber irgendwann begann sie, sich daran zu gewöhnen. Der Mensch passt sich immer an, dachte Lola, und wenn die Menschen in der eigenen unmittelbaren Nähe nicht in Slowmotion küssen, dann verlernt man es irgendwann. Es geht viel schneller, Dinge zu verlernen, als Neues zu erlernen. Shlomo überredete Lola weiterzuziehen, sie glaubte, nicht genug Wein getrunken zu haben und nicht betrunken genug zu sein, um mit Shlomo zu schlafen, und darum ging es schließlich bei einem *Tinder*-Date. Um Sex und sonst nichts.

Lola liebte die alte Kneipe, die fünfzig Meter von ihrer Wohnung entfernt lag und nur von Menschen besucht wurde, die den Mauerfall nicht mitbekommen hatten. Sie setzten sich an die Bar. Lola bestellte zwei Gläser Weißwein. Noch bevor sie das zweite Glas ausgetrunken hatte, begann sie zu weinen. So wie sie das eigentlich immer tat. Sie weinte, weil ihr Vater weg war, in fucking Australien, und sie weinte, weil ihre Mutter zwar ein Millionenunternehmen in Hamburg-Blankenese leiten konnte, aber niemals Verantwortung für Lola übernommen hatte. Sie erzählte weinend von ihrer Großmutter und von ihrem Großvater und von ihrer Urgroßmutter und von ihrem Urgroßvater, und weil das Shlomo irgendwie nicht abzuschrecken schien, sondern er sie so liebevoll umarmte, wie er sie geküsst hatte, weinte Lola einfach weiter. Sie weinte so lange, bis sie zwei weitere Gläser Wein bestellt und getrunken hatte. So lange, bis sie sich eigentlich kaum noch auf dem Barhocker halten konnte. Im richtigen Moment forderte Shlomo mit einer Handbewegung, die in der Luft eine Unterschrift imitierte, die Rechnung, griff Lola unter den Arm und stützte sie auf dem Weg in ihre Wohnung. Lola schwankte, und Shlomo lachte, aber das sollte sich wenig später ändern, als Lola nur noch lachte, weil Shlomo keinen hochbekam. Sie sei zu perfekt und er zu aufgeregt, und weil Lola ihm das genauso wenig abnahm wie die Behauptung, sie sei die Einzige gewesen, die er geliked habe, machte sie einfach ihren Trick, der noch bei jedem funktioniert hatte, und alles lief ganz reibungslos.

Anders als Benjamin fing Shlomo nach dem Sex nicht an zu diskutieren, sondern nahm Lola in den Arm und ließ sie die ganze Nacht nicht mehr los. Lola hasste Kuscheln, wollte es aber, genauso wie das Slowmotion-Küssen, diesmal einfach zulassen, also ergab sie sich widerstandslos diesem Klammergriff, tat aber kein Auge zu, sondern starrte aus dem Fenster, dem der Vorhang fehlte. Sie beobachtete die blaue Stunde, wie sie an Kraft verlor und sich in einen Sonnenaufgang verwandelte. Sie hörte Shlomo beim Atmen zu und den Vögeln beim Zwitschern. Doch ihr Kopf schmerzte, und dann noch mehr, und irgendwann so sehr, dass sie dachte, er zerplatze gleich. Dann schwor sie sich, das nächste Mal weniger zu trinken, obwohl sie wusste, dass sie dieses Versprechen nicht halten würde. Sie dachte an den ersten Augenblick, in dem sie Shlomo gesehen hatte, und wie furchtbar froh sie gewesen war, dass er weder wie Bryan noch wie ein Computer-Geek aussah. Sie erinnerte sich an seine Gestik und Mimik, während er über die Missstände in Israel sprach und über die Apartheid und darüber, dass die Juden den Palästinensern dasselbe antaten wie vor siebzig Jahren die Nazis den Juden. Sie erinnerte sich daran, dass er diese Israelis Hitler-Juden genannt hatte und wie ihr Körper in diesem Augenblick eine Gänsehaut bekam. Hitler-Juden wiederholte Lola leise, während Shlomo schwer neben ihr ein- und ausatmete.

Sobald Lola sich nur ein bisschen bewegte, verstärkte Shlomo den Klammergriff. Wie in diesem Katzenvideo »Cat mom hugs baby kitten«, das mittlerweile fünfundfünfzig Millionen Mal auf Youtube angeklickt worden war. Wie viele Klicks würden Lola und Shlomo wohl bekommen, fragte sie sich. Lola hatte schrecklichen Durst und musste dringend auf die Toilette, sie wollte das Katzenvideo sehen oder sich einfach kurz mal ausstrecken, aber Shlomo hatte sie eingeklemmt. Also stellte sie sich vor, wie sie aufstand und ins Bad ging, wie sie in ihrer Küche ihren Lieblingstee kochte und die ganze Kanne auf einmal trank, wie sie Radschlag im Schlafzimmer und Kopfstand im Wohnzimmer machte, wie sie erst »Cat mom hugs baby kitten« und dann noch zehn andere Katzenvideos schaute, und je bildhafter sie sich diese Aktivitäten vorstellte, umso schneller schlief sie ein.

Als Lola aufwachte, zog Shlomo sich an. Er habe einen Termin, den er nicht versäumen dürfe, fügte aber sofort hinzu, dass er sich am Nachmittag melden wolle. Ein Versprechen, das Lola ihm glaubte. Sie sprang aus dem Bett und gab ihm zum Abschied einen Kuss auf die Wange.

In den folgenden Tagen bis zu seinem Abflug sahen sie sich, wann immer sie die Zeit fanden. Sie gingen essen, blieben die meiste Zeit nüchtern, spazierten durch die Stadt oder fuhren ins Berliner Umland. Shlomo wollte mit Lola zum Tempelhofer Feld, aber diese Bitte lehnte Lola pampig ab, lieh sich das Auto ihrer Nachbarin und zeigte Shlomo echte Wälder, anstatt mit ihm über ein Feld zu laufen, das nicht nur wegen seiner grundlosen Idealisierung, sondern weil sich darauf ein KZ befunden hatte, schlichtweg zu boykottieren war.

Lola und Shlomo genossen die Nähe, die warm und frei war. Wenn Shlomo Lola fragte, ob sie Kinder wolle, wurde Lola unruhig, und Shlomo hatte Angst, das Falsche gefragt zu haben. Als Shlomo vorschlug, den Sommer gemeinsam in Tel Aviv zu verbringen, fing Lolas Herz an, nicht angenehm, sondern sehr unangenehm schneller zu schlagen.

Am Tag seiner Abreise brachte sie Shlomo zum Flughafen, und als sie sich umarmten und ein letztes Mal in Slowmotion küssten, versteckte sie einen kleinen Zettel in der Po-Tasche seiner Jeans:

Shlomo,

spending these days with you was truely special and I am so glad we met. Literally, you have no idea, how happy I am.

I am sorry if I acted a little bit reserved or even highly reserved at some points. Especially when you were nice and lovely. It's weird shit I can't control very well.

I will miss your hard penis and your big blue eyes. I will miss us talking and you kissing me.

Love,

Lola

8

Kurz nachdem Shlomo abgereist war, räumte Lola ihre Wohnung komplett um und beschloss, ihrem Vater einen Brief zu schreiben. Sie setzte sich an ihren Schreibtisch, der mittlerweile in der Küche stand. Das Umräumen führte dazu, dass in jedem Zimmer ein Möbelstück war, das dort überhaupt nicht hingehörte. Ihr Bücherregal fand sich im Bad, der Schreibtisch in der Küche, die Couch im Schlafzimmer und das Bett im Wohnzimmer. Wenn Freunde sie besuchten und fragten, was es damit auf sich habe, dann antwortete Lola, dass das eine Installation sei, die für das Leben stehe, denn auch im Leben befinde sich immer mindestens ein Gegenstand nicht am richtigen Fleck.

Lieber Simon,

nachdem sie gefallen war, hast du jeden einzelnen Stein eingesammelt und sie wieder aufgebaut. Diese Mauer, die zwischen dir und mir steht. Mittlerweile ist sie viele Kilometer lang und einige Meter hoch. Du hörst nicht auf, die Steine weiter aufeinanderzusetzen. Manchmal wirfst du kleine Papierbälle über die Mauer, und sie landen auf meiner Seite. Ich falte sie auseinander, und immer steht das Gleiche darauf. Wie furchtbar du es findest, dass wir uns nicht mehr sehen; dass die Mauer zwischen uns immer höher wird. Du beschwerst dich darüber, wie ich das nur verantworten kann. Wie ich einfach auf der anderen Seite leben kann und uns damit das Zusammensein so schwermache. Ja, quasi unmöglich. Dabei lebst du auf der anderen Seite. Du legst Tag für Tag, Stunde um Stunde, Stein für Stein aufeinander und verschließt deine Augen vor dieser Katastrophe.

Obwohl ich das nicht sollte, komme ich viel zu oft an die Mauer zurück und setze mich davor – im Schneidersitz – und bohre mit meinen Fingerspitzen in den Spalten, die längst von kleinen Tieren und Pflanzen bewohnt werden. Sie schenken dieser Mauer Leben, dabei ist sie für mich das Symbol der Leblosigkeit, der vielen Missverständnisse zwischen uns.

Ich pule einen Regenwurm aus einer sandigen Ritze. Er windet sich auf meiner Handfläche, zieht sich zusammen und dehnt sich wieder aus. Wenn ich ihn in der Mitte teilen würde, dann würde das verletzte Ende heilen, und er könnte weiterleben. Mein verletztes Ende ist nie geheilt, und trotzdem lebe ich weiter.

Schau, das ist er also, dieser Brief, den ich ausdrucken und in einen Umschlag stecken werde. Auf den Umschlag werde ich Deine Adresse schreiben, eine Briefmarke kleben, ich werde an »per Airmail« denken, aber tagelang vergessen, ihn mitzunehmen, und dann eines Samstagmorgens aufspringen und das Scheißding zur Post bringen. Die Post wird den Brief zu dir verschiffen, und du wirst erst mal in eine typische Simon-Schockstarre verfallen und das Scheißding nicht öffnen. Irgendwann, nach ein oder zwei Wochen, wirst du dich stark genug fühlen, mental in der Lage, den Brief deiner erwachsenen Tochter zu öffnen. Lesen wirst du ihn erst viele Wochen später.

Alles nervt. Diese Situation, die seit über zehn Jahren anhält, nervt. Der Umstand, dass wir einander längst fremd geworden sind. Aber ganz besonders nervst du. Upsi, jetzt habe ich dich nervend genannt. Spätestens jetzt wirst du diesen Brief nicht weiterlesen und ihn sicher in einem Buch verstauen, das du nicht mehr in die Hand nehmen wirst.

Ich kann nichts sagen. Ich kann nichts schreiben, nichts per Fax oder in Rauchzeichen an dich schicken, ohne dass du dich von mir angegriffen fühlst. Ich kann nicht ich sein und nicht gegen dieses Bild, das du von mir hast, anschreiben.

Vierzehn verdammte Jahre sind vergangen. Es ist mir unbegreiflich, dass du das nicht wahrhaben willst. Das ist so lange wie zwischen meiner Geburt und meinem Auszug, ist dir das klar? Kannst du das fühlen? Du sitzt in deinem beschissenen Dschungel und ignorierst, dass ich eine Frau geworden bin.

Nicht nur, dass du verhindert hast, dass ich mit deinem Blick, der auf mich gerichtet wäre, groß werde. Du hast dir vor allem selbst diese Erfahrung genommen, die dich zu einem Mann gemacht hätte. So musste ich alleine Frau werden, ohne die

Reflexion meines Selbst in Dir zu sehen. Ich habe mir gewünscht, dass ich in deine Augen hätte schauen und mich sehen können. Als ich mein Studium an der Ostkreuzschule abgebrochen habe. Als ich zu meinem ersten Freund gezogen bin, den ich nicht geliebt habe. Es wäre wichtig gewesen, deine Stimme zu hören, wenn du sagst, den liebst du doch gar nicht, deinen Mundwinkel zu sehen, der sich verzieht, weil ich dir sage, doch den liebe ich!

Wo warst du, als ich drei Monate im Krankenhaus lag? Was hast du gemacht, als ich meine erste, meine zweite und meine dritte Wohnung bezogen habe? Woran hast du gedacht, als ich mit dem schlimmsten Liebeskummer meines Lebens sechs Monate nicht das Bett verlassen konnte? Wo warst du, als mir der Nagel abgebrochen ist und die Teetasse, die du mir vor deiner Abreise mit den Worten »Für meine Maus« geschenkt hast, runterfiel? Wo warst du, als Hannah gestorben ist? Wo warst du all diese Jahre?

Nichts, was in den letzten vierzehn Jahren geschehen ist, hast du miterlebt. Und doch bewertest du mich seit vierzehn Jahren, ohne zu wissen, was ich denke, fühle oder was mich zu der Person gemacht hat, die ich heute bin.

Ich weiß nicht mehr, wer du bist. Warum glaubst du zu wissen, wer ich bin?

Lola speicherte den Brief ab, ging ins Schlafzimmer, legte sich auf die Couch und versuchte zu weinen, aber nichts passierte. Sie beobachtete den Regen, der gegen die Scheibe prasselte, und als sich die Wolken nach zwei Stunden verzogen hatten, zog sich Lola ein Kleid über, griff nach ihrer Nikon F2, die ihr Simon im Alter von zwölf Jahren geschenkt hatte, und ging raus. Vor drei Jahren hatte sie sich ein Makroobjektiv gekauft und fotografierte Ausschnitte, die von einem Betrachter oft nicht wahrgenommen werden. Es ging ihr nicht darum, die Metaebene oder das große Ganze darzustellen, sondern zu zeigen, dass ein kaum sichtbares Detail den Gegenstand definierte. Lola hatte ihr Fotografiestudium an der Ostkreuzschule abgebrochen und verbrachte, seit sie bei *Perfect Shot* gekündigt hatte, ihre Tage hauptsächlich damit, durch Berlin zu laufen und genau jene kaum sichtbaren Ausschnitte zu fotografieren, die die Stadt, in ihren Augen, ausmachten. Sie fotografierte, manchmal auch mit ihrem iPhone, die vergilbten Ecken von Zetteln, die an Ampelmasten geklebt waren, die abgefahrenen Profile von Autos, Reste von Pfützen, Objekte, die für Vergangenheit standen. Die Fotos ließ sie bei *Viertel vor acht* entwickeln, einem Fotolabor, zu dem sie seit zwanzig Jahren ging, weil sich auch dort Vergangenheit und Gegenwart begegneten.

Wenn Lola Glück hatte, ergatterte sie einen Auftrag als freie Fotografin und porträtierte Schauspieler, Musiker oder Schriftsteller für Verlage oder Agenturen. Meist sprach sie während des Shootings wenig, aber aus manchen Begegnungen entwickelte sich eine Freundschaft. Hauptsächlich allerdings pflegte Lola ihren Instagram-Account, der auf fast fünfzigtausend Follower kam. Dort postete sie täglich diese Bilder, auf denen ihr Vergangenheit, Gegenwart und irgendwie auch die Zukunft verwoben schienen.

Lola war entspannt, obwohl sie arbeitslos war und vor

zehn Wochen, an ihrem Geburtstag, überhaupt keinen Pfennig mehr gehabt hatte. Eine Woche zuvor hatte sie ihre Lieblingsmenschen ins *Richard* eingeladen, um ein großes Essen zu geben. Nachdem Lola am Morgen ihres vierunddreißigsten Geburtstags aufgewacht war, mit leerem Magen und leerem Kühlschrank, dafür mit einem sauteuren Geburtstagsjumpsuit, der an ihrer Kleiderstange hing, postete sie ein Bild von dem glänzenden Lederbund ebendieses Jumpsuits, offerierte Abzüge aller ihrer Instagrambilder im Format von 90 x 70 für hundertfünfzig Euro das Stück und versicherte, dass es die Möglichkeit, ihre Fotos zu kaufen, nur heute dieses eine Mal geben würde. Dann schaltete sie das Telefon aus, klappte den Rechner zu und ging ohne jegliches Device spazieren. Plötzlich war ihr das alles furchtbar peinlich. Wie unfassbar verzweifelt musste man eigentlich sein, einen solchen Mist zu machen. Aber das war sie ja schließlich auch. Unfassbar verzweifelt. Lola setzte sich in die Ringbahn und fuhr sechs Stunden lang im Kreis.

Als sie am frühen Abend nach Hause kam, um sich für das Essen fertigzumachen, ließ sie sich eine Badewanne ein und schaltete parallel dazu ihr Handy an. Sie klappte den Rechner auf und hatte 243 ungelesene E-Mails in ihrem Postfach, von denen sie glaubte, dass es hauptsächlich Beleidigungen sein würden. Lola ignorierte das Postfach ihres E-Mail-Programms, nahm ihr Telefon mit ins Badezimmer, legte sich in das warme Lavendelbad und hoffte, dass diese beruhigende Maßnahme ausreichen würde, um sich mit dieser wirklich außergewöhnlich dämlichen Aktion auseinandersetzen zu können. 12 730 Likes und rund 500 Kommentare hatte sie für das Bild vom Ledersaum bekommen und innerhalb von sechs Stunden über 200 Fotos verkauft. Sie kommentierte nur #happybirthdaytome. Zwei Wochen später betrug ihr Kontostand 33 478 Euro.

Ihren Instagram-Namen hatte Lola sofort nach dem Hitlerbartvorfall von Lola Wolf in Amon Hirsch geändert, alle Selfies gelöscht und geschworen, nie wieder ein Selfie zu machen oder zu posten. Jeder ihrer Follower glaubte mittlerweile, dass der Fotograf ein Mann wäre. Das wiederum machte geschäftlich viel mehr Sinn, denn wir leben nach wie vor in einer Welt, in der Frauen Kreativität erst einmal abgesprochen wird.

Den Namen Amon Hirsch hatte Lola aus dem Nachnamen ihrer Großmutter und dem Vornamen von Amon Göth gebildet, weil das die Verbindung von Opfer und Täter repräsentierte. Amon Göth war Kommandant des Konzentrationslagers Plaszow gewesen und für seinen unfassbaren Sadismus bekannt. Für Lola war jeder Mensch ein potentielles Opfer und ein potentieller Täter. Jeder Mensch definierte sich über seine Vergangenheit und seine einmal getroffenen Entscheidungen, die wiederum seine Zukunft bestimmten. Nur jene, die sich dieser Widersprüche nicht bewusst waren, sahen sich selbst ausschließlich als Opfer, obwohl sie längst zu Tätern geworden waren. Lola nannte das Schuldangst und hatte viele Tage ihres Lebens damit verbracht, dieses Dilemma zu verstehen. Menschen mit viel Schuldangst hatten sich, so glaubte Lola zumindest, irgendwann einmal furchtbar schuldig gemacht und verhinderten nun, mit Hilfe von abstrusen und paranoiden Projektionen auf die Welt und auf ihre Mitmenschen, ein erneutes Gefühl des Schuldigseins. Sie projizierten ihre eigene, uralte Schuld auf gegenwärtige Ereignisse und Personen.

Der christliche Wunsch, dass Jesus für die Sünden aller Menschen gestorben wäre, repräsentierte die tiefe Schuldangst der vom Christentum geprägten Gesellschaft. Lola war nicht vom Christentum geprägt. Sie hatte sich schuldig gemacht in ihrem Leben, viele Male, und sie wusste darum. Manchmal war ihr schlecht vor Schuld, und da half auch nicht Jom Kippur, kein Fasten und auch nicht der Klang des Schofars.

9

Petra zum Beispiel. Lolas Mutter hatte sich in ihrem Leben Hunderte Male schuldig gemacht, aber sich keine einzige Schuld eingestanden. Diese rothaarige Frau mit ihrer fast durchsichtigen Haut war in dem größten Kinderheim der DDR aufgewachsen und hatte Simon nur kennengelernt, weil sie nachmittags auf seinem Schulhof abhing.

Sie verbrachte ihre freien Nachmittage an den Tischtennisplatten der EOS Käthe Kollwitz und rauchte Zeitungspapier mit Sven und Gregor. Und das taten Sven und Gregor ausschließlich deshalb, weil sie auf Petra standen. Sie war dünn, ihre Haut wie Pergament und das Gesicht mit Sommersprossen übersät. Hätte Petra eine ganz normale Kindheit gehabt, wäre sie womöglich nur ein langweiliges rothaariges Mädchen geworden, aber durch das raue Klima im Kinderkombinat A. S. Makarenko hatte sie eine Aura, die sich Sven, Gregor und all die anderen, die in kleinbürgerlichen Familien groß geworden waren, nicht einmal durch die wildesten Aktionen hätten aneignen können.

Simon machte sich nicht viel aus dem Rauchen von Zeitungspapier. Er hatte keine Freunde, trug alberne, von seiner Mutter gestrickte Pullover und braune Cordhosen. Er war kein Außenseiter, er war ein Einzelgänger. Gut in der Schule, außer in Deutsch und Geschichte. Nicht gut genug, um Chirurg zu werden, aber er kämpfte, lernte stundenlang, statt dumme Sachen zu tun, die man mit achtzehn Jahren eigentlich anstellte. Seine Klassenkameraden machten Abitur, weil sie Offiziere werden wollten. Und dafür brauchten sie weder Biologie noch Geschichte zu können.

Auch an diesem Nachmittag, Ende März 1979, hätte Simon normalerweise an seinem Schreibtisch in der Dimitroffstraße gesessen, auf die Straßenbahnschienen geschaut und sich mit Kapillargefäßen und Vasokonstriktionen beschäftigt, aber Sven hatte ihn gebeten, ihm das Gitarrespielen beizubringen. Er würde den Sommer in einem Ferienlager verbringen, hatte er Simon erklärt, und es gebe ja wohl nichts, womit man Mädchen leichter rumbekomme als mit einer Gitarre und coolen Songs. Das leuchtete Simon ein, auch wenn er noch nie darüber nachgedacht hatte und das Rumkriegen von Mädchen in seinem Leben eher von sekundärem Interesse war. Nachdem sie eine Stunde lang Gitarre geübt hatten, schaffte Sven es,

Simon dazu zu bewegen, mit zu den Tischtennisplatten zu kommen.

Ein kurzer Augenblick entschied darüber, dass Petra und Simon für einen langen Zeitraum ihres Lebens miteinander verbunden sein würden. In diesen Sekunden, in denen sie sich begrüßten, dachte Simon an seinen Schreibtisch und die Kapillargefäße, während Petra sich längst in einem langen Hippiekleid sah und »Ja« sagen hörte.

Petra bastelte aus alten Zeitungen kleine Joints und reichte sie an Sven, Gregor und Simon, aber Simon lehnte die Zeitungszigarette ab. Und als der dicke Sven und der damals schon zu einer Glatze neigende Gregor an den Röllchen zogen und sich nach hinten auf die Tischtennisplatte fallen ließen, schmiss Petra ihr Röllchen, ohne einen Zug genommen zu haben, auf den Boden, griff nach Simons Hand und flüsterte »Lass spazieren gehen!« in sein linkes Ohr. Simon, der noch nie die Hand einer fremden Frau in seiner gespürt hatte, war ganz benommen von diesem Gefühl, das bis in seine Ohrenspitzen reichte.

Simon und Petra liefen gemeinsam durch die leeren Straßen der Stadt, durch die nur manchmal ein Trabbi oder Wartburg fuhr. Sie rannten durch Hauseingänge und auf verlassene Hinterhöfe, auf denen keiner von beiden jemals gewesen war. Sie saßen auf Bänken, auf denen sie nie zuvor gesessen hatten, und sprachen wenig und schauten sich oft an, sie wollten alles voneinander erfahren, ohne ein Wort zu viel zu verlieren.

Petra war kein kluges Mädchen, aber sie hatte etwas, das man Bauernschläue nannte. Wenn sie keine Antwort auf eine der vielen Fragen wusste, die sich Simon bis zu diesem Zeitpunkt immer alleine gestellt hatte und nun offen aussprach, reagierte sie mit irgendeinem Spruch, einem Motto oder einer Geste, die sie im Heim gelernt hatte. Und weil Simon es mochte, weil er mochte, dass Petra so anders reagierte als die, die er bis dahin kannte, verfiel er ihr mit jedem Motto und jedem Spruch und jeder ruppigen Kinderheim-Geste mehr. Diese völlige Andersartigkeit, das Unbekannte, beeindruckte Simon und verwirrte ihn gleichzeitig so dermaßen, dass daraus so etwas wie Verliebtheit entstand. Petra hatte bis zu dem Moment, in dem Simon in ihr Leben gefallen war, ausschließlich mit Jungs abgehangen, die wie sie selber billige Weisheiten am laufenden Band von sich gaben und Spießbürgerkindern Zeitungspapier rollten, um dann mit Freude zuzusehen, wie denen ganz schlecht wurde und sie grün anliefen. Aber Simon war keines dieser Spießbürgerkinder, auch wenn es erst mal so schien. Das wusste Petra. Sie hatte es sofort gesehen und begriff, je mehr Zeit sie miteinander verbrachten, dass auch er eine komplizierte Kindheit hatte. Wenn Simon ihr Lieder auf seiner Gitarre vorspielte, entdeckte sie, ohne es bewusst zu wissen, eine Unnahbarkeit und Abwesenheit an ihm, die sie kannte und die sie genoss, weil sie ihrer eigenen Unnahbarkeit und Abwesenheit entsprach.

In den folgenden drei Monaten sahen sich Petra und Simon jeden Tag. Wenn Petra in dem Friseurladen in der Dunckerstraße arbeitete, holte Simon sie am Abend gegen halb sieben ab, fuhr mit ihr in die Königsheide und brachte sie sicher zum Heim, wo sie nach wie vor lebte. Wenn Petra zur Berufsschule ging, dann trafen sie sich am

Nachmittag auf Simons Schulgelände und streiften stundenlang durch die Gegend. Sie erzählten einander von ihrem Leben und von ihren Wünschen und Hoffnungen. Sie küssten sich und strichen sich gegenseitig Haarsträhnen aus dem Gesicht. Sie rannten Hand in Hand über Kreuzungen und bremsten Hand in Hand wieder ab.

Niemals nahm Simon Petra mit nach Hause zu Hannah und Gershom. Nicht in den Buchladen, der nur wenige Straßen entfernt von Simons Schule und Petras Friseurgeschäft lag, und nicht in den Palast der Republik, in dem Gershom als technischer Leiter arbeitete.

Simon wusste genau, dass sie die Beziehung zu Petra nicht gutheißen würden. Sie würden nicht wollen, dass Simon sein Leben riskierte, seine Zukunft als Chirurg, für ein Mädchen, das keine Zukunft hatte. Nur Hélène erzählte er von Petra. Seine zwei Jahre jüngere Schwester und er hatten ein inniges Verhältnis. Und weil Hélène seine Verbündete war, hatte sie dafür gesorgt, dass Gershom, Hannah und sie, ohne Simon, über Pfingsten an die Ostsee, nach Rügen, fuhren, so dass er und Petra vier Tage für sich allein hatten. Simon hatte behauptet, lernen zu müssen, und Hélène hatte diese Behauptung überschwänglich unterstützt und Hannah und Gershom gut zugeredet, ihnen das Misstrauen genommen und alles Weitere in die Wege geleitet. Zum ersten Mal hatte ihr Bruder einen Wunsch offen ausgesprochen. Weil Hélène sah, dass Petra Simon auf eine sehr eigene Art lebendiger machte, förderte sie diese Beziehung und die Regellosigkeit, die damit einherging.

Simon kaufte von den zehn Mark, die Hannah ihm für

die vier Tage dagelassen hatte, ein, besorgte Paprikaschoten und Hackfleisch im Konsum, weil er wusste, dass Petra gefüllte Paprikaschoten liebte, obwohl es die einmal die Woche zum Mittag im Heim gab. Am Freitag bereitete er nach der Schule alles für den Abend vor. Er schnitt das Innere der Paprika gewissenhaft aus, befreite die Höhle von allen Kernen, spülte sie zur Sicherheit noch einmal aus und legte die Schoten zum Abtropfen auf ein Handtuch. Er zerkleinerte zwei Schalotten, mischte sie unter das Hackfleisch, gab Salz und Pfeffer dazu, knetete die Masse mit seinen Händen durch, füllte sie mit einem Teelöffel in die Schoten und legte diese auf einen Teller, den er in den Kühlschrank stellte. Simon hatte einen Strauß Tulpen gekauft, den Tisch gedeckt, eine Flasche Rotwein aus Gershoms Sammlung entwendet und alles auf dem großen Esstisch zurechtgestellt.

Um sechs Uhr, viel zu früh, war er losgelaufen, um Petra von *Connys Haarsalon* abzuholen. Er hatte einen Umweg nehmen müssen, um nicht wie ein Idiot vor dem Laden zu warten, aber selbst dieser Umweg hatte ihn zeitlich nicht genug zurückgeworfen, also nahm er weitere sieben Minuten, die nicht enden wollten, auf einer Bank in einer Seitenstraße Platz. Punkt 18:27 Uhr brach er erneut auf und holte Petra ab.

Bei der Begrüßung hatte sie ihn auf eine ganz spezielle Weise angelächelt, die Simon zuvor noch nie bei ihr entdeckt hatte. Petra wusste, was sie tat und wie Simon reagieren würde. Sie hatte es jeden einzelnen Tag in den letzten drei Monaten gewusst. Sie sah, wie irritiert und zornig er wurde, wenn sie von »ihren Jungs« schwärmte, mit denen sie im Kinderheim die meiste Zeit verbrachte. Sie sah, dass er traurig wurde, wenn sie energisch davon erzählte, dass sie aus der DDR abhauen wolle, sobald sie ihre Ausbildung beendet habe, und sie sah auch, wie glücklich er schaute, wenn sie fragte: »Kommst du mit?«

Petra wusste, dass sie an diesem Abend mit Simon schlafen würde und den Abend danach und alle Abende, bis Gershom, Hannah und Hélène zurückkämen. Sie wusste auch, dass sie an einem dieser Abende schwanger werden würde und dass Simon dieses Kind, ohne es geplant zu haben, lieben könnte. Jedenfalls so gut es ging. Sie wusste, dass sich Hannah und Gershom, ohne dass sie beide je kennengelernt hatte, kümmern würden um dieses Kind. Dieses Kind, das Petra unbedingt mit Simon bekommen wollte, ohne aber unbedingt ein Kind haben zu wollen. Sie wusste, dass er dableiben würde, bei ihr, anders als »ihre Jungs« es machen würden, dass er sie nicht verlassen würde und dass sie tun und lassen konnte, was sie wollte, denn Simon liebte sie, und Petra liebte Simon nicht.

Sie wusste, dass sie ihn eines Tages verlassen würde, für einen anderen Mann, einen Mann, der genauso wie Simon eine Unnahbarkeit ausstrahlte, aber anders als Simon billige Weisheiten von sich geben würde. Sie wusste, dass Simon ihre einzige Chance auf ein anderes Leben war. Sie wusste, dass sie diese Familie, die sie nicht kannte, brauchen würde. Nicht, um finanziell abgesichert zu sein, sondern, weil sie nie eine gehabt hatte. Eine Familie, gegen die sie rebellieren könnte. Eine Familie, die sie verfluchen, hassen, lieben und vermissen würde. Eine Familie, die sie zum Dreh- und Angelpunkt ihrer Entscheidungen machen könnte. Eine Familie, die sie spiegelte und die ihr eine Antwort geben würde, auch wenn sie nicht danach verlangte.

Simon wusste, dass niemand ihn jemals so verändert hatte wie Petra, und Simon wusste, dass er sie liebte aus ebendiesem Grund und keinem anderen. Nicht wegen ihrer dreckigen Scherze oder ihrer plumpen Reaktionen. Auch nicht wegen ihrer langen, schlanken Beine, die bis zum Himmel ragten. Simon wusste, dass sie miteinander schlafen würden. An diesem Abend und am nächsten Abend und auch am letzten Abend, bevor Hannah, Gershom und Hélène aus Rügen kommen würden.

Mehr wusste Simon nicht.

10

Lola stand an der Kasse im Supermarkt, den man den Disco-Kaiser's nannte, weil an den Decken bunte, sich drehende Lampen montiert waren und immer schräger Techno-Sound lief. Es war bereits kurz vor Mitternacht, und Lola hatte lediglich ein paar Tomaten, Kaffee und drei Brötchen in der Hand. Hinter ihr wartete Dominik Dreher, ein Schlagerstar, der aufgrund eines Fehltritts vor zehn Jahren – er hatte sich in einem Interview offen gegen Schwarze und für die Sterilisierung Behinderter ausgesprochen – aus der deutschen Medienlandschaft verbannt worden war. Sein Mobiliar vertickte er mittlerweile über den Ebay-Account eines Freundes, seinen silberfarbenen

Porsche hatte er schon vor über drei Jahren verkaufen müssen. Das wusste Lola, weil ihr Kumpel Felix der neue Freund von Dominiks Exfreundin war und über nichts anderes sprach als das armselige Leben des Schlagerstars. Dominik Dreher war eine dieser jämmerlichen Personen, die die Medien irgendwann ausspucken und nie wieder zurückhaben wollen, so wie man eben auch sein eigenes Erbrochenes nicht erneut zu sich nehmen möchte, außer vielleicht man dreht einen Porno, der »2 Girls and 1 Cup« heißt.

»Du wohnst hier doch auch, oder?« Lola antwortete nur: »Ja.«

»Ich sehe dich ständig rumlaufen. Du bist die Nachbarin von dieser Bekloppten, die den alten Jaguar fährt, oder?«

»Ich mag Myrna.«

»Die geht gar nicht. Die soll immer nur in ihrer Bude hocken, zwischen Tausenden Zetteln, und seit fünfzehn Jahren an ihrem Gedichtband basteln.«

»Seit zwölf Jahren. Der kommt noch, der Gedichtband.«

Lola packte ihren Einkauf in die Tasche, und Dominik Dreher zahlte seine drei Dosen Hundefutter. Dann gingen sie zum Ausgang. Draußen wartete Loui, seine kleine schwarze Hündin, die genauso aussah wie die kleine schwarze Hündin von Felix, und Lola erwähnte, dass Loui ja aussehe wie die Hündin von Felix, und Dominik Dreher fragte: »Du kennst Felix?«, und sagte, dass sich Felix die Hündin nur gekauft habe, weil Christiane, seine Ex, Loui vermisse.

»Krasser Lappen dieser Felix. Los, lass uns noch in diese DDR-Spelunke und was trinken!« Weil Lola schon immer eine große Neugier für gescheiterte Gestalten hatte und wissen wollte, was Dominik damals zu dieser peinlichen Aussage bewegt hatte, ein autoagressives Verhalten oder ein wahrhaft ehrlicher Augenblick, nahm sie die Einladung an.

Lola und Dominik setzten sich auf eine durchgesessene Ledercouch. Loui sprang neben Lola, legte ihre Schnauze auf deren Knie ab, und Dominik begann, über seine Exfreundin herzuziehen, was bedeutete, dass er sie immer noch liebte. Dazu trank er nicht nur seine Gläser Weißwein, sondern auch Lolas, so dass sie ungewollt völlig nüchtern blieb. Als Dominik mit dem Thema Christiane fertig war, besorgte er drei Gramm Koks vom Barkeeper und drückte ihm einen Fünfziger in die Hand. »Hast du mal noch hundert Euro?«, schrie Dominik zu Lola rüber, aber Lola schüttelte nur den Kopf, und Dominik diskutierte die fehlenden hundert Euro einfach weg. Denn wenn er irgendetwas besonders gut konnte, dann war das, jemanden so lange totzuquatschen, bis dieser einfach aufgab. Dominik versprach, die fehlende Summe beim nächsten Mal zu begleichen. Als Dominik Dreher von seinem ersten drogenmotivierten Toilettenbesuch zurückkam, fing er an, Lola zu beleidigen, und weil Lola schwer zu beleidigen war und den Riesenvorteil hatte, nüchtern, kontrolliert und nicht verzweifelt zu sein, federte sie seine aggressiven Pick-up-Tricks, die er aus dem »Wer sich liebt, der neckt sich«-Handbuch geklaut hatte, mit tiefenpsychologischen Fragen ab.

»Irgendwoher muss das ja kommen. Also, diese Entwertungen. Wer hat dich denn so entwertet, Dominik?

Von irgendjemandem musst du das ja übernommen haben.«

»Willst du jetzt richtig abnerven oder lieber mit aufs Klo eine Line ziehen?«

»Sag schon!«

»Mein Vater.«

»Was hat der denn gemacht, als du ein Junge warst?«

»Da hab ich jetzt kein Bock drauf, drüber zu reden, Mensch. Was bist du denn für eine nervige Tante. Los, lass lieber auf die Toilette ficken.«

»Das machen wir, wenn du mir erzählst, was dein Vater getan hat!«

»Echt jetzt? Machen wir das dann? Du musst das versprechen, Mann. Sonst ist das scheiße.«

»Klar, versprochen ist versprochen.«

»Du verarschst mich doch.«

»Ich verarsch dich nicht.«

»Logisch, verarschst du mich. Das sehe ich doch. Aber weißt du was, das ist mir scheißegal, weil ich jetzt Bock habe, dir meine traurige Kindheitsgeschichte um die Ohren zu hauen. Das soll ja funktionieren. Sobald Männer ganz weich und sensibel werden, kriegen sie jede Alte rum. Ich kann auch ein bisschen weinen, wenn du darauf stehst. Hör zu: Also als kleiner Junge habe ich semiprofessionell Fußball gespielt, und mein Vater war der Trainer im Dorf.«

»Wo kommst du denn her?«

»Aus Braubach. Das ist bei Koblenz.«

»Ist das Süddeutschland?«

»Ich will hier jetzt nicht deinen Erdkundelehrer spielen.

Obwohl so Lehrer-Schülerinnen-Pornos schon mein Ding sind. Du so mit einer Streber-Brille, und ich so mit einem Zeigestock.«

»Ich guck nur ›Young Teens Love Huge Cocks‹.«

»Ja ja, ist klar. Ich habe auch einen riesigen Penis, Lola. Los, komm mit, ich zeig ihn dir mal.«

»Das glaube ich dir auch so. Den muss ich gar nicht sehen. Du bist der typische Großer-Penis-Typ.«

»Laber nicht. Jedenfalls, wenn ich ein Tor verhauen habe, dann hat der mich vor der ganzen Mannschaft fertiggemacht. Und ich hab ja schon geweint, weil das natürlich scheiße ist, einen Elfmeter zu verschießen, aber meinem Vater war das egal. Heul nicht, Dominik, hat der immer geschrien. Du Memme, du Heulsuse. Und das vor den anderen Jungs. Das war scheiße, und du bist auch scheiße, du dämliche Tante.«

»Ach so, ich bin jetzt auch scheiße?«

»Du bist schon die ganze Zeit scheiße, du warst schon an der Kasse scheiße. Du bist wie ein vertrocknetes Herbstblatt, das dem viertelcoolen Vorgestern hinterherweht.«

»Und warum hast du mich dann gefragt, ob wir noch was trinken gehen?«

»Das hast du doch gefragt. Jetzt tu doch nicht so. Seit Monaten laufen wir uns über den Weg, und von Anfang an habe ich gesehen, die will doch was von dir. Das habe ich sofort gesehen. Du bist so ein verschrumpelter Pfirsich. Ein verschrumpelter Pfirsich mit einer Riesennase.«

»Eine Judennase eben, Dominik.«

»Ach, bist du das, oder was? Sieht man sofort. Du Jüdin.

Die sollen gut blasen können, die Jüdinnen. Kannst du gut blasen?«

»Klar.«

»Los, komm jetzt mit aufs Klo und blas mir einen, während ich das Gramm wegziehe. Das fände ich jetzt ganz geil. Du so am Lutschen, und ich so am Ziehen.«

»Über vierzig bist du doch? Hast du so was nicht schon gemacht?«

»Ich hab alles gemacht, du dämliche Tante. Du pseudohippe, minimalistisch eingerichtete Instagram-Nutte.«

»Meinst du, dass dieser Umgangston dazu beiträgt, deine Wünsche zu erfüllen? Und das möchtest du doch eigentlich, oder? Dass da jemand einfach mal deine ganzen vielen Wünsche erfüllt?«

»Jetzt küchenpsychologisierst du dir da wieder etwas zusammen. Das ist echt nicht zum Aushalten. Für solcherlei Ferndiagnosen bist du doch weder schlau genug noch ausgebildet. Aber du verrätst ja etwas über dich, nämlich wie du gern wärst. Lola, die Schlaue. Schlank, hip, aufgeräumt und always in control. Aber dann bist du eben doch so 'ne ungebumste Prenzlbergmutti ohne Kerl, die irgendeiner beschissenen Drecksgemeinschaft angehören will. Ihr seid doch alle gleich. Erst nein sagen und dann ja schreien, wenn man euch an den Haaren zieht, während man euch den Riesenschwanz reinrammt. Kannst du auch Judenwitze?«

»Logisch. Ich habe einen, der war mal Witz des Jahres in Israel. Ein SS-Mann sitzt an einer Klippe und lässt die Beine baumeln. Unter ihm das tobende Meer, neben ihm ein Riesenhaufen Judenleichen. Er greift also nach einem toten Juden, zieht diesen rüber zu sich, hebt ihn hoch, dreht ihn ein bisschen hin und her und lässt ihn ins Meer fallen. Dann nimmt er die nächste Leiche, bewegt diese auch wieder auf sehr spezielle, fast schon sonderbare Weise und wirft sie ins Meer. Als er den dritten toten Juden wieder dreht und wendet, kommt ein Offizier und sagt: ›Los, Schluss jetzt. Göring will dich sehen!‹, und der SS-Mann antwortet: ›Scheiße, immer wenn ich Tetris spiele.‹«

»Is okay. Ich kenne aber einen viel besseren. Steht ein Jude schon ewig in der Schlange im Warschauer Ghetto, um sich seine Tagesration abzuholen. Er kommt also dran. Der Typ an der Ausgabe legt ihm eine harte Kartoffel in den Teller und schüttet mit einer Kelle warmes Wasser drüber. Der Jude bedankt sich und dreht sich erleichtert mit seinem Teller um, dann kommt ein anderer Ghetto-Jude auf ihn zu, reißt ihm den Teller aus der Hand und rennt weg. Der Jude völlig fertig. Sagt einer, der hinter ihm steht: ›Mach dir keine Sorgen, den kriegen wir. Ich hab mir seine Nummer gemerkt!‹«

»Okay. Ich fand meinen besser.«

»Ey, ich geh jetzt noch mal aufs Klo. Kommste mit, du dämliche Kuh?«

»Nö, ich warte aber gerne auf dich.«

Als Dominik die Treppe zu den Toiletten runterging, die er an diesem Abend, in diesen drei Stunden, ungefähr sechzehnmal runtergegangen war, schob Lola vorsichtig Louis Schnauze von ihrem Knie und stand vom Sofa auf. Sie nahm ihre Tasche und verließ die Eckkneipe. Lola überquerte die Straße und lief zielgerichtet auf ihr Wohnhaus zu. Sie hörte hinter sich Dominik Dreher wütend rufen und wie er immer schneller wurde. Sie dachte, die paar Schritte zur Haustür wären locker zu schaffen, aber dem war nicht so. Dominik schnappte sich ihren Oberarm und brüllte ihr ins Ohr: »Du verschrumpelter Pfirsich, du hast mir versprochen, mir einen zu blasen, jetzt bleib stehen und gib mir mein Hundefutter zurück!« Lola versuchte, sich loszureißen, Dominik Dreher zog den Lederbeutel von ihrem Arm und löste den Klammergriff. Die Tomaten warf er gegen Myrnas alten Jaguar, der ausgerechnet neben Lola und Dominik parkte, Lolas Puderdose feuerte er auf die andere Seite der Straße. Loui bellte wild und rannte verstört weg, um dann sofort zurückzukommen. Dominik warf Lolas dunkelroten Lippenstift in eine Pfütze, den Kaffee gegen einen Baum, ihr Portemonnaie auf die Straße und den Schlüssel in den orangefarbenen Mülleimer, der an einer Ampel montiert war. Und als er Lola die einzelnen Brötchen an den Kopf warf, beschimpfte er sie als dreckige, hässliche Jüdin, die die Gaskammer so wie alle anderen Juden verdient hätte. Dann steckte er die Dosen mit Hundefutter in die Taschen seines beigen Trenchcoats, drückte Lola den leeren Lederbeutel in die Hand und rannte weg.

Lola sammelte, als sie sich in Sicherheit glaubte, die über die Straße und den Gehweg verteilten Gegenstände ein, und schloss erschöpft die Tür zu ihrem Haus auf. Es war mittlerweile halb vier, und in der Wohnung von Myrna brannte immer noch Licht, also lief Lola die Treppe zu ihr hoch.

Myrna lebte nachts und schlief am Tage. Viel wusste Lola nicht über sie, obwohl beide seit fünf Jahren im selben Haus wohnten, in das sie zum gleichen Zeitpunkt, nach der

Kernsanierung, eingezogen waren. Lola wohnte im dritten Stock und Myrna im zweiten, und wenn Lola langweilig war, dann klingelte sie bei ihrer dreiundvierzigjährigen Nachbarin, deren Mutter bei dem Bombenanschlag auf die Buslinie 22 am 17. März 2002 in Jerusalem ums Leben gekommen war. Angeblich hatte Myrna danach ein ziemliches Vermögen von ihr geerbt und ihren Job in einem der ersten Berliner Start-ups, das vor dem Internet-Crash noch schnell verkauft worden war, gekündigt. Seitdem arbeitete sie an einem nach ihren Angaben die Welt verändernden Gedichtband.

Lola klingelte an Myrnas Tür und beobachtete, wie es hinter dem Spion dunkler wurde und dann wieder heller. Lola hörte den Schlüssel im Schloss. Die Tür öffnete sich einen kleinen Spalt, ohne dass Myrna zu sehen war, also drückte Lola die Tür vorsichtig auf und betrat den Flur. Die Wohnung war nur mit Kerzen erleuchtet, die überall herumstanden. Vor die Fenster waren dicke schwarze Samtvorhänge gezogen, und Myrna saß auf dem Fußboden in ihrem Wohnzimmer inmitten ihrer Zettel, genauso wie es Dominik Dreher im Supermarkt beschrieben hatte. Weder Myrna noch Myrnas Mutter oder Vater waren Juden, und dass ihre Mutter Hilde in Jerusalem umgekommen war, war schlichtweg ein Zufall, der Myrna aber zu einer heißblütigen Zionistin gemacht hatte, die eine unstillbare Wut auf alle Palästinenser und Personen mit arabischem Hintergrund hegte.

Myrna kritzelte etwas auf einen Zettel. »Hör mal, was hältst du davon? Ich habe ein Gedicht geschrieben. Sie las langsam vor:

Was brauchst du?
Einen Baum, ein Haus, zu ermessen, wie groß, wie klein,
das Leben als Mensch
Wie groß, wie klein, wenn du aufblickst zur Krone, dich verlierst
in grüner üppiger Schönheit
Wie groß, wie klein, bedenkst du, wie kurz dein Leben,
vergleichst du es mit dem Leben der Bäume
Du brauchst einen Baum, du brauchst ein Haus, keines für
dich allein
Nur einen Winkel, ein Dach, zu sitzen, zu denken, zu schlafen,
zu träumen, zu schreiben, zu schweigen, zu sehen
Den Freund, die Gestirne, das Gras, die Blume, den Himmel

»Ist das nicht Friederike Mayröcker?«, fragte Lola verwirrt, schließlich war es ihr Lieblingsgedicht.

»Was? Darüber hat Frau Mayröcker schon geschrieben? Das ist natürlich schlecht. Aber schön, dass du dich so gut auskennst.«

»Myrna, ich muss dir etwas Unangenehmes gestehen.«

»Bist du jetzt mit einem Araber zusammen, weil du deine jüdische Herkunft verachtest, dich selbst hasst, aufgrund der Opferrolle, die ihr im Holocaust eingenommen habt? Warum schneidest du dir nicht lieber kleine Ritze in den Unterarm?«

»Was?«

»Kleine Ritze, kennst du das nicht? Das macht man doch so, wenn man sich selbst hasst. Mit einer Rasierklinge.«

»Ich weiß schon, was Ritzen ist, und ich bin auch mit keinem Araber zusammen, um meinen Opferstatus zu untermauern. Ich bin gerade in Dominik Dreher ...«

»Oh Gott. Bist du mit Dominik Dreher zusammen? Das

ist ja, wie mit einem Araber zusammen zu sein, Lola. Also für dich jedenfalls. Probiere doch mal den Dingens, wie heißt der gleich, dieser heiße NPD-Politiker. Udo Pastörs. Ja, genau. Der Udo. Der wäre doch was für dich. Knick knack, Lola. Knick knack.«

»Myrna, hör mal kurz zu. Ich bin nicht mit Dominik Dreher zusammen und will auch kein Kind von Udo Pastörs. Ich bin blöderweise mit Dominik Dreher einen Wein trinken gegangen, jedenfalls dachte ich, wir gehen einen Wein trinken und ich recherchiere gleichzeitig für ein Fotoprojekt, das ich schon lange machen wollte, das ›Der Gescheiterte‹ heißen soll, aber Dominik hat dann alle meine Weine weggetrunken, und als ich mich davonstehlen wollte, ist er mir hinterhergerannt und hat die Tomaten, die ich im Supermarkt gekauft habe, gegen dein Auto geworfen. Das wollte ich eigentlich nur sagen.«

»Ach so. Ja, kein Problem. Morgen soll es regnen. Hast du schon von diesen Montagsdemonstrationen gehört? Würde ich am Tage nicht schlafen, ich wäre Teil dieser Gegendemonstranten mit den Aluhütchen. Was ist hier eigentlich los, Lola? Merkt denn keiner, was hier los ist? Dieser Mist über die jüdische Weltverschwörung. Der helle Wahnsinn. Und die Leute jubeln und feuern diesen Verrückten an. Ken Jebsen. Genau, Ken Gaga Jebsen. Dieser iranische Vollidiot. Alle so Hurra, aber keiner erklärt mal offen, dass es zwei Grenzen nach Gaza gibt. Eine israelische und na, weißt du's?«

»Eine ägyptische.«

»Genau. Eine ägyptische Grenze. Und ist diese ägyptische Grenze nach Gaza offen? Lassen die Ägypter die

Palästinenser raus? Nein, natürlich nicht. Die Grenze ist zu, weil auch die Ägypter kein Interesse an den Palästinensern haben. Wie übrigens alle arabischen Staaten keinerlei Interesse an den Palästinensern haben. Das einzige Interesse, das es gibt, ist, dass sie als Kanonenfutter missbraucht werden, aber man so tut, als täten sie einem leid. Ja, klar. Die armen Palästinenser kriegen ihren Staat nicht zurück. Dabei hatten sie niemals einen Staat. Niemals. Sie haben, genauso wie Christen, Juden und Armenier in diesem Gebiet gelebt, das dem englischen Mandat unterstellt war. Allein in Jerusalem haben 1910 45 000 Juden und nur 12 000 Araber gelebt. Weißt du, wie viele heute in Jerusalem leben? 240 000 Araber!«

»Ich glaub, ich muss jetzt ins Bett.«

»Es ist erst vier. Was willst du jetzt schon ins Bett gehen? Aber mach mal, mach mal. Ich arbeite noch ein bisschen an meinem Gedicht ›Was brauchst du‹.«

»Das ist von Mayröcker!«

»Ich weiß doch. Ich will dich nur testen. Los, geh schon. Übermorgen Abend mache ich gefillte Fisch. Es ist Freitag. Willst du kommen?«

»Übermorgen ist Samstag, heute ist Donnerstag, und außerdem hasse ich gefillte Fisch, Myrna.«

»Dann ein anderes Mal.«

Lola schleppte sich die Stufen zu ihrer Wohnung hoch, schloss die Tür auf und ging sofort ins Schlafzimmer. Dann begriff sie, dass das Bett jetzt im Wohnzimmer stand, und wechselte die Räume. Als sie auf der Bettkante saß, zog sie ihre Schuhe aus und ließ sich mit viel Schwung fallen. Die ersten Sonnenstrahlen schienen in ihr Gesicht und auf ihren Körper.

Irgendwann würde Myrna in dieser Zettel-Kerzen-Hölle noch verbrennen, dachte Lola und dass sie selber dringend eine neue Hausratsversicherung bräuchte, für den Fall, dass es dazu käme. Also holte sie das Handy aus ihrer Shorts und war froh, dass es nicht in der Tasche gesteckt hatte, die Dominik Dreher auf sehr gewissenhafte Weise ausgeräumt hatte.

Shlomo hatte ihr eine Nachricht auf Facebook geschrieben und drei weitere auf WhatsApp. Lola öffnete die Facebook-App auf ihrem iPhone und scrollte durch den NewsFeed, bevor sie Shlomos Nachrichten las. Dann rollte sie genervt mit den Augen, weil sie schon wieder einen der vielen Artikel sehen musste, die über den neuen Film von Judith Hahn berichteten. Judith Hahn war eine Enkelin eines hochrangigen Nazifunktionärs und eine ehemalige Freundin von Lola. Der Kinofilm lockte Millionen Besucher in Deutschland in die Kinos und wurde ausführlich im Feuilleton besprochen. Und zwar ohne Ausnahme positiv. Es war unerträglich.

Lola war Judith vor drei Jahren bei einem Shooting begegnet und hatte sie anfänglich zu schätzen gelernt und dann zu verachten begonnen. Es hatte nie einen offenen Streit zwischen ihnen gegeben, aber nachdem Judith vor ein paar Monaten bei einem gemeinsamen Abendessen, das sie mit Lola besucht hatte, vor den versammelten Gästen einen Monolog darüber gehalten hatte, was sie aus Lola gemacht hätte, wenn Lola und sie sich im Dritten Reich gekannt hätten, hatte sich das Verhältnis drastisch abgekühlt. Judith Hahn war nicht nur eine begnadete Schauspielerin, sondern eine heißblütige Nationalsozialistin. Das hatte sie anfänglich vertuscht, aber im Laufe der immerhin dreijährigen Freundschaft wurde dieser Umstand von Tag zu Tag offensichtlicher. Auch wenn sie ihren Großvater »den bösen Mann« nannte, hatte sie doch nicht nur seinen Namen behalten, sondern profitierte außerordentlich von ihrer Herkunft. In Deutschland hofierte man Nazienkel und Urenkel, so schien es Lola. Wenn sie in den Medien Thema waren, resultierte daraus nicht Schmach oder Schande, sondern Ruhm. Und auch deshalb hatte Lola ihren Instagram-Namen sehr bewusst nach einem Großnazi benannt. Und vielleicht konnte sie sogar nur deshalb gerade seelenruhig bis in die Morgenstunden bei ihrer durchgeballerten Nachbarin abhängen, ohne am nächsten Morgen rauszumüssen, weil ganz Deutschland unbedingt von einem Nazienkel ein Foto hatte kaufen wollen. War das jetzt schlimm oder sogar clever, wie sie da ganz Deutschland ausgetrickst hatte? War das genau so, wie Judith ganz Deutschland austrickste? Schließlich ließ Judith in jedem Gespräch fallen, dass sie mit diesem Nachnamen, ja mit dieser verruchten Herkunft, alles verkaufen könne: Shampoos, Butter, Brote, Autos, Musik, Bücher, Filme, schlechte Kunst, schlechte Bücher und schlechte Butter. Dieser Name, der Judith dazu veranlasst hatte, bei ebenjenem Essen in Schöneberg Lola in ihre Einzelteile zu zerlegen und in eindeutiger NS-Manier darüber zu philosophieren, dass Lolas Beine ideal dazu geeignet seien, um daraus zwei Stehlampen zu basteln, und ihre Schädeldecke doch zu einer Suppenschale umfunktioniert werden müsse. Lolas Körperteile hatten von Judith Hahn alle eine Funktion erhalten, und der Tisch schwieg. Judith lachte. Sie lachte aus vollem Herzen, und als Lola einfach aufgestanden war, hatte Judith ihr laut, sehr laut, hinterhergerufen: »Aber, du wirst doch noch einen Scherz verstehen, Lola! Oder besitzt du etwa keinen Humor?«

Lola las Shlomos Nachrichten, in denen nur stand, dass er sie vermisse »like crazy« und dass sie doch einfach einen Flug nach Tel Aviv buchen solle, um zu ihm zu kommen. Und irgendwie wollte sie das ja auch, aber dann dachte sie an diese bescheuerten Artikel, die er immer postete und likte, in denen konservative Israelis als Hitler-Juden bezeichnet wurden. Und dann dachte sie wieder an den Sex, den beide gehabt hatten, nachdem er sich irgendwann entspannen konnte und jederzeit einen hochbekam, wenn es notwendig wurde, und an seine warme und weiche Mundpartie und den Katzenvideo-Klammergriff. Lola dachte an Dominik Dreher, dieses psychopathische Arschloch, das sie eigentlich anzeigen müsste, aber weil sie mit Anzeigen in den letzten zwölf Monaten nicht so wahnsinnig viel Glück gehabt hatte, ließ sie es sein, auch wenn es falsch war. Durch ihren Körper rannte eine Ameisenkolonne, obwohl es niemandem in ihrem Umfeld schlechtging. Aber vielleicht war diese Ameisenkolonne auch ein Zeichen für ihre eigene Gefühlswelt, der es in den letzten Monaten, abgesehen von dem Instagram-Glücksfall, ganz schön an den Kragen gegangen war.

Sie nahm ihren Rechner vom Boden, klappte ihn auf und buchte einen Flug bei El Al Airlines für den nächsten Tag.

Danach schloss sie eine Hausratsversicherung im Wert von 250000 Euro ab und schickte den Screenshot der Flugbestätigung per Face-Chat an Shlomo. Sie zog ihre Shorts und ihr T-Shirt aus und schlief ein.

1

Schwarze Stoffbahnen hingen vor den Fenstern. Der Ventilator drehte sich langsam von rechts nach links, von links nach rechts. Er schickte kühle Luft in jeden Winkel des Raumes, die von der schweren Hitze, die durch die geöffnete Balkontür hereinkam, wieder erwärmt wurde. Lola lag, nur mit einem Slip bekleidet, bäuchlings auf der Matratze und hatte ihre Gliedmaßen von sich gestreckt. Schweißperlen sammelten sich unter ihren Achseln und in den Kniekehlen. Seit einer Woche hatte sie diesen Platz, außer um ins Bad zu gehen und sich drei Mahlzeiten zu machen, nicht verlassen. Wenn sie nicht schlief, tagträumte sie, und wenn sie nicht tagträumte, schlief sie. Das Telefon war auf Vibrationsalarm gestellt, und auf dem Display, auf das sie nur manchmal schaute, sammelten sich die Nachrichten von Menschen, die sich um sie sorgten. Von ihrem Bett aus konnte sie die Stimmen der Touristen hören und die Stimmen der Tel Avivis, die vor ihrem Fenster entlangspazierten oder zu wichtigen Terminen eilten. Hunde bellten und herumstreunende Katzen jagten sich durch die engen Hinterhöfe. Morgens um sechs wurde Lola von der Müllabfuhr geweckt und nachts gegen zwei durch den Sound lauter Autoradios vom Schlafen abgehalten. Im Laufe des Tages ging alle paar Minuten der Alarm eines Autos an, der wiederum vom Plopp-Geräusch der Matkot-Spieler untermalt wurde. Tel Aviv war die lauteste Stadt der Welt, und es dauerte viele Tage, bis sich Lola an diesen Soundbrei gewöhnt hatte.

Lola war am frühen Nachmittag des 13. Juni 2014 in Tel Aviv gelandet. Am Nachmittag zuvor hatten Radikale, die nach Angaben der israelischen Regierung der Hamas angehörten, drei Yeshiva-Schüler entführt. Lola hörte davon im Taxi auf dem Weg zum Flughafen. Und während die meisten Passagiere durchs Flugzeug liefen und wild gestikulierend mit ihren Sitznachbarn über die Entführung sprachen, war Lola sitzen geblieben. »Jetzt machen sie Gaza platt«, hatte sie nur gedacht und dann ihren iPod wieder laut gestellt, um FKA Twigs zu hören, was sie seit einer Woche ausschließlich tat. Sie hatte auch FKA Twigs gehört, als Dominik Dreher sie im Disco-Kaiser's angesprochen hatte. Blöderweise hatte sie daraufhin die Kopfhörer herausgenommen, was ein großer Fehler gewesen war. Ein weiterer Fehler in ihrem Leben. So viele Fehler.

Während des gesamten Fluges musste sie immer wieder an diesen grässlichen Abend denken. In manchen Momenten war es ihr so vorgekommen, als liege der Abend drei Jahre zurück, und im nächsten Augenblick hatte sie sehr klar spüren können, dass er weniger als sechsunddreißig Stunden her war.

Nach der Landung lief sie viele hundert Meter durch die lichtdurchfluteten Hallen des Flughafengebäudes – jedenfalls fühlte es sich so an –, um zur Gepäckausgabe zu gelangen. Manchmal schlidderte sie auf dem glatten und glänzenden Marmorboden ein paar Zentimeter, während andere Reisende die Rollbahnen benutzten. Sie war glücklich, hier zu sein, erleichtert und von einem Gefühl unbedingter Freiheit erfüllt. Lola durchschritt die automatische Schiebetür in die Wartehalle. Ja, sie schritt! Die Rollen ihres Koffers lieferten den Background-Sound dazu, und Lola passte das Tempo ihrer Schritte diesem sonst völlig nervigen Roll-Beat an.

Als sie aus dem Flughafengebäude trat, drückte die schwere, feuchte Luft Lola fast wieder in die Halle zurück. Dreiunddreißig Grad und fünfundsiebzig Prozent Luftfeuchtigkeit. It's not the temperature, it's the humidity. Und wenn man versucht, sich gegen diese Luft zu wehren, gewinnt sie. Immer. Deshalb atmete Lola ein und aus, durch die Nase ein und durch den Mund aus, ohne Angst zu ersticken. Sie sog den Geruch dieser Stadt in sich auf, mit jeder noch so unangenehmen Nuance, und erinnerte sich sofort daran, wie sie vor dreiundzwanzig Jahren zum ersten Mal mit Simon hier angekommen war. Taumelig von alten Erinnerungen rief sie ein Taxi heran, überließ dem Fahrer ihren Koffer, stieg hinten ein und versank in den weichen, kühlen Ledersitzen. Sie gab auf Hebräisch die Adresse ihrer Wohnung durch – »Schalom, ani zricha lehagia le Geula shalosh bevakasha!« –, die sie am Morgen über Airbnb gebucht hatte, und der Fahrer nickte wissend. Die Wohnung lag zwei Minuten vom Meer entfernt, Geula Ecke HaYarkon.

Lola nahm den Schlüssel der Wohnung von der Nachbarin entgegen, die sich als Silvia vorgestellt hatte und eine fünfundvierzigjährige Tango-Tänzerin und Psychoanalytikerin aus Argentinien war. Die Wohnung war heruntergekommen. Der Putz löste sich in den zwei Zimmern von den Wänden. Das Badezimmer war provisorisch renoviert worden, die Küche stammte noch aus den dreißiger Jahren. Es gab keinen wirklichen Hausflur, nur eine gusseiserne Wendeltreppe auf der Rückseite des Hauses, die zu den drei Wohnungen führte, die in diesem Gebäude untergebracht waren. Neben der Wohnungstür lag eine tote Kakerlake, auf dem Rücken mit ausgestreckten Beinchen. Als Lola ihren Koffer über die alten Kacheln rollte, klapperten ein paar, weil sie nur noch lose auf dem Boden lagen. Das Wohnzimmer war durch eine Schiebetür vom Schlafzimmer getrennt, und vom Schlafzimmer gelangte man auf den Balkon. Lola stellte ihren Koffer vor dem riesigen Kleiderschrank ab, der eine komplette Wandseite füllte und gegenüber des King-Size-Betts stand.

Sie sprang kurz unter die Dusche, band sich ein Handtuch um ihren weißen Körper und trat auf den Balkon. Sie schaute aufs Meer und atmete noch einmal tief ein. Diesmal war der Geruch ein anderer.

Es gab so etwas wie eine Ahnung in ihr, dass sie in diesen nächsten Tagen nicht bereit wäre, irgendjemanden zu sehen, und weil es Freitag war und der Schabbat kurz bevorstand, blieb ihr nur noch eine gute Stunde, um das Nötigste einzukaufen. Lola wühlte in ihrem schwarzen Koffer herum, in dem sich ausschließlich schwarze Sachen befanden, weil Lola ausschließlich schwarz trug. Sie zog ein ärmelloses Kleid heraus, stülpte es über ihren Kopf und schob ihre Arme durch die Öffnungen. Es floss gleichmäßig an ihrem Körper herunter und endete an ihren Knöcheln. Um den Hals legte sie eine schwere afrikanische Kette und setzte abschließend ihre blau verspiegelte Hippie-Sonnenbrille auf.

Auf dem Weg zum Dizengoff Center, dem größten Einkaufszentrum in der Tel Aviver Innenstadt, schaute sie die meiste Zeit auf den Boden, aus Angst, irgendjemanden zu treffen, den sie noch nicht treffen wollte. Shlomo zum Beispiel. Oder Rafi oder Naama oder Tamir. Manchmal, wenn sie sich vor bekannten Blicken sicher fühlte, schaute sie in die Schaufenster und in die Augen der ihr entgegenkommenden Menschen. Sie entdeckte Geschäfte, die dort schon seit über zehn Jahren existierten; und dass sie diese Geschäfte kannte, ja, dass sie alles kannte, was sie vor sich sah, gab ihr ein Gefühl von Heimat. Ein Gefühl angenehmer Distanz trotz tiefer Verankerung. Lola gehörte dazu. Sie gehörte zu Tel Aviv, aber gerade diese Zugehörigkeit schenkte ihr eine gewisse Bewegungsfreiheit, die etwas Objektives, Distanziertes hatte.

Am Eingang zum Dizengoff Center öffnete sie völlig selbstverständlich ihre Tasche, hielt sie dem Security-Guard entgegen und lief direkt zum Telefon-Shop, der sich im zweiten Stock dieses so dermaßen verwinkelten Einkaufszentrums befand, dass man ständig Sorge haben musste, sich zu verlaufen. Sie kaufte ein Rund-um-sorglos-Paket, Unlimited Internet, Unlimited Calls und Unlimited SMS, und lernte auf dem Weg zum AM:PM, der bekannten israelischen Supermarktkette, ihre Telefonnummer auswendig: »Effes chamesh arba shalosh shesh achat shmone shmone sheva tesha«. Ihren Einkaufswagen füllte sie mit einer Riesenpackung gefrorener Schnitzel, ja, Schnitzel, und allerlei Dingen, die man zum Frühstück und für die restlichen Mahlzeiten brauchte, sowie mit ihrem Lieblingskäse, den es ausschließlich in Israel gab, weil er ausschließlich in Israel hergestellt wurde. Zfatit. Die Einkäufe packte die Kassiererin nacheinander in sieben dünne Plastiktüten, und Lola drückte ihr die Kreditkarte in die Hand. Weil niemand hier so etwas wie echte Unterschriften auf einem Bon verlangte, erledigte die Kassiererin den Zahlvorgang selber und unterschrieb mit der Ecke von Lolas Kreditkarte.

Ein praktisches Land, dachte Lola, als sie sich mit vier Beuteln in der rechten und drei Beuteln in der linken Hand auf den Weg nach Hause machte. Ein Land, indem einfach jeder begreift, dass niemand die Unterschriften auf allen jemals ausgedruckten Bons kontrollieren will.

Als Lola am siebten Tag aufwachte, war sie fast so weit, sich auf den Balkon zu setzen. Mit einer Tasse frisch gebrühtem Instantkaffee. Sie dachte darüber nach, wie sie sich anziehen würde, um das erste Mal seit ihrer Ankunft auf die Straße zu gehen. Vielleicht ins *Café Sheleg*, das um die Ecke war, vielleicht an den Strand, der nur wenige Schritte entfernt lag. »Gleich, gleich stehe ich auf!« Lola rollte sich noch einmal auf die Seite, direkt an die Wand. Das blaue Kissen klemmte zwischen ihren Beinen, und auf dem roten hatte sie ihren Kopf abgelegt. Lola konnte den alten Putz riechen. Sie fuhr mit ihren Fingerspitzen auf der unebenen Oberfläche hin und her, und je mehr sie sich darauf konzentrierte, desto schwerer wurden ihre Lider, die sie erst vor fünf Minuten geöffnet hatte. Es war wie damals, vor dreiundzwanzig Jahren. In der Nacht vor ihrer ersten Reise nach Tel Aviv. Lola lag damals im Bett ihrer Großeltern und hatte ihr Gesicht sanft gegen die Wand gedrückt, genauso wie in diesem Augenblick. Sie konnte die Stimmen von Hannah und Gershom hören, auf der anderen Seite der Wand. Sie saßen am Tisch, auf der Terrasse des Bungalows, in dem Lola jeden einzelnen Sommer ihrer Kindheit verbrachte. Zumindest so lange, bis die Mauer fiel. Von der Terrasse aus blickte man auf den Stolzenhagener See, in dem Gershom so gerne fischte. Auch Lola hatte hier Plötzen und Bleie aus dem Wasser gezogen, die Haken aus den blutenden Mündern der erschrockenen Fische entfernt und diese dann meistens zurück ins Wasser geworfen, weil sie zu klein waren, um sie zu essen.

Tränen liefen an ihrer Wange herunter, während sie versuchte, aus dem Nuscheln ihrer Großeltern schlau zu werden. Sie hatte Angst. Sie hatte Angst, vier Wochen mit Simon allein sein zu müssen. Wann war sie schon mal mit Simon vier Wochen am Stück allein gewesen? Mehr als anderthalb Jahre waren vergangen, seit die Mauer gefallen war und sie Simon das erste Mal wiedergesehen hatte. Damals, auf dem Bahnsteig in Wannsee. Drei Stunden waren Lola und Petra umhergeirrt, hatten immer wieder aussteigen und umsteigen und Gershom und Hannah von verschiedenen Telefonzellen aus anrufen müssen, die dann wiederum Simon anriefen, um Petra zu erklären, wie sie jetzt fahren müsse, um endlich auf Simon zu treffen, der versucht hatte, Petra auf ihrer Odyssee durch Westberlin zu verfolgen. Petra hätte an der Wollankstraße in die S 1 steigen und bis Schöneberg fahren müssen, aber Petra hatte es einfach nicht hinbekommen. Am Ende waren sie in Wannsee gelandet, und keiner hatte sich erklären können, wie das passieren konnte. Lola erinnerte sich, wie sie Petras kleinen Finger mit ihrem kleinen Finger hielt, als sie ausstiegen. Das war die einzige Form des Händehaltens, die Petra zuließ. »Niemals die ganze Hand, niemals!«, hatte Petra immer geschrien, wenn Lola aus Versehen ihre Hand griff. Als Simon Lola auf dem Bahnsteig erblickte, nahm er sie sofort auf den Arm und tat so, als hätte er sie vermisst, aber Lola hatte ihm nicht geglaubt.

Von diesem Tag an, nach diesem ersten Besuch in Westberlin, lebte Lola an den Wochenenden bei Simon in seiner Altbauwohnung in Schöneberg und wohnte in der Woche bei Petra. Sie hatte einen Kinderreisepass und musste freitags die Grenze nach Westberlin überqueren und sonntags wieder in Ostberlin einreisen.

In jener Nacht vor der Reise mit Simon nach Israel war Lola irgendwann vor Erschöpfung eingeschlafen, und als sie aufwachte, bereitete Hannah das Frühstück vor, und Gershom goss die zwei großen Apfelbäume vor dem Fenster. Am Abend ging der Flug nach Tel Aviv.

Gershom und Hannah waren gutgelaunt, Petra zog angespannt an ihrer Zigarette, und Simon strich sich nervös das lockige lange Haar aus dem Gesicht. Lola legte ihren Kopf weit in den Nacken und starrte in die Gesichter der vier Personen, die sich ihre Familie nannten. Hinter ihren Köpfen ragte imposant der Schriftzug des Flughafens Schönefeld auf, und die Julisonne brannte auf Lolas Stirn. Sie trug türkisfarbene Radlerhosen und ein lachsfarbenes

T-Shirt, den Strohhut, den Lolas Großeltern für die Reise gekauft hatten, hielt sie in ihrer rechten Hand.

Nur drei Stunden später saß sie am Fenster des Flugzeugs der El Al Airlines. Simon hatte koscheres Essen bestellt, was Lola tierisch albern fand, weil er auch sonst kein koscheres Essen aß. Lola fand eine Menge Dinge albern, die Simon tat. Und es gab eine Menge Dinge, die sie ängstigten. Wenn Simon zum Beispiel der Reis anbrannte, nahm er nicht den Topf vom Herd, um neuen Reis zu kochen. Er nahm den Topf vom Herd und warf ihn gegen die Wand, und die halbvolle Reispackung, und wenn irgendetwas griffbereit in der Nähe lag, dann warf er auch diesen Gegenstand gegen die Wand. Er beruhigte sich meistens nach kurzer Zeit, und in diesen Minuten bewegte sich Lola keinen Millimeter und sprach kein einziges Wort, nicht einmal ein Seufzen. Anschließend schämte sich Simon, und Lola musste ihn trösten.

Lola schaute aus dem Fenster des Flugzeugs und fragte sich, wie viele solcher Reisvorfälle es wohl während ihres vierwöchigen Aufenthalts in Israel geben würde. Ansonsten war Simon aber liebenswert. Lola liebte, wie Simon lachte, wenn er Scherze machte und wenn er Gitarre spielte, und sie liebte, wenn sie stundenlang irgendwo saßen und über die Welt und das Leben redeten. Das war das Beste überhaupt an Simon.

Jeder Mensch hatte eben gute und schlechte Seiten, und Simon litt unter dem Syndrom »Reisvorfall«. Reisvorfalleritis nannte es Lola. Man durfte Simon nicht auf seine Schwäche ansprechen, das löste sofort den nächsten Reisvorfall aus. Mittlerweile kannte Lola Simon so gut, dass sie wusste, dass dieser Urlaub kein normaler Urlaub werden würde. Schließlich war Simon vom Holocaust besessen. Er redete, genauso wie Hannah es immer getan hatte, ununterbrochen vom Holocaust. Auch für Simon stand der nächste Holocaust kurz bevor, und so waren seine Lebensthemen die Flucht und das Überleben. Dieser vierwöchige Israelaufenthalt war für ihn eine Mischung aus Zurück-zu-deinen-Wurzeln und einem Training für die Flucht. Man könnte sagen, Lola wurde Holocaust-fit gemacht.

Die erste Woche verbrachten sie in der Wohnung von Simons Cousine Micky, die die Tochter von Gershoms Schwester Rahel war. Rahel war in Palästina geblieben, während Gershom nach dem Krieg nach Deutschland zurückgekehrt war. Weil Micky gerade die Armee beendet hatte und alle Israelis nach der Arme nach Asien aufbrechen, um dort bei Pilzen und Marihuana der Erinnerung an die Jahre der Enge zu entfliehen, stand die Wohnung leer. Mickys Wohnung lag nah am Strand. Simon und Lola mochten den Strand, und so hingen sie beide eine Woche lang dort ab und spielten ununterbrochen Shesh Besh, übersetzt: Backgammon. Wenn Lola es schaffte, Simon zu besiegen, ermahnte Simon sie, nicht übermütig zu werden, weil man im Leben eben nicht immer gewinnen könne, sondern die meiste Zeit eigentlich verlor. Diese Momente erinnerten Lola daran, dass Simon ein trauriger Mann war. Vielleicht, weil er niemals Chirurg geworden war, sondern in Westberlin eine Ausbildung zum Kameramann gemacht hatte und jetzt, anstatt für die BBC Dokumentationen zu drehen, für SAT1 das »Glücksrad« filmte. In Festanstellung. In dieses System eingezwängt zu sein, das war hart für ihn. Das konnte selbst Lola spüren, obwohl sie erst elf Jahre alt war, und wenn sie vom »Glücksrad« sprach, stand Simon regelmäßig kurz vor einem Reisvorfall. Er hatte auch den Fernseher aus seiner Wohnung verbannt, seit er begonnen hatte, fürs Fernsehen zu arbeiten, und obwohl Micky in ihrer Wohnung eine »Glotze«, wie Simon Fernseher nannte, stehen hatte, durfte diese nicht angeschaltet werden. Micky hatte auch einen alten Plattenspieler, und während dieser Woche in Tel Aviv im Juli 1991 hörten Lola und Simon Carole Kings »Tapestry«-Album rauf und runter. Sogar dreiundzwanzig Jahre später konnte Lola immer noch alle Songs auswendig.

An einem der letzten Tage der sehr erholsamen Tel-Aviv-Woche wollte Simon plötzlich früher vom Strand aufbrechen, und obwohl Lola versucht hatte, sich gegen diese Entscheidung zu stellen, trabte sie hinter Simon her. Ziemlich bockig, was nicht lange anhalten durfte, weil das sonst zu einem Reisvorfall führte. Er ging mit Lola zu einer der vielen Saftbars, die in der Stadt verteilt waren, stellte sich mit ihr in die Schlange, beugte sich zu ihr runter und sagte leise: »Wir üben jetzt klauen, Lola!« Sie wusste, dass Simon das vollkommen ernst meinte, und weil das mit dem Bockig-Sein oder dem Anderer-Meinung-Sein sowieso niemals bei Simon funktionierte, nickte sie, wissend, dass gleich ihre nicht vorhandene Sprinttechnik gefragt sein würde. Simon bestellte zwei frische Orangen-Ananas-Säfte, und während der Saftverkäufer vorsichtig die Becher füllte, flüsterte Simon ihr zu: »Ich drück dir jetzt gleich deinen Becher in die Hand, und dann rennst du, so schnell du kannst, aus dem Laden. Ich werde hinter dir sein und dann natürlich ziemlich schnell vor dir, und dann rennst du mir einfach nur noch hinterher. Ganz einfach!« Lola brauchte einunddreißig Sekunden auf hundert Metern. Das wusste Simon eigentlich. Aber darum ging es nicht. Das würde Lola im Falle eines Holocausts nicht helfen. Sie könnte sich im Ghetto, das irgendwann in naher Zukunft in Berlin stünde, schließlich nicht damit entschuldigen, dass sie mit keinerlei Rennkünsten ausgestattet worden war. Es ging ums nackte Überleben. Darum, am Ende den anderen hungernden Juden die Kartoffeln aus der Hand zu reißen und um sein Leben zu rennen. Als Simon ihr den Becher in die Hand drückte, sah Lola nur noch einen Aluminiumteller vor sich, auf dem eine ungeschälte Kartoffel lag. Also umklammerte sie mit beiden Händen diesen Teller und die Kartoffel und rannte los. Dann hörte sie Schreie und spürte, wie Menschen versuchten, sie festzuhalten, aber Lola war wendig und klein, riss sich los und rannte die King George runter, vorbei an den mageren Ghettobewohnern Richtung Allenby. Sie sah, wie Simon sie überholte, »Weiter, weiter! Schneller, schneller!« schrie, und Lola gehorchte. Kurz nach der Überholaktion konnte Lola weder Simon noch seine Locken sehen, rannte aber unbeeindruckt mit ihrer Anfangsgeschwindigkeit weiter. Sie merkte, wie ihr Hals begann weh zu tun und ihre Beine schwer wurden, sie schwitzte, und ihr langes Haar klebte im Gesicht. Aber sie rannte weiter. Sie rannte so lange weiter, bis jemand von rechts nach ihrem Arm griff und sie in einen Hauseingang zog. Simon sah ernst aus und schwitzte ähnlich stark wie Lola. »Geschafft!«, sagte er und fragte, wo Lolas Becher sei. Lola blickte auf ihre Hände, konnte aber weder den Becher mit der gelben Orange-Ananas-Füllung sehen noch den Aluminiumteller mit der ungeschälten Kartoffel. Simon steigerte sich in einen Reisvorfall hinein, warf seinen Becher auf die Straße und schrie so wirres Zeug, dass Lola nichts anderes übrigblieb, als ihr Gehirn runterzufahren und Simon dabei zuzuschauen, wie er gestikulierte und seinen Mund auf und zu klappte, ohne dass Lola hören konnte, was er sagte.

Vierundzwanzig Stunden lang sprach er kein Wort mit ihr, sondern hörte ausschließlich »You've got a friend« auf Repeat, indem er nach dem Ende des Songs zum Plattenspieler rannte und die Nadel verrückte. Er sang lauthals mit und so, als würde es Lola nicht geben: »When you're down in troubles and you need some love and care. And nothing, nothing is going right. Close your eyes and think of me and soon I will be there to brighten up even your darkest night.«

Als die vierundzwanzig Stunden vergangen waren, tat Simon, als wäre nie etwas geschehen. Er machte Lola Frühstück und erklärte ihr, was er für die kommenden drei Wochen geplant hatte: ein Auto mieten, zwei Schlafsäcke kaufen und unterwegs sein. Die Golan-Höhen wolle er ihr zeigen, die Westbank, Jerusalem, Ostjerusalem, das Tote Meer, das Rote Meer, die Negev-Wüste, Tiberias, Gaza, Haifa, ganz Israel. Sie würden nicht im Hotel wohnen, sondern sich jede Nacht eine neue Bleibe im Freien suchen. »Nein, auch kein Campingplatz«, sagte Simon ziemlich schroff, obwohl Lola gar nicht danach gefragt hatte.

Lola lernte in diesen Wochen, ohne Wasser zwei Tage in

der Negev-Wüste zu überleben, trotz eines Sturms Feuer am Strand von Gaza zu machen, sich im Auto nicht zu ducken, obwohl sie in der Westbank mit Steinen beworfen wurden, am Genezarethsee ohne Isomatte auf dem Steinstrand zu schlafen und von der nahe gelegenen Bananenplantage Frühstück, Mittag und Abendessen für drei Tage zu besorgen. Simons Plan war aufgegangen. Lola war Holocaust-fit, als sie Anfang August braungebrannt in Berlin-Schönefeld landeten.

2

Bei der Ankunft in Berlin standen nur Hannah und Gershom am Flughafen. Sie begrüßten Lola und Simon, denen man das Erlebte der letzten vier Wochen ansah, liebevoll in der Eingangshalle. Petra war nirgendwo zu sehen, als Lola nach ihr Ausschau hielt. Lola trug ein schwarz-weißes, sehr auffällig geschnittenes Kleid, das an ein Ballett-Tutu erinnerte. Die dunklen Haare an ihren Armen und Beinen waren von der Sonne ausgeblichen und glänzten golden. Sie hatte einen mittelgroßen Rucksack auf ihren Schultern, der den Look ihres Outfits auf angenehme Weise brach. Ihr langes dunkelrotes Haar war zu einem Pferdeschwanz zusammengebunden. Und während sie zu viert den Flughafen verließen, hielt sie sich an Simons Hand fest. Simon sah aus wie ein Magnum-Fotograf. Sein weites, ausgewaschenes graues Shirt hatte er grob in seine beige Cargohose gestopft, die Römerlatschen saßen locker und waren mit Staub bedeckt. Um seinen Hals hing die Nikon F2, die er Lola nur wenig später schenken würde, und über seiner Schulter seine Gitarre. Es war absurd.

Von ihnen beiden ging eine Aura aus, die man nicht so leicht zu fassen bekam oder beschreiben konnte. Es war offensichtlich, dass sie eine gemeinsame Erfahrung gemacht hatten, dass sie beide gereift waren. Man spürte außerdem, dass es ein unzertrennbares Band zwischen ihnen gab, eine Art Ahnung vom anderen. Sie hatten einander in die Seele geschaut, auch wenn Lolas Seele vielleicht noch eine kleine war, und was sie gesehen hatten, war erschreckend und beglückend gewesen. Sie waren wieder Vater und Tochter, als hätte es die Scheidung nie gegeben, und auch die Flucht aus der DDR nicht. Es war, als hätten sie an die Momente in den Jahren zuvor angeknüpft, als Lola zwei oder drei war. Die Zeit dazwischen hatten sie ungeschehen machen wollen, und das war ihnen gelungen.

Lola blickte sich immer wieder um und erwartete, dass Petra jeden Augenblick rauchend und gelangweilt hinter einer Ecke hervorkommen würde, aber nichts passierte. Ihr orangerotes Haar, das seit 1986 von einer Dauerwelle in Beschlag genommen wurde, stach nirgendwo hervor, ihre weißen langen Beine traten nicht trotzig auf die versammelte Familie zu, und ihre Mundwinkel verzogen sich auch nicht zu einem genervten Gesichtsausdruck. Petra hatte sich seit dem Auszug aus dem Kinderheim nämlich kein Stück verändert. Sie war immer noch sechzehn und wunderte sich insgeheim, warum sie ihre Nachmittage nicht mehr an den Tischtennisplatten mit doofen, aber von ihr besessenen Jungs aus bürgerlichem Hause verbrachte.

Sie war mittlerweile Friseurin und arbeitete in einem Geschäft am Alexanderplatz. Den Job hatte ihr Gershom über drei Ecken besorgt, denn nicht nur war Petra dazu nicht in der Lage, sie schaffte es auch nicht, länger als sechs Monate irgendwo zu bleiben, ohne rausgeschmissen zu werden, weil sie mit dem Ehemann der Chefin eine Affäre begonnen hatte, oder selbst zu kündigen, weil es keinen Ehemann der Chefin gab. Petras Version lautete natürlich anders. Meistens hatte man sie nicht genug geschätzt, oder ihre Kolleginnen waren ihr dumm gekommen.

Als Lola vorsichtig bei ihren Großeltern nachfragte, wo denn Petra bleibe, reagierten beide seltsam. So seltsam, wie Lola sie zuletzt nach Simons Flucht aus der DDR erlebt hatte. Erst schauten sie sich fragend an, dann schwiegen sie und machten komische Bewegungen, die man in der Biologie als Übersprungshandlung bezeichnete, was Lola zu diesem Zeitpunkt aber noch nicht wusste. Simon erforschte seine Gitarre auf eine Weise, die sich jedweder Plausibilität entzog. Hannah entfusselte ihre hellblaue Stoffhose, und Gershom fuhr sich wiederholt durch seinen Bart, sagte dann sehr einfühlsam: »Wir fahren jetzt erst einmal zu uns. Ganz in Ruhe. Hannah hat Hühnersuppe gekocht. Und außerdem wollen wir doch alles hören, was ihr so erlebt habt.« Dabei streichelte er Lola über den Kopf und nahm ihr vorsichtig den Rucksack vom Rücken. Sofort verlor sie das doofe Gefühl, welches sie zuvor gepackt hatte. Und während Gershom ihren Kinder-Backpack trug, Hannah eine wahnsinnig coole Sonnenbrille aufsetzte und Simon Fotos von der Runde machte, die wohl das Ende ihres Urlaubs symbolisierten, sprang Lola in Richtung Auto.

Mehrere Tage vergingen, in denen Lola bei ihren Großeltern blieb, ohne Petra zu Gesicht zu bekommen. Und weil sie gut aufgehoben bei Hannah und Gershom war, machte sich Lola wenig Sorgen, sondern genoss die letzten Tage ihrer Sommerferien im Haus am Stolzenhagener See. Morgens wachte sie vom Geruch frischen Kaffees und warmer Brötchen auf, und am Nachmittag angelte sie so lange mit Gershom am Steg, bis gegen Abend die Mücken kamen. Vormittags half sie Hannah bei der Gartenarbeit, entfernte Unkraut aus den Beeten, harkte den Rasen und pflückte mit ihr Äpfel von einem der drei Apfelbäume, aus denen ihre Großmutter Apfelmus machte, denn warmes Apfelmus war Lolas Lieblingsspeise.

Die Geschichten, die Lola in dieser Zeit vom Israelurlaub erzählte, waren mit Simon abgesprochen. Aus dem Lagerfeuer am Strand von Gaza wurde eine Übernachtung am Strand südlich von Jaffa. Aus dem Trip in die Negev-Wüste ohne Wasser wurde ein Trip in die Negev-Wüste mit Wasser. Und so weiter. Diese Geheimniskrämerei trug zur Festigung ihrer Bindung bei. Das konnte Simon gut: Bindungen schaffen und Beziehungen mit Bonnie-und-Clyde-Energie aufladen. Simon konnte aber auch gut Gitarre spielen und sehr gut albern sein. Auch in diesen vier Wochen wechselte seine Persönlichkeit mehrmals am Tag zwischen Peter-Panhaftigkeit und rigoroser Strenge. Das konnte einen verrückt machen. Und das hatte auch Lola in den ersten Tagen verrückt gemacht, bis sie sich daran gewöhnt hatte und nach diesem Wechsel süchtig wurde.

Zwei Tage vor Schulbeginn gab es am Abend ein gemeinsames Essen mit Simon und ihren Großeltern im Garten. Gershom schmiss den Grill an, und Hannah bereitete Hummus zu und israelischen Salat. Simon spielte auf seiner Gitarre spanische Lieder, die er irgendwo aufgeschnappt hatte, und ab und zu mischte er Biermann oder Wegner unter. Das erinnerte Lola an die Zeit, nachdem er in den Westen abgehauen war. Ihre beste Freundin Melanie hatte nicht mehr mit ihr sprechen dürfen, weil Melanies Vater es als unmöglich erachtet hatte, dass seine Tochter weiterhin mit der Tochter eines Republikflüchtlings spielte. Das hatte Lola still und traurig gemacht. So still und traurig, dass sie ihre Schulpausen lieber im Keller der Schule unter einem Schreibtisch verbrachte, als mit ihren Mitschülern auf dem Hof zu spielen. So still und traurig, dass sie im Unterricht nicht mehr sprach. So still und traurig, dass sie mit Petra nur das Nötigste ausmachte. So still und traurig, dass sie sich manchmal kaum selbst hören konnte, ihre innere Stimme. Diese war mit Simons Weggang irgendwie verstummt. Und wenn sie jetzt Simons Stimme hörte, glaubte sie oft, ihre eigene Stimme hören zu können. Als wäre diese mit Simon zurückgekehrt. Aber das war eine Täuschung.

Als die Sonne unterging, saßen die vier auf der Terrasse am hellbeigen Holztisch, auf dem eine übertrieben farbige Decke lag, die mit Plastikklemmen an der Tischplatte befestigt war. Eine von Lolas zwanghaften Lieblingsbeschäftigungen war, die Klemmen abzuziehen, die Tischdecke glattzustreichen und die Klemmen sanft wieder auf die Platte zu stecken. Diesen Vorgang konnte sie unendlich oft wiederholen. Gershom hatte am späten Nachmittag den Rasen gemäht, und Lola hatte ihm beim Zusammenharken geholfen. Überall im Garten waren die Heuhaufen verteilt und verströmten diesen Geruch von frisch gemähtem Gras, der sich mit dem Duft gegrillter Zucchinis und Paprikaschoten verband. Petra fehlte nicht. Petra fehlte irgendwie nie, dachte Lola, während sie eine Plastikklemme abzog und Hannah ihr Hummus auf den Teller gab. Sie nahm ihre Gabel, stach in ein Stück Hühnchen, das Hannah am Vortag mariniert hatte und das auf einem Teller in der Mitte des Tisches lag, und manövrierte es so, als wäre es ein Flugzeug, in ihre Richtung. Sie war so konzentriert auf die exakte Einhaltung der Flugbahn, dass sie nicht mitbekam, wie Simon sauer wurde und sie ermahnte und wütend wurde und kurz vor einem Reisvorfall stand, den er nur durch das Ergreifen von Lolas Gabel zurückhalten konnte. »Es reicht!«, schrie Simon, der Lolas Flugobjekt in der Hand hielt und zurück auf den großen Teller in der Mitte des Tisches legte. »Wir müssen mit dir sprechen. Es sieht so aus, dass ...«, setzte er an, Hannah unterbrach ihn: »Können wir nicht erst mal essen, Simon? Bitte!«

»Nein, können wir nicht! Wie lange wollt ihr noch warten? Es sind nur noch zwei Tage bis zum Schulbeginn, und bis dahin müssen wir ein Zimmer bei euch und eines bei mir eingerichtet haben.«

»Nicht so, Simon!«, knurrte Gershom ernst.

»Was, nicht so? Lieber alles ausschweigen hier und am Tisch die heile Familie machen? Ja? So? Lieber so, Abba?«

Simon hatte seit seiner ersten Israelreise kurz nach der Flucht begonnen, Gershom und Hannah mit den hebräischen Bezeichnungen für Mutter und Vater anzusprechen, und sie hatten sich dagegen nicht gesträubt. Lola verstand nichts von dem, was am Tisch diskutiert wurde. Sie fokussierte das Stück Hühnchen, das jetzt wieder weit entfernt von ihr lag. Sie stellte sich vor, wie sie erneut mit ihrer Gabel in das knusprig gegrillte Fleisch stechen würde. In ihrer Phantasie saß sie alleine am Tisch. Die Stimmen, die um sie herum immer lauter dröhnten, wurden in ihrer Vorstellung zu Motorengeräusch. Doch plötzlich ergriff eine Hand den Teller mit dem Fleisch und warf ihn in den Garten, quer über den frisch gemähten Rasen und in einen der auf dem Grundstück verteilten Grashügel, die Lola gewissenhaft zusammengeharkt hatte.

Es gab ein tierisches Durcheinander, und Lola blickte abwechselnd auf Hannah, Gershom und Simon, die nicht mehr saßen, sondern aufgesprungen waren und mit ihren Armen fuchtelten. Diesmal nicht im Übersprung, sondern im Affekt. Lola hörte die Wörter, verstand aber nur Bruchstücke dieser zusammengewürfelten Sätze.

»Ich habe immer gewusst, dass dieses Mädchen zu nichts taugt!«

»Ich habe sie geliebt!«

»Wir kriegen das alles hin!«

»Nichts kriegen wir hin!«

Am nächsten Tag zog Lola zu ihren Großeltern in die Wohnung in der Dimitroffstraße. Sie bekam das alte Zimmer von Simon, und Hannah erklärte ihr, dass Petra einen neuen Job in Hamburg gefunden habe und deswegen dorthin gezogen sei, während Simon und sie in Israel waren. Das war maximal von der Wahrheit entfernt. Vielmehr hatte Petra schon vor Monaten eine Affäre mit einem Kunden begonnen, den sie im Friseursalon am Alexanderplatz kennengelernt hatte. Er war ein Hamburger Immobilienmakler und half Westdeutschen, Häuser im Prenzlauer Berg billig zu kaufen. Petra hatte ihre Chance gewittert, wie auch 1979, als sie Simon kennenlernte.

Die Israelreise war ihr gelegen gekommen. Ganz in Ruhe hatte sie in diesen vier Wochen ihre Sachen in Kisten gepackt und mit Hilfe von Christian, dem achtundfünfzigjährigen Immobilienmakler, nach Hamburg-Blankenese geschafft. Christian hatte alles organisiert. Den Umzug sowie den Kauf eines Ladenlokals, in dem Petra ihren eigenen Friseursalon eröffnen konnte. Sie hatte zwei Jahre zuvor ihren Meister gemacht und durfte ihr eigenes Geschäft führen. Der einhundertzwanzig Quadratmeter große Laden an der Rothenbaumchaussee in Eppendorf war eine notariell beglaubigte Schenkung und gehörte von da an Petra. Es war der Move ihres Lebens. So wie sie damals ein Kind mit Simon machte, um ein Kind zu haben, um das sie sich niemals ernsthaft kümmern musste. Moves, die ihr Leben verbesserten – das konnte sie.

Sie nannte das Geschäft *Salon Rouge*, besorgte sich eine teure Innenarchitektin, die selbstverständlich Christian bezahlte, und eröffnete mit einer großen Party, die wiederum eine wichtige Hamburger PR-Agentur organisierte, im Frühjahr 1992 ihr erstes eigenes Geschäft. Im Sommer desselben Jahres heiratete sie Christian auf Mauritius, lud aber niemanden ein. Auch Lola nicht. Sie sagte, das sei ihr ganz persönlicher Lebenstraum, den sie sich durch nichts und niemanden kaputtmachen lassen wolle.

Außerdem habe sie ein Recht auf ein eigenes Leben. Auf ihr Leben. Und in ihrem Leben wolle sie am Strand von Mauritius, ohne Kind und Kegel oder Freunde, die sie ohnehin nicht hatte, heiraten. Und zwar in einem weißen, superkurzen Kleid und einem weißen, superlangen Schleier.

Im Laufe der folgenden Jahre schaffte Petra ihren Aufstieg in die High Society der Hansestadt. Ihre freche Kinderheimschnauze galt als extravagantes Attribut. Ihre Frivolität diente als Projektionsfläche für die ausgehungerten Männer, die sich beim Sex mit ihren langweiligen Gattinnen Petra vorstellten, und für die unausgelebten sexuellen Phantasien der Hamburger Hausfrauen. Sie hatte das, was dieser Szene fehlte: Kantigkeit. Die blonden Damen der Upperclass kamen jede Woche in ihren Laden und ließen sich verwöhnen. Im Gegenzug luden sie Petra und ihren Mann zu Cocktailempfängen in ihre herrschaftlichen Gärten mit Bootssteg ein. Als Christian nur fünf Jahre später an einem Herzinfarkt starb, erbte Petra sein gesamtes Vermögen. Sie hatte Glück gehabt oder eben den richtigen Riecher, Christian war niemals verheiratet gewesen und hatte keine Kinder. Sechs Wochen nach der Beerdigung kaufte sie einen zweiten Laden in Blankenese. Eintausendzweihundert Quadratmeter mit Blick auf die Elbe. *Salon Rouge Exquisite* war eine der ersten Wellness-Lounges. Dort konnte man sich nicht nur die Haare schneiden lassen, was Petra selbstverständlich schon lange nicht mehr selber tat, sondern auch Maniküren, Pediküren und Gesichtsbehandlungen buchen.

Lola besuchte Petra und Christian zweimal im Jahr. Höchstens. Und auch nachdem Christian gestorben war und Petra sich nur noch Toy Boys hielt, sah Lola sie kaum. Aus *Salon Rouge* und *Salon Rouge Exquisite* machte sie ein Franchisesystem, das ihr bis dato ohnehin beträchtliches Vermögen in die Höhe trieb. Die meiste Zeit reiste sie um die Welt, ohne Lola jemals mitzunehmen, vergnügte sich auf Empfängen und fuhr schnelle und teure Autos.

3

»WHAT THE FUCK, LOLA!«, stand auf ihrem Display. Es war eine von über vierzig Nachrichten, die Shlomo per SMS, WhatsApp, Face-Chat und E-Mail in den letzten acht Tagen geschickt hatte. Der Zustand völliger Verneinung, in dem Lola seit nunmehr einer Woche verharrte, war nicht mehr aufrechtzuerhalten. Das wusste sie. Und auch Shlomo hatte ein Recht darauf, erlöst zu werden. »Beach later?«, antworte Lola. »You are fucking crazy!«, schrieb Shlomo und kurz darauf: »Send me your address, I'll pick you up at 14:00!« Aber so »crazy« war Lola eigentlich gar nicht. Lola war verängstigt. Aber Shlomo hatte Lolas Angst schon am ersten Abend gesehen und auch, dass diese Angst nicht einfach so verschwinden würde. Deswegen hatte er sie in Slowmotion geküsst. Das war sonst gar nicht seine Art.

Es war 10:15 Uhr. Dann wurde es 10:16 Uhr, 10:17 Uhr und 10:18 Uhr. Lola schob ihr linkes Bein auf der linken Seite des Bettes so weit raus, dass sie den Boden mit ihrem großen Zeh berührte. Ihr Telefon lag neben ihrem

Gesicht. 10:19 Uhr. 10:20 Uhr. Und 10:21 Uhr. Dreieinhalb Stunden blieben ihr noch, bis Shlomo sie abholen würde, und diese dreieinhalb Stunden brauchte sie auch dringend.

Um 10:24 Uhr sprang Lola auf, sie griff nach ihrem Handy, verband es mit der Anlage, die an zwei riesige Boxen angeschlossen war, und drehte »Paradise Circus« von *Massive Attack* auf. Laut. Sehr, sehr laut. Sie versuchte, die Anteile in ihr, die seit Shlomos Abreise aus Berlin durcheinandergeraten waren, in eine Ordnung zu bringen. Auch diese letzten Tage der Kontemplation hatten zu nichts anderem dienen sollen, als sich wieder vollständig oder beweglich oder fühlbar zu machen. Ob dieser Morgen so anders war als die Morgen zuvor, wusste Lola nicht. Sie wusste nur, dass es an der Zeit war weiterzumachen. Mit dem Leben. Und dass ihr nichts anderes übrigblieb, als sich diesen ganzen fürchterlichen Ängsten zu stellen. Sie stieg aus der Wanne, band sich ein weißes, dickes Badehandtuch um und legte in der Küche Mohnzopfbrötchen in den Sandwichtoaster, füllte Mineralwasser in den Wasserkocher, weil das Wasser aus der Leitung einfach ungenießbar, geradezu gesundheitsschädlich war. Nicht Asien-gefährlich, sondern einfach dermaßen mit Chlor angereichert, dass man jedes Mal, wenn man sich seinen Mund nach dem Zähneputzen ausspülte, dachte, man hätte einen kräftigen Schluck aus einem Schwimmbecken genommen.

Lola schüttete den Instantkaffee in ein Glas, goss das kochende Wasser bis zur Hälfte ein, nahm die Milch aus dem Kühlschrank und füllte das Glas damit auf. Nachdem sie den Mohnzopf mit Hummus und Tomaten belegt hatte, ging sie auf den Balkon, setzte sich das erste Mal seit ihrer Ankunft in den von der Sonne ausgeblichenen Liegestuhl und legte ihre Beine auf dem Beistelltisch, der aus Mosaikkacheln bestand, ab. Von hier aus konnte sie das Meer sehen. Sie konnte kleine Köpfe von Menschen sehen, die ins Meer rannten oder aus dem Meer herauskamen. Ihr Blick wanderte auf die andere Straßenseite. Im Haus gegenüber stand eine blonde Frau in einem rosafarbenen Tanktop und hellblauer Jeansshorts auf dem Balkon. Sie hielt in der einen Hand eine Kaffeetasse und hängte mit der anderen die Wäsche auf. Von irgendwo hörte Lola die Sirene eines Krankenwagens, während ein Pferd in ihre Straße einbog, das einen kleinen Anhänger hinter sich herzog. Der Fahrer rief irgendetwas auf Hebräisch, das sie nicht verstand. Auf der Ablagefläche lagen alte Metallteile, und Lola verglich das Gesagte mit dem Gesehenen und schloss daraus, dass der Fahrer gefragt hatte: »Wer hat Altlasten und kaputte technische Geräte, die er loswerden will?«, und Lola dachte: »Ich.«

»Paradise Circus« lief immer noch auf Repeat. Es war mittlerweile 13:45 Uhr, und Lola saß nach wie vor im weißen Badehandtuch auf dem Stuhl und starrte auf das Meer. Weil in fünfzehn Minuten Shlomo da sein würde, zog sie ihren schwarzen Bikini an, griff nach der F2, die auf einem Tisch an der Eingangstür lag und die sie seit ihrer Ankunft nicht benutzt hatte, ging auf den Balkon zurück und machte eine Nahaufnahme von der Brüstung. Eine klassische Metallbrüstung, die viele Male überlackiert worden war. Eine sich wiederholende Verzierung, die einer Lilie glich. Der Rost brach durch den blauen Lack. Die Schicht darunter war einmal weiß gewesen. An manchen Stellen der Brüstung waren die metallenen Lilienblätter angebrochen oder verbogen. Korrodiert, hatten sie an Kraft verloren. Lola nahm ihr iPhone und machte aus demselben Winkel noch ein Foto, legte den Brannan-Filter darüber und schrieb: »Corrosion«.

»Lolaaaa!«, schrie Shlomo. Er stand unter ihrem Balkon auf dem Gehweg. Lola beugte sich über die Brüstung. Ihre Beckenknochen stießen gegen das Metall. Als sie Shlomo sah, musste sie lächeln, und dieses Lächeln verfärbte ihre Bäckchen leicht rosa. Lola winkte, und Shlomo winkte zurück. Endlich war ihr klar, warum sie hergekommen war. Endlich schoben sich die chaotischen Anteile in die richtige Reihenfolge, als würde ein Magnet für Ordnung sorgen. Shlomo trug nur eine Badehose. Sein braungebrannter Oberkörper machte Lola schwindelig. »Ich komme!«, rief sie runter und griff nach dem großen, dunkelgrünen indischen Tuch mit dem schwarzen Elefantenaufdruck, das sie vor drei Jahren auf dem Markt von Delhi gekauft hatte.

Lola schlüpfte in ihren langen schwarzen Rock und ihre schwarzen Flipflops, schnappte sich eine Flasche Wasser und rannte die Wendeltreppe runter, nachdem sie die Wohnungstür hinter sich zugeschlossen hatte. Sie rannte schnell, so schnell, dass die Plastikflasche aus ihrer Hand glitt und die Stufen bis in den Hof herunterkullerte. Die Katzen, die sich bis zu diesem Zeitpunkt im Schatten ausgeruht hatten, rannten aufgescheucht davon. Lola griff im Gehen nach der Flasche auf dem Boden, der staubige

Schmutz klebte an ihren feuchten Handflächen. Alles war feucht: Körper, Gegenstände, die Luft.

Shlomo hob seine Hand, gab High-Five, zog Lola dann aber eng an sich heran und vergrub seine Nase in ihrem Haar. Sie konnte hören, wie er den Geruch ihrer Kopfhaut aufsog. Dann nahm er ihr die Wasserflasche ab und griff mit seiner linken Hand nach ihrer rechten. Normalerweise hasste Lola Händchenhalten. Ziemlich sogar, aber als Shlomo das tat, hasste Lola es plötzlich nicht mehr. Bis zum Strand waren es nur wenige Meter, und obwohl sich beide lange nicht gesehen und sich viel zu erzählen hatten, schwiegen sie.

Lola und Shlomo schlurften durch den Sand. Die Semesterferien hatten begonnen, und die Tel Avivis lagen auf ihren großen Tüchern und saßen in mitgebrachten Klappstühlen neben ihren Kühlboxen und den Soundsystemen, schauten auf das Wasser, rauchten Joints und unterhielten sich lautstark über Dinge, die Lola nur mäßig verstand. Alle paar Meter lief andere Musik. Sie hörte Berliner Minimal und Rap. Während sie durch den Sand wateten, hielt Shlomo an, um Freunde zu begrüßen. Den Typ mit den langen Dreadlocks, den er Lola als Avi vorstellte und der mit einer Gruppe Hippies zusammensaß. Die ziemlich attraktive Dunkelhaarige, die Shlomo einen Kuss auf den Mund gab und ihm in den Po kniff. Dabei wurde Lola ein wenig schlecht, und hätte Shlomo die Situation nicht sofort aufgeklärt, sie wäre umgekippt. Maayan stand auf Frauen, nicht auf Shlomo. Sie kannten sich durch die Aktionen von *Breaking the Silence*. Auch sie war ein radikaler Leftist.

Shlomo nahm Lola das zwei mal zwei Meter große Tuch ab, öffnete es mit einer kräftigen Handbewegung und ließ es sanft auf den heißen Sand niederschweben. Lola stellte sich auf den grünen Baumwollstoff und rollte ihren Rock über die Hüfte, bis er selbständig zu Boden fiel. Shlomo legte sich auf den Rücken, und Lola legte ihren Kopf auf seine Brust, so dass sie Jaffa und das Meer sehen konnte. Mit ihrer rechten Hand berührte sie vorsichtig seine Hand. Lola konnte Shlomos Herzschlag hören. Kräftig und in kurzen Intervallen stieß das Herz gegen seinen Brustkorb und Lolas Ohr.

»Los, erzähl! Wie geht's dir? Ich will alles wissen«, forderte Lola, und Shlomo lachte.

»Hast du schon von der Entführung gehört?«, erwiderte er und spielte mit ihren Fingern

»Selbstverständlich!«

»Ist es das? Ich weiß nicht, was du die letzten Tage gemacht hast. Ich weiß nur, dass du dich nicht bei mir gemeldet hast. Das ist okay. Aber vielleicht hast du auch keine Nachrichten gelesen.«

Shlomo sprach sehr langsam. Nach jedem Satz machte er eine Pause, es war, als könnte man ihn denken hören. Seine Mimik blieb ernst, nur manchmal lächelte er eindringlich zwischen seinen Sätzen, wenn er Einverständnis oder emotionale Beteiligung erwartete.

»Es tut mir leid. Es tut mir wirklich leid.«

»Das glaube ich dir. Willst du mir sagen, was los war?«

»Ja.«

»Na, los!«

»Ich war komisch drauf, als ich gelandet bin. Ich war

auch vor der Landung schon komisch drauf. Und vor dem Flug. Und auch die Woche vor der Abreise. Eigentlich seit einem Monat.«

»Seit ich zurück nach Tel Aviv bin?«

»Nein, damit hat das nichts zu tun.«

»Na gut. Und bist du jetzt nicht mehr komisch drauf?«

»Das weiß ich noch nicht. Das heute ist ein Versuch. Glaubst du, dass die Hamas die Jungs hat?«

»Das weiß doch niemand. Bloß weil Bibi das sagt? Es gibt eine Menge Splitterorganisationen in der Westbank.«

»Du meinst, das ist ein Vorwand?«

»Ich meine, niemand weiß irgendetwas. Die haben jetzt die halbe Westbank auseinandergenommen, und das war ihr Plan. Die IDF sprengt Löcher in Häuser, wenn man ihnen nicht die Tür öffnet. Sie verhaften wahllos Männer, von denen sie glauben, dass sie zur Hamas gehören. Da finden Menschenrechtsverletzungen statt, und alle schauen weg. Ob man die Jungs dadurch findet? Ich weiß es nicht. Ich glaube nicht.«

»Wahrscheinlich hast du recht.«

»Das ist schrecklich mit den Jungs. Aber es ist auch schrecklich, was gerade in der Westbank passiert. Ach, was seit Jahren dort passiert.«

»Aber jetzt mal ehrlich, wenn Israel die Siedlungen auflöst und sich vollständig aus der Westbank zurückzieht, gibt es dann nicht ein zweites Gaza, Shlomo? Genau das wird doch passieren.«

»Israel muss aufhören, die Palästinenser zu bevormunden. Wenn sie nicht in einer Demokratie leben wollen, dann müssen wir das akzeptieren. Dieses Wir-sind-besser-als-ihr ist einfach ekelhaft.«

»Also Diktatur dreißig Kilometer von Tel Aviv entfernt, sagst du?«

»Lola, sie brauchen ihren eigenen Staat. Fertig, aus.«

»Das sehe ich doch genauso. Ich frage mich nur, wie? Wie sollen sie einen eigenen Staat haben, wenn sie nicht wissen, wie Staat geht, weil sie noch nie einen Staat hatten.«

»Nur weil wir die Demokratie aus Europa importiert haben, heißt das nicht, dass wir die Erfinder der Demokratie im Nahen Osten sind. Die Bildung des Staates Israel hat in ihnen nun einmal das Bedürfnis nach einem eigenen Staat ausgelöst. Völlig egal, ob sie vorher keinen Staat gehabt haben. Jetzt wollen sie einen, und wir müssen ihnen diesen Staat geben.«

»Okay, also Abzug der Siedler aus der Westbank. Was dann? Die Fatah wird gestürzt, weil niemand Abu Mazen mag. Der wird als Spielfigur gesehen, nicht als Führer der Palästinenser. Die Hamas kommt an die Macht. Und die Hamas will Jerusalem befreien und alle Juden töten. Das ist doch keine Basis für eine Zweistaatenlösung. Das musst du doch begreifen!«

»Lola, ich glaube nicht, dass du einschätzen kannst, was passiert, wenn wir uns aus der Westbank zurückziehen. Nicht, weil du keine Ahnung hast, sondern weil niemand weiß, was passieren wird. Wir müssen es versuchen. Wir dürfen nicht in Dystopien, sondern müssen in Utopien denken. Die Westbank ist wie ein Krebsgeschwür. Bestrahlung funktioniert nicht. Vielleicht wird auch Operation nicht funktionieren, aber wir müssen es versuchen.«

»Wenn ich Krebs hätte, würde ich weder Bestrahlung noch Chemo noch Operation machen.«

»Sondern?«

»Ich würde mir einen Kredit bei der Bank holen. Vielleicht gleich mehrere, und dann weg. Auf irgendeine Insel nach Asien oder so, eine Hütte mieten, in der Sonne liegen, essen, schlafen, träumen, fotografieren, denken, essen, schlafen, träumen, fotografieren ... sterben.«

»Los, lass uns Matkot spielen.«

»Ich mag keine Bälle.«

»Wieso denn nicht?«

»Sie sind schnell, unberechenbar und wollen einen treffen. ›Los, fang mich, sonst tu ich dir weh!‹ Sie setzen einen unter Druck. Man ist völlig alternativlos.«

»Eigentlich wollen sie nur, dass man mit ihnen spielt, Lola. Ich hol jetzt von Avi die Kellen, und wir probieren es einfach, okay?«

»Das ist hier doch wie eine Bühne. Dass ich kein Matkot kann, muss jetzt nicht halb Tel Aviv sehen.«

»Manchmal verliert man, bevor man gewinnt. Ich nehme dich nicht hart ran.«

»Ich weiß.«

»Hart war noch nie mein Ding und daran wird sich auch nichts ändern.«

»Das ist ja auch gut so. Das soll sich gar nicht ändern«, sagte Lola, rollte von Shlomos Brust runter auf die Mitte des Tuches, gab ihm einen Schubs in die Lendengegend und sagte: »Los, hol die Schläger und den Ball! Ich kann auch richtig gut Federball spielen. Vielleicht hilft das?«, und Shlomo schüttelte den Kopf, ohne sich umzudrehen.

Lola fragte sich, wer Matkot eigentlich erfunden hatte. Dieses Spiel, das für Israelis so wichtig war wie Fußball für die Deutschen. Wer hatte dafür gesorgt, dass es am Strand keine Stille mehr gab? Nicht einmal die Wellen konnte man durch das Knallen hören, wenn der Ball auf die Kelle traf. Plopp. Und weil jeder am Strand Matkot spielte, machte es ununterbrochen Plopp. Hunderte monotoner Plopp-Geräusche waren in den letzten Tagen durch die geöffneten Fenster und die Balkontür zu ihr gedrungen. Manchmal hatte Lola mitgezählt und war darüber irgendwann eingeschlafen. Irgendjemand, dem es genauso erging wie ihr, würde in seinem Bett liegen und beginnen, ihre und Shlomos Plopp-Geräusche zu zählen.

Gegen achtzehn Uhr, bevor die Sonne unterging, packten sie ihre Sachen zusammen. Sie hatte durchgängig verloren, und Shlomo nahm sie anschließend in den Arm, nicht aus Mitleid, sondern weil sie sich ihrem Unbehagen, dem Verlieren, gestellt hatte und der Tatsache, dass man manchmal eine lange Zeit verlieren musste, um an den Punkt zu gelangen, ernsthaft gewinnen zu können. Er nahm wieder ihre Hand, als sie zu Lolas Wohnung liefen, und wieder zog Lola sie nicht weg, sondern spürte, wie der Schweiß zwischen ihrer beider Finger einen Widerstand bildete, wenn sie die Hände leicht öffneten und wieder schlossen. Sie musste an Petra denken und wie sehr Petra diesen schweißigen Widerstand gehasst und deshalb immer nur das Einhaken der kleinen Finger zugelassen hatte.

Sie duschten nacheinander und lagen anschließend nackt nebeneinander im Bett, ohne sich zu berühren. Lola lauschte den Plopp-Geräuschen der Matkot-Spieler und Shlomo Lolas Atem. Irgendwann sagte er, dass sein bester Freund Geburtstag feiere und sie später ins *Kuli Alma* gehen würden. Er müsse vorher noch nach Hause, um sich umzuziehen, aber seine Wohnung liege auf dem Weg. Lola nickte, wartete aber eigentlich darauf, dass Shlomo endlich ein Stück runterrutschen würde, an ihrem Körper entlang, um sein Gesicht tief in ihrem Schoß zu vergraben, so wie er es sonst auch machte. Sie wünschte sich, dass er zwei Finger in sie schieben und sie parallel mit seiner Zunge zum Kommen bringen würde, aber Shlomo redete weiter. Er erzählte von seinem besten Freund und von der Freundin seines besten Freundes und von der Wohnung, dem Job und den Eltern seines besten Freundes. Und weil Lola das alles nicht interessierte, krabbelte sie, ohne Shlomo zuzuhören, auf allen vieren bis zu seinem Penis und nahm ihn in den Mund. Shlomo redete weiter. Er erzählte ihr, wie sich Oded und er kennengelernt hatten. In der Armee. Und dann spuckte Lola auf seinen beschnittenen Penis, mehrmals hintereinander, weil beschnittene Penisse einfach viel mehr Spucke brauchen als unbeschnittene, und bat: »Kannst du mir das alles auf Hebräisch erzählen?« Shlomo wechselte von Englisch auf Hebräisch. Er redete im selben Tempo weiter, in einer Sprache, die Lola nicht verstand, der sie aber stundenlang zuhören konnte. Warum hatte sie diese Sprache niemals wirklich gelernt? Die einzige Erklärung, die sie sich in diesem Moment geben konnte, war, dass sie sonst alles verstehen würde, was

Shlomo gerade erzählte, während sie seinen Penis tief in ihren Rachen schob. Solange sie kein Hebräisch sprach, konnte sie den sich aneinanderreihenden Sätzen wie einer Melodie folgen und musste nichts verstehen, was sie nicht hören wollte.

Shlomos Sätze zogen sich noch länger auseinander als sonst, und als sich Lola mit einer fließenden Bewegung auf ihn setzte, verstummte er. Er hob seinen Oberkörper leicht an, griff unter ihren Hintern und bewegte diesen auf und ab, ohne dass Lola irgendeine Kraft aufwenden musste. Schweißtropfen liefen über Shlomos Brustkorb und seine Schläfen. Lola fuhr mit ihren Fingern durch sein nasses Haar und flüsterte ihm deutsche Sätze ins Ohr, während er auf Hebräisch antwortete. Er küsste Lola wieder in Slowmotion, und diesmal fühlte es sich nicht komisch an. Diesmal musste sie ihr eigenes Tempo nicht runterfahren. Mit einem vorsichtigen Schwung legte Shlomo sie auf den Rücken und strich mit seinem nassen Haar an ihrem Oberkörper entlang, nahm ihre rechte Brustwarze in den Mund und dann ihre linke, schob dabei zwei Finger in sie und machte das, was er so unfassbar gut konnte, dass Lola sich fragen musste, wie sie jemals von ihm loskommen würde. Dass man süchtig nach dem Sex mit einer ganz bestimmten Person werden könne, hatte schon diese afroamerikanische Feministin Alexyss K. Taylor in etlichen Youtube-Videos erklärt. Diese Youtube-Videos hießen »Penis Addiction« oder »Penis Power« oder »Vagina Power«, und darin referierte sie über die energetische und gleichsam magische Kraft der männlichen sowie weiblichen Geschlechtsorgane. Sobald diese miteinander verkeilt seien, sendeten sie an den Partner Informationen aus, die Emotionen und Wünsche nachhaltig veränderten. Die Informationen konnten Personen zusammenbringen, die nicht nur nicht zueinander passten, sondern die in Wirklichkeit auch nichts füreinander empfanden außer dieser sexuellen Anziehung. Dessen sollte man sich bewusst sein, bevor man sich miteinander verkeilte. Lola war sich dessen bewusst und sagte zu Shlomo, der mit seiner Zungenspitze kleine Kreise um ihre Klitoris malte: »Das ist das letzte Mal, dass wir uns sehen!« Aber Shlomo tat einfach so, als hätte er nichts gehört, denn das war die einzige Chance, die man hatte, um in Lolas Gegenwart nicht völlig die Nerven zu verlieren. Man musste sie manchmal sprechen lassen, so dass diese komischen Gedanken in Form von Wörtern ihren Körper verlassen konnten, aber man durfte diese komischen Gedanken nicht zu ernst nehmen. Schließlich gehörten sie nicht zu Lola. So wie im Übrigen die meisten komischen Gedanken, die Menschen hatten, nicht zu ihnen selbst gehörten, sondern zu Gedanken von anderen Personen, die ihre komischen Gedanken wiederum weitergegeben hatten. Shlomo ließ nicht zu, dass Lolas Wörter sich in seiner Gedankenwelt ausbreiteten und ein großes Durcheinander verursachten. Durch ihn flossen Lolas Worte hindurch, ohne sich irgendwo festzuhaken.

Lola zog sich schwarze Ledershorts und ein schwarzes Seiden-Spaghettiträger-Top an, band ihre Haare zu einem Pferdeschwanz zusammen, puderte ihr Gesicht minimal ab, ohne weiteres Make-up zu verwenden, und rief »Ready!«, woraufhin Shlomo sanft ihren Kopf griff und

»I can totally fuck you again« in ihr Ohr flüsterte. Aber dafür war jetzt keine Zeit. Leider. Sie nahmen ein Taxi von der HaYarkon Road zu Shlomo, der in der Nähe des Rothschild Boulevards wohnte, einer der schönsten und grünsten Gegenden der Stadt. Weil Lola mit ihrer Freundin Max an jenem Samstag in der zweistündigen Stalk-Aktion Shlomos Wohnung auf Airbnb gefunden hatte, wusste sie längst, wie sie aussah, musste aber so tun, als betrete sie die Wohnung zum ersten Mal. Shlomo hatte eine große Dreizimmerwohnung in einer ruhigen Straße zwischen Balfour und Lincoln. Auf seinem Balkon standen Kübel mit Kakteen und Tomaten. Über dem braunen Vintage-Sofa hing ein Bild des israelischen Künstlers Yoram Kupermintz, der seit dem Jom-Kippur-Krieg, in dem er gekämpft hatte, schwer unter posttraumatischen Belastungsstörungen litt. Das Bild hieß »Figures« und war von 1987. Lola stromerte durch die Wohnung, die auf den Fotos von Airbnb fast genauso ausgesehen hatte, während Shlomo sich umzog. Es gab kaum Möbel, dafür viel Kunst und sehr viele Bücher. Im Wohnzimmer stand ein großer Esstisch, und in der Küche lag eine tote Küchenschabe auf dem Fußboden. Lola hob sie auf, weil sie im Gegensatz zu den meisten Israelis keine Angst vor Küchenschaben hatte, und schmiss sie in den Müll. Mit der Angst vor Insekten verhielt es sich ja so wie mit den seltsamen Gefühlen, man übertrug sie einfach auf den Nächsten. In ihrer Kindheit hatte nie jemand beim Anblick einer Küchenschabe geschrien und in ihr eine Panik vor Küchenschaben ausgelöst, weil man in Deutschland niemals eine Küchenschabe zu Gesicht bekam.

Shlomo hatte sich ein T-Shirt mit irgendeinem Art-Print und eine Jeans angezogen, schlüpfte in braune Ledersandalen und machte seine Haare mit seinen Händen noch wuscheliger, als sie ohnehin schon waren. Lola fotografierte den Haaransatz an seinem Nacken. Manche Strähnen sahen immer noch so aus, als wären sie nass. Die Kamera steckte sie in ihren großen Lederbeutel zurück und sagte: »Jalla!«, und Shlomo antwortete: »Jalla.«

Das *Kuli Alma* lag nicht weit von seiner Wohnung entfernt. Auf dem Weg hatte Shlomo zwei weiße Blüten von einem Strauch abgerissen, eine davon in Lolas Haar gesteckt und die andere hinter sein Ohr geklemmt. Im Innenhof der Bar saß eine große Gruppe an einem flachen Holztisch. Eine blonde Frau winkte Shlomo zu sich, und Lola und er liefen die Treppen, die in die Bar führten, herunter, ohne sich an den Händen zu halten. Nach einem kurzen Begrüßungsszenario rief Shlomos bester Freund Oded Lola, sie solle sich zu ihm setzen.

»Du bist also Lola!«

»Ich glaub schon.«

»Wie schön, dass ich dich endlich kennenlerne. Willst du auch ein bisschen MD?«

»Nope.«

»Was ist los? Magst du kein MD?«

»Nope.«

»Okay. Okay, aber ich darf schon ein bisschen MD nehmen, oder?«

»Klar, das ist dein Geburtstag, richtig?«

»Mein Geburtstag. Genau!«, raunte Oded, befeuchtete seinen Zeigefinger und dippte damit in die durchsichtige kleine Tüte, in der sich kristalline Krümel befanden, die Oded in einen Zustand totaler Verliebtheit katapultieren würden. Shlomo hatte sich zwischen die blonde Frau und einen rothaarigen Typen gesetzt und unterhielt sich angestrengt mit beiden.

»Ihr habt euch also in einer Bibliothek in Berlin kennengelernt. Das ist schon irgendwie romantisch. Als Shlomo davon erzählt hat, hab ich mir das richtig vorstellen können. Er so am Bücherregal. Du so am Bücherregal. Ihr beide greift nach demselben Buch. Dann BÄM. Sterne in den Augen. Herzen in den Augen.«

»So in etwa.«

»Weißt du, wie Shlomo und ich uns kennengelernt haben?«

»Bei der Armee, oder?«

»Ja, bei der Golani-Brigade. Wir wollten Kämpfer werden. Richtige Kämpfer. Für Israel sterben und so.«

»Shlomo war bei den Golanis?«

»Hat er das nicht erzählt?«

»Nicht wirklich.«

»Er war einer der Besten. Wir waren während der zweiten Intifada in der Westbank stationiert.«

»Ich weiß.«

»Das hat er erzählt? Von dem Jungen?«

»Was meinst du genau?«

»Wöchentlich ging zu dieser Zeit irgendwo ein Bus in die Luft. Die Selbstmordattentate häuften sich. Wir haben Hunderte Hamas-Mitglieder verhaften müssen. Alle aus der Westbank. Wir haben die Wohnhäuser aufgesprengt, wenn sie uns nicht aufmachten. Und wir haben die Häuser der identifizierten Attentäter mit Bulldozern plattgemacht.«

»Damals fing das schon an?«

»Ja.«

»Okay.«

»Die Ausschreitungen häuften sich. Jugendliche warfen Steine und selbstgebastelte Molotowcocktails auf uns. Tagelang. Es war schwer, der Situation Herr zu werden. Wir haben mit Gummigeschossen auf sie reagiert. Shlomo war energisch und leitete unsere Truppe. Ich sag ja, er war ein Kämpfer, kein Pazifist wie heute. Es war ein heißer April, viel heißer als sonst im April. Unser Militärdienst war fast zu Ende. Shlomo wollte sich sogar verpflichten. Pilot werden und so. Er wäre ein großer General geworden, aber er hat diesen Jungen einfach dumm getroffen. Es war nicht seine Schuld. Wirklich.«

»Getroffen?«

»Das Gummigeschoss hat ihn am Kehlkopf getroffen, und er ist erstickt.«

»Und was ist dann passiert?«

»Die ersten Tage hat Shlomo so getan, als wäre es eben ein Unfall gewesen. Wir haben ihm geraten, nach Hause zu fahren, aber er wollte nicht. Er blieb und ist jeden Morgen mit uns zu den Ausschreitungen gefahren. Eben als wäre nichts passiert. Aber an irgendeinem Nachmittag, frag mich nicht, an welchem Tag nach dem Unfall, ist er durchgedreht. Während eines Einsatzes.«

»Was heißt das?«

»Wir haben versucht, eine Gruppe von Jugendlichen in Hebron in den Griff zu kriegen, und Shlomo hat plötzlich sein Gewehr weggeworfen und seinen Helm abgesetzt. Ich weiß noch, wie ich das von weitem sah und so rumfuchtelte. Aber Shlomo hat einfach weitergemacht. Er stand mitten auf diesem Feld und vor uns circa zweihundert Randalierer. Er zog seine schusssichere Weste aus, seine Jacke, seine Hose, seine Boxershorts. Ich habe zwölf Mann nach vorne geschickt, um Shlomo abzusichern und aus der Schusslinie zu bringen. Er stand da schließlich nackt. Wir haben niemandem davon erzählt, aber dafür gesorgt, dass er auf Urlaub nach Hause kommt. Die hätten ihn in die Psychiatrie gebracht. Er kam nie wieder zurück zur Armee. Und heute ist er eben der, der er ist.«

Lola beobachtete Shlomo, wie er tief in seine Diskussion versunken war, wie er nach seinem Bier griff, das auf dem Tisch stand. Wie er die Bierflasche an seinen Mund setzte und trank. Sie beobachtete Shlomo so lange, bis er merkte, dass sie ihn anschaute, und er zwinkerte ihr zu, und sie zwinkerte zurück. Und obwohl Oded weiter von der Armee und Shlomo sprach, so wie man eben nicht aufhören kann zu sprechen, wenn das MDMA einsetzt, hörte sie ihm nicht mehr zu. Sie hatte alles erfahren. Dann nahm sie ihre Kamera aus der Tasche und machte ein Foto von seiner rechten Hand, die gerade das Wort »rega!«, »warte, hör zu!«, symbolisierte. Der Daumen berührte den Zeige- und den Mittelfinger, und der Ringfinger und der kleine Finger lagen entspannt auf dem Handballen.

4 ————

Shlomo, wie er schlief. Shlomo, wie er morgens nach dem Aufwachen verwirrt guckte. Shlomo, wie er seine Lesebrille aufsetzte und die Ha'aretz in die Hand nahm. Shlomo, wie er die Milch im Topf umrührte. Shlomo, wie er sich ein T-Shirt über den Kopf zog. Shlomos Haarkranz um seine Brustwarzen. Shlomo, wenn er sehr laut lachte. Shlomo, wie er Brot schnitt. Shlomos weicher Penis. Shlomos harter Penis. Shlomos zweiter Zeh, der um einiges länger war als der große Zeh. Shlomos kleine Ohren. Shlomos graue Barthaare. Shlomos kräftige Oberarme. Shlomos weiche braune Haut. Shlomo, wenn er sich aufregte. Shlomo, wie er Lolas Namen aussprach – Low-lah. Shlomo, wenn er kam – in Lolas Mund. Shlomo, wenn er die Tür hinter sich zuzog.

Seit Odeds Geburtstag konnte Lola Shlomo nicht mehr einfach so ansehen. Sie musste an den Comic »Maus« von Art Spiegelman denken, für den er 1992 mit dem Pulitzerpreis ausgezeichnet wurde, »My Father Bleeds History«. Auch aus Shlomo blutete Vergangenheit. Aus jedem Menschen blutet die eigene Vergangenheit und manchmal sogar die Weltvergangenheit. Jede Geste, jede Handlung, jeder Gesichtsausdruck war Teil dieser Vergangenheit. Shlomos Vergangenheit. Lola saugte penibel auf, was ihn auszumachen schien. Jede Pore seines Körpers erzählte die Geschichte fort. Diese Geschichte des palästinensischen Jungen, den Shlomo im Frühjahr 2001 versehentlich getötet hatte.

Wenn Shlomo verunsichert reagierte, weil Lola ihn wieder viel zu lange angestarrt hatte, schob sie dieses Starren auf ihren fotografischen Blick, und Shlomo glaubte ihr. Er glaubte ihr, weil er nicht einmal ahnte, dass sie längst wusste, wer er war. Oded konnte sich nicht mehr erinnern. An nichts. Weder daran, was er gesagt, noch was er an diesem Abend getan hatte. Wenn Shlomo ihr irgendwann erzählen würde, was sie längst wusste, würde sie genauso überrascht tun wie in dem Moment, in dem sie zum ersten Mal seine Wohnung betreten hatte, obwohl sie diese längst kannte. Bis dahin würde sie ihn beobachten. So oft und so intensiv wie möglich. Sie würde ihn fotografieren, sie würde Augenblicke und Details festhalten, die letztlich immer um die gleichen Fragen kreisten: Wie schläft ein Mörder? Wie guckt ein Mörder, wenn er morgens verwirrt aufwacht? Wie setzt ein Mörder seine Lesebrille auf und nimmt die Ha'aretz in die Hand? Wie rührt er die Milch im Topf um? Wie zieht er sich ein T-Shirt über den Kopf? Wie sieht der Haarkranz um seine Brustwarzen aus? Wie lacht ein Mörder, wenn er sehr laut lachen muss? Wie schneidet er Brot? Wie sieht sein weicher Penis und sein harter Penis aus? Wie wirkt es, wenn der zweite Zeh eines Mörders länger ist als der große Zeh? Wie wirken seine kleinen Ohren und wie seine grauen Barthaare? Was machen die kräftigen Oberarme eines Mörders mit einem? Wie fühlt sich die weiche braune Haut an? Wie regt sich ein Mörder auf? Wie spricht er Lolas Namen aus? Lowlah? Wie ist es, wenn ein Mörder kommt – in Lolas Mund? Und wie, wenn er die Tür hinter sich zuzieht?

Shlomo war ein Mörder, ob er den Tod des Jungen vorsätzlich verursacht hatte oder nicht. Er hatte ein Leben ausgelöscht. Und diese Tatsache hatte sein Leben nachhaltig verändert. Lolas Blick auf Shlomo war frei von Verurteilung. Ihre Gefühle für ihn hatten sich seit Odeds Geburtstag nicht verändert. Im Gegenteil: Es gab eine neue Dimension in ihm, die ihn fragiler machte.

Ein paar Tage später rief Lola Gershom an und tat so, als wäre sie gerade erst in Tel Aviv gelandet. Sie lud sich selbst zum Schabbat-Dinner ein und tauchte am Freitagabend gegen halb sieben in seinem Haus in Holon auf. Er hatte es nach dem Tod von Hannah 2001 gekauft und war drei Monate nach der Beerdigung eingezogen. Lola hatte diesen Schritt von Anfang an unterstützt. Hannahs Krebserkrankung hatte Gershom fünf Jahre gekostet. Fünf Jahre, in denen er sie gepflegt hatte und ihr täglich mit großer Hoffnung auf Besserung begegnet war. Fünf lange Jahre, die mit ihrem Tod endeten. Auf den Weggang Simons war Hannahs Tod gefolgt und Gershoms Umzug nach Israel. Berlin war wie leergefegt. Petra lebte in Hamburg, Simon in Australien und Gershom in Holon. Umso öfter war Lola nach Tel Aviv gereist. Im April zum Geburtstag ihres Großvaters, im September zu den hohen Feiertagen und an Chanukka. Dieses Jahr hatte sie den April-Trip ausfallen lassen und Gershom versprochen, im Sommer länger zu bleiben.

Die Tür war offen, so wie es für Israel typisch ist. Selbst in Wohnhäusern haben alle Türen an der Außenseite eine Klinke. Man muss sie von innen verriegeln, um nicht von einem unangekündigten Gast überrascht zu werden. »Everybody is everybody's business.«

Gershom stand vor dem Herd. Er trug lilafarbene Crocs, eine braune Cordhose und ein blaues Polohemd. Er war kleiner als bei ihrem letzten Besuch im Dezember. Dafür aber viel braungebrannter. Sein Körper war mit Leberflecken und Falten übersät, und seine Haare schimmerten durch die untergehende Sonne, die durch das Küchenfenster schien, in einem edlen Silber.

»Lola, du bist ja schon da!«

»Wieso? Wir hatten doch achtzehn Uhr dreißig gesagt. Jetzt ist es halb sieben.«

»Ist es schon? Das gibt es ja gar nicht. Ich bin heute um halb fünf aufgestanden und habe das Gefühl, nichts geschafft zu haben. Wie geht das denn? Hmmm, Lolale? Erklär mir das mal!«

»Ich hab dir Tahini gemacht. Ist das beste Tahini ever. Falls ich das einschätzen kann.«

»Du magst doch gar kein Tahini.«

»Ja eben. Ich hab es auch für dich gemacht.«

»Ja, aber wieso denn?«

»Wie bitte?«

»Na, gib schon her«, sagte Gershom und entriss Lola mit einer zitternden Hand die Plastikverpackung, öffnete mit einer zitternden Hand den Deckel, holte einen kleinen Teelöffel aus der Schublade und versenkte ihn im Tahini. Dann führte er den gefüllten Löffel zum Mund, wobei ein paar Topfen des weißen cremigen Sesammuses auf die alten Bodenkacheln kleckste. Aber das bekam Gershom nicht mit. Lola nahm den Lappen aus der Spüle und wischte die Kleckse weg.

»Mmmmhhhh. Was hast du da reingemacht?«

»Verrate ich nicht.«

»Dann musst du jetzt alle drei Tage kommen und mir neues Tahini bringen.«

»Okay. Deal.«

»Was?«

»Abgemacht.«

»Holst du mal die Boreka aus dem Frostfach bitte. Die müssen noch in den Ofen. Willst du mit Käse oder Kartoffeln gefüllt.«

»Beides.«

»Beides. Nun gut, gut.«

»Lass dich mal richtig drücken.«

»Nein, ich bin ja ganz schwitzig. Ich habe den ganzen Tag den Garten gemacht, weißt du. Schau mal da drüben, Lolale. Da sind frische Mirabellen, die ich gepflückt habe. Willst du ein paar?«

»Nach dem Abendbrot.«

»Gut, gut. Schaust du nach den Schnitzeln, ich geh mich kurz waschen. Dann erzählen wir ein bisschen.«

Gershom patschte über Lolas Kopf, was einen liebevollen Streichelmoment darstellen sollte, aber aufgrund von Gershoms fortgeschrittener Parkinsonkrankheit in ein fast schon gewalttätiges Kopfhauen umschlug. Lola ließ sich aber nichts anmerken. Ihr Großvater war schließlich vierundachtzig Jahre alt und hatte einen Kopfstreichelfreifahrtschein. Lola wuselte in der Küche herum, schob die Boreka in den Ofen, drehte die Schnitzel in der Pfanne um, goss das Tahini in eine Glasschüssel, die sie seit ihrer Kindheit kannte, und begann, den Tisch im Garten zu decken. Sie pflückte Tomaten, Gurken und Frühlingszwiebeln, wusch sie unter dem fließenden Wasser des Gartenschlauches ab und machte daraus in der Küche israelischen Salat. Als Gershom zurückkam, trug er grüne Crocs, eine blaue Stoffhose und ein weißes T-Shirt.

»Willst du Rotwein, Lolale?«

»Ja, gerne. Soll ich die Flasche aufmachen?«

»Was soll das heißen? Ich werde doch noch eine Flasche öffnen können!«

»Klar kannst du das, aber ich dachte, du holst die Boreka aus dem Ofen.«

Lola nahm Gershom die Flasche ab, die er eben nicht mehr alleine hätte öffnen können, ohne Stunden dafür zu brauchen, und holte aus dem alten braunen Küchenbüfett zwei Gläser, die diesen Achtziger-Jahre-Kristallglasschliff hatten, und brachte alles in den Garten, der durch eine kleine Tür in der Küche zugänglich war. Gershom legte die Boreka vorsichtig in einen tiefen Teller und schlurfte langsam Lola hinterher, die schon am Tisch saß.

»Haben wir alles, Lolale?«

»Die Schnitzel fehlen noch. Holst du die?«

»Ja, ja, wird gemacht. Ich bin gleich da. Fang schon an. Los, los.«

»Nö, ich warte.«

»Nein, nein. Fang schon an.«

»Opi, ich warte.«

»Nun gut, gut. Ich komme gleich«, rief er aus der Küche.

Mittlerweile war die Sonne fast untergegangen. Lola zündete zwei Kerzen auf dem Tisch an und ein kleines Gartenlicht, das an der Hauswand befestigt war. Gershom kam mit einem Teller voller Schnitzel in den Garten. Der

Teller wackelte. Er wackelte sehr, und Lola musste ihre Augen zudrücken, um sich selbst davon abzuhalten, auf Gershom zuzurennen und ihm den Teller aus der Hand zu nehmen. Aber nichts passierte. Die Schnitzel landeten sicher auf dem Tisch, und Gershom setzte sich Lola gegenüber.

»Bete'avon!«

»Bete'avon, Opi!«

»Hast du schon von den Jungen gehört?«

»Ja, hab ich.«

»Das ist ganz schrecklich. Ganz schrecklich ist das. Ich möchte nicht in der Haut der Eltern stecken. Ich erinnere mich, wie sie Hélène damals nach Simons Flucht zwei Tage in der Magdalenenstraße festgehalten haben, weil er ihr kurz vor seine Abreise nach Ungarn einen Brief geschickt hatte, den sie wohl abgefangen haben. Uns war angst und bange, angst und bange. Aber diese Sache ist natürlich etwas anderes: Hier geht es um Leben und Tod. Damals ging es um Freiheit und Gefängnis. Sie haben extra das Gesetz geändert, hast du gehört? Damit diese schrecklichen Entführer nicht denken, sie könnten sie eintauschen, so wie sie das mit Gilad Schalit gemacht haben.«

»Hältst du das für eine gute Idee?«

»Wieso fragst du? Selbstverständlich ist das eine gute Idee.«

»Nimmt man den Jungen damit nicht ihre Daseinsberechtigung? Ich meine, solange sie noch eine Aufgabe hatten, also eingetauscht zu werden gegen, was weiß ich, dreitausend palästinensische Gefangene, war ihnen das Überleben doch sicher. Jetzt sind sie nur drei Jungen ohne, ich weiß, das klingt jetzt schlimm, Funktion. Aber in den Augen der Entführer waren sie das ja von Anfang an. Sie hatten eine Funktion. Jetzt haben sie keine mehr.«

»Nachon, nachon. Aber die Entführer wissen, dass sie am Ende, wenn es dazu kommt, kriegen, was sie wollen. Wir lassen niemanden zurück. Nicht im Krieg und nicht im Frieden. Der Körper ist heilig. Wir werden die Jungen zurückholen. Komme, was wolle.«

»Glaubst du, sie leben noch?«

»Ich glaub, ja. Ja, ich glaube, sie leben noch, und wir müssen alles dafür tun, um sie zurückzuholen. Alles.«

»Das bedeutet, auch die halbe Westbank auf den Kopf zu stellen?«

»Was soll das, Lolale, wirst du jetzt ein Lefty?«

»Ich bin gar nichts. Ich will nur wissen, was du denkst!«

»Ich denke, wer solche schrecklichen Dinge tut, wie drei junge Menschen zu entführen, der muss mit allem rechnen, auch mit einer Antwort, wie wir sie im Moment geben.«

»Sie haben fast vierhundert Menschen in der Umgebung von Hebron verhaftet. Einfach so!«

»Das sind keine Zivilisten, Lola, das sind Terroristen.«

»Woher weiß man das? Sie werden vor ein Militärgericht gestellt, irgendwann, Monate nach ihrer Verhaftung ...«

»Das gibt es doch gar nicht. Was ist denn in dich gefahren? Du willst doch streiten!«

»Ich will nicht streiten.«

»Dann iss!«

»Ich kann essen und sprechen. Gleichzeitig.«

»Ja, ja. Nun gut.«

»Willst du noch Tahini?«

»Ich lass mich nicht manipulieren. Schon gar nicht mit Tahini.«

»Ich will dich nicht manipulieren.«

»Es ist doch so, es gab nie einen palästinensischen Staat. Es gab das britische Mandat, das Jordanien und das jetzige Israel einschloss. Noch heute leben die meisten Palästinenser in Jordanien. Im Übrigen in Flüchtlingslagern. Wie lange wollen sie noch in Flüchtlingslagern leben? Weitere siebzig Jahre? Hundert Jahre? Wir sind nach dem Zweiten Weltkrieg auch geflohen. Und ist Israel jetzt ein Flüchtlingslager? Nein, weil wir Flucht kennen, und Flucht bedeutet eben nicht das Ende, sondern einen Neuanfang. Wenn man will natürlich. Man entscheidet selbst, ob man die Welt verantwortlich machen will und findet, sie schulde einem etwas, oder ob man die Umstände einfach akzeptiert. An den Händen jedes Landes, jeder Nation in dieser Welt klebt Blut. Vor hundert Jahren war Kolonialisierung völlig selbstverständlich. Israel hat nichts gemacht, was andere nicht auch gemacht haben. Und Europa braucht nicht so zu tun, als wäre es irgendwie besser. Das ist doch albern. Albern ist das. Die Palästinenser hätten schon längst ein eigenes Land, wenn sie es wirklich gewollt hätten. Aber wie sollen sie das wollen, wenn sie es gar nicht kennen. In keinem arabischen Land im Nahen Osten kennt man so etwas wie Nationen und demokratische Regierungen, und dass man ihnen dieses Konzept nicht überstülpen kann, sieht man doch am Irak, an Syrien und auch an Libyen. An allen diesen Ländern. Dort geht es um Clans,

Stämme und Familien, nicht um Nationalitäten. Selbst die Palästinenser unter sich haben eine Hierarchie. Die aus Ostjerusalem sind gebildet und kultiviert. Die in der Westbank stehen hierarchisch unter den Palästinensern aus Ostjerusalem. Mit den Gazans will sich gar kein Palästinenser identifizieren. Das ist soziale Unterschicht. Lolale, da musst du gar nicht die Hände vor das Gesicht legen. Das habe ich nicht erfunden. Ich sage dir nur, wie es ist. Das gibt es überall in der Welt. Schau, wir haben Gaza 2005 verlassen. Vollständig. Was ist passiert? Die Fatah war an der Macht, dann waren 2006 Wahlen, die Hamas hat gewonnen und alle Fatah-Mitglieder ermorden lassen. Das war die einzige Wahl in fast zehn Jahren. Und was machen sie in Gaza? Raketen bauen, um sie auf Israel abzufeuern. Fast zwölftausend Raketen in weniger als zehn Jahren, die auf Israel abgefeuert wurden. Wie soll man da angemessen reagieren, Lola? Wie? Wenn du eine andere Idee hast, sag es mir. Wir warten alle sehnsüchtig. Aber nicht dieses illusorische linksradikale Gerede: Die Palästinenser wollen Frieden, das ist hier Apartheid, und wir unterdrücken das palästinensische Volk. Das ist nicht wahr. Die sind meschugge. Die wollen uns umbringen und glauben, sie bekämen dieses Stück Land zurück. Aber das wird nicht passieren. Niemals. Nicht nach mir, nicht nach dir und auch nicht nach deinen Kindern. Ich sage nicht, alle Palästinenser sind böse. Weißt du, als ich hier eingezogen bin. Na, wann war es gleich. Nach der Jahrtausendwende. 2003?«

»2001.«

»Ja, du bist sicher besser mit Zahlen. Das glaube ich dir

jetzt einfach. Also 2001. Ich musste das Haus renovieren lassen. In einem Zimmer wohnte ich, da hinten, das kleine, und der Rest des Hauses wurde saniert. Die Bauarbeiter waren alle Araber. Israelische Araber, Palästinenser aus der Westbank und auch aus Gaza. Die konnten damals einfach herfahren und arbeiten. Gute Arbeiter. Die haben alles ordentlich gemacht, und wir haben uns ein bisschen unterhalten. Mein Hebräisch war damals noch sehr schlecht, weil ich es fast sechzig Jahre nicht gesprochen hatte. Außerdem war es das Hebräisch eines Fünfzehnjährigen. Was will ich damit sagen? Es waren gute Männer, und sie haben sich nichts zuschulden kommen lassen.«

»Ich versteh schon. Ich verstehe auch, dass das alles kompliziert ist.«

»Nein, es ist nicht kompliziert. Wenn sie Frieden wollen, dann kriegen sie ihr Land. Wenn sie Raketen abfeuern, Anschläge planen und Kinder entführen, dann bleibt alles so, wie es jetzt ist.«

»Hast du was von Simon gehört?«

»Vor ein paar Wochen. Es geht ihnen gut. Er baut am Haus.«

»Wie geht es meinen Brüdern?«

»Sprecht ihr immer noch nicht?«

»Wir sprechen schon seit Jahren nicht. Das weißt du doch.«

»Das kann sich doch jeden Tag ändern.«

»Ich finde dich irgendwie mürrisch heute.«

»Ich war nicht mürrisch, bevor du mit diesem Gerede angefangen hast.«

»Hörst du jetzt auf, mürrisch zu sein?«

»Das weiß ich noch nicht. Das hängt davon ab, ob du gleich wieder so radikales Zeugs sagst.«

»Ich sage doch gar nichts mehr. Und ich habe auch kein radikales Zeugs geredet, sondern dir Fragen gestellt und auf dich reagiert. Wo ist deine jüdische Identität, wenn es um Palästinenser geht? Wo bleibt denn der Dialog? Ich muss doch anderer Meinung sein dürfen.«

»Du darfst anderer Meinung sein, Lola. Selbstverständlich. Aber nicht dieses radikale Linksgerede.«

»Ach so, ich darf eine andere Meinung haben, die aber nicht links sein darf.«

»Radikal links. Nicht links links. Links ist fein. Radikal links ist wie radikal rechts. Radikal eben. Radikal bringt nichts. Radikal ist von der Wahrheit immer weit entfernt.«

»Und radikal links ist, wenn man findet, dass das Verhalten der IDF in der Westbank unmenschlich ist?«

»Fängst du schon wieder an?«

»Du willst doch irgendetwas nicht wahrhaben. Man kann doch nicht einfach irgendwelche Häuser aufsprengen und Personen verhaften.«

»Terroristen. Terroristen, Lola, keine Personen.«

»Ein Terrorist ist also keine Person?«

»Du drehst mir die Worte im Mund um. Du bist wie Simon. Ihr seid ja völlig identisch. Das gibt es doch nicht.«

Dann sprang Gershom vom Tisch auf, so wie ein älterer Mensch eben aufspringt, und begann abzuräumen.

»Ich esse noch.«

»Du isst doch schon seit einer Stunde. Jetzt ist Schluss. Ich will ins Bett.«

»Warte, ich helfe dir!«, sagte Lola, schob sich das letzte

Stück Schnitzel in den Mund und griff nach der halbleeren Schüssel mit Tahini und Gershoms Teller. Schweigend brachten sie alles in die Küche, und schweigend wusch Lola die Teller, Gabeln, Löffel und Messer ab. Gershom packte die Reste des Essens in kleine Tupperdosen und stellte sie in den Kühlschrank oder das Gefrierfach. Es war halb zehn, als Lola fertig war. Gershom ging ins Wohnzimmer, schaltete den Fernseher an und setzte sich in den abgenutzten Sessel, vor den Bildschirm.

»Opi, ich hau jetzt ab.«

»Ja, ja. Geh mal. Machst du noch etwas mit Freunden heute?«

»Nein, ich geh nach Hause. Wann soll ich wiederkommen? Nächsten Mittwoch?«

»Ruf doch einfach vorher an. Ich bin ja hier. Wo soll ich sonst hin?«

Lola beugte sich über Gershom und wollte ihn umarmen, aber Gershom fuchtelte mit den Händen und sagte: »Lola, ich bin doch schwitzig.«

»Du hast doch vorhin geduscht.«

»Nicht vom Garten. Von der Diskussion.«

Dann streichelte sie vorsichtig über sein feines Haar. Im Fernseher lief irgendeine Berichterstattung zu der Entführung. Man konnte die Eltern der Jungen sehen, die irgendetwas auf Hebräisch sagten. Lola verstand nur Yeshiva und Hebron und Hamas und Palästinenser. Mehr nicht. Sie winkte Gershom noch einmal zu, als sie an der Haustür stand, und Gershom winkte zurück, schaute sie aber nicht mehr an.

Lola lief von Holon nach Jaffa und am Meer entlang bis

zu ihrer Wohnung in die Geula. Zwei Stunden dauerte es, bis sie erschöpft ankam. Shlomo hatte ihr sechs Nachrichten geschickt: »I miss your eyes«, »I miss your boobs«, »I miss your brain«, »I miss your skin«, »I miss your hands« und »I miss you!«.

5

Nur drei Tage später wurden die Yeshiva-Schüler tot aufgefunden. Ein Racheakt im Anschluss führte zur Ermordung eines palästinensischen Teenagers in Ostjerusalem. Rechtsradikale Juden hatten ihn entführt, in ein abgelegenes Waldstück verschleppt und gezwungen, Spiritus zu trinken. Daraufhin wurde er bei lebendigem Leib verbrannt. Der Raketenhagel auf den Süden Israels begann. Lola saß in diesen ersten Tagen die meiste Zeit in ihrer Wohnung und fühlte sich benommen. Wenn sie an den Abend mit Gershom dachte, dann wurde ihr ganz übel, und sie überlegte, was sie hätte anders machen können und was sie hätte sagen können, aber ihr fielen keine Alternativen ein. Und wenn sie an die vier toten Kinder und an die Raketen dachte, fühlte sie sich hilflos. Shlomo kam meistens gegen Abend und verließ die Wohnung am Morgen. Er bereitete eine Ausstellung vor, die am 4. September in seiner Galerie eröffnet werden sollte.

Nachdem die Obduktionsberichte ergeben hatten, dass der Tod des palästinensischen Jungen nicht, wie erst vermutet, durch seinen Vater verursacht worden war, der vermeintlich aus Scham über die sexuelle Orientierung seines Sohnes zu solch drastischen Mitteln gegriffen habe, hielt Shlomo Lola einen einstündigen Vortrag über den Rechtsradikalismus in Israel. Sie hatten am Strand zwei Flaschen Wein getrunken, und Shlomo wurde mit jedem weiteren Glas lauter, und Lola wurde mit jedem weiteren Glas leiser – was gar nicht ihre Art war. Als Shlomo merkte, wie Lola zuhörte, ihm aber nichts mehr entgegnete, hörte er auf, nahm sie von ihrem Plastikstuhl hoch und setzte sie auf seinen Schoß. Sie legte ihren Mund an seinen Kopf und flüsterte ihm Fragen ins Ohr:

»Wer war dein bester Freund in der dritten Klasse, Shlomo? Hattest du Lieblingssocken? Gab es ein Gemüse, das du immer gehasst hast, jetzt aber magst? Kannst du häkeln? Denkst du manchmal ›Ihh, is die doof‹, wenn ich vor dir stehe? Denkst du manchmal ›Ihh, is der doof‹, wenn du in den Spiegel schaust? Riechst du an deinen Achseln nach einem langen Tag? Was ist schlimmer: graue Schamhaare oder wenn einem die Zähne ausfallen? Wie willst du deine Tochter nennen? Sterbehilfe oder Dahinsiechen? Hast du schon mal jemandem weh getan? Magst du deine Ohrläppchen? Tanzt du nackt durch die Wohnung?«

»Welche Frage soll ich zuerst beantworten?«, Shlomo lachte, wie Lola ihn lange Zeit nicht hatte lachen hören.

»Nacheinander. Hast du dir die erste Frage gemerkt?«

»Kannst du häkeln?«

»Nein, das war die dritte Frage.«

»Wie kannst du dir merken, welche Frage das war? Ist das ein Fragenkatalog, den du immer irgendwann rausholst?«

»Natürlich nicht. Ich glaube, die erste Frage war: Wer war dein bester Freund in der vierten Klasse.«

»Es war die dritte Klasse. Das hab ich mir gemerkt.«

»Okay, dann die dritte Klasse.«

»Yonatan.«

»Und wie war der so?«

»Cool. Wir haben immer Super Mario gespielt.«

»Stimmt, so was hattet ihr hier.«

»Hattet ihr kein Super Mario im Osten?«

»Selbstverständlich hatten wir das nicht. Wir hatten die Natur und die Hinterhöfe, Shlomo.«

»Du spinnst doch.«

»Ich spinne nicht. Ich hatte bis zu meinem neunten Lebensjahr auch keine Barbie. Ich sag dir, wir haben draußen gespielt. Wir hatten nicht mal ein Telefon zu Hause. Das erste Festnetz kam, da war ich schon vierzehn.«

»Wahnsinn.«

»Kann die Lola runterkommen? Kann der Christian runterkommen? Das haben wir durch die Sprechanlage gerufen, nachdem wir spontan bei unseren Freunden geklingelt haben. Geklingelt.«

»Hier war schon krass Amerika.«

»Wie konnte aus diesem sozialistischen Land eigentlich plötzlich Amerika werden?«

»Das kam mit dem Kalten Krieg, als die Russen sich auf die Seite der Arabischen Liga geschlagen haben und an die Waffen verkauften.«

»Ihr hättet die DDR des Nahen Ostens werden können.«

»Waren wir ja auch irgendwie.«

»Ihr seid eigentlich wie Berlin heute. Ein Hybrid aus Sozialismus und Kapitalismus.«

»Ich dachte, wir wollten mal Persönliches austauschen.«

»Kannst du häkeln?«

»Nein, kann ich nicht. Kannst du häkeln?«

»Ja.«

»Wie willst du deine Tochter nennen, Lola?«

»Was ist, wenn ich einen Sohn will?«

»Willst du einen Sohn?«

»Ist mir egal. Ich würde meine Tochter Lillith und meinen Sohn Lilien nennen. Riechst du an deinen Achseln nach einem langen Tag?«

»Oh Mann!«

»Was denn?«

»Alter, Lola.«

»Meine Güte. Riechst du an deinen Achseln nach einem langen Tag? Jetzt sag schon!«

»Nein, ich rieche nicht an meinen Achseln nach einem langen Tag.«

»Du lügst. Jeder riecht an seinen Achseln nach einem langen Tag. Ich mache das jedenfalls.«

»Denkst du manchmal: ›Ihh, is der doof‹, wenn ich vor dir stehe?«

»Ja.«

»Wirklich?«

»Ja.«

»Wieso? Wann?«

»Wenn du Sachen machst, die ich halt doof finde.«

»Ja, aber dann sag mir das doch.«

»Wieso sollte ich? Du kannst doch wohl Sachen machen, die ich doof finde. Ich kann ja unmöglich alles gut finden, was du machst. Dann schaue ich mir das an und denke, okay, finde ich jetzt nicht so geil. Passiert.«

»Krass.«

»Hattest du Lieblingssocken?«

»Als Kind?«

»Ja, genau, oder als Jugendlicher. Ist mir egal. Oder heutzutage. Hast du heutzutage Lieblingssocken, Shlomo?«

»Nein. Weder damals noch heute. Aber ich hatte diese Tierhausschuhe, die man in den Neunzigern getragen hat.«

»Oh, mein Gott. Ich habe meine Tierhausschuhe geliebt. Warum habe ich keine Tierhausschuhe mehr? Gibt es das noch? Kann ich mir das von dir zum Geburtstag wünschen? Ich hätte gerne Eichhörnchenhausschuhe.«

»Du hast 'ne Meise, Lola. Denkst du manchmal ›Ihh, ist die doof‹, wenn du in den Spiegel schaust?«

»Ununterbrochen. Und du?«

»Ununterbrochen. Es vergeht kein Tag, an dem ich das nicht denke.«

»Hast du mal jemandem sehr weh getan, Shlomo?«

»Ja. Und du?«

»Auch.«

»Willst du erzählen, was da passiert ist?«

»Nö. Und du? Willst du erzählen, was da passiert ist?«

»Nö. Nicht wirklich.«

»Kein Problem.«

»Okay. Ich erzähl meins jetzt doch.«

»Wirklich?«

»Ich hatte mal drei Katzen. Von meinem Exfreund. Die

gehörten ihm. Ich mache es jetzt kurz, weil die Geschichte einfach zu lang ist. Am Ende der Beziehung hatte ich jedenfalls die Katzen. Er war weg, und die drei Katzen wohnten bei mir. Nach zwei Jahren starb eine Katze.«

»Natürlich?«

»Ja, klar. Ich hab die Katze nicht in einen Sack mit Steinen gepackt und dann versenkt.«

»Okay, okay.«

»Jedenfalls waren es nur noch zwei Katzen. Und es wurde für mich immer schlimmer mit ihnen. Ich hab nicht mehr ausgehalten, dass sie bei mir waren. Wenn ich in die Wohnung kam und die zwei Katzen gesehen habe, dachte ich, ich muss sofort wieder umkehren. Die hatten meine Wohnung eingenommen. Das machen Katzen ja sowieso. Das ist ja nicht mehr deine, sondern ihre Wohnung.«

»Du hast sie einschläfern lassen?«

»Nein. Ich hab sie in ein Tierheim gebracht.«

»Das ist doch aber okay.«

»Okay? Das werde ich mir nie verzeihen. Das ist, wie sein Kind zur Adoption freizugeben. Ich habe diese Katzen – beide waren schon sehr alt – einfach in ein Tierheim gebracht. Ich hätte auch eine Rentnerin finden können. Die Mühe habe ich mir nicht gemacht. Ich habe die Katzen ins Tierheim gebracht.«

»Das finde ich jetzt nicht so schlimm, Lola.«

»Ich finde das sehr schlimm. Das ist unverzeihlich. Ich träume immer wieder davon.«

»Wovon?«

»Sie stehen vor meinem Bett, Menschenkörper mit Katzenköpfen, und gucken mich böse an. Oder ich träume, dass ich nur denke, sie wären nicht mehr da, und deswegen vergesse ich, sie zu füttern, und dann verhungern sie in meiner Wohnung vor meinen Augen.«

»Jesus.«

»Ja. Es ist schlimm. Das wird mir die Katzenwelt niemals vergeben. Und das ist okay. Hier sind ja überall Katzen. Überall in der Stadt laufen die rum, und wenn ich an denen vorbeigehe, während sie auf den Autos oder Gehwegen oder Mülltonnen rumlungern, gucken sie mich an und sagen mit ihrem Blick: ›Wir wissen, was du unseren Katzenfreundinnen angetan hast!‹«

»Horror.«

»Ja, das ist Horror. Aber das sollte jedem passieren, der was Unverzeihliches getan hat. Es ist richtig.«

»Ich fahre morgen früh zur Beerdigung des palästinensischen Jungen. Ein paar von *Activestills* sind auch mit dabei.«

»Okay. Ich begleite dich«, sagte Lola.

»Bist du dir sicher?«

»Selbstverständlich bin ich mir sicher. Aber ich muss jetzt schlafen, und zwar allein. Können wir uns morgen einfach am Scherut treffen und nach Jerusalem fahren?«

»Ich hol dich morgens ab. Nimm deine Kamera mit.«

»Ja.«

»Wollen wir noch zu dir hochgehen und miteinander schlafen?«

»Ich weiß es nicht, Shlomo.«

»Musst du auch nicht.«

Shlomo gab ihr einen Kuss auf die Stirn, hob sie erneut hoch, um sie zurück auf ihren Plastikstuhl zu setzen, der im Sand versunken war. Dann schlüpfte er in seine Ledersandalen und sagte: »Los, komm, ich bring dich noch nach Hause.«

Lola bog in ihren Hinterhof ein, und Shlomo stieg in ein Taxi. Sie schlurfte die Wendeltreppe hoch, schloss ihre Tür auf und legte sich sofort ins Bett. Dann griff sie nach ihrem MacBook, das auf dem Nachttisch stand, öffnete ein leeres Worddokument und begann zu schreiben:

Lieber Simon,
immer, wenn ich ›lieber Simon‹ schreibe, schießen mir die Tränen in die Augen. Ist das nicht lächerlich? Ungebremst laufen sie mir über die Wangen. Es ist der völlige Wahnsinn. Und wenn ich weiterschreibe, hört es mit einem Mal auf. Du verschwindest mit den Worten. Du entgleitest mir. Vermutlich habe ich genau das in den letzten vierzehn Jahren gelernt: Dich verschwinden zu lassen.
Du hast keinerlei Bedeutung für mich, solange ich nicht ›lieber Simon‹ denke. Ich stehe auf, ohne an dich zu denken. Ich arbeite, ohne an dich zu denken. Ich esse, schlafe, habe Sex und dusche, ohne jemals an dich zu denken. Manchmal ertappe ich mich dabei, wie etwas heimlich in mir an dich denkt, und dann tue ich alles dafür, damit es aufhört.
Du fehlst mir, und dieser Verlust ist eingewebt in den Teppich, der den Boden meines Lebens bedeckt.
Ja, ja, ich weiß genau, was du jetzt denkst. Ich weiß, wie du jetzt guckst. Angewidert und voller Mitleid. Die Arme. Hängt immer noch der Vergangenheit hinterher. Kann die nicht mal aufhören mit diesem Quatsch, denkst du. Weil du schon so viel weiter bist. Du hast so krass abgeschlossen mit allem, oder? Mit deiner Ver-

gangenheit und so. Alles auf das Jetzt und die Zukunft ausgerichtet. Du da mit deiner Frau und den zwei Kindern, die jetzt meine Geschwister sind. Alles frei von Pathos. Total real irgendwie.
Mir ist egal, ob ich pathetisch klinge, Simon. Wer hat eigentlich behauptet, dass pathetisch scheiße ist? Du hast doch auch einen Teppich, der den Boden deines Lebens bedeckt! Tu bloß nicht so, als wenn ich das nicht wüsste. Nur du denkst: Endlich angekommen. Dabei ist das doch eine Lebenslüge. Da bin ich mit meinem Papi-Trauma wenigstens ehrlich zu mir. Die Olle mit den Daddy-Issues. That's me!
Ja, frei sein ist super, Simon. Sein Leben leben und so. Hast du wirklich ein Recht drauf. Klar. Und wenn das bedeutet, seine Tochter hinter sich zu lassen, GO WITH IT. Ich bin ja schon groß. Nicht mehr fünf. 34 Jahre alt. Da muss man doch mal klarkommen. Alleine und so. Aber weißt du was? Ich sehe weinend richtig gut aus. Du erinnerst dich doch, wie wir essen waren im Bonfini, als du kurz nach deinem Umzug in den dämlichen australischen Dschungel noch mal nach Berlin gekommen bist. Weißt du eigentlich, dass Bruno, der das Bonfini gemacht hat, mittlerweile tot ist? Menschen sterben wie die Fliegen, Simon. Es ist der Wahnsinn. Man dreht sich einmal kurz um, und schon ist irgendjemand tot. Es war an dem Bonfini-Abend wie früher, wenn wir die Wochenenden miteinander verbrachten und erst essen waren und dann im Kino. Ich saß mit dem Rücken zum Fenster und du mir gegenüber. Zwischen uns eine blöde Kerze. Damals hattest du nur ein paar graue Strähnen, heute sind deine Haare weiß, und ich habe nicht mal mitbekommen, wie es passiert ist. Ich glaube, ich hatte zwei Gläser Rotwein, vielleicht waren es auch drei, und habe angefangen zu weinen. Wie immer

eben. Jedenfalls habe ich damals versucht, dir zu erklären, wie das so für mich ist. Dass du einfach nicht mehr da bist. Und du, du hast mit meinem absoluten Lieblingsspruch reagiert – ich sag dir, den vergesse ich mein ganzes Leben nicht: Australien ist ja nur 24 Stunden entfernt. Das ist wirklich der größte Scheiß. 24 Stunden.

Na ja, ich will nicht abschweifen. Das kommt vom Wein. Zwei Flaschen oder so hatten Shlomo und ich. Wer Shlomo ist? Dafür fehlt mir jetzt wirklich die Zeit, dir das zu erklären. Vielleicht machen wir das mal per Skype. Irgendwann zwischen fünf und sieben Uhr morgens oder ein und zwei Uhr nachts. Das sind ja so die Zeiten, zu denen wir sprechen können. Weil du so: australischer Dschungel, und ich so: Berlin. Na ja, im Moment Tel Aviv. Anyway. Jedenfalls habe ich damals im Bonfini versucht, dir zu erklären, wie das so ist, wenn ein junges Mädchen ohne ihren Vater aufwachsen muss. Ja, ja, ich höre schon das Streichorchester, und ja, mir ist das auch alles tierisch peinlich. Selbst dieser Brief, den ich niemals abschicken werde, weil Emotionen halt total peinlich sind in unserer Zeit. In den Rezensionen zu Büchern steht immer: frei von Pathos, lakonischer Schreibstil. Das mögen sie.

Werther, der durfte sich noch umbringen aus Liebe, und alle so: YEAH. Und ich? Ich darf nicht mal sagen, wie sehr mir mein Vater fehlt, und alle so: KOMM KLAR. Selbst du sagst: Komm klar! Und ich denke nur, komm du erst mal selber klar, bevor du irgendjemandem vorschreiben kannst, dass er klarzukommen hat.

Damals jedenfalls im Bonfini, da warst du wie ein Eisblock. Ein Eisblock, der zum Italiener essen geht. Das wäre wirklich ein super Titel für eine Platte oder eine Kurzgeschichte oder ein Foto.

Weißt du überhaupt, dass ich einen Instagram-Account habe, mit dem ich mein Geld verdiene? Amon Hirsch ist mein Name. Wenn du nachdenkst, kommst du drauf, wieso.
Ich erinnere mich. Ich erinnere mich an alles. Ich erinnere mich daran, wie du aus einem blauen, alten Handschuh das Krümelmonster der Sesamstraße gebastelt hast. Du hast dem Handschuh als Augen zwei Knöpfe angenäht, und dann hast du das Krümelmonster nachgemacht, das war wirklich wahnsinnig gut. Du hast auch Ernie und Bert wahnsinnig gut nachgemacht. Wie kann jemand, der so gut das Krümelmonster imitieren kann, seine Tochter zurücklassen? In dieser Welt, die du selbst so sehr hasst. Einfach so. Die Sachen packen und abhauen. Einmal, zweimal und dann ein drittes Mal. Immer wieder.
Ich dachte, dass jemandem, der das Krümelmonster gut nachmachen kann, das Herz zerbrechen würde, wenn er seine Tochter zurücklassen müsste.
Deine Lola

——————— 6

Lola wischte ihre feuchten Handflächen an ihrer schwarzen Jeanshose ab. Im Scherut war es heiß. Der Fahrer hatte den Motor ausgeschaltet und mit ihm die Klimaanlage. Alle Fenster waren geschlossen, und nur durch die geöffnete Fahrertür drang ab und zu ein wenig Wind in das Fahrzeug. Shlomo saß neben Lola. Sie waren vor ein paar Minuten eingestiegen, bis nach hinten durchgelaufen und hatten sich auf die Rückbank gesetzt. Es fehlten noch drei

Personen, bis das Sammeltaxi losfahren würde. ירושלים, Jerusalem, stand auf einem weißen Pappschild, das auf der Armatur befestigt war. Eine asiatische Gastarbeiterin, die auf einem Einzelplatz direkt vor Lola saß, wedelte sich mit einer Klatschzeitschrift Luft zu. Lola beobachtete aus dem Fenster das Treiben am Busbahnhof. Shlomo griff nach ihrer Hand, aber sie zog sie sofort zurück und sagte: »Zu heiß.« Sie spürte, wie sich Schweißtropfen zwischen ihren Brüsten unter dem weißen T-Shirt sammelten. Vor drei Tagen hatte Uwe ihr das Shirt mit dem Tissue-Aufdruck als Dankeschön geschickt. Lola hatte ihm fünf Fotos für die kommende Ausgabe des Magazins zugemailt. Auf einem Bild sah man ein Paar Füße, Lolas, die sie mit ziemlich viel Blitz von oben fotografiert hatte. Der Fokus lag auf den Zehennägeln und dem roten abgeplatzten Nagellack. Wieder das sich durch Lolas Bilder ziehende Motiv: die Verbindung von Vergangenheit, Gegenwart und Zukunft. Da war mal Lack, bald wird er ganz verschwunden sein. Und so weiter.

Eine dicke Frau quetschte sich zwischen Shlomo und einen arabischen Jugendlichen, der auf der Rückbank am linken Fenster saß und die ganze Zeit auf sein Telefon starrte und Kurznachrichten verschickte. Nachdem anschließend noch ein Vater mit seinem Sohn eingestiegen war, startete der Fahrer den Motor. Die kalte Luft der Klimaanlage pustete durch die Düsen, die aus der Decke ragten.

»Warum hast du Oded gesagt, wir hätten uns in der Bibliothek kennengelernt?«, fragte Lola, als das Taxi losfuhr.

»Hat er dir das erzählt?«

»Ja.«

»Was hat er noch erzählt?«

»Nichts weiter. Komisches druffes Zeug.«

»Hat er nicht erzählt, wie wir uns kennengelernt haben? Hat er von der Armee erzählt?«

»Nein, hat er nicht.«

»Du lügst.«

»Ich lüge nicht. Er hat nichts erzählt. Los, hier sind meine vierundzwanzig Shekel, gib die mal nach vorne zum Fahrer«, sagte Lola harsch und drückte Shlomo einen Zwanzig-Shekel-Schein und vier Münzen in die Hand.

»Ich lad uns ein.«

»Musst du nicht.«

»Wenn du mich schon begleitest, um mit mir morgens um zehn auf die Beerdigung eines palästinensischen Jungen nach Ostjerusalem zu fahren, dann kann ich dich auch mal einladen.«

»Ich dachte, das wird ein romantisches Wochenende in Eilat, in einem Vier-Sterne-Hotel? Ich hab mir extra ein pinkfarbenes Herve-Leger-Kleid in meinen Louis-Vuitton-Weekender gepackt.«

»Das Kleid kannst du gleich in Jerusalem anziehen, solange du darüber eine Abaya trägst, ist alles bester Ordnung. Vielleicht finde ich das sogar ein bisschen heiß.«

»Kann ich mir vorstellen.«

»Hast du das Hidschab eingesteckt, das ich dir heute Morgen mitgebracht habe?«

»Logisch. Ich habe nicht vor, irgendjemanden zu provozieren. Ich erinnere mich, wie ich mich, es muss so zehn Jahre her sein, in der Altstadt verlaufen habe und dann in

Ostjerusalem rauskam. Schön in Shorts und einem bauchfreien Top. Damit ließ man mich nicht mal zur Klagemauer, und plötzlich häng ich da in einer dieser Gassen in fucking Ostjerusalem. Die Frauen sind ausgerastet. Es war keine offene Straße, sondern immer noch Altstadt. Überdacht und so. Überall Stände, an denen Fleisch und Obst verkauft wurde. Die Männer haben mich angeglotzt, und ein paar ältere Frauen haben angefangen, mich zu beschimpfen und mit Datteln zu bewerfen. Ich bin da völlig verängstigt durchmarschiert. In einem Laden, der Kleidung verkauft hat, habe ich mir dann ein riesiges schwarzes Tuch geholt, es über den Kopf gelegt, mich damit eingewickelt und bin ziemlich zügig zum Ausgang gelaufen.«

»Die Kamera hast du auch dabei?«

»Shlomo!«

»Hast du oder nicht?«

»Ja, ich habe auch meine Kamera dabei. Denkst du, ich komme da ohne Kamera an? Das wird das Einzige sein, das mich am Ende davor schützt, irgendeinem Gewaltakt anheimzufallen, weil die denken, ich wäre endlich mal ein Journalist, der zeigt, was hier wirklich los ist.«

»Uns wird nichts passieren. Wir treffen uns mit ein paar Leuten von *Activestills*.«

»Ich glaube, dass das ganz schön unübersichtlich wird. Und ich bin mir nicht sicher, wie weit wir überhaupt kommen. Ich sehe uns da nicht auf dem Friedhof neben dem Grab stehen. Ich fände das auch irgendwie nicht richtig.«

»Ich werde auf dem Friedhof zumindest in der Nähe des Grabes stehen.«

»Warum eigentlich, Shlomo? Warum willst du auf diesem Friedhof in der Nähe des Grabes stehen?«

»Um mich solidarisch mit dem palästinensischen Volk zu zeigen.«

»Und du glaubst, das ist es, was sie wollen? Ein Israeli, der sich mit ihnen solidarisiert.«

»Nein, Lola. Sie wollen einen Israeli, der sie bei lebendigem Leib verbrennt.«

»Ich meine das ernst.«

»Ich weiß. Und ich bin mir sicher, dass sie sich Solidarität wünschen. Die sollen sehen, dass es auch andere Israelis gibt, dass Israel nicht dieser Verrückte ist, der Jugendliche anzündet, nicht die Armee, die sie täglich schikaniert, nicht Bibi, nicht die Orthodoxen, die sie bespucken und schlecht behandeln. Ich zeige ihnen, dass ich nicht einverstanden bin, dass ich mich schäme für das, was hier letztlich in meinem Namen geschieht. Ich zeige ihnen, dass ich die Ungerechtigkeit sehe, die ihnen widerfährt, und dass ich diese Ungerechtigkeit genauso ablehne wie sie.«

»Diese Person willst du gerne sein.«

»Was soll das denn heißen? Haben wir jetzt einen Road-Trip-Streit? Unseren ersten Streit im Urlaub? Dabei sollte das doch ein romantischer Trip nach Eilat werden. Du in einem pinkfarbenen Herve-Leger-Kleid und ich in einem weißen Anzug beim Dinner im Großraumrestaurant. Ich habe extra die Honeymoon-Suite gebucht.«

»Mit Whirlpool?«

»Selbstverständlich.«

»Und Champagner und Erdbeeren?«

»Da steht auch eine Tüte mit Fifi-Chachnil-Unterwäsche auf dem Bett.«

»Hast du das gerade gegoogelt?«

»Du kriegst so was von Fifi-Chachnil-Unterwäsche, wenn wir lebend aus Ostjerusalem kommen. Einen Slip und für die Brüste nur so Dinger zum Aufkleben.«

»Nipple Pasties.«

»Genau die.«

»Gay.«

»Super gay.«

Nach einer Stunde kamen sie in Jerusalem an. Sie ließen sich an einem Taxistand absetzen. Es war kurz nach elf. Lola glaubte, die Anspannung und Aufregung in der Stadt spüren zu können, aber vielleicht irrte sie sich auch, und alles war so wie immer, nur sie selbst nicht. Shlomo versuchte, einen Taxifahrer aufzutreiben, der sie beide, soweit es möglich wäre, nach Ostjerusalem fahren würde, aber keiner ließ sich auf die Sache ein. Shlomos Telefon piepte. Tamir, ein Freund, der bei *Activestills* als Fotograf arbeitete, schrieb ihm: »Funeral starts around 2 pm. After Friday prayer.« Ihnen blieb mehr Zeit, als sie eingeplant hatten. Lola saß auf einer kleinen Treppenstufe, die zu einem geschlossenen Geschäft führte, und beobachtete eine orthodoxe Familie mit neun Kindern, die versuchte, sicher und zügig eine Straße zu überqueren. Shlomo verabschiedete sich von den Taxifahrern und setzte sich zu Lola.

»Die Beerdigung startet erst um zwei.«

»Was machen wir bis dahin?«

»Ich weiß es auch nicht.«

»Ich will nicht in die Altstadt. Ich war in den letzten Jahren jedes Mal in dieser Altstadt. Irgendwie nervt die mich.«

»Ich gehe eh nicht zum Kottel.«

»Hast du noch nie einen Zettel reingesteckt?«

»Doch klar, wir wurden da sogar vereidigt, als ich in die Armee musste. Als ich ein Junge war, war ich verrückt danach, meine Wünsche in die Mauer zu stecken.«

»Ich bin immer noch verrückt danach, aber bis jetzt ist kein einziger in Erfüllung gegangen. Die Mauer ist unzuverlässiger als jedes Horoskop.«

»Wir könnten ins Israel-Museum. Es gibt da eine gute Ausstellung, ›Unstable Places‹.«

»Unstable Places. Macht Sinn. Okay. Lass los. Können wir dahin laufen?«

»Können wir. Ist aber ein Stück. Wir müssen durch Rehavia.«

»Das ist die deutsche Kolonie, oder?«

»Ja.«

»Jalla.«

»Jalla.«

Lola schmerzten die Oberschenkel, als sie aufstand. Vor zwei Tagen hatte sie den ersten Ashtanga-Yoga-Kurs ihres Lebens besucht. Shlomo lief schon vor und Lola nur wenige Meter hinter ihm, als jemand »Rega rega« rief. Sie drehten sich gleichzeitig um, und ein Taxifahrer ging zügig an Lola vorbei und drückte Shlomo eine Visitenkarte in die Hand. Er sagte irgendwas auf Hebräisch, das Lola wieder nicht verstand, aber Shlomo übersetzte simultan, was der Taxifahrer ihm gerade erklärte.

»Er meint, wir sollen diesen Typen anrufen. Der fährt uns nach Ostjerusalem.«

»Ach, super. Siehste, irgendwie klappt immer alles.«

»Ja, irgendwie schon. Aber jetzt gucken wir uns erst mal in Ruhe ein bisschen Kunst an, Lola. Das ist ein gutes Kontrastprogramm, die Dialektik des Lebens. Erst Kunst angucken und danach der Beerdigung eines ermordeten Palästinensers beiwohnen. So geht richtiges Leben im falschen.«

»So ein Quatsch, Shlomo.«

»Du musst mir auch immer widersprechen. Das ist so ein Ding von dir. Da muss man schon wirklich Nerven haben.«

»Hast du ja.«

»Manchmal tue ich aber nur so, als hätte ich sie.«

»Ich weiß.«

»Wie schön, jetzt widersprichst du mir nicht.«

Lola nahm Shlomos Hand und ließ sie nicht mehr los, bis sie am Museum angekommen waren. Sie hatten zuletzt ein Taxi genommen, Jerusalem war hügelig, und für eine Strecke, die man in Tel Aviv in zwanzig Minuten geschafft hätte, brauchte man doppelt so lange. Sie kauften Tickets am Counter und spazierten durch den großen Garten, der die Museumstrakte miteinander verband. Shlomo studierte das kleine Programm zur Ausstellung, das am Eingang ausgegeben wurde.

»Willst du alleine rumlaufen, oder soll ich ein bisschen was erzählen? Ich kenne ehrlich gesagt einen Großteil der Arbeiten.«

»Erzählen, bitte!«

»Magst du das, ja?«

»Ja, sehr. An der Ostkreuzschule habe ich mich immer

ganz vorne zum Professor gesetzt. Wenn ich vor ihm saß, war es so, als würde er direkt zu mir sprechen.«

Sie streiften durch die Räume. Manchmal Hand in Hand. Manchmal voneinander getrennt. Sie kamen an Thomas Demands Installation »Pacific Sun« vorbei. Ein Stop-Motion-Film, den Demand fünfzehn Monate lang gedreht hatte. Jedes Objekt, das man darin sah, hatte er zuerst aus Pappe hergestellt und anschließend zerstört. Die Arbeit basierte auf einem YouTube-Clip, das Video war auf einem Schiff, das in Seenot geriet, entstanden und wurde von einer Sicherheitskamera aufgenommen, die im Café des Schiffes montiert war. Man sah, wie sich langsam einzelne Gegenstände und Möbel bewegten, bis nichts mehr an seinem Platz stand. In Demands Arbeit geschah dasselbe. Lola war nicht wegzubekommen von diesem Film, der nur anderthalb Minuten ging und den sie schon sechsmal hintereinander geschaut hatte, bis Shlomo versuchte, sie in einen neuen Raum zu locken. Aber nichts von dem, was Shlomo vorschlug, interessierte sie. Erst dass sie Eichmanns Glaskasten sehen würde, in dem er während seiner Verhandlung 1961 hatte sitzen müssen, überzeugte sie. Und so standen sie nebeneinander vor der Fotografie, die jene Leere repräsentierte, der das jüdische Volk nach der Verhandlung anheimgefallen war. Eichmanns Festnahme und die Gerichtsverhandlung hatten auf die Frage, wie so etwas Schreckliches wie der Holocaust hatte geschehen können, eine erlösende Antwort geben sollen. Die Gerichtsverhandlung erreichte, dass man verstand, dass diese Frage niemals befriedigend beantwortet werden würde. Nicht von Eichmann, nicht von Mengele, nicht von Historikern, Soziologen oder Psychologen. Auch wenn Hannah Arendt es durch ihre Erklärung der Banalität des Bösen versucht hatte, der Holocaust war nicht nur unverzeihlich, er war auch unerklärbar.

»Ich verstehe nicht, wieso man immer alles verzeihen muss«, sagte Lola.

»Wie meinst du das?«

»Na ja, immer dieses Gerede der Psychologen, man müsse verzeihen. Seinen Eltern oder seinem Vergewaltiger oder was weiß ich wem, eben demjenigen, der einem Schmerzhaftes angetan hat. Nur so könne man sich vom Schmerz befreien und so. Ich finde, es gibt Dinge, die sind nicht zu verzeihen, aber trotzdem kann man weitermachen. Trotzdem darf der andere weiterexistieren, auch wenn es unverzeihlich ist. Verzeihen ist wie auslöschen. Ungeschehen machen. Aber das Geschehene ist geschehen. Wenn es furchtbar war, dann muss man es nicht verzeihen. Jemandem zu verzeihen ist genau so bescheuert, wie sich selbst zu verzeihen. Du musst dir verzeihen, sagen Psychologen und Berater. Dabei ist das doch Müll. Verzeihen ist Bullshit.«

»Und was soll man deiner Meinung nach tun, wenn man etwas Schlimmes getan hat?«

»Annehmen. Akzeptieren. Damit leben. Nicht vergessen. Sich erinnern. Es muss in jeder Handlung sichtbar sein, dass man begreift, was man da getan hat. Verantwortung übernehmen ist das. Verzeihen ist Verantwortung abgeben. Jeder hat doch etwas, das er sich verzeihen müsste. Die Erlösung ist nicht das Verzeihen, die Erlösung ist, der Wahrheit ins Auge zu schauen. Der Mensch ist ja nicht nur gut, sondern auch böse. Schau dir doch an, wie die liberale Welt immer total erschrocken ist, wenn sie irgendwo Barbarei entdeckt. Als wenn da nichts Barbarisches in der liberalen Welt steckte. Lächerlich. In uns allen steckt ein Barbar. Wir müssen aufhören zu glauben, wir wären total perfekt und total zivilisiert und das Böse wäre nur ein Ausrutscher, den man sich lediglich verzeihen müsste. So eine dämliche Scheiße.«

»Ich mag dich, Lola.«

»Ist das so.«

»Ja. Das ist so, und ich verzeihe dir nicht, dass du dich eine Woche nicht gemeldet hast, nachdem du angekommen bist.«

»Vollkommen okay. Das war ja auch eine Scheißaktion von mir. Die musst du nicht verzeihen.«

»Und du, was verzeihst du mir nicht, Lola?«

»Lass uns rüber zu dem hellblauen Bild mit dem Gold!«

»Lola, was verzeihst du mir nicht! Sag schon!«

»Dass wir nicht schon längst da drüben bei dem hellblauen Bild mit dem Gold stehen, Shlomo.«

Das Bild hing rechts neben Moshe Ninios Foto des Eichmann-Kastens. Es waren eigentlich insgesamt zwei Objekte des Künstlers Francis Alÿs, die an die Wand montiert waren. Das erste war ein Bild, auf dem eine Landschaft in Hellblau und Hellgrau und Hellgrün durch eine goldene Mauer getrennt wurde. Das zweite war ein Bilderrahmen, der so an der Wand befestigt war, dass er in den Raum hineinragte. Als sich Shlomo dahinterstellte, war sein Gesicht umrahmt, und Lola las vor, was darauf stand: »the western side of the west bank wall«.

»Bleib mal kurz stehen, ich will ein Foto davon machen.«

»Was steht auf deiner Seite, Shlomo?«

»The eastern side of the west bank wall. Stell dich auf die Seite, und ich mache ein Foto.«

»Voll schön. Aber ich bin zu klein. Mein Gesicht wird nicht im Rahmen sein.«

»Guck mal, wir klauen den Stuhl, der da steht«, Shlomo zeigte auf einen grauen Plastik-Freischwinger, auf dem vor wenigen Minuten ein Museumswärter gesessen hatte. Lola machte das Foto von Shlomo, und Shlomo holte den Stuhl und platzierte ihn hinter dem Bilderrahmen. Lola stieg darauf, war zu groß und hockte sich hin.

»Du siehst aus, als würdest du gerade pullern, Lola.«

»Echt jetzt? Ich fühle mich, als säße ich im Großraumrestaurant in Eilat und würde meine Nipple Pasties unterm Kleidchen tragen. Los, mach das Foto!«

Lola sprang vom Stuhl und brachte ihn leise zurück. Dabei fiel ihr Blick in einen großen Raum, in dem ein Schwarzweißfilm gezeigt wurde.

»Weißt du etwas über diesen Film, Shlomo?«

»Geh schon mal rein. Ich gucke mir noch kurz das Tillmans-Bild an.«

Lola setzte sich auf die kleine Bank vor der Leinwand und schaute einer dichten Nebelwand dabei zu, wie diese sich ausdehnte und das Meer und die zwei Schiffe, die auf dem Meer fuhren, verschlang. Shlomo strich ihr über den Kopf, als er sich von hinten an die Bank heranschlich. Dann schubste er sie mit seinem Po ein Stück zur Seite und nahm neben ihr Platz.

»Was siehst du?«, fragte er Lola.

»Ich sehe eine dicke Nebelwolke. Ich sehe ein Meer oder einen Ozean und ein paar Schiffe. Aber wahrscheinlich ist es keine Nebelwand, sondern irgendetwas anderes.«

»Genau. Es ist keine normale Nebelwand.«

»Ist das eine Fotomontage?«

»Nein, nein, das ist schon ein echter Film. Das ist ein Atombombentest im Bikini-Atoll.«

»Und den Schiffen hat man vorher nicht Bescheid gegeben, oder was?«

»Die Schiffe sind unbemannt und nehmen Daten auf. Das Video ist von Bruce Conner und heißt ›Crossroads‹. 1976 hat er das veröffentlicht. Er arbeitet immer mit dokumentarischem Material, schneidet es zusammen und unterlegt es mit Musik.«

»Ah.«

»Lola, wir müssen los.«

»Stimmt. Wir fahren ja nach Eilat.«

»Jalla!«

»Jalla.«

Im Garten des Museums rief Shlomo den Taxifahrer an und erklärte ihm auf Hebräisch, dass er die Telefonnummer von einem anderen Taxifahrer bekommen habe und nach Ostjerusalem müsse. In zehn Minuten werde er vor dem Museum auf sie beide warten, antwortete der Taxifahrer, und dann bringe er sie so nah wie möglich zum Friedhof. Hunderte von IDF-Solaten seien schon in Ostjerusalem und Tausende Trauernde. Die Stimmung sei aggressiv und angespannt. Ob sie sicher seien, das sie dorthin wollten, fragte er, und Shlomo antwortete: »Ken«, »Ja«.

Der Taxifahrer hatte recht. Als er sie an der Shuafat Road rausließ, war Lola so überfordert von der Situation, dass sie sich an der geöffneten Taxitür festhielt, ohne sie zuzumachen. Der Fahrer hupte und brüllte durch das geöffnete Fenster, aber Lola schloss die Tür immer noch nicht. Wieder einsteigen oder zuschlagen, fragte sie sich, und hätte Shlomo nicht nach ihrer Hand gegriffen und mit der anderen die Tür geschlossen, wäre Lola wieder eingestiegen. Der Fahrer legte den Rückwärtsgang ein, wendete und brauste davon. Lola sah nur Farben und Körperteile, sie sah Rot, Schwarz, Weiß und Grün und Köpfe und Arme von Kindern, Männer, Frauen, Soldaten, und sie sah Gewehre. Gewehre bis zum Horizont.

»Lola, hör mir mal kurz zu.«

»Ja.«

»Du lässt meine Hand nicht los, hast du gehört?«

»Ja.«

»Egal, was passiert, du lässt meine Hand nicht los.«

»Mir ist das zu viel gerade. Ich glaub, ich will wieder zurück.«

»Uns wird nichts passieren. Du hast dein Hidschab auf, deine Kamera hängt um deinen Hals. Keiner wird uns was tun.«

»Okay. Ich hab so krass Schiss.«

»Ich auch.«

»Wie seh ich eigentlich aus mit diesem Kopftuch? Seh ich doll bescheuert aus?«

»Du siehst super aus.«

»Du lügst doch.«

»Ich lüge nicht.«

»Immer wenn einer sagt, ich lüge nicht, dann lügt er.«

»Ich weiß«, antwortete Shlomo, atmete tief ein, als würde er tauchen wollen. Sie hielten beide die Luft an und ließen zu, dass die Menschenmenge sie in die Richtung drückte, in die sie sich bewegte. Es war kurz nach dreizehn Uhr, und der Demonstrationszug schob sich in die Richtung des Friedhofs. Man hörte Kanonensalven und Geschrei. Es war ohrenbetäubend. Es war, als würde die Menschenmenge rasen. Diese Menschenmenge raste hinter dem Leichnam her, der auf einer Bahre, nur mit einer Palästinenserflagge umwickelt, durch die Massen getragen wurde. Menschen drückten sich zur Bahre, um sie zu berühren, und lösten damit ein Durcheinander und ein Gedränge aus, das dominoprinzipartig bis in den letzten Winkel der Demonstration spürbar war. Glücklicherweise will Shlomo nicht auch noch diesen Leichnam berühren, dachte Lola. »Ich glaube, ich will den Leichnam berühren«, sagte Shlomo, und Lola schrie: »Auf keinen Fall! Wenn du das machst, dann lasse ich deine Hand los und bin weg.« Und Shlomo schrie zurück: »Na gut, dann nicht.« Was für eine Scheißaktion, dachte sie. Was für eine verdammte Scheißaktion. Kein Mensch brauchte das. Lola brauchte das nicht. Shlomo brauchte das eigentlich auch nicht. Lola hasste Beerdigungen, ja selbst die Beerdigung von Hannah hatte sie so dermaßen gehasst, dass sie einfach nur abhauen wollte, obwohl sie Hannah mehr geliebt hatte als irgendjemanden auf der Welt.

Rechts von der Shuafat Road ging ein Sandweg ab. Die Menschenmenge bog in die abschüssige Gasse ein. Das Tempo der Masse schien sich noch einmal zu erhöhen.

Sprechchöre auf Arabisch und Flaggen mit arabischen Zeichen. Dann tauchte kurz ein Mann neben Lola auf, der seinen etwa vierjährigen Jungen auf der Schulter trug, und Lola schaute diesem Jungen in die Augen, und er schaute zurück. Sie sah seine Angst, und er sah Lolas Angst. Sie sah sein Unverständnis, und er sah ihres. Sie sah seine Hilflosigkeit, und er sah Lolas Hilflosigkeit. Eigentlich wollten sie nur Frieden. Fast hätte Lola Shlomos Hand losgelassen, aber er hielt sie zu fest. Sie nahm mit der rechten Hand die Kamera, schaute durch den Sucher, versuchte, mit ihrem Ringfinger den Jungen scharfzustellen, und drückte ab. Kurz darauf war er auch schon wieder in der Menge verschwunden. Wie alle, die für Augenblicke neben, vor oder hinter ihr gestanden hatten.

Von dem Sandweg ging ein schmaler Pfad ab, der zum Friedhof führte. Das Gedränge wurde so unerträglich, dass Lola nur noch auf den Boden schaute und nicht mehr um sich herum. Sie sah den Staub zwischen ihren Zehen, fühlte das enge Kopftuch, das an ihrer Stirn kratzte, und blickte auf ihre linke Hand, die Shlomo langsam, aber sicher zerquetschte. Sie wollte ihm Dinge sagen wie: »Deine Freunde von *Activestills* zu treffen hat ja super geklappt«, oder: »Hätte ich mir mal lieber ein grünes Herve-Leger-Kleid gekauft oder ein schwarzes oder ein weißes oder eben ein rotes«, aber Shlomo würde sie eh nicht verstehen, weil er irgendwo da oben war und ihr Kopf viel weiter unten. Sie liefen auf der rechten Seite des Trauerzuges, während sich auf der linken Seite der Friedhof abzeichnete. Shlomo schubste Lola ein Stück an den Rand, an dem sich ein großes Feld anschloss und Menschen auf Steinbrocken standen und auf den Friedhof sahen. Sie kamen zum Stehen, und Lola schaute weiterhin auf den Boden.

»Wir müssen zum Zaun. Siehst du den? Da können wir uns auf die Steine stellen und über den Friedhof schauen.«

»Nein.«

»Schau mich mal an, atme mal aus, schüttle dich mal«, sagte Shlomo, und Lola schaute ihn an und atmete tief aus und streckte sich.

»Du willst also nicht mehr auf den Friedhof?«, fragte sie ihn.

»Nein, das lassen wir sein. Wir versuchen, uns an den Zaun zu stellen. Wir müssen jetzt nur einmal durch die Menschen durch.«

»Okay. Diese fünf Meter schaffe ich mit links.«

»That's my girl.«

»Genau. I am your girl.«

»Bist du ready?«

»Jalla!«

»Jalla.«

Shlomo ließ kurz Lolas Hand los und wischte seine Hände an der Hose ab. Lola schüttelte ihre Handgelenke aus, dann ihren ganzen Körper, rückte ihr Hidschab zurecht und sagte: »Let's do this!«, griff nach Shlomo und zog ihn durch die Masse. Sie schlängelte sich zum Friedhofszaun, vorbei an all jenen, die zum Eingang drängten. Shlomo war dicht hinter ihr, aber die Steine vor dem Zaun, auf die sie sich stellen wollten, waren alle belegt, also tippte sie einen vierzehnjährigen Jungen mit einem grünen Hamas-Stirnband an und sagte: »Excuse me, we are journalists from the States, I am Jane and this is John, we are here to cover the funeral for Times Magazine. You know Times?«, und der Junge sprang vom Stein, zog seinen Freund, der neben ihm stand, am schwarzen T-Shirt und sagte etwas auf Arabisch, das den Jungen dazu brachte, auch von seinem Stein zu springen. Sie gaben Shlomo und Lola lächelnd ihre Plätze. Dann klopfte Shlomo ihnen auf die Schulter und bedankte sich auf Englisch.

An der Stelle des Grabes war ein Zelt aufgebaut und daneben ein zweites. Der Friedhof war nicht größer als das Grundstück von Hannah und Gershom in Stolzenhagen. In der Mitte stand ein breiter, sehr schöner Olivenbaum. Es gab kleine und etwas größere Grabsteine. Sie waren beige und mit arabischen Inschriften versehen. Es gab keine Blumen oder Pflanzen, nur Schotter und Sand und diesen Olivenbaum. Er sah friedlich und unschuldig aus, dieser Friedhof, der zu etwas Großem und Politischem wurde. So wie der ermordete Teenager auch. Totale Funktionalisierung, dachte Lola, als sie durch eine große Zaunmasche blickte. Ein schlichter und unscheinbarer Dorffriedhof wird zum Mittelpunkt der Weltöffentlichkeit. Alles Märtyrer: der Junge, der Friedhof, der Olivenbaum, die Steine, der Schotter und der Sand, dachte Lola.

Eine Gruppe von Männern trug die Bahre mit dem Jungen zu seinem Grab. Immer noch rannten Personen darauf zu, um ihn zu berühren, den Märtyrer und seine Märtyrerhaut und seine Märtyrerbahre, eingewickelt in sein Märtyrertuch. Shlomo hatte sein Gesicht eng an den Zaun gedrückt, und als die Zeremonie losging und der Vater des Jungen gestützt werden musste und die Mutter des Jungen weinte und laut klagte, begann auch Shlomo zu weinen.

Sein Körper zitterte, und seine Tränen liefen an seinen Nasenflügeln entlang. Der Wind pustete sie manchmal an die Schläfen, und während alle, die auf dem Friedhof und um den Friedhof standen, auf die Bahre starrten, starrte Lola auf Shlomo. Lola machte Fotos von Shlomo, von Shlomos Tränen, von Shlomos Fingern, die sich um den Maschendraht klammerten, und von seinen Zehen, die über die Sandalen herausragten und auf dem Stein, auf dem er stand, abgelegt worden waren. Sie streckte ihre Hand mit dem iPhone durch eine große Masche, schob ihren Arm, so weit es ging, hinterher und machte ein Foto von Shlomos Gesicht.

Shlomos Trauer galt nicht diesem toten Teenager. Keine Träne vergoss er für Mohammed Abu Khdeir. Alle Tränen waren dem Jungen gewidmet, den er vor dreizehn Jahren versehentlich mit einem Gummigeschoss tödlich getroffen hatte. Shlomo weinte wegen eines Schuldgefühls. Er war wegen dieses Schuldgefühls hierhergekommen, und auch Lola war wegen seines Schuldgefühls hier. Wegen dieses Tages im April 2001, dieser Sekunden, die dazu geführt hatten, dass ein Junge sein Leben verlor.

Wir besuchen Orte oder meiden sie wegen dieses Schuldgefühls. Das Schuldgefühl ist immer bei uns. Immer. Dieses Ereignis steckt in uns und in allem, was wir sagen oder tun. Umso mehr wir darauf hoffen, das Gefühl werde mit der Zeit verschwinden, desto stärker zeigt es sich in unseren Handlungen. Es geht nicht um Reue, sondern darum zu verstehen, dass dieses Ereignis für immer unser Leben prägt.

Lola fragte sich, was schlimmer war: Dass Shlomo allen

vormachte, wegen Mohammed Abu Khdeir nach Ostjerusalem gekommen zu sein, oder dass er es sich selbst vormachte? Mohammed Abu Khdeir war bedeutungslos für Shlomo. Diese Beerdigung war bedeutungslos für Shlomo. Sie stand lediglich Pate für eine Beerdigung, der er niemals hatte beiwohnen können. Die Tränen standen für Tränen, die er niemals am Grab dieses Jungen, den er für immer auf seinem Gewissen habe würde, hatte vergießen können.

7

Die Waschmaschine schleuderte, während Lola sehr, sehr laut zu *Florence and the Machines'* »Falling« mitsang. Silvia klopfte so kräftig gegen ihre Tür, dass sie diese, weil sie aus Pressspan bestand, fast eingedrückt hätte. Als Lola Silvia brüllen hörte, ließ sie die Musik auf voller Lautstärke weiterlaufen und öffnete die Tür. Silvia sah panisch und verängstigt aus, wie sie da vor Lola, die nur mit einem Slip und einem gebatikten Hippietuch bekleidet war, stand, und redete extrem schnell und mit einem starken südamerikanischen Akzent, den sie sonst nicht hatte. »Lola, komm, komm! Schnell, schnell! Der Alarm! Hörst du den Alarm nicht?« Florence zog sehr dramatisch das Wort »Falling« auseinander. Weil Lola Silvia nicht verstand, lehnte sie immer noch am Türrahmen, und Silvia hatte sich auf die Wendeltreppe gesetzt. »Wovon sprichst du?«, fragte Lola. Silvia hatte ihr Gesicht in die Knie gedrückt und ihre Arme um die Beine und den Kopf geschlungen. Als es eine

Pause zwischen »Falling« und dem nächsten Song gab, hörte Lola den Alarm. Den ersten Raketenalarm ihres Lebens, der wie das Blaulicht eines Krankenwagens klang. Sie stand immer noch im Türrahmen. Der Alarm verstummte, es folgte ein ohrenbetäubender Knall, der Lola zusammenzucken ließ, und ein *Boom*. Dieser *Boom* war eher eine dumpfe Vibration als ein Knall, und man spürte ihn im ganzen Körper. »Jetzt ist es vorbei«, nuschelte Silvia in ihre Knie, und *Lady Gaga* sang »Bitch don't kill my vibe«. Dann hörte die Waschmaschine auf zu schleudern, und eine beklemmende Stille setzte ein, obwohl der Song immer noch spielte. Die Stille aber war lauter. »Das nächste Mal, wenn der Alarm losgeht, machst du es wie ich und bleibst nicht stehen. Das ist zu gefährlich«, sagte Silvia, und Lola nickte.

Das nächste Mal machte Lola es so wie Silvia, und das übernächste Mal auch und jedes Mal, wenn der Alarm in den nächsten Tagen losging. Als die Hamas einen größeren Beschuss auf Tel Aviv für Samstag um einundzwanzig Uhr angekündigt hatte, waren Lola und Silvia in den nächstgelegenen Luftschutzbunker zwei Straßen weiter gelaufen. Dort standen und saßen über dreißig Personen – Kinder und ihre Eltern, drei ältere Ehepaare, ein paar Menschen ohne Begleitung und eine Gruppe junger Emos mit dicken Pflöcken in den Ohrläppchen. Alle waren aus den umliegenden Wohnungen zusammengekommen und schwiegen oder unterhielten sich oder machten Handyfotos, die dann auf Facebook und Twitter hochgeladen wurden. Silvia und Lola saßen neben der Tür auf dem Boden und warteten.

»Im Frühjahr 2000 bin ich nach Israel gegangen, um am

Friedensprozess teilzunehmen. Ich wollte hier sein, wenn es passiert«, begann Silvia zu erzählen.

»Du bist wegen des Oslo-Abkommens gekommen?«

»Ich bin für mich gekommen, aber auch, um hier zu sein. Natürlich. Wir hatten so große Hoffnungen. Wir dachten, jetzt ist es so weit. Jetzt hört dieser jahrzehntelange Konflikt endlich auf.«

»Das hat er nicht.«

»Nein, das hat er nicht. Dann kam die zweite Intifada.«

»Das war schlimm. Ich benutze keine öffentlichen Verkehrsmittel seitdem.«

»Wirklich? Immer noch nicht? Ich glaube, die Selbstmordanschläge sind vorbei. Sie machen das jetzt anders. Mit Raketen.«

»Ich weiß nicht. Wenn ich in einen Bus steigen würde, dann müsste ich die ganze Zeit denken: Gleich passiert es. Gleich fliege ich in die Luft. Weißt du, wenn ich hier bin, in Tel Aviv, dann habe ich Zeit. Ich laufe lieber. Tel Aviv ist klein, man kann innerhalb einer halben Stunde überall sein. Da muss man nicht Bus fahren.«

»Scheruts sind aber okay.«

»Ja, Scheruts gehen durch. Wollen wir ins Kino? Wenn das hier vorbei ist?«

»Ich weiß nicht.«

»Kino ist sicher, Silvia. Das Dizengoff Center kriegt man nicht so einfach in die Luft gesprengt.«

»Da magst du recht haben.«

»Wir können zu Hause nachsehen, was läuft.«

»Okay, wenn wir etwas finden, das wir mögen, dann gehen wir. Wenn nicht, dann nicht.«

»Woher wissen wir, wann es vorbei ist? Man kann den *Boom* hier nicht hören.«

»Man kann ihn aber spüren. Warte nur ab, du wirst es merken«, sagte Silvia.

Der *Boom* entstand, wenn das Luftabwehrsystem Iron Dome die von der Hamas abgefeuerten Raketen in der Luft sprengte. Er wurde zum lautmalerischen Sinnbild für den Krieg. Die Menschen warteten auf den *Boom*, sie fürchteten ihn. Der *Boom* stand für den Angriff und für das Ausgeliefertsein. Für die enorme Sicherheit, die der Iron Dome bot. Wenn sie an das Wort *Boom* dachte, sah Lola einen Comic vor sich und Superhelden, die mit total abgefahrenen Waffen gegen einen Feind kämpften, und wenn sie diesen Feind tödlich trafen, dann entstand eben ein *Boom*, und dieser *Boom* wurde in schrillen Farben und mit vielen spitzen Kanten graphisch dargestellt. In den ersten Tagen des Krieges fragte sie sich, wie sie den *Boom* am besten fotografieren könnte. Sie meinte nicht den weißen Schweif oder die Kondensstreifen oder die kleinen Kringel, die man am Himmel sah, wenn der Iron Dome wieder eine, zwei oder sogar drei Raketen abgeschossen hatte. Diese Fotos konnte man auf Facebook und Twitter sehen. Lola wollte fotografieren, wie sich der *Boom* anfühlte und was er mit einem machte. Aber sie hatte keine Ahnung, wie.

»Irgendwas mit Hamas«, hatte Silvia gesagt, als sie am Kino waren, und weil Lola fand, dass »irgendwas mit Hamas« zum Bombenkeller passte, in dem beide vor knapp einer Stunde gesessen hatten, stimmte sie zu, »The Green Prince« anzusehen. Das Kino war voll. Der Samstag war schließlich der Sonntag in Israel, und auch hier ließ man die Woche mit einem Film ausklingen. Die Klimaanlage lief auf höchster Stufe, und Lola zog sich ihre mitgebrachte Strickjacke über, als sie in den weinroten Kinosessel sank. Der Film irritierte Lola. Die Kameraführung. Der dokumentarische Stil. Die zwei Schauspieler, die aber nicht wie Schauspieler wirkten, sondern wie reale Personen. Ein Shin-Bet-Agent und ein palästinensischer Spion wurden abwechselnd in einer Interviewsituation gezeigt, und dazwischen illustrierten Bilder das Erzählte. Mehr nicht. Es ging um den Sohn eines der wichtigsten Hamas-Anführer der Nullerjahre und seine zehnjährige Spionagetätigkeit für Israel. Der Sohn, Mosab Hassan Yousef, erzählte davon, wie er als Junge von seinem Onkel missbraucht worden war, wie er Ende der neunziger Jahre seine Tätigkeit begonnen hatte, wie er freiwillig in der Westbank ins Gefängnis gegangen war, um nicht als Spion entlarvt zu werden, wie er nach Amerika reiste, um dort zum Christentum überzutreten, und sein Seelenglück fand. Der Shin-Bet-Agent erzählte, wie er Mosab Hassan Yousef kennenlernte, wie er ihn zum Spion machte, wie er eine emotionale Beziehung zu ihm aufbaute und wie er ihm schließlich half, israelischer Staatsbürger zu werden. Im Großen und Ganzen ein hochgradig peinlicher Film, ein schlechtes Drehbuch und eine völlig absurde Geschichte, dachte Lola, und Silvia sagte, während der Abspann lief, sehr berührt: »Was für eine unglaubliche Geschichte!« »Ja, so könnte man es auch sagen. Wer denkt sich so was aus? Der Sohn eines Hamas-Anführers wird zum wichtigsten Spion. Ein Missbrauchsopfer, das nach Amerika geht, um dort Christ zu werden. Und dann schreibt er auch noch ein Buch und wird berühmt. Das ist doch lächerlich.«

»Das ist aber so passiert«, sagte Silvia.

»Wie, das ist so passiert?«

»Deswegen dieser dokumentarische Stil.«

»Das ist eine wahre Geschichte? Ein von seinem Onkel missbrauchter Sohn eines Hamas-Anführers läuft zum Shin Bet über und findet seine Erlösung in einer Jesusgang im Mittleren Westen?«

»Verrückt, oder?«, sagte Silvia gutgelaunt, und Lola griff ein letztes Mal in die Packung Popcorn, die immer noch auf ihrem Schoß stand. Sie verließen beide den Kinosaal, und als Silvia kurz auf die Toilette ging, griff Lola nach ihrem Handy und googelte »Mosab Hassan Yousef«. 243 000 Treffer. Sie las seinen Wikipedia-Eintrag und scrollte durch die Bilder. Mosab glücklich. Mosab ernst. Mosab im CNN-Studio. Mosab mit Palästinensertuch. Mosab umarmt den Shin-Bet-Mitarbeiter, der ihn zehn Jahre lang begleitet hat. Mosab vor der israelischen Flagge. »Alles wahr«, dachte Lola. Alles wahr. Der Sohn eines Hamas-Führers wird zu einem israelischen Spion. Ein Golani-Soldat zu einem radikalen Left-Winger. Der Mensch war in der Lage, seine Ideale komplett in Frage zu stellen und grundlegend zu verändern. Der Mensch hatte diese unglaubliche Fähigkeit, sich von einem Moment zum anderen in eine völlig entgegengesetzte Persönlichkeit zu verwandeln. Man konnte das als Illoyalität bezeichnen oder als Häutung. Ohne Häutung, ohne das Hinterfragen des eigenen Handelns, des eigenen Denkens und vorgefertigter Ansichten, völliger Stillstand. Lola musste an Joachim Bessing denken und daran, was er einmal zu ihr gesagt hatte, als sie in einem Café in der Linienstraße saßen, weil Lola ihn für sein Buch »Untitled« fotografiert hatte. Damals waren beide gerade gehäutet aus einer Krise ins Leben zurückgekehrt.

Joachim nippte an seinem schwarzen Kaffee, wischte sich mit der Hand eine Haarsträhne von der Stirn, die während des Shootings schon immer eigenmächtig gegen die gelegte Frisur rebelliert hatte, und sagte in schnell aufeinanderfolgenden Sätzen: »Eine Krise ist deshalb gut, weil sie unsere Ideale beschädigt. Es gibt viele Menschen, die ohne nennenswerte Schädigung durch ihr Leben kommen, weil ihr ganzes Leben die Beschädigung ist. Ich will damit sagen, dass Monotonie den Alltag der meisten bestimmt. Nach der Arbeit geht man nach Hause und legt eine Portion TV-Programm drauf. Man will einen größeren Fernseher und zweimal im Jahr in den Urlaub. Vielleicht wird man krank zwischendurch, und das geht dann so weiter, bis man stirbt. Eine Krise reißt einen aus allem heraus, und vielleicht verliert man alles. Vielleicht ist man richtig pleite, oder alle Leute halten einen für verrückt, aber es ist doch toll, weil es wenigstens ein bisschen was anderes ist. Man hat etwas erlebt. Es geht natürlich darum zu leben, um davon zu erzählen. Wenn man das nicht tut, ist es schade.« »Sehr schade sogar«, sagte Lola laut, als Silvia auf sie zukam. Sie gingen am Strand zurück nach Hause und schwiegen. Sie lauschten den Wellen und den kichernden Pärchen, die kuschelnd und knutschend in der Dunkelheit lagen. Manchmal hörten sie ein *Boom* in weiter Ferne, denn das Geräusch der Explosion war im Umkreis von dreißig Kilometern zu vernehmen. Irgendwo in Bat

Yam oder Aschdod oder Rechovot saßen in diesem Augenblick Menschen in Luftschutzbunkern oder in ihren Hausfluren oder in einem geschützten Bereich und warteten darauf, dass sie gleich mit dem weitermachen dürften, womit sie neunzig Sekunden zuvor beschäftigt gewesen waren. Lola blieb noch eine Weile am Strand sitzen, nachdem Silvia nach Hause gegangen war. Der kühle, feuchte Sand klebte an ihren Beinen und Füßen. Mit ihren Händen formte sie kleine Häufchen. Irgendwo hier hatte sie auch schon vor dreiundzwanzig Jahren rumgeturnt, in diesem roten Badeanzug, auf dem in schwarzer Schrift »Life« gestanden hatte. Seither war genau das passiert: das Leben. Manchmal geschah es, und manchmal konnte man es in die Hand nehmen. Und manchmal musste etwas passieren, damit man es endlich in die Hand nahm. Lola dachte an Shlomo, den sie seit der Beerdigung nicht mehr gesehen hatte. Das erste Mal seit einer Woche fehlte er ihr. Sie dachte auch an Gershom, dem sie vor zwei Tagen frisches Tahini vorbeigebracht hatte. Er war immer noch wütend auf sie. Daran hatte auch ihr Mitbringsel nichts ändern können. Sie fragte sich, wie viel wütender er geworden wäre, hätte er von dem Trip nach Jerusalem erfahren. Zum Abschied hatte Lola ein Porträt von ihm geschossen. Gershom auf der Couch vor seinem Schachbrett sitzend. Seit Hannahs Tod hatte er einfach ihre Rolle übernommen und spielte gegen seine und ihre Züge.

Am nächsten Tag wachte Lola durch den Raketenalarm auf und blieb zum ersten Mal liegen. Sie hörte, wie Silvia durch die Wohnung rannte, die Tür zuschmiss und erst wieder zurückkehrte, als mehrere *Booms* aufeinanderfolgten. Lola brühte sich einen Instantkaffee auf, ging ins Bett zurück und öffnete ihren Rechner. Der Facebook-Newsfeed und die Twitter-Timeline waren seit Ausbruch des Krieges schlimmer als die RTL-II-Nachrichten. Lolas Freundeskreis bestand zu neunzig Prozent aus deutschen Nichtjuden, die die Chance sahen, sich endlich offen positionieren zu dürfen. Seit die Bodentruppen in Gaza einmarschiert waren, schrie der Durchschnittsdeutsche laut: Genozid. Das Wort Genozid fand sich fast in jedem Post. Der Genozid an den Gazans müsse gestoppt werden. Israel begehe Völkermord. Kindermörder Israel. Die Juden seien längst wie Hitler. Haben die denn nichts aus ihrer eigenen Vergangenheit gelernt, wurde gefragt. Siebzig Jahre hatten die Deutschen darauf gewartet, den Juden endlich auch einmal Völkermord vorwerfen zu können. Ejakulat, wohin man sah. Da war sie also, diese total objektive Israelkritik, dachte Lola. Sie sah, wie Toni ein Video von einem ultraorthodoxen Rabbi bei einer Pro-Palästina-Demonstration postete. Als Videounterschrift: »Genau! So! Geht! Frieden!« Klar, Toni, genau so geht Frieden, dachte Lola. Was Toni nicht wusste, war, dass es eben ultraorthodoxe Splittergruppen gab, die den Staat Israel deshalb ablehnten, weil theoretisch ausschließlich der *echte* Messias das jüdische Volk zurück nach Israel hätte führen dürfen und nicht eine religionsferne Bewegung wie die zionistische. Lola sah, wie alte Arbeitskollegen diese superexakte Karte posteten, auf der Palästina immer kleiner und Israel immer größer wurde. Obwohl es längst Aufklärungsvideos gab, die erklärten, warum diese Karte falsch war. Zum ersten Mal fand ein Krieg nicht mehr auf dem Boden, sondern zu großen Teilen in der digitalen Welt statt. Die IDF lud Videos hoch, die die Exekution von Terroristen zeigte. *Gaza writes back* twitterte Bilder blutüberströmter und toter Kinder, die – wie sich im Laufe der Zeit herausstellte – zumeist aus dem Syrienkrieg stammten. Jüdische Freunde aus Deutschland ballerten Facebook mit pro-israelischen Posts zu und jüdische Freunde aus Israel wiederum mit kritischen Posts zum Gaza-Einsatz. Jeder gebärdete sich als Nahost-Experte, und die Kommentar-Threads wurden immer länger und verbal aggressiver. Fragen wie jene, wo eigentlich der Iron Dome für den Gazastreifen bleibe, wurden mit Zustimmung überhäuft. Mit jedem Post, den Lola sah, und jedem Artikel, den sie las, veränderte sich ihre Position zum Konflikt. Es war unmöglich, eine gültige Aussage zu tätigen oder eine Wahrheit zu finden, weil in diesem Konflikt Fakten und Wahrheiten fehlten. In der einen Minute war die Entführung durch die Hamas organisiert worden, in der nächsten behauptete der Shin Bet, dass dies unmöglich sei, weil sie vorher davon gewusst hätten. Am Ende – aber das würde Lola erst im September erfahren – waren die Entführer dann doch Hamas-Mitglieder gewesen, obwohl die Hamas weiterhin bestritt, etwas mit der Ermordung zu tun zu haben. Äußerungen waren falsch, Bilder waren falsch, Posts logen, Videos logen. Auf jedes Argument, das mit Daten und Belegen gestützt wurde, folgte ein Gegenargument, das mit ebenso guten Daten und Belegen aufwartete.

Lola blieb an diesem Tag im Bett liegen. Ihren Rechner bewegte sie nur dann von ihrem Schoß auf die Matratze, wenn sie sich vor Überanstrengung kurz mal zur Seite drehen musste und die Augen für ein paar Minuten schloss. Die restliche Zeit drückte sie permanent den Reload-Button. Lolas Vermutung – und auch die Vermutung vieler anderer –, dass sich hinter vielen israelkritischen Äußerungen Antisemitismus verstecke, schien sich zu bestätigen. Dieser Krieg ließ sie alle aus ihren Ecken und Verstecken hervorkommen: Diejenigen, die sich selbst niemals als Antisemiten bezeichnet hätten, konnten dem Drang, sich eine entschiedene Meinung zum Konflikt zu bilden, nicht widerstehen. Waren sie doch meistens völlig unpolitisch, wenn es um all die anderen Kriegsgebiete in dieser Welt ging, aber Israel bewegte sie über alle Maßen. Und Israel bewegte sie nicht deshalb, weil sie sich mit dem Leid der Palästinenser aus rein objektiven Beweggründen identifizierten, sondern weil ihre tief vergrabene Wut auf die Juden, die Wut darauf, dass diese seit Jahren Schuldgefühle in ihnen auslösten, ein Ventil finden konnte. Es war eine Erlösung für den gemeinen Antisemiten in Europa. Das war das Beste, was dieser Sommer 2014 hervorzubringen hatte, abgesehen von der auf den Gaza-Krieg folgenden Ice-Bucket-Challenge.

Vor Lolas Schlafzimmerfenster färbte sich der Himmel orangerot, als ihr Freund, der Journalist Tamir Arad, eine WhatsApp-Nachricht schickte: »Wir sind im Port Said. Sonnenbaum, Dana Hirschberg und ich. Komm her!« Und weil es mittlerweile nach neunzehn Uhr war und Lola an diesem Tag kein einziges Mal die Wohnung verlassen hatte, antwortete sie: »20 Minuten.« Sie starrte auf ihr Display, um zu schauen, ob Tamir ihre Nachricht gelesen hatte, als wieder ein Alarm losging. Schon wieder ertönte dieser unerträgliche Sirenensound. Schon wieder würde es gleich einen Knall und dann einen *Boom* geben. Schon wieder. Lola griff nach ihrem iPhone, sprang aus dem Bett und lief ziemlich schnell auf ihren Balkon, um das erste Mal dabei zuzuschauen, wie die Raketen der Hamas am Himmel aussahen und die Raketen des Iron Dome. Sie wollte die weißen Kondensstreifen mit ihren eigenen Augen sehen und nicht auf irgendeinem geposteten Bild. Sie wollte die Vibration der Explosion noch stärker in ihrem Bauch fühlen, und sie wollte das alles mit ihrem Handy aufnehmen. Lola lehnte über der Brüstung und streckte ihren Hals in den Himmel.

»Du weißt schon, was das ist, oder?«, sagte eine männliche Stimme links von ihr, und Lola zuckte zusammen. Der Sound der Sirene, das Heulen der abwechselnd hohen und tiefen Töne, ging unverändert weiter. »Klar, weiß ich das«, antwortete Lola einem etwa zehn Jahre jüngeren Typen, der auf der Brüstung seines Balkons saß.

»Du musst reingehen und dich in Sicherheit begeben. Los, schnell, schnell.«

»Ich bin doch nicht bescheuert. Ich weiß schon, was ich machen müsste.«

»Und wieso machst du es nicht?«

»Weil ich es zwei Wochen lang gemacht habe und weil ich es leid bin. Vielleicht will ich gar nicht sicher sein. Vielleicht will ich mich einfach nicht mehr vor diesen beschissenen Raketen verstecken. Vielleicht will ich ihnen begegnen. Wieso hockst du nicht im Hausflur und hältst deine Hände vor das Gesicht, so wie man es uns beigebracht hat?«

»Ich komme aus Aschkelon. Wir sind hart drauf.«

Als vier oder fünf *Booms* zu hören waren, zuckte Lola zusammen, und der Typ auf dem anderen Balkon lachte. »Ich erschrecke mich jedes Mal, obwohl ich weiß, was passiert«, sagte Lola entschuldigend.

»Kein Problem!«

»Jetzt hab ich wegen dir die Interzeption nicht aufnehmen können!«

»Warte, kein Problem. Ich hab die Nummer von Haniyeh. Wann sollen die Raketen abgeschossen werden, und wie viele hättest du gerne?«

»In drei Minuten. Gerne so um die sechs. Dann sieht das auch alles ein bisschen aufregender aus.«

»Alles klar. Ich schick ihm eine WhatsApp-Nachricht. Er telefoniert nicht so gerne.«

»Super, danke!«

»Was machst du hier?«

»Ich komme fast jeden Sommer. Mein Großvater lebt hier.«

»Und was ist mit deiner Großmutter?«

»Die ist tot.«

»Dann bist du Jüdin.«

»Bin ich. Ich muss mal los jetzt.«

»Bis später.«

»Bye.«

Lola zog sich schnell einen schwarzen Ballonrock und ein schwarzes Seiden-Spaghettiträger-Top über und knotete ihr Haar zu einem Dutt zusammen. Dann schlüpfte sie in die vor ein paar Tagen erstandenen Flipflops und verließ, ohne sich im Spiegel anzusehen, das Haus. In Tel Aviv trugen die meisten Frauen kein Make-up: keine Mascara, keinen Lidschatten und keinen Lippenstift. Es war zu heiß für Make-up. Zu feucht für Make-up. Nach einem langen Tag wäre alles verlaufen und verschmiert.

An der HaYarkon stieg Lola in ein Taxi und sagte auf Englisch, wohin sie wollte.

»Wo kommst du her?«, fragte der Taxifahrer.

»Aus Berlin.«

»Hast du den Alarm gehört?«

»Klar.«

»Die sind verrückt. Was sollen wir machen? Wir wollen Frieden. Wirklich. Aber die sind verrückt«, stammelte der Taxifahrer. Etwas Beschämtes ging von ihm aus. Er wollte dieser Deutschen irgendwie verständlich machen, warum die Bodentruppen, warum die Luft- und Seeangriffe. Warum das alles. Er selbst konnte sich nur die eine Erklärung geben: Sie sind verrückt. Wir wollen Frieden, und sie wollen uns umbringen.

»Ich weiß«, antwortete Lola, um ihm dieses schreckliche Gefühl zu nehmen. »Ich weiß« half. Es half, weil geteiltes Leid eben nur halbes Leid ist und weil er in den Augen einer Deutschen nicht zum Kriegsverbrecher werden wollte. Das Restaurant war leer. Nur drei Tische waren belegt. An einem saßen Tamir, Rafi Sonnenbaum, der Dokumentarfilmer, und Dana Hirschberg, die israelische Künstlerin, die seit ein paar Jahren in New York lebte.

»Du siehst gut aus!«, rief Tamir Lola zu. Das machte Tamir immer und bei jeder Frau.

»Ich brauche einen Weißwein.«

»Wo warst du gerade während des Alarms?«, fragte Dana.

»Auf dem Balkon!«

»Schaut euch diese verrückte Deutsche an!«, rief Tamir und lachte. Er winkte die Kellnerin ran: »Was für einen Weißwein willst du, Lola?«

»Riesling!«

»Sollst du Riesling bekommen. Wo ist Shlomo?«

»Ich weiß nicht.«

»Was ist los? Ich dachte, ihr seid Lover?«

»Sind wir ja auch. Wir haben uns nur seit Jerusalem nicht mehr gesehen.«

»Ahhh, ihr wart bei der Beerdigung. Das kann schwierig werden. Schwierig. Ein Hindernis. Entweder übersteht man es, oder man scheitert daran. Das weißt du doch.«

»Das weiß ich, und ich glaube, genau so ist es gerade. Aber jetzt trinke ich erst mal ein Glas Wein.«

»Sonnenbaum, Lola liebt deine Dokumentation!«, sagte Tamir und stieß Rafi Sonnenbaum dabei gegen den Oberarm.

»Welche? Die über die Beschneidung?«

»Nein, nein. Die über die Stalag-Hefte. So was Abgefahrenes. Ich liebe diese Dokumentation«, antwortete Lola.

»Hast du sie in Deutschland gesehen?«

»Ja, aber nicht im Kino. Ich hab sie mir auf DVD gekauft. Jedem, den ich kenne, erzähle ich davon. Also, wie einige Juden hier in den fünfziger Jahren SM-Comics gelesen haben, in denen SS-Dominas arme Juden-Sklaven im KZ bestrafen. Und dass sich auf diese Phantasie einige tausend Israelis einen runtergeholt haben. Das ist hoch spannend, weil da eine schmerzliche Erfahrung sexualisiert wird, und über die Sexualisierung soll sich das Schmerzliche in etwas Lustvolles umkehren.« Lola kippte das Glas Riesling, das ihr die Kellnerin gebracht hatte, in einem Zug runter und bestellte gleich ein zweites. Dann schickte sie eine Nachricht an Shlomo: »Lass uns heute Sex machen!«, und er antwortete prompt: »Wo bist du?«, und Lola tippte: »Sitze mit Tamir, Sonnenbaum und Dana Hirschberg im Port Said. Komm her!«

»Morgen ist die Friedensdemo ›Artists against the war‹. Du solltest kommen. Ich lese da!«, sagte Tamir.

»Wo ist die?«

»Rabin Square.«

»Was liest du?«

»Ein Gedicht. Aber es gibt etliche Künstler, die unterschiedliche Sachen vortragen.«

»Hast du schon die Beschneidungsdoku gesehen? Ich habe die gerade in Berlin in einem Kino gezeigt.«

»Nein, nur den Trailer. Ich hab aber nichts gegen beschnittene Penisse, Rafi. Warst du auch dort?«

»Ja, ja, ich habe so einem guten Deutschen geschrieben, man würde mein Haus mit Raketen beschießen, und dann haben sie mir ihre Wohnung angeboten und sind selbst zu Freunden gezogen.«

»Nicht dein Ernst«, sagte Lola ungläubig.

»Doch, mein Ernst. Gute Christen. Zwei Wochen durfte ich in ihrer Wohnung wohnen.«

»Umsonst?«

»Natürlich umsonst. Ich sagte doch gerade, gute Christen.«

»Die Christen in Deutschland sind die Einzigen, die uns noch mögen, und die Linken«, sagte Tamir.

»Ja, aber nicht alle Linken. Nur eine bestimmte Gruppe der Linken. Die Anti-Deutschen«, sagte Sonnenbaum.

»Aber du wohnst doch nicht in Aschkelon, sondern hier«, unterbrach Lola.

»Ja, und? Ist Tel Aviv heute nicht beschossen worden?«
»Doch doch.«

»Also, ich liebe Berlin. Wirklich. Das Bier ist billig. Es ist schön kühl«, sagte Sonnenbaum.

»Ihr liebt alle Berlin. Das ist pathologisch. Das ist obsessiv. Ich habe dazu eine Theorie.«

»Schaut, wer da kommt. Shlomo Levy!«, rief Sonnenbaum. Shlomo trug ein T-Shirt, dessen Ärmel mit einer Schere abgeschnitten waren, und eine schwarze, wirklich gutsitzende Jeans. Seine schwarzen Haare waren länger geworden und gingen ein Stück über die Ohren. Er lächelte auf diese ganz bestimmte Weise, die Lola weiche Knie machte. Shlomo begrüßte erst Tamir, Sonnenbaum und Dana und stellte sich dann Lola vor.

»Hi, schön dich kennenzulernen. Tamir hat mir viel von dir erzählt. Ich heiße Shlomo!«, sagte er, gab ihr die Hand und strich mit seinem Mittel- und Zeigefinger über ihre Pulsader. Lola zog mit einer kräftigen Armbewegung vom Nachbartisch einen Stuhl ran, stellte ihn neben sich, und als Shlomo Platz nahm, küsste sie ihn, wie sie ihn zuvor noch nie geküsst hatte.

8

Lola wachte gegen Mittag vom Geräusch des Deckenventilators auf. Das Surren hatte sich zuerst mit ihrem Traum verbunden und sie dann langsam in die Wirklichkeit geführt. Heraus aus einer Welt der Bilder, hinein in eine Welt der Bilder. Es war absurd, das eine Wirklichkeit und das andere Traum zu nennen, dachte Lola. Wo war das Wirkliche, wenn ein Raketenabwehrsystem »Eiserne Kuppel« hieß, wie in der schlechten Serie »The Dome«. Lola hatte sie noch im Winter in Berlin geschaut. Jetzt lag sie also unter dieser Kuppel, geschützt, in Sicherheit und trotzdem abgeschottet. Über ihr wurden Raketen in die Luft gesprengt, die dann als kleine und große Einzelteile auf die Erde fielen. Wenn sie in den letzten Tagen am Strand gelegen hatte und ein Alarm ertönte, war sie auf ihrer grünschwarzen Hippie-Decke sitzen geblieben, wie manch andere auch, und hatte jene beobachtet, die hysterisch und aufgeregt ihre Sachen gegriffen und weggerannt waren. Wenn dann der *Boom* zu hören gewesen war, hatte sich Lola gefragt, wie es wäre, von einem Raketenteil getroffen zu werden. Es war, wie im Lotto zu gewinnen. Die Chance lag bei 1 zu 140 Millionen. Die Schlagzeile hätte »Tod durch Raketenteile« gelautet. Irgendeinem Jungen war es vor ein paar Tagen passiert.

Shlomo lag nackt neben ihr und schlief. Er hatte eine kleine Liegefalte auf seiner linken Wange. Lola zählte seine Leberflecke auf dem Rücken und malte Linien in die Luft, die diese Leberflecke miteinander verbanden. Vor dem

Fenster hörte sie die Vögel zwitschern. Bei ihr hätte sie jetzt die Matkot-Spieler am Strand und die LKW auf der HaYarkon Road gehört. Wenn Lola bei Shlomo schlafen wollte, sagte sie immer: »Lass uns ins Countryhouse fahren«, weil Shlomos Wohnung in der grünsten und leisesten Straße der Stadt lag. Mitten im Dschungel, so fühlte sich Lola hier, irgendwie nicht in Tel Aviv. Obwohl es nur fünf Minuten bis zum Rothschild Boulevard waren, schien diese Wohnung in einem anderen Land zu stehen, dachte Lola, während sich eine Taube auf den Aircondition-Kasten setzte, der an der Außenwand unter dem Schlafzimmerfenster hing. Sie gurrte, und das Gurren verband sich mit dem Rauschen des Deckenventilators und Shlomos Atemgeräuschen. Lola wurde schläfrig und schloss die Augen, rutschte näher an Shlomos Rücken, roch an seiner Haut und dann noch einmal. Sie konnte spüren, wie ihr Bewusstsein wegrutschte – in eine andere Wirklichkeit, als der schrille Raketenalarm losheulte. Die Hunde, die man sonst nie hörte, bellten so laut, als ob sie die Sirene übertönen wollten. Lola glaubte, die Menschen in der Wohnung auf der anderen Straßenseite rennen zu hören. Es war das erste Mal, dass sie diesen Sound nicht mehr aushielt, nicht mehr hören konnte und nicht mehr ertrug. Sie riss Shlomos Kissen unter seinem Kopf weg, drückte es an ihr rechtes Ohr und ihr eigenes Kissen ans linke. Aber die Sirene verschwand nicht. Sie drang in einer wellenförmigen Bewegung durch die Federn hindurch bis in ihre Ohrmuschel und an ihr Trommelfell.

An diesem Morgen begann die dritte Woche des Krieges, und Lola schien in die dritte Phase der Auseinandersetzung mit diesem Krieg überzugehen. Die erste Phase war die Annahme gewesen. Die Annahme einer schockierenden Situation. Sie hatte brav auf die Anweisungen gehört, war in den Hausflur oder in den Bombenkeller gelaufen, die Hände vor dem Gesicht. Warten, bis der *Boom* ertönt. Rennen. Schnell sein. Sich in Sicherheit begeben.

Die zweite Phase war die Ablehnung. Die Verweigerung: Sie war beim Alarm weder in den Hausflur noch in den Bombenkeller gelaufen. Sie hatte nicht ihre Hände vor das Gesicht gelegt. Sie war nach draußen gegangen und hatte den Himmel nach den weißen Kondensstreifen abgesucht. Sie war nicht gerannt, nicht schnell gelaufen. Sie hatte sich nicht in Sicherheit begeben.

Beide Phasen waren aktiv: aktive Annahme und aktive Ablehnung. Doch diese dritte Phase war das Aufgeben. Die Niederlage. Der Alarm hatte gesiegt. Lolas Körper wurde schwer, so schwer, dass sie wie ein Stein in die Matratze sank. Shlomo lag mittlerweile auf dem Rücken und hatte seine Hände vor das Gesicht gelegt. Nicht um dieses vor möglichen Glassplittern zu schützen, sondern weil auch Shlomo in die dritte Phase eingetreten war. Die Sirene wurde von drei oder vier aufeinanderfolgenden *Booms* abgelöst, und Shlomo verließ, ohne etwas zu sagen, das Bett und ging ins Badezimmer. Lola hatte immer noch die beiden Kissen auf ihre Ohren gedrückt. Sie konnte durch sie hindurch das Rauschen des Wassers hören. Sie fragte sich, wie er die Kraft aufbringen konnte zu duschen. Sie fragte sich auch, ob überhaupt und, wenn ja, wann sie dieses Bett verlassen können würde, um genauso wie Shlomo in die Wanne zu steigen und den Wasserhahn aufzudrehen.

Hätte Tamir nicht gelesen, Lola wäre einfach liegen geblieben, aber so saß sie auf Shlomos Balkon an dem Tisch, den er aus einer alten Kühlschranktür gebastelt hatte. Ihre Beine waren angewinkelt und ihre linke Schläfe auf den Knien abgelegt. Shlomo saß neben ihr auf dem zweiten türkisfarbenen Stuhl und tippte irgendwas in sein Telefon.

»Wir hauen hier in einer Viertelstunde ab. Wollen wir laufen?«

»Ja, laufen. So weit ist der Rabin Square doch nicht entfernt, oder?«

»Halbe Stunde.«

»Halbe Stunde schaffe ich.«

»Laufen wird uns guttun. Wollen wir dir einen Ananas-Orangen-Juice auf dem Weg holen?«

»Ich weiß nicht, wir kommen ja nicht an meinem Lieblingsladen vorbei.«

»Der Saft ist doch überall gleich.«

»Nein, ist er nicht. Ich hatte vor ein paar Tagen einen auf der Shenkin, der war grauenhaft. Man glaubt es nicht, aber selbst bei Saft kann man einiges falsch machen.«

»Man kann überall einiges falsch machen«, sagte Shlomo und legte sein Telefon neben Lolas.

»Wollen wir morgen mal die Oberfläche auswechseln lassen? Du siehst doch gar nichts mehr, so kaputt ist die.«

»Ich mag die Splitter und die Risse. Alles muss heutzutage glatt sein. Meine Beine dürfen keine Haare haben, mein Telefon darf keine Kratzer haben, ein Mensch darf keine Ecken und Kanten haben, Gespräche müssen ohne Aufregung ablaufen. Bloß keine Angriffsfläche bieten, schön abrutschen. Aber keiner denkt daran, dass man eben auch ausrutscht. Das Raue bietet Halt, das Glatte ist haltlos. Deutschland ist glatt, weißt du das? Deutschland hat man abgehobelt, und danach ist man noch mal mit Schmirgelpapier rübergegangen, bis nichts mehr zu sehen war: vom Bösen. Wenn man das Böse vollständig weghobelt, erwischt man auch lebenswichtige Eigenschaften, die gar nicht böse sind. Das Eckige, das Kantige oder das Schräge zum Beispiel. Eben das andere. Siebzig Jahre haben sie versucht, den Krieg und das alles wegzuhobeln und Sicherheit zu schaffen. Und was kommt dabei heraus? Dass sich die Menschen in Berlin am allerliebsten über den neuesten Nike Sneaker unterhalten und die Menschen in Bottrop über den Sonntags-»Tatort«. Das ist alles, was sie haben. Das ist alles, was übrig geblieben ist. Sneaker und der »Tatort«. Es ist nicht auszuhalten. Es ist ekelhaft. Ich werde verrückt dabei. Und du? Wie geht's dir? Ach, ich hab mir gerade diesen geilen Sneaker in der limited sowieso Edition geholt und gestern Abend den »Tatort« geschaut. Braindead nenne ich das. Ein Land voller Zombies. Bloß nicht aus der Reihe tanzen, bloß nicht mal was Verrücktes sagen. Bloß keine Fisimatenten. Immer schön in der Spur bleiben. Was uns jetzt noch fehlt, ist die Spur verlassen. Nie wieder die Spur verlassen! NIE WIEDER! Was ich an Israel immer geliebt habe, ist, dass sich hier niemand erlauben kann, braindead zu sein, weil man ununterbrochen einer existentiellen Gefahr ausgesetzt ist. Lieber Raketen als Zombies, Shlomo. Ehrlich. Lieber Raketen als Zombies. Hier ist noch Leben, hier hört man noch Herzschlag, hier gibt es noch Zerrissenheit und das Raue.

Nichts ist glatt. Alles uneben. Hier kann man Halt finden und sich weh tun an den Unebenheiten. Wo keine Verletzung mehr geschieht, da hat man das Leben abgesaugt. Verletzung ist Leben. Es gibt da diese Stelle in Nietzsches Zarathustra, die Stelle ist richtig gut, warte, ich such sie schnell, ich hab sie in meinen Notizen auf dem iPhone. Das hat er 1886 geschrieben, dieser Hellseher.

Seht! Ich zeige euch den letzten Menschen. ›Was ist Liebe? Was ist Schöpfung? Was ist Sehnsucht? Was ist Stern?‹ – so fragt der letzte Mensch und blinzelt.

Die Erde ist dann klein geworden, und auf ihr hüpft der letzte Mensch, der alles klein macht. Sein Geschlecht ist unaustilgbar wie der Erdfloh; der letzte Mensch lebt am längsten.

›Wir haben das Glück erfunden‹ – sagen die letzten Menschen und blinzeln.

Sie haben die Gegenden verlassen, wo es hart war zu leben: denn man braucht Wärme. Man liebt noch den Nachbar und reibt sich an ihm: denn man braucht Wärme.

Krank-werden und Mißtrauen-haben gilt ihnen sündhaft: man geht achtsam einher. Ein Thor, der noch über Steine oder Menschen stolpert!

Ein wenig Gift ab und zu: das macht angenehme Träume. Und viel Gift zuletzt, zu einem angenehmen Sterben.

Man arbeitet noch, denn Arbeit ist eine Unterhaltung. Aber man sorgt, daß die Unterhaltung nicht angreife.

Man wird nicht mehr arm und reich: beides ist zu beschwerlich. Wer will noch regieren? Wer noch gehorchen? Beides ist zu beschwerlich.

Kein Hirt und keine Heerde! Jeder will das gleiche, Jeder ist gleich: wer anders fühlt, geht freiwillig ins Irrenhaus.

Ich wollte mir mit zwanzig ›Pain‹ auf den Nacken tätowieren lassen, und ein Freund sagte damals, das ist doch bekloppt, das wird dich dein ganzes Leben begleiten. Heute kann ich sagen, das Motto gilt immer noch, auch wenn ich froh bin, nicht tätowiert zu sein.«

»Ich würde dir gerne ein Kind machen.«

»Ich würde jetzt gerne einen Ananas-Orange-Juice von meinem Lieblingsladen holen, auch wenn das ein Umweg ist, und dann mit dir Hand in Hand die Rothschild bis zum Rabin Square runterlaufen.«

»Deal.«

»Coolio.«

Gegen zwanzig Uhr kamen Lola und Shlomo am Rabin Square an. Die Luft war immer noch feucht und heiß. Rund fünfhundert Leute hatten sich vor der Bühne versammelt, hinter der ein langes Banner angebracht war: »Artists against war«. Rechts von der Bühne das Rathaus im Stil des Brutalismus, links die abgesperrte Gegendemonstration mit fünf Teilnehmern, die die israelische Flagge schwenkten. Die Hysterie, die in den letzten Tagen verbreitet wurde, der Rechtsradikalismus in Israel sei nicht zu stoppen und linke Demonstranten würden körperlich angegriffen, war gegenstandslos. Eine wilde Meinungsmache, die in Europa das positive Bild Israels trüben sollte. Genauso wie man Amira Hass und Gideon Levys kritische Artikel benutzte, um zu beweisen, wie selbst in Israel die Besatzung verurteilt wurde. Nicht, um damit ein pluralistisches Israel zu zeigen, sondern um den Juden vor den eigenen ideologischen Karren zu spannen. Wenn der

Jude selbst Israel harsch kritisiert, dann dürfen wir es auch. Antisemitismus mit jüdischem Schutzschild. Überall hatte man sie während des Gaza-Krieges ausfindig gemacht, diese Juden, die die Besatzung verurteilten. Man zerrte sie in Deutschlands Talkshows und auf Deutschlands Bühnen. Wenn wir Israel schon nicht kritisieren dürfen, dann holen wir uns einfach ein paar Juden, die das für uns erledigen, hatte sich Deutschland in dieser Zeit gedacht, und Lola dachte daran, wie man in den KZs jüdische Aufseher hatte und Juden, die die Gräber aushoben.

Auf der Bühne spielte eine Band und sang hebräische Lieder. Shlomo übersetzte ab und zu, was er hörte, aber Lola sagte: »Musst du nicht. Ich kann schon erahnen, worum es geht, und wenn nicht, dann ist das auch okay«, und dabei stellte sie sich auf die Zehen und streichelte ihm über den Kopf. Zwischen den Songs, Gedichten und Texten lasen ein Mann mit einer Hornbrille und eine Frau mit einem kahlgeschorenen Kopf nacheinander die Namen aller getöteten Gazans vor. Diese Pausen, die sich dem Erinnern widmeten, diesem im Judentum tief verankerten Brauch, dauerten mehrere Minuten. Menschen weinten, und auch Lola und Shlomo liefen die Tränen an den Wangen herunter. Vom Meer wehte eine Brise salziger Luft über den Platz, die Bäume und Palmen, die sich über das gesamte Gelände erstreckten, bewegten sich im Rhythmus des Windes und machten Geräusche mit ihren Blättern.

Zu viele tote Menschen, zu viele Namen. Was bleibt, ist die Erinnerung. Das haben die Deutschen immer missverstanden und tun es auch noch heute. Den Überlebenden ging es nie darum, Schuldgefühle auszulösen oder den gemeinen Deutschen auf alle Zeit zu verdammen, sondern an die Toten zu erinnern. Es ist das Eingedenken, dieses Erinnerungsgebot zwischen Gott und den Menschen, das das Judentum und seine Tradition prägt. Die Deutschen kennen kein Eingedenken, auch weil es zwischen Gott und den Menschen im Christentum gar keinen Dialog gibt. Alles vergessen. So schnell wie möglich. Alles weghobeln. Alles glattschmirgeln. Aber zu erinnern bedeutet, in Einklang mit der Vergangenheit, der Gegenwart und der Zukunft zu leben. Zu erinnern bedeutet, zu verstehen, dass wir Gewordene sind, dachte Lola, während ihr Kopf an Shlomos Brust lehnte und kleine salzige Tropfen von der salzigen Luft getrocknet wurden und nur noch feine Kristalle auf ihrer Haut zurückließen.

———————— 9

Als Lola aufwachte, war es fast Mittag. Um halb drei in der Nacht waren sie und Shlomo durch den Raketenalarm geweckt worden. Anschließend hatten sie beide für fast zwei Stunden nicht mehr einschlafen können, und Lola hatte das erste Mal daran gedacht, ihre Sachen zu packen. Einfach abhauen, hatte sie gedacht. Diesen Scheißkrieg hinter sich lassen. Es war schließlich nicht ihr Krieg. Sie hatte die Schnauze voll von den Sirenen und den *Booms* und vor allem von den Phantom-Sirenen und den Phantom-*Booms*, die einen über den Tag begleiteten. Ob es die Katze war, die auf eine Mülltonne sprang, oder der Alarm an einem Auto – Lola zuckte zusammen. Alle zuckten zusammen. Alle hörten diese Phantom-Sirenen und Phantom-*Booms*. Und alle waren müde, kaputt, krank und erschöpft. Dieser Krieg hielt das Leben auf, obwohl das Leben ganz normal weiterzugehen schien. Arbeiten, einkaufen, Freunde treffen, die Kinder in den Kindergarten bringen, Schabbat-Dinner mit den Eltern. Weitermachen. Aufstehen, Arbeit, Bombenkeller, Arbeit, einkaufen, Alarm, Bombenkeller, einkaufen. Weitermachen.

Lola öffnete ihre Augen und sah Shlomos Brusthaare vor sich. So nah, dass sie die Poren erkennen konnte, aus denen die einzelnen Haare wuchsen, manchmal zwei oder drei Haare aus einer Pore. Es waren dicke schwarze Haare, die sich kringelten. Manche waren extrem lang, fast schon zu lang für Brusthaare, und manche waren noch ganz klein und vor wenigen Wochen erst entstanden, dünner als die älteren Haare, und alle diese Haare mit ihren unterschiedlichen Lebenszeiten lebten gemeinsam auf Shlomos Brust. Lola griff nach ihrer Kamera auf dem Nachttisch. Das Makroobjektiv war noch aufgesetzt, und sie machte ein Foto von diesem Brusthaardorf, wo alle Haare – waren sie noch so unterschiedlich – zusammenlebten, nicht wegkonnten und miteinander klarkommen mussten. Dann legte sie die Kamera zurück auf den Nachttisch, rutschte tiefer, zu Shlomos Bauch runter und zu seinem Penis. Er war dunkler als deutsche Penisse, und keine Vorhaut versteckte die Eichel. Er war klein und ein bisschen schrumpelig, so wie Penisse eben aussehen im nicht-harten Zustand, und dann nahm Lola Shlomos Penis in den Mund, um ihn aus diesem schrumpeligen Zustand zu befreien und ihn so schön zu machen, wie er eben sein konnte, sobald er hart wurde. Shlomo stöhnte und wachte nur bedingt auf, und als er kam, schlief er sofort wieder fest ein, und Lola stand leise auf.

Nachdem sie geduscht und sich einen Kaffee gemacht hatte, nahm Lola ihre Kamera und ihr MacBook und setzte sich auf den Balkon. Jeden Morgen, seit Lola in Tel Aviv gelandet war, wenn sie sich verschlafen in den ausgeblichenen Liegestuhl setzte, die Beine auf die alten Boxen legte, die, neben dem Mosaiktisch, als weitere Beistelltische dienten, auf den Schaum schaute, den die Wellen gegen den Strand drückten, fühlte sie sich, als wäre sie gerade erst angekommen. Es war nicht so, dass ihre Erinnerung an die letzten Tage und Wochen verblichen wäre, sondern als hätten diese Ereignisse ohne ihre Anwesenheit stattgefunden. Als wäre sie – sechs Wochen nach ihrer Ankunft – körperlich nicht anwesend gewesen. Lola klappte ihren Rechner auf. Neun ungelesene Mails: acht Newsletter und eine Mail von Petra. Petra und Lola schickten sich maximal eine Mail pro Monat und sahen sich einmal im Jahr. In ihren Mails phantasierte Petra meistens von einer Mutter-Tochter-Beziehung, von Sommernächten, in denen Petra mit Lola in irgendeinem teuren und hippen Lokal in Hamburg Cocktails schlürfen würde, von gemeinsamen Beauty-Behandlungen und Shoppingtouren. Lola erfüllte keine dieser Phantasien, sondern stimmte lediglich einem Abendessen oder einem Kaffee zu, die abwechselnd in Hamburg und Berlin stattfanden. Sie öffnete die Mail mit der Betreffzeile »Na, wie geht es dir?«.

Hallo, liebe Lola,
wie ergeht es dir? Bist du ein bisschen in Urlaubsstimmung, trotz der Situation? Und triffst du dich eigentlich mit Lomo?
Man hat letzte Woche ja den Flughafen geschlossen. Ich hatte gleich vermutet, dass die ganze Sache akuter ist als in der Vergangenheit. Die Stimmung wird immer schlechter und die Beteiligten immer verrückter. Der israelische Botschafter hat vor ein paar Tagen im Morgenmagazin auch keine gute Figur gemacht. Wer, wenn nicht er, sollte mit Diplomatie und Verstand in den Medien für Aufklärung und Verständnis sorgen. Diese Chance hat er leider nicht genutzt. Beide Seiten sind sich schon viel zu ähnlich. Das macht mir Sorgen.
Mein Sommerurlaub ist nun vorbei. Die Temperaturen in Hamburg sind wie bei dir. Als ich Sonntagnacht nach Hause gekommen bin, hat mich fast der Schlag getroffen. 29,5° im Haus.
Ich verstehe wirklich nicht, was du in diesem Land machst. Willst du nicht wieder zurück nach Berlin? Deine schöne Wohnung vermisst dich bestimmt.
Deine Petra

Lola wusste nicht, ob sie lachen oder weinen sollte, und so war es bei jeder Mail, die Petra ihr schickte. Wenn Lola gut drauf war und ganz viel Kraft hatte, ignorierte sie alles, was Petra geschrieben hatte, und erzählte kurz, was bei ihr so passierte. Wenn Lola nicht gut drauf war und keine Kraft hatte, reagierte sie auf alles, was Petra geschrieben hatte, und antwortete mit langen Mails, die einen giftigen Unterton hatten und auf die Petra dann wiederum nicht reagierte. Weil Lola durch den Krieg extrem kraftlos geworden war, begann sie, Petra zu erklären, dass die Schließung des Flughafens rein politische Gründe gehabt hatte und Israel unter Druck setzen sollte, die Bodenoffensive zu beenden. Dass die Schließung rein gar nichts mit irgendwelchen Sicherheitsvorkehrungen zu tun hatte und dass Petra dringend gute Zeitungen lesen sollte, in denen klügere Sachen standen, als man sie im Fernsehen hörte. Sie schrieb Petra, wie geschockt sie über die Demonstrationen in Berlin und anderen deutschen Städten sei, bei denen offen »Hamas, Hamas, Juden ins Gas« skandiert wurde, und wie entsetzt, dass man in Paris Synagogen anzündete. Dass das so schrecklich sei, dass sie sich wieder sicher in Israel fühlte, sicherer jedenfalls als in Berlin, schrieb sie ihr, und dass sie dieses Gefühl wiederum noch verstörter machte, weil es ihr schließlich die letzten zwei Jahre schon so ergangen war, seit dem Hitlerbartvorfall. Es komme jetzt irgendwie genau so, wie Hannah es vorausgesagt habe, und dass es eben doch so sei, dass hinter der Israelkritik oft Antisemitismus stecke, und dass das nun niemand mehr leugnen könne, was Lola wiederum irgendwie erleichtere. Und dann erklärte sie Petra, dass Lomo eigentlich Shlomo hieß, verabschiedete sich ruppig und drückte »Senden«, woraufhin sie sich noch erschöpfter fühlte als vor dem Schreiben der Mail. In dem Moment kam glücklicherweise Shlomo mit einer Boxershorts bekleidet auf den Balkon, legte Lolas Rechner zur Seite, hob sie hoch, setzte sich auf den Liegestuhl und Lola auf seinen Schoß. Er hielt Lola seine Handflächen hin, Lola nahm ihre Hände hoch und drehte sie Shlomo zu, und sie spielten dieses Spiel, das sie in den letzten Wochen immer wieder gespielt hatten. Shlomo und Lola riefen gleichzeitig:

»From the river to the sea«, und schlugen die Handflächen zusammen und überkreuz aufeinander, und Shlomo sagte: »Palestine will be free«, und Lola: »Israel will be free«. Dann fingen sie von vorne an, und Shlomo sagte: »Israel will be free«, und Lola: »Palestine will be free«. Das konnten sie minutenlang wiederholen und taten es an diesem Morgen des 1. August so lange, bis Lolas Telefon klingelte und ihre Großtante anrief, mit der sie niemals gerechnet hatte. Rahel war die Schwester von Gershom, mit der Lola eigentlich kaum etwas zu tun hatte. Umso mehr wunderte sie der Anruf, also unterbrach sie das Aufsagen des Verses und klatschte nur noch mit einer Hand auf Shlomos, der immer wieder leise »From the river to the sea, Palestine will be free« sang.

»Rahel, wie geht es dir?«

»Es geht so. Lola. Ich mache es jetzt kurz.«

»Okay.«

»Dein Großvater ist heute Nacht gestorben. Die Nachbarin hat ihn gerade gefunden, und die Ärzte sagen, es war eine Herzattacke. Wahrscheinlich der Raketenalarm heute Nacht. Wir haben alles organisiert. In einer Stunde ist die Beerdigung. Vor Schabbat muss er in der Erde sein.«

»Was ist mit Hélène?«

»Ich habe sie angerufen. Sie kann nicht vor Dienstag kommen, und wir können nicht warten. Der Körper muss in die Erde. Ich schicke dir die Adresse. Bis gleich.«

»Bis dann«, sagte Lola. Sie legte ihr Telefon auf eine Box, begann in die Hände zu klatschen und rief: »From the river to the sea«, und Shlomo stimmte mit ein: »Palestine will be free.«

10

Eine geöffnete Schmuckschatulle stand neben der Tupperware mit Tahini. Lola saß im Garten am Esstisch und zeichnete mit ihrem Zeigefinger das Blumenmuster der Tischdecke nach. Seit zwei Tagen gab es einen Waffenstillstand. Seit Gershoms Beerdigung. Die Luftfeuchtigkeit war an diesem Tag und auch an den nachfolgenden Tagen auf siebenundachtzig Prozent gestiegen. Lola wischte sich mit ihrem Handrücken den Schweiß über der Oberlippe weg. Vögel jagten sich durch die Orangen- und Mirabellenbäume. Die Tomaten hingen an den Stauden, und die Rosen blühten in Pink, Rot und Gelb. Alles war so wie immer – nur Gershom fehlte. Lola schob den Holzstuhl zurück, stand auf und rollte den grünen Wasserschlauch auseinander. Seit Donnerstag hatte hier niemand gegossen, und wenn auch in den nächsten Tagen niemand gießen würde, gingen alle Pflanzen ein, die Gershom so mühevoll angepflanzt hatte, dachte sie und drehte den Wasserhahn auf. Sie erinnerte sich daran, wie Hannah ihr immer erklärt hatte, dass man am Nachmittag nicht sprengen solle, weil die nassen Blätter von der Sonne verbrannt würden, also gab Lola sich viel Mühe, nur die Erde zu befeuchten. Eine rotweiße Katze sprang über den Zaun, rannte über den Rasen und setzte sich auf den Tisch. Sie beobachtete Lola bei ihrer Arbeit, und immer wenn Lola sich ihr vorsichtig näherte, machte sie einen Buckel und tat so, als würde sie gleich wegrennen.

Lola drehte den Wasserhahn zu, rollte den Schlauch ein und setzte sich zurück an den Tisch. Sie war am Morgen um sieben aufgestanden, um frisches Tahini für Gershom zu machen und war um neun im Haus angekommen. So blieben Menschen in Erinnerung, glaubte Lola. Sie kochte auch immer die Hühnernudelsuppe von Hannah. Im Winter mehrmals die Woche. Wer würde jetzt das ganze Tahini essen, fragte sie sich. Vielleicht müsste sie einfach damit anfangen, jeden Tag ein bisschen, bis es ihr schmecken würde.

Lola nahm erneut den Brief in die Hand, den sie in den letzten Stunden unzählige Male gelesen hatte und der neben achtzehn weiteren Briefen in Hannahs alter Schmuckschatulle lag. Die Tinte war an manchen Stellen verlaufen, aber man konnte alles erkennen. Sie faltete die vier Seiten auseinander, legte die Blätter in die richtige Reihenfolge und las laut:

Liebe Lola,
ich wußte, Du würdest den Pappkarton finden. Schon als Kind hast Du am allerliebsten in den Schränken und Schubladen nach Geheimnissen gesucht, um etwas Unglaubliches herauszufinden. Damals hast Du immer enttäuscht aufgegeben.
Ich wußte auch, Du würdest den Karton, den ich mit Deinem Namen versehen habe, öffnen, das verschlossene Kästchen entdecken und Dich an den Anhänger mit dem kleinen Schlüssel erinnern, den ich Dir zu Deinem achtzehnten Geburtstag geschenkt habe.
Es tut mir leid, Lola, daß wir beide nicht mehr da sind. Gershom wird mich sicher um einige Jahre überlebt haben. Er war immer viel robuster als ich. Du hast die verbliebene Zeit mit ihm hoffentlich genießen können. Wart ihr manchmal angeln, so wie ihr

es früher immer getan habt? Mir geht es immer schlechter, und ich weiß, daß der Krebs mich und nicht ich ihn besiegen werde. Das ist in Ordnung. Manchmal verliert man. Ich werde Gershom diese Kiste in die Hand drücken und ihm sagen: Die nimmst Du überall hin mit, gibst sie aber auf keinen Fall Lola, solange Du noch lebst, denn ich habe eine Überraschung für sie in der Schatulle versteckt, damit sie nicht so traurig ist, wenn wir beide gegangen sind. Du kennst Großpapa. Er wird mir sein Wort geben, und auf dieses Wort kann man sich verlassen. Immer.

Selbstverständlich hätte es sein können, dass Du die Kiste niemals finden wirst und irgendetwas passiert, das ich nicht absehen kann, aber auch das wäre in Ordnung gewesen. Ich wollte ein bißchen mit dem Schicksal spielen. Das habe ich immer getan. Und genau diese Eigenschaft wird nach meinem Tod, Simons und Dein Leben noch einmal verändern. Dafür möchte ich mich in aller Form entschuldigen. Auch das tut mir leid. Manchmal passieren im Leben die verrücktesten Dinge. Manchmal muß man bestimmte Sachen für eine lange Zeit geheimhalten, damit Menschen, die einem sehr nahestehen, nicht zu Schaden kommen. Du weißt besser als viele andere, wie das Leben spielt. Dir sind in Deinen jungen Jahren viele unglaubliche und auch schmerzliche Dinge widerfahren. Aber das hat Dich zu dieser willensstarken und tapferen Frau gemacht, die Du heute ganz sicher bist. Lieber so als anders, Lola. Vertrau mir!

Ich werde Dich nicht länger unnötig auf die Folter spannen. Du weißt ja einiges über mein Leben. Du weißt, daß ich 1930 in München geboren bin, Du weißt, daß wir viel zu lange in Deutschland geblieben sind, weil meine Eltern dachten, das wird schon wieder. Das war ein Irrtum. Du weißt auch, daß ich mit meinen Eltern und meinem älteren Bruder 1941 deportiert wurde, und Du weißt, daß ich die einzige bin, die überlebt hat. Als uns am 29. April 1945 die Amerikaner befreiten, lag ich – und das weißt Du nicht – längst unter einem Berg Leichen. Ich hatte mir das Fleckfieber geholt und war schon wochenlang vor der Befreiung so schwach, daß die SS mich ein paar Tage zuvor einfach aus meiner Baracke geholt hatte, weil man dachte, ich würde sterben. Ich wäre gestorben, hätte mich nicht ein amerikanischer Soldat gefunden. Dieser Soldat hieß Joshua Simon Katz. Er war einer von wenigen Juden in der 3. Brigade der 45. Infanterie-Division. Das war die Division, die uns befreit hat. Joshua war 19 Jahre alt und ich war 15. Nachdem er mich gefunden hatte, trug er mich ins Krankenhaus und besuchte mich jeden Tag. Jeden Tag, Lola. Viele Jahre schrieben wir uns Briefe: ich aus Berlin und er aus Atlanta. Ein Jahr bevor die Mauer gebaut wurde, besser gesagt Ende Mai 1960, besuchte mich Joshua das erste Mal in Berlin. Ich hatte Deinen Großvater zwei Monate vorher bei einem Konzert kennengelernt, und wir wußten beide sehr schnell, daß das etwas Ernstes mit uns werden würde. Zwei Juden in Ostberlin. Das war, als hätten wir gegenseitig die Stecknadel im Heuhaufen gefunden. Joshua war längst verheiratet und hatte drei Kinder, und weil ich Gershom nicht beunruhigen wollte, sagte ich ihm nichts von diesem Treffen und auch nichts von allen weiteren Treffen. Die zwei Wochen, die Joshua blieb, gehören zu den wichtigsten Wochen meines Lebens. Denn es war, als könnten wir für einen Augenblick eine Realität schaffen, die unsere Realität hätte werden können, wäre uns das Leben nicht dazwischengekommen. Ein bißchen mehr als zehn Tage, nachdem er abgereist war, merkte ich, daß ich schwanger war, also schlief ich das erste Mal mit Gershom, so daß er glauben würde, das Kind wäre von ihm. Er hätte mich doch sonst nie *geheiratet, Lola. Du wirst mich verstehen. Du wirst verstehen, wie anders das Leben als Frau damals war. Zwei Jahre später bekam ich Hélène, und danach fühlte es sich so an, als wären wir eine richtige Familie.*

Ich habe niemandem jemals davon erzählt. Nicht Joshua, nicht Gershom, nicht Hélène, nicht Simon, niemandem. Joshua ist vor zehn Jahren gestorben. Ein Unfall. Seine Frau schrieb mir eine kurze Nachricht, weil sie wußte, wie nah wir uns viele Jahre gestanden haben.

Oft habe ich mit mir gerungen, Gershom alles zu erzählen. Als die Kinder aus dem Haus waren und Du aus dem Haus warst und Joshua tot, aber wozu? Wozu das alles erzählen? Gershom war ein guter Vater und ein guter Großvater, ein guter Ehemann und ein treuer Freund. Warum das alles kaputtmachen? Warum einem alten Mann so weh tun?

Jetzt wirst Du Dich fragen, warum ich Dir das alles erzähle. Weil ich weiß, daß Du es gewollt hättest. Weil ich weiß, wie neugierig Du schon immer warst. Und weil ich mich damals, als Du in den Schubladen und Schränken wühltest, immer fragte, woher Du dieses Gespür hattest? Du wußtest, daß es etwas herauszufinden gab. Du wußtest, daß in diesen Schränken und Schubladen ein Geheimnis verborgen war. Im Leben kommt es nur auf eine Sache an, Deinem Gespür zu vertrauen. Immer. Vertrau auf nichts anderes. Geh durch Wände. Klettere über Mauern. Spring von Klippen. Hör nicht hin, wenn Dich jemand aufhalten will. Wenn Dein Gespür Dir etwas sagt, dann hör zu!

Was Du mit den Briefen machen wirst, überlasse ich Dir, Lola, und auch, ob Du Simon davon erzählen willst. Ich vertraue Deinem Gespür. Du wirst das Richtige tun. Du hast immer das

Richtige getan. Ich weiß es, auch wenn ich Dich so viele Jahre nicht begleiten konnte!
Bitte verzeih mir. Bitte verzeih, daß ich es nicht früher sagen konnte.
Ich liebe Dich!
Deine Omama

Lola legte die Briefe in die Schatulle zurück, steckte die Schatulle in ihre Tasche und brachte das Tahini in die Küche. Dann ging sie in das kleine Zimmer, das eigentlich Hannahs Zimmer war, weil dort alle ihre Sachen standen. Gershom hatte sie bis nach Israel mitgenommen und nichts weggeworfen, das Hannah jemals besessen hatte. Lola setzte sich auf den Hocker, der vor Hannahs Sekretär stand, schloss die Schublade, in der sie den Pappkarton gefunden hatte. Sie atmete tief ein und versuchte, den Geruch aller Möbel und Gegenstände aufzusaugen, so dass sie ihn nicht vergessen würde. Sie schloss die Tür hinter sich und ging in Gershoms Schlafzimmer, krabbelte auf das Bett, auf dem die beige Tagesdecke lag, die sie schon seit ihrer Kindheit kannte. Sie breitete ihre Arme und ihre Beine aus, schloss die Augen und atmete erneut tief ein, um sich den Geruch von Gershom merken zu können. Lola ging zurück in die Küche, stellte das Tahini in den Kühlschrank, öffnete die oberen Schranktüren des Büfetts und nahm auch hier einen Atemzug. Dann griff sie nach ihrer Tasche, ging ins Wohnzimmer, setzte sich auf Gershoms Sessel, spielte die Partie Schach zu Ende, die er vor seinem Tod begonnen hatte, ließ Hannah gewinnen und ging.

Hélène würde am nächsten Tag anreisen und die drei

Wochen Urlaub, die sie sich genommen hatte, nutzen, um das Haus auszuräumen und das Leben zweier Menschen in Kisten zu packen und abholen zu lassen. Sie würde das leere Haus verkaufen, das eingenommene Geld mit Simon teilen, und beide würden es für irgendetwas Lapidares ausgeben. Ein neues Auto für Hélène, ein neues Dach für das beschissene Haus in Simons beschissenem australischen Dschungel. Das war das Ende. Das Ende von Hannah und Gershom.

Lola wartete auf dem Gehweg vor Shlomos Haus. Sie saß auf den Treppenstufen und starrte in den Himmel, der sich lila-rot verfärbte. Gleich würde es dunkel werden. Stockduster. Im Hausflur ging das Licht an, und Lola hörte, wie Shlomo die Treppen herunterrannte. Er setzte sich neben sie, gab ihr einen Kuss auf den Mund, schaute sie an und sagte: »Ist alles in Ordnung? Du siehst blass aus.«

»Der Waffenstillstand setzt mir zu.«

»Jetzt mal ehrlich, ist alles in Ordnung?«

»Ja, ja, alles in Ordnung. Es ist die Hitze.«

»Ab morgen soll die Luftfeuchtigkeit runtergehen, und dann fühlt es sich sofort kühler an. Wollen wir los?«

»Klar, lass uns gehen.«

»Jalla!«

Shlomo legte seinen Arm um sie, und Lola hielt sich an seinem T-Shirt fest. Sie spazierten durch sein Viertel, überquerten die Yehuda Halevi und den Rothschild Boulevard. Von dort aus waren es nur wenige Meter bis zum Restaurant. Das *Café Noir* erinnerte Lola an das *Borchardt*. Die Einrichtung. Die Speisekarte. Alles schien identisch zu sein. Eine Hostess empfing die beiden am Eingang, und als Lola mitbekam, dass Shlomo einen Tisch im Restaurant und nicht draußen reserviert hatte, wurde sie ärgerlich.

»Ich verstehe nicht, wieso du drinnen einen Tisch reservierst. Wollte ich jemals schon mal irgendwo drinnen sitzen? Es ist wie in einem verdammten Eisfach hier in geschlossenen Räumen. Hätte ich das gewusst, hätte ich mir eine Daunenjacke mitgenommen.«

»Jetzt werd nicht gleich böse. Ich frag nach, ob wir draußen einen Tisch bekommen können.«

»Es ist zwanzig Uhr an einem Sonntag. Wir kriegen nirgendwo einen Tisch.«

Lola hatte recht. Alle Tische auf der Terrasse waren belegt oder reserviert, also wurden Shlomo und sie die kleine Treppe zur Galerie des Restaurants hochgeführt und nahmen an einem Fenstertisch Platz, der eigentlich der schönste Tisch des Restaurants war.

»Frierst du schon?«, fragte Shlomo.

»Nein, noch nicht, aber ich sag dir Bescheid. Vielleicht bestellen wir einfach sofort eine Flasche Rotwein.«

»Welchen möchtest du?«

»Haben die auch eine Karte auf Englisch?«

»Warte, ich besorg dir eine.«

Shlomo rief einer Kellnerin zu, die gerade am Tisch vorbeilief: »Slicha, efshar tafrit be'anglit?«, und sie brachte Lola eine englische Weinkarte.

»Lass uns den Shiraz nehmen, Shlomo. Magst du Shiraz?«

»Ich mag eigentlich lieber Bordeaux, aber wir können den Shiraz nehmen.«

»Dann lass mich doch ein Glas Shiraz nehmen, und du nimmst den Bordeaux.«

»Nein, nein. Ist in Ordnung. Wir nehmen den Shiraz.«

»Wieso denn? Wenn du lieber einen anderen Wein möchtest, dann nimm doch einfach den Wein, den du willst.«

»Lola, ich möchte jetzt diese Flasche Shiraz bestellen und dann gleich noch eine, wenn du so weitermachst.«

»Wie mache ich denn, Shlomo?«

»Wir sollten auf die Toilette gehen und Sex haben, damit die Stimmung besser wird.«

»Eine sehr gute Idee. Viel besser, als einen Tisch drinnen zu reservieren.«

»Manchmal habe ich auch gute Ideen.«

»Können wir während des Essens einfach schweigen? Einfach mal nichts sagen.«

»Vielleicht sind wir so ein Kriegspärchen, Lola?«

»Was ist ein Kriegspärchen?«

»Na, wir brauchen irgendeine Extremsituation. Wenn alles in Ordnung ist, haben wir uns nichts mehr zu sagen.«

»Wieso glaubst du, dass alles in Ordnung ist?«

»Siehst du.«

»Okay, du meinst den Waffenstillstand. Vielleicht haben wir Glück, und er wird in ein paar Tagen gebrochen. Wir hatten noch nicht mal Sex während des Alarms.«

»Stimmt. Wieso eigentlich nicht?«

»Keine Ahnung.«

»Hat deinem Großvater eigentlich das Tahini geschmeckt?«

»Er hat gesagt, das von letzter Woche war besser.«

»Das tut mir leid.«

»Passiert. Man kann nicht immer gewinnen.«

»Ich würde ihn wirklich gerne kennenlernen, deinen Gershom.«

»Er mag keine Lefties.«

»Ist das dein Ernst?«

»Das ist vor allem sein Ernst. Als ich bei ihm war, während die Jungs noch verschwunden waren, hatten wir eine schreckliche Diskussion. Ich dachte immer, ich wäre ein Right-Winger.«

»Du bist kein Right-Winger.«

»Was bin ich dann?«

»Du bist vielleicht ein softer Left-Winger.«

»Und du bist ein radikaler Left-Winger.«

»Genau.«

»Na ja, Gershom mag keine radikalen Left-Winger. Er mag keine radikalen Right-Winger. Er mag gar nichts, was radikal ist.«

»Wir reden einfach nicht über Politik.«

»Als ob das ginge. Als ob es in diesem Land ginge, nicht über Politik zu reden.«

»Ohhh, und wie das geht. Warte mal ab. Wenn der Waffenstillstand anhält, erinnert sich kein Mensch mehr an den Gaza-Krieg.«

»Das ist doch jetzt schon so. Alle so: ›Hä? Wie, Krieg? Was, Gaza? Noch nie gehört. Palästinenser? Hmmm. Weiß ich jetzt auch nicht.‹ Wie in einem Albtraum.«

»Siehst du. Ohne Politik geht ganz einfach.«

»Aber das ist ja nicht unpolitisch. Im Gegenteil, das ist

doch hochpolitisch. Das ist aktive Verneinung. Unpolitisch ist Deutschland. Israel ist nicht unpolitisch.«

»Es gibt eine große Tradition in Israel, sich über sehr seichte Sachen zu unterhalten. Ich glaube, das weißt du nicht so wirklich, weil du eben kein Hebräisch sprichst. Ist ja nicht schlimm.«

»Vielleicht habe ich auch nur mit den falschen Leuten zu tun.«

»Wann treffen wir jetzt deinen Großvater?«

»Irgendwann. Ich frag ihn mal.«

Als das Essen kam, war Lola froh, nicht mehr mit Shlomo sprechen zu müssen. Sie stocherte im Kartoffelpüree und knabberte am Schnitzel. Shlomo hatte dasselbe bestellt. Und während sie ihm beim Essen zuschaute, machte sie jede seiner Gesten und seine Mimik aggressiv. Selbst die Flasche Rotwein, die Shlomo und Lola langsam leerten, brachte keine Besserung.

»Wieso haben wir eigentlich dasselbe Essen auf dem Teller?«

»Ich verstehe die Frage nicht, Lola.«

»Warum musstest du dasselbe bestellen wie ich? Kannst du keine eigenen Entscheidungen treffen?«

»Ich antworte dir auf solche Fragen nicht.«

»Du antwortest mir auf eine Menge Fragen nicht.«

»Auf welche Fragen habe ich dir nicht geantwortet?«

»Ob du schon mal jemanden sehr verletzt hast.«

»Ich habe ja gesagt.«

»Aber du hast nicht erzählt, was passiert ist.«

»Ich wollte es einfach nicht erzählen.«

»Willst du es jetzt vielleicht erzählen?«
»Nein.«
»Willst du es irgendwann erzählen?«
»Vielleicht.«
»War es schlimm? So richtig doll schlimm?«
»Bitte hör auf!«
»Sag schon! Wie schlimm war es auf einer Skala von eins bis zehn.«
»Eine Zehn.«
»Eine Zehn? Das ist natürlich krass, Shlomo. Eine Zehn. Eine Zehn ist eine Menge.«
»Ja, eine Zehn ist eine Menge.«
»Und was muss man so machen, um eine Zehn zu erreichen?«

»Es reicht, Lola!«, Shlomo haute mit den Fäusten auf den Tisch, dass das Besteck auf den Porzellantellern klirrte, und er rief der Kellnerin »Efshar chesh' bon!« zu. Dann gab er ihr seine Kreditkarte, und Lola sagte sehr leise: »Ich glaube, mir geht es nicht gut.«

»Ich weiß. Ich bring dich jetzt nach Hause. Aber ich bleibe nicht bei dir.« Sie verließen, ohne miteinander zu sprechen, das Restaurant. Shlomo winkte ein Taxi ran, öffnete die Tür, damit sich Lola reinsetzen konnte, und fuhr mit ihr bis zu ihrem Haus. Er gab ihr einen Kuss auf die Wange, aber Lola zog sie weg, stieg aus dem Taxi und verabschiedete sich nicht. In der Wohnung übergab sie sich, drei Löffel Kartoffelpüree, die vier Stücke Schnitzel und der halbe Liter Shiraz landeten in der Toilette. Sie legte sich ins Bett, öffnete ihren Rechner und buchte einen Flug nach Bangkok.

11

Lola konnte nicht weinen. Sie konnte nicht lesen. Sie konnte keine Filme schauen. Sie konnte nicht liegen. Sie konnte nicht sitzen und auch nicht stehen. Sie konnte nicht träumen, nicht schlafen, nicht essen, nicht trinken, nicht vom Balkon aus Menschen beobachten, nicht denken, nicht nicht denken. Sie konnte absolut gar nichts. Das Einzige, was sie noch hatte tun können, war, am Morgen nach dem Schnitzeleklat eine Nachricht an Shlomo zu schicken: »Ich bin krank. Schalte jetzt das Telefon aus und erst wieder an, wenn es mir bessergeht. Bitte komm mich nicht besuchen.«

Ihr Kopf war mit Blei gefüllt, ihre Arme und Beine mit Beton. Wach zu sein war erschöpfend. Aber schlafen konnte sie nicht. Manchmal lehnte sie ihren Oberkörper über die Balkonbrüstung, weil sie das Gefühl hatte, sich aushängen zu müssen, jede Zelle ihres Körpers fühlte sich schrecklich schwer an.

Bevor sie die Telefonnummer eines Typen Anfang zwanzig namens Assaf wählte, der ihr wenige Wochen zuvor am Rothschild Boulevard einen Zettel mit seiner Nummer in die Hand gedrückt hatte, probierte sie verschiedene Dinge, um sich wieder normal zu fühlen. Sie hörte traurige Musik, ohne weinen zu können. Sie las etliche Bücher, ohne am Ende zu wissen, worum es eigentlich gegangen war. Sie sah sich Fotos an, die sie im Laufe der letzten Jahre von Gershom gemacht hatte, aber das dumpfe Gefühl in ihrer Brust verschwand nicht.

Der Waffenstillstand hatte nur zehn Tage angehalten,

und als die erste Rakete gegen dreiundzwanzig Uhr auf Tel Aviv abgefeuert wurde, saß Lola an der Theke, an der Assaf arbeitete, und trank Wodka-Martini. Sie trank Wodka-Martini, obwohl sie das dreizehn Jahre lang nicht getan hatte. Als Hannah gestorben war, hatte sie exakt sechs Monate lang jeden Abend Wodka-Martini getrunken, bis sie irgendwann umgefallen war.

Assaf hatte kurzgeschorene schwarze Haare. Seine Augen waren braun. Seine Zähne schneeweiß. Wenn er ihr irgendetwas auf Englisch erzählte, stellte sie sich vor, wie sie ihren Zeigefinger auf seine Lippen legen und zu ihm sagen würde: »Bitte nicht sprechen.« Und aus irgendwelchen Gründen war er dann auch ruhig. Als Assaf irgendwann morgens die letzten Gäste rauswarf, konnte Lola ihn nur noch erkennen, wenn sie sich ein Auge zuhielt, ließ sich aber nichts anmerken.

»Was machen wir?«, fragte er, und Lola zog den Slip unter ihrem Rock aus, ohne dabei vom Barhocker zu fallen, und legte ihn vor Assaf auf den Tresen.

»Ich gehe rüber zu diesem Tisch, lege mich auf die Tischplatte, und du penetrierst mich so hart, wie du kannst. Das machen wir jetzt. Zwischendurch haust du mir auf den Hintern, so doll, bis er langsam blau wird, und ziehst an meinen Haaren, bis du denkst, du reißt sie aus.«

»Du magst es hart, oder?«, fragte er und zwinkerte mit seinem rechten Auge.

»Ab jetzt wird nicht mehr gesprochen. Okay?«, lallte Lola, sprang vom Hocker, hielt sich am Tresen fest, um nicht umzuknicken, und balancierte auf ihren schwarzen High Heels zu einem Tisch, der am Fenster in der Ecke stand und von dem aus sie die Washington Street sehen konnte. »Okay«, rief ihr Assaf hinterher, und Lola registrierte, dass sie ihren Wodka-Martini vergessen hatte, wankte zum Tresen zurück, griff nach ihrem Glas und schwankte erneut zum Tisch. Sie stellte ihr Glas ab, beugte sich über die Tischplatte, schob ihren schwarzen Rock so weit hoch, dass man ihren Hintern sehen konnte, legte ihre rechte Wange auf das braune Holz und umklammerte mit der linken Hand das Glas. Und als plötzlich »Hey« von den *Pixies* aus den Boxen schepperte, wunderte sich Lola, dass der Song an dem Abend noch gar nicht gespielt worden war, schließlich lief kein Song öfter in Tel Aviv als »Hey« von den fucking *Pixies*. Lola lag auf der Tischplatte, beobachtete Assaf, wie er ein Glas mit einem Handtuch abtrocknete, und setzte dann bei »Hey, been trying to meet you« ein. »Hey, must be a devil between us or whores in my head. Whores at my door. Whores in my bed. But hey, where have you been? If you go I will surely die. We're chained. We are chained«, sang Lola.

Als das Gitarrensolo einsetzte, ging Assaf auf Lola zu, und der Leadsinger wiederholte gefühlte einhundert Mal »We are chained«. Dann schob Assaf seinen harten Penis in sie, und während er sein Becken vor und zurück bewegte, sang sie die zweite Strophe »Uh said the man to the lady. Uh said the lady to the man she adored and the whores like a choir go Uh all night. And Mary ain't you tired of this? Uh is the sound that the mother makes when the baby breaks. We're chained. We're chained.« Dann kam er auch schon auf ihrem Hintern, und sie zog ihren Rock wieder runter, trank den letzten Schluck Wodka-Martini aus und ging durch die Tür, ohne sich noch einmal umzudrehen. Den Slip ließ sie einfach auf dem Tresen liegen.

Diese Aktion wiederholte sie etliche Male, mit Assaf, an unterschiedlichen Plätzen. Ihr Telefon schaltete sie nur ein, um ihm zu schreiben, wo sie sich treffen würden und wie er sie zu penetrieren hatte, dann schaltete sie das Telefon wieder aus. Die Orte wählte sie ohne Strategie. Manchmal aktivierte sie Google Maps, schloss ihre Augen und tippte auf den Bildschirm ihres Rechners. Als sie merkte, dass das Spiel ausgespielt war und es ein letztes Treffen geben würde, entschied sie sich für einen ganz speziellen Ort in der Yafo Street, im alten deutschen Viertel. Dort hatten die Templer gelebt, eine christliche Religionsgemeinschaft, die 1850 in Württemberg entstanden war, und vor siebzig Jahren hatten sie an ihren Häusern die Flagge des Dritten Reiches gehisst. Bei einem Essen mit Shlomos Freunden hatte Lola ein Foto an der Wand entdeckt, auf dem diese Flaggen 1933 in der Yafo Street an den Wohnhäusern zu sehen waren. Auch das hatte es in Israel gegeben: Naziflaggen in Tel Aviv.

Als Assaf zum letzten Mal auf ihrem Hintern kam, spürte Lola immer noch dieses dumpfe Gefühl in ihrer Brust. Ihr war von Anfang an klargewesen, dass die Treffen mit Assaf nicht helfen würden. Sie wusste, dass sie sich dadurch nicht besser fühlen würde, aber sie fühlte sich auch nicht schlechter.

Lola gab Assaf einen Kuss auf die Stirn, bevor sie sich umdrehte und hinunter zum Strand lief – vorbei an den Häusern, an denen Naziflaggen gehangen hatten und in denen heute billige Polyester-Mode verkauft wurde. Als sie mit ihren High Heels im klebrigen Sand versank, griff sie nach den Absätzen, zog die Schuhe von ihren Füßen und stapfte zum Meer. Der feuchte Wind wirbelte ihr Haar auf. Lola starrte auf die High Heels, die sie, bevor sie das erste Mal in Assafs Bar erschienen war, in einem der unzähligen Schuhläden in der Shenkin Street gekauft hatte, obwohl sie High Heels hasste. Und weil Shlomo High Heels genauso hasste, warf sie erst den einen Schuh mit sehr viel Schwung ins Meer und danach den anderen. Lola schaute nach Jaffa und auf die unzähligen Lichter, die die Altstadt und den Hafen beleuchteten, und weil sie eine angenehme Unruhe empfand, begann sie zu laufen.

Sie spürte ihre Zehennägel, unter denen sich der schlammige Sand sammelte. Sie spürte ihre Waden, an denen kalte Wassertropfen klebten. Sie spürte ihre Muskeln, in den Oberschenkeln und im Po.

Jeden Abend spazierte sie von der Geula Street nach Jaffa und wieder zurück. Und wenn sie danach erschöpft zu Hause ankam, fiel sie ins Bett und schlief ein. Während eines dieser Spaziergänge kam ihr die Idee, die Bilder, die sie im Sommer von Shlomo gemacht hatte, zu entwickeln und sie ihm anschließend zu zeigen.

Die Vormittage verbrachte sie von nun an in der Dunkelkammer. Ihr Telefon blieb ausgeschaltet. Es waren über dreißig Filme, die Lola entwickelte. Von den Kontaktbögen wählte sie die einzelnen Motive, langsam und gewissenhaft, aus und entwickelte dann die einzelnen Fotos, für die sie sich entschieden hatte. In der Dunkelkammer war es kühl. Und diese Kühle entspannte Lola. Die konzentrierte Arbeit entspannte sie. Die Dunkelheit entspannte sie. Der Entwicklungsprozess entspannte sie. In diesem Raum war es ihr möglich zu sitzen, zu stehen, zu träumen, zu denken, zu arbeiten. Zum allerersten Mal nach so vielen Wochen.

Zehn Tage dauerte es, bis sie dreiunddreißig Motive gefunden und entwickelt hatte. Dreiunddreißig Bilder, die nicht nur für diesen Sommer standen, sondern vor allem für Shlomos Vergangenheit. Lola hatte die möglichen Motive in ihrer Wohnung etliche Male in unterschiedlicher Anordnung auf den Boden gelegt, so, wie sie die Fotos in Shlomos Wohnung aufhängen wollte. Schließlich wollte sie eine Geschichte erzählen. Shlomos Geschichte. Aber es war auch eine Geschichte von Schuld und Verantwortung, von Vergessen und Erinnerung, von Frieden und Krieg.

Damit es perfekt werden würde, hatte sie, nachdem sie glaubte, die richtigen Bilder und ihre Reihenfolge gefunden zu haben, drei Tage gewartet, nichts verändert, um es sich erneut anzuschauen. Und als Lola am vierten Tag auf die am Boden verteilten Bilder schaute und immer noch zufrieden war, konnte sie sicher sein, dass nunmehr alles richtig war, dass alles endlich so war, wie sie es sich vorgestellt hatte.

Lola schaltete ihr Telefon ein und wählte Shlomos Nummer. Es klingelte acht Mal.

»Geht es dir besser?«

»Ja, viel besser.«

»Ich bin im Moment ganz schön beschäftigt. Heute Abend wird die Ausstellung eröffnet.«

»Ich will dich nicht aufhalten.«

»Tust du nicht. Willst du kommen? Ich würde mich freuen, wenn du kommst.«

»Darf ich kommen?«

»Ja, du darfst kommen.«

»Bis später.«

»Bis später, Lola!«

Fast drei Monate waren vergangen, seit sie in Tel Aviv gelandet war. Es war der 4. September 2014. Hinter Lola lag der Krieg und vor ihr Bangkok. Sie zog sich ein kurzes schwarzes Seidenkleid an und machte sich auf den Weg zu Shlomos Galerie. Sie kam eine Stunde nach Eröffnungsbeginn, ihr dunkelrotes Haar hing wellig in ihr Gesicht. An den Händen trug sie Hannahs Ringe. Hélène hatte Lola, kurz nachdem sie aus Barcelona angereist war, ins Haus bestellt und ihr angeboten, sich ein paar Sachen von Gershom und Hannah mitzunehmen. Lola hatte sich für Gershoms Angelausrüstung und Hannahs Schreibmaschine entschieden, und Hélène hatte ihr Hannahs Schmuckschatulle vors Gesicht gehalten und gesagt: »Los, greif rein! Nimm dir, was du haben möchtest. Ich habe mir meine Lieblingssachen schon ausgesucht.« Also hatte Lola einen großen, trapezförmigen Goldring mit einem Onyx, vier dünne Ringe ohne Stein und zwei Goldringe mit einem Brillanten und einer Perle herausgefischt. Keiner der Ringe hatte gepasst, aber Lola hatte sie zu einem Goldschmied gebracht und verkleinern lassen.

Lola war unwohl, als sie die Galerie betrat. Ihr war übel vor schlechtem Gewissen und weil sie Angst hatte, Shlomo würde ihr alles ansehen, was sie nicht gesagt, aber getan hatte. Der Raum war mit hippen Tel Avivis gefüllt, die an Plastikbechern nippten. Und obwohl kaum ein Durchkommen war, entdeckte Lola Shlomos wuscheliges Haar. Sie folgte diesem wuscheligen Haar, er stand mit Tamir, Dana und Sonnenbaum zusammen. Lola entdeckte auch Avi Schneebaum und Yaniv Eiger und alle anderen, die sie seit vielen Jahren kannte. Tamir stürmte auf sie zu und rief: »Die verschwundene Lola ist zurück! Die verschwundene Lola ist zurück!«

»Wir dachten alle, du wärst abgereist, ohne dich zu verabschieden«, sagte Dana.

»Nein, nein. Ich hatte eine komische Zeit.«

»Der Krieg. Das war bestimmt der Krieg«, rief Tamir.

»Kann sein. Der Krieg war schlimm.«

»Er war für alle schlimm.«

»Aber jetzt ist er vorbei, oder, Tamir?«

»Das weiß niemand. Wir haben ihnen einen Hafen versprochen, und wenn sie in vier Wochen diesen Hafen nicht bekommen, könnte es wieder losgehen.«

»Wir werden sehen.«

»Natürlich werden wir das. Shlomo, schau, Lola ist aufgetaucht«, er winkte Shlomo rüber.

»Es tut mir so leid«, sagte Lola sofort, als Shlomo auf sie zukam. Tamir bewegte sich halb tänzelnd zu Dana und ließ sie allein.

»Was machst du bloß für Sachen, Lola?«

»Ich mache komische Sachen, ja.«

»Gefällt dir die Ausstellung?«

»Ich glaube, sie gefällt mir. Ich hatte aber noch keine Zeit, alle Bilder von Yoram zu sehen. Ich fühle mich schrecklich. Das will ich dir nur sagen. Ich muss auch gar nicht lange bleiben.«

»Musst du nicht lange bleiben, oder willst du nicht lange bleiben?«

»Ich bleibe so lange, wie du das willst. Ich will nur keine Umstände machen. Meine Güte, ich fühle mich wie ein Kind, das von seinen Eltern ausgeschimpft wurde.«

»Aber ich habe dich ja gar nicht geschimpft.«

»Ich weiß. Vielleicht warte ich darauf.«

»Das wird nicht passieren, Lola. Du musst mit deinem Gewissen leben. Nicht ich. Das ist doch deine Theorie. Vielleicht tauche ich auch irgendwann in deinen Träumen auf. Als Hundekörper mit einem Shlomo-Kopf.«

»Wahrscheinlich.«

»Ich will, dass du bleibst, bis der letzte Besucher gegangen ist, und dann will ich, dass wir so was wie Liebe machen.«

»So was wie Liebe?«

»Ja, genau. So was wie Liebe.«

»Okay.«

Nach diesem Abend verbrachte Lola jede Nacht bei Shlomo. Tagsüber war sie zu Hause, traf Freunde oder bereitete ihre Abreise vor. Shlomo hatte wegen der Ausstellung eine Menge zu tun und saß die meiste Zeit in der Galerie, empfing Journalisten, gab Interviews und traf sich mit potentiellen Käufern.

Ohne dass sie Shlomo von Bangkok erzählte, buchte sie ihr Hotel in Chinatown. Ohne dass sie Shlomo davon erzählte, packte sie ihre Sachen in ihren Koffer. Ohne dass sie Shlomo davon erzählte, besuchte sie Gershoms Grab fast täglich. Hélène war abgereist und das Haus bereits verkauft. Wahrscheinlich schlief Simon längst unter seinem neuen Dach in seinem beschissenen Dschungel, dachte Lola immer dann, wenn sie einen weiteren Stein auf Gershoms Grabstein legte.

Sie schickte die Angelausrüstung und die Schreibmaschine an ihre Freundin Lisa nach Deutschland, weil Lisa die Einzige gewesen war, der sie von Gershom erzählt hatte und auch von allem anderen, was in den letzten Wochen passiert war. Bevor sie das Paket zur Post gebracht hatte, hatte sie mit der Schreibmaschine »Winternähe« auf ein weißes Blatt Papier geschrieben und dieses anschließend auf den Stapel Fotos gelegt, den sie in einer Schublade versteckt hatte.

Am Tag vor ihrem Abflug war sie noch schnell in das Fotogeschäft gefahren und hatte vierunddreißig Fotoklammern besorgt. Dreiunddreißig für die Bilder und eine für das Blatt. Lola hatte außerdem in einem Geschäft für Schreibwaren eine Rolle Schnur und Reißzwecken gekauft. Sie hatte ihre Wohnung geputzt, die Handtücher und die Bettwäsche gewaschen und ihren Koffer abreisebereit an die Tür gestellt. Danach fuhr sie zu Shlomo und kochte zum ersten Mal in seiner Wohnung. Spaghetti Bolognese. Sie stellte die Schüssel Pasta, zwei Gläser und zwei Flaschen Wein auf den großen türkisfarbenen Tisch auf seinem Balkon. Sie hatte eine Flasche Riesling und eine Flasche Bordeaux gekauft. Eine Flasche für Shlomo und eine Flasche für sich. Als er die Wohnungstür aufschloss und hereinkam, war es so wie an dem Morgen, nachdem sie von Oded erfahren hatte, wer er wirklich war. Sie beobachtete ihn mit derselben Intensität. Sie wusste, dass es der letzte Abend mit ihm sein würde und dass er sie vermutlich nie wiedersehen wollte.

Shlomo lächelte so, wie nur Shlomo lächeln konnte, und setzte sich an den gedeckten Tisch. »Lola wird jetzt also Hausfrau«, sagte er, und etwas in seiner Stimme klang so schrecklich friedlich und erleichtert, dass Lola schlecht wurde.

»Das kann ich dir nicht versprechen. Aber heute, jetzt, hier bin ich die, die du gerade vor dir siehst.«

»Das klingt aber schwermütig.«

»Ich bin ein bisschen schwermütig, ja.«

»Das ist nicht neu.«

»Ich weiß.«

»Aber, ich bin ja auch ein bisschen schwermütig.«

»Ich weiß, Shlomo. Ich weiß, dass du das bist.«

»Los, lass uns anstoßen.«

»Ja. Auf den Sommer, Shlomo.«

»Auf den Sommer«, sagte er, gab Lola einen Kuss, und die beiden Gläser klirrten beim Zusammenstoß.

»Ich würde dir gerne erzählen, wen ich verletzt habe, Lola.«

»Das musst du wirklich nicht.«

»Ich würde es aber gerne.«

»Nicht jetzt.«

»Wieso nicht jetzt?«

»Weil morgen besser wäre.«

»Das ist doch Quatsch, Lola.«

»Nicht jetzt.«

Lola knotete die Schnur an der Eingangstür fest, führte sie in jedes einzelne Zimmer. Manchmal überkreuzte sie zwei Fäden, manchmal schien es, als würde die Schnur im Nichts enden, um dann doch weiterzulaufen. Shlomo war am Morgen um acht aus dem Haus gegangen, und kurz darauf hatte Lola mit ihrer Arbeit begonnen. Nachdem die Schnur durch die gesamte Wohnung führte, befestigte sie daran die einzelnen Fotos. Diese Fotos erzählten die Geschichte, die Lola hatte erzählen wollen. Es war die Geschichte von Shlomo und seinem Schmerz.

Das erste Bild hing neben dem letzten Bild, weil der Anfang auch das Ende war. Und zwischen diesen klemmte sie abschließend den Zettel mit dem Wort »Winternähe«, das sie auf Hannahs Schreibmaschine geschrieben hatte. Shlomo würde nicht wissen, was dieses Wort bedeutet. Er würde danach googeln und es nicht finden, und dann würde er vielleicht jemanden fragen, der Deutsch sprach, und dieser jemand würde sagen: »Das Wort gibt es nicht. Es sind zwei Wörter. Eines bedeutet Winter und das andere Nähe. *Horef* und *kirva*.«

1

»WHAT THE FUCK, LOLA!« erschien auf ihrem iPhone-Display. Lola schaute aus dem Fenster auf die Rollbahn hinaus. Die Sonne ging unter. Wie oft in ihrem Leben hatte sie schon »Es tut mir leid« gesagt. Sie ahnte, dass mit jedem »Es tut mir leid« der Satz an Bedeutung verlor, bis er nur noch als Phrase hin und her geworfen werden konnte. Nicht dass Shlomo kein Recht auf eine Entschuldigung hätte, zum Beispiel dafür, dass Lola die gesamte Zeit von ihm und dem palästinensischen Jungen gewusst hatte und dass sie ihn mit dem Wissen darum einfach zurückgelassen hatte, ohne sich zu verabschieden, oder dass sie einfach untertauchte, ohne dass er wusste, wo sie war.

Lola schaltete ihr Telefon in den Flugmodus. Die zwei Plätze neben ihr waren immer noch frei, und ein sehr alter, sehr orthodoxer Jude diskutierte lautstark auf Englisch mit einer brünetten Stewardess darüber, dass er sich weigere, neben Lola Platz zu nehmen, obwohl ihm der Sitzplatz zugewiesen worden war. Hinter ihm und vor ihm standen weitere orthodoxe Juden, die sich wegen Plätzen neben weiblichen Fluggästen beschwerten, und die Flugbegleiter hatten allerhand zu tun, sich mit ihnen auf eine vernünftige Art und Weise zu einigen. Einer der jüngeren

Chassidim, der, anscheinend zu seiner eigenen Beruhigung, mit seinem Daumen an seinen Locken drehte, adressierte eine der Stewardessen mit einem Kompromissvorschlag. Er würde sich zu Lola in die Reihe setzen, aber nur unter der Bedingung, dass der Platz in der Mitte frei bliebe und er am Gang sitzen könne. Die Flugbegleiterin willigte ein, und der ziemlich korpulente, transpirierende chassidische Jude, der ungefähr Mitte zwanzig war, quetschte sich in seinem schwarzen, schweren Outfit in die Reihe und ließ sich in den Sitz fallen. Dann nahm er ein weißes Stofftaschentuch aus seiner linken Manteltasche, hob seinen schwarzen Hut leicht an und wischte sich die Schweißperlen weg. Sein orangefarbenes Haar, das Lola sofort an Petra erinnerte, war am Stirnansatz schon licht. Nachdem er das Stofftaschentuch in seine rechte Manteltasche gesteckt und den Hut wieder aufgesetzt hatte, drehte er sich zu Lola um, die ihn gebannt anschaute, und begrüßte sie mit den Worten: »Hi, I am Adam. What's your name?«

Lola streckte ihm ihre Hand entgegen und sagte: »I am Lola. Nice to meet you«, aber Adams Hände lagen, ohne sich zu rühren, auf seinen Knien.

»Entschuldige, aber ich darf dir nicht die Hand schütteln.«

»Oh, ach so. Ja, dann ohne Hand.«

»Tut mir leid.«

»Kein Problem. Ich bin einem Orthodoxen noch nie so nahe gekommen.«

Adam lachte.

»Wir haben gut elf Stunden vor uns, in denen du diese Erfahrung in vollen Zügen genießen kannst.«

»Ich bin ernsthaft aufgeregt. Darf ich dir ein paar Fragen stellen? Dürfen wir reden?«

»Ja, aber lass uns mal lieber warten, bis auch er sich hingesetzt hat«, und Adam deutete auf den alten, bärtigen Mann, der sich Lolas Gesellschaft verweigert hatte.

»Ist der irgendein hohes Tier?«

Adam lachte, aber nicht, wie Lola es von einem religiösen Menschen erwartet hätte, tief und rau, aus dem Inneren heraus, wissend und erfahren, sondern es schoss quiekend aus dem Mund. Die Begrüßung des Piloten ertönte aus den Lautsprechern, das Boarding war abgeschlossen, und das Flugzeug würde in Kürze starten. Lola schossen alle möglichen Fragen durch den Kopf. Haben Orthodoxe Sex durch das Loch in einem Laken? Warum müssen die Frauen ihre Haare abrasieren? Wieso tragen sie dann Perücken? Warum sehen alle Perücken gleich aus? War Adam schon verheiratet? Wie hatte er seine Frau kennengelernt? Wie viele Kinder hatte er schon? Was wollte er in Bangkok? Warum wurde die Weitergabe der jüdischen Identität um 70 nach Christus vom Vater auf die Mutter übertragen? Warum würde er sie nicht als Jüdin anerkennen, die Reformjuden aber schon? Warum wäre sie, wenn sie 69 nach Christus geboren wäre, eine Jüdin, jetzt war sie aber plötzlich keine? Fand er das wirklich fair? Und war er glücklich?

Das Flugzeug rollte langsam rückwärts, so als würde es sich von der Klagemauer entfernen, der man niemals den Rücken zukehren durfte. Kurz nach Gershoms Tod war Lola noch einmal nach Jerusalem gefahren, um zur Klagemauer zu gehen und einen Wunsch in eine der unzähligen überfüllten Ritzen zu quetschen. »Ich möchte Simon sehen«, hatte sie auf den Zettel geschrieben, und: »Ich möchte, dass Simon nach Bangkok kommt«.

Die Flugbegleiterin ging noch einmal durch den Gang und kontrollierte, ob auch wirklich jeder seine Stuhllehne und seinen Tisch hochgeklappt hatte. Adam schwitzte immer noch so stark, dass er Lola leidtat. Warum müsst ihr bei fünfunddreißig Grad dieses krasse Zeug tragen?, wäre eine weitere ihrer Fragen. Man sagte Orthodoxen nach, sie würden ein bisschen muffeln, eben wegen dieser schweren, schwarzen Klamotten, wegen dieses langen Anzugs, den sie bei jeder Temperatur tragen mussten, aber Adam muffelte nicht. Lola hatte sich mit Dave Eggers »The Circle« Luft zugewedelt und dabei einmal kurz in Adams Richtung ausgeschwenkt, aber Adam roch nur nach Mensch, Stoff und Essen und ein bisschen nach Tahini, und das machte Lola glücklich, weil es fast so war, als würde er nach Gershom riechen.

Als das Flugzeug über dem wolkenlosen Himmel schwebte und die Anschnallzeichen ausgeschaltet waren, wurde es hektisch. Die Flugbegleiter schoben einen Wagen mit Getränken durch den Gang, und während die ersten Personen zu den Toiletten aufbrachen, las Lola die dritte Seite des Romans.

»Ich mochte ihn«, sagte Adam.

»Dürft ihr das? Solche Bücher lesen?«

»Ja, wir dürfen das. Manche finden es nicht gut, aber man muss ja ein bisschen an der Welt teilnehmen.«

»Was machst du in Bangkok?«

»Geschäfte.«

»Was für Geschäfte?«

»Du bist ja neugierig.«
»Entschuldige.«
»Nein, nein. Schon gut. Goldhandel mit den Chinesen.«
»In Chinatown?«
»Ja, genau.«
»Da liegt mein Hotel. Wir können mal einen Wein trinken gehen, wenn du in der Nähe sein solltest.«
»Das wiederum darf ich nicht.«
»Was? Wein trinken oder mit mir Wein trinken?«
»Mit dir Wein trinken.«
»Verstehe.«
»Was machst du in Bangkok?«
»Geschäfte.«

Adam quiekte, und Lola versuchte, den Luftwirbel, der dabei entstand, durch ihre Nase einzuatmen.

»Du riechst nach Tahini.«
»Meine Güte.«
»Macht ihr Sex durch das Loch in einem Laken?«
»Geht das jetzt elf Stunden so?«
»Wäre das okay, wenn es elf Stunden so ginge?«
»Ja, irgendwie wäre es das.«
»Und? Was ist jetzt nun mit dem Laken?«
»Nein, machen wir nicht. Wir machen ganz normal Sex. Nackt.«
»Und wieso erzählen die Leute dann so was? Gibt es welche, die so Sex machen?«
»Nicht dass ich wüsste. Warte. Psst.«

Von einer der vorderen Reihen kam der alte Bärtige und flüsterte Adam irgendetwas ins Ohr. Er schaute Lola eindringlich an und kehrte zu seinem Platz zurück.

»Was wollte er?«

»Nichts weiter.«

»Jetzt sag schon!«

»Wirklich, nichts Wichtiges. Nur, dass ich nicht mit dir sprechen soll.«

»Nichts Wichtiges also. Und nun?«

»Nun? Wir sprechen eben weiter.«

»Bist du ein Rebell? Reißt du deinen schwarzen Umhang vom Leib, kaufst dir in Bangkok ein Hawaiihemd und trägst es zu einer Bermudashorts von Abercrombie & Fitch?«

»Was ist Abercrombie & Fitch?«

»So eine Marke. Egal. Wenn du dann dein neues Urlaubsoutfit anhast, fährst du zur Khaosan Road und lässt dir ein schönes safes Happy Ending verpassen.«

»Happy Ending?«

»Ach, Mensch.«

»Bis ich achtzehn war, durften wir in keine normalen Supermärkte. Wir hatten keinen Fernseher. Ich bin in der Community aufgewachsen. Deswegen weiß ich ein paar Sachen nicht.«

»Du weißt dafür sicher ziemlich viele Sachen, von denen ich keine Ahnung habe. Was wäre, wenn du das einfach machst, mit dem Hemd und den Shorts und dem Happy Ending? Was ist, wenn du abhaust und nicht mehr zurückkommst?«

»Ich habe doch eine Frau und vier Kinder. Außerdem würde ich alles verlieren. Meine Frau, meine Kinder, meine Familie, meine Freunde. Ich hätte nichts auf der Welt.«

»Du wärst frei.«

»Ich bin frei. Ich weiß, dass du das nicht so empfindest,

und das ist okay. Aber ich kenne deine Freiheit ja gar nicht. Ich weiß nicht, was mir fehlt. Ich weiß nicht, was Abercrombie & Fitch ist, also weiß ich nicht, ob ich es haben oder machen wollen würde.«

»Schon klar. Aber dieses Leben. Dass du nicht mal neben mir sitzen darfst oder mich anfassen. Das ist doch schrecklich.«

»Es ist achtsam.«

»Wie alt bist du?«

»Sechsundzwanzig, und du?«

»Vierunddreißig.«

»Hast du schon Kinder und einen Mann?«

»Nein. Aber ich hätte gerne Kinder und einen Mann. Erzähl mir von deiner Frau.«

»Sie ist aus London, und ich bin aus New York. Unsere beiden Familien wurden vom Rabbi ausgesucht. Bei ihm haben wir uns mit achtzehn Jahren zum ersten Mal getroffen. In London.«

»Krass. Und was hast du gedacht, als du sie gesehen hast?«

»Ich war sehr aufgeregt. Ich glaube, ich habe gedacht, was für ein Geschenk diese Frau doch ist.«

»Ja?«

»Ja. Sie saß auf der anderen Seite des Schreibtischs dem Rabbi gegenüber und drehte sich um, als ich reingeführt wurde. Sie hat richtige Korkenzieherlocken gehabt.«

»Hat sie die immer noch?«

»Nein.«

»Musste sie sich nach der Hochzeit ihre Haare abrasieren?«

»Sie durfte sich ihre Haare abrasieren. Ihre Haare gehören niemandem außer Gott und mir.«

»Oh Mann. Diese schönen Haare. Und trägt sie jetzt auch eine dieser halblangen Bob-Perücken in Aubergine?«

»Ich weiß nicht. Ist das Aubergine?«

»Warum können die Perücken nicht variieren? Warum immer auberginefarbener Bob?«

»Ich weiß nicht. Wie sollten sie denn aussehen?«

»Blonde Mähne oder schwarzer Bob mit Pony oder rote lockige Haare.«

»Das klingt alles sehr vulgär.«

»Na ja, eigentlich sind das normale Frisuren. Aber egal. Und dann? Was passierte dann? Und wie lebt ihr jetzt?«

»Jetzt leben wir mit den Kindern in New York.«

»Bist du glücklich?«

»Ja, sehr. Es gibt nur ein paar kleine Probleme.«

»Welche sind das zum Beispiel?«

»Wir wollen im Moment keine Kinder mehr.«

»Oh, was könnt ihr da machen?«

»Mit dem Rabbi diskutieren.«

»Ja?«

»Na ja, wir versuchen, ihm zu sagen, dass wir gerne verhüten würden.«

»Und was sagt er?«

»Dass er darüber nachdenkt. Aber lass uns mal über dich sprechen. Was hast du in Tel Aviv gemacht?«

»Meinen Großvater beerdigt.«

»Das tut mir leid.«

»Danke.«

»Dann bist du also Jüdin. Kannst du Hebräisch?«

»Na ja, das wirst du mir sicher gleich sagen, ob ich Jüdin bin.«

»Wieso?«

»Mein Großvater war der Vater meines Vaters. Mein Vater ist Jude, meine Mutter nicht.«

»Ja gut, dann bist du keine Jüdin. Jedenfalls nicht nach der Halacha. Konvertiere doch!«

»Bei den Reformjuden bin ich es aber schon.«

»Das zählt nicht bei uns.«

»Ich weiß. Ich finde euch gemein. Vor 70 nach Christus war es der Vater, der das Jüdischsein übertragen hat.«

»Darüber streitet man sich.«

»Kann man ja gerne, aber Moses' Frau Zippora war keine Jüdin, genauso wie Josephs Frau keine Jüdin war.«

»Da hat aber jemand recherchiert.«

»Ich verstehe eure Radikalität nicht. Ich verstehe auch diese Fixierung auf die Mutter nicht. Eigentlich seid ihr total patriarchalisch. Frauen dürfen keine Rabbinerinnen werden, ich dürfte mich, wäre ich Jüdin, ohne das Einverständnis meines Mannes nicht von ihm scheiden lassen, bei der Hochzeit muss der Mann auf einen Zettel schreiben, wie viel er für die Frau bezahlt, und so weiter. Und dann dürfen Männer aber das Jüdischsein nicht weitergeben. Die Bedeutung der Vaterschaft wird gemindert und herabgestuft. Vor zweitausend Jahren wurde es einfach geändert, und ich finde es gut, dass 1983 die Reformjuden die patrilineare Abstammung anerkannt haben. Ich bin bei einer jüdischen Familie groß geworden, ich habe ihr Leid erfahren, ihr Trauma aufgenommen, ich habe Israel seit meinem elften Lebensjahr jedes Jahr besucht, ich darf Alija machen und israelische Staatsbürgerin werden, aber ich darf nicht heiraten, und meine Kinder würden diskriminiert und benachteiligt, genau wie ich diskriminiert und benachteiligt werde. In Israel leben mittlerweile 300 000 Vaterjuden, die die israelische Staatsbürgerschaft haben, und trotzdem wird ihnen die Heirat verweigert. Ihre Kinder werden ebenfalls keine Juden sein. Findest du das nicht kaltherzig?«

»Ich kann dein Schicksal verstehen, ich kann diese Bürde verstehen, aber es ist die Halacha, und wir richten uns nach der Halacha.«

»Ich möchte jetzt erst mal nicht mehr mit dir sprechen.«

Adam quiekte, und Lola sah, wie er seine linke Hand auf ihre rechte Schulter legen wollte, aber abbremste und eine Streichelbewegung in der Luft machte.

»So ein Scheiß«, murmelte Lola, hatte ihren Kopf abgewendet und schaute abwechselnd aus dem Fenster und in Dave Eggers' Buch.

Lola hatte wieder mit Adam gesprochen, und beide waren noch andere Themen durchgegangen, bis Adam müde wurde und schlafen wollte. Das war der Moment gewesen, in dem Lola »Planet of the Apes« gestartet hatte und ihr eine weitere Frage eingefallen war, Adam war aber schon in seine orthodoxe Traumwelt entschwunden, eine Welt ohne Abercrombie & Fitch-Boxershorts und ohne Vaterjuden. Glaubt ihr an Evolution?

Lola konnte nicht schlafen und schaute fünf Filme: »Planet of the Apes«, »Sex Tape«, einen Zukunfts-Apokalypse-Film mit Tom Cruise, dessen Namen sie vergessen hatte, »The Grand Budapest Hotel« und eine Romantic Comedy, in der eine Familie gezwungen wurde, Schiwa zu sitzen, obwohl der Vater ein nicht praktizierender Jude war, dessen Namen sie auch vergessen hatte. Das Licht hatte man gegen dreiundzwanzig Uhr einfach ausgemacht, und der Innenraum des Flugzeugs war nur noch von den eingeschalteten Displays an den Stuhllehnen beleuchtet. Und dort, wo sie leuchteten, saßen Menschen wie Lola, die auch nicht schlafen konnten, die vielleicht sogar diesen Zukunfts-Apokalypse-Film mit Tom Cruise sahen, Menschen, die Juden oder eben keine Juden waren, Menschen, die atmeten und liebten.

2

Kurz nach der Landung hatte sich Lola bei Adam verabschieden wollen, indem sie ihm die Hand zu einem berührungslosen Luft-High-Five hinstreckte, aber Adam hatte sie verwirrt angesehen und nur gewinkt.

Als Lola mit ihrem Rollkoffer durch die Tür in die Empfangshalle schritt, war der Augenblick nicht halb so gut wie zuvor in Tel Aviv. Die Luft war ähnlich heiß und feucht, aber nicht so einhüllend, sondern entwaffnend. Sie rief ein Taxi heran, sank in die Ledersitze der Rückbank und ließ sich nach Chinatown in ihr Hotel fahren. Lola blickte in den Rückspiegel des Fahrers, eher aus Versehen als mit Absicht. Ein müdes und erschöpftes Gesicht schaute ihr entgegen, dem Lola gerne über die Wange gestrichen hätte. Einfach, weil es eine solch zärtliche Geste zu brauchen schien. Die Fahrt dauerte anderthalb Stunden.

Das *Shanghai Mansion* hatte auf den Bildern im Internet ausgesehen, als wäre es aus der Zeit gefallen. China kurz nach dem Ende der Kolonialjahre. Wenn das Hotel nur einen klitzekleinen Teil dieses Charmes besäße, würde es ausreichen, um dort alt zu werden.

Im Hotel angekommen, sah sie, dass die Fotos auf der Website lediglich einen klitzekleinen Teil des Charmes eingefangen hatten, den das Hotel in Wirklichkeit besaß. An der Rezeption hinterlegte sie ihre Kreditkarte und füllte das Anmeldeformular aus. Der Concierge führte sie auf ihr Zimmer, das in dem opulenten Stil Schanghais der dreißiger Jahre eingerichtet war. Irgendwo in diesem Gebäude würde es sicher auch eine Opiumhöhle geben, dachte Lola, als sie sich in das riesige Bett fallen ließ. Und in dieser Opiumhöhle würde sie dahinvegetieren. Sie stellte sich vor, wie sie ihren Körper verkaufte, von diesem Geld ihre Unterkunft und das Opium bezahlte, viel schlief und wenig aß. Tagein, tagaus würde sie auf weichen Kissen liegen, in einer Art Dämmerzustand, in dem sie keinen Schmerz mehr spürte und keine Erinnerungen mehr hatte. Sie würde mit reichen Chinesen schlafen, von denen der ein oder andere sich in sie verlieben und ihr aus der Misere helfen wollen würde, mit viel Geld und mit viel Liebe. Doch Lola würde diese Angebote ablehnen und einfach weitermachen.

Nach zehn Stunden wachte Lola auf. Die Klimaanlage lief auf Hochtouren, und vor ihrem Fenster, das aus buntem Glas bestand und einen direkten Blick auf die Straße verwehrte, war es stockduster. Sie griff nach ihrem Rechner, öffnete Facebook und sah, dass Shlomo ihr eine Nachricht geschickt hatte, klickte sie aber nicht an, damit er nicht merken würde, dass sie online war. Lola ging auf das Profil von Hélène, die wieder in Barcelona war und dort weiterhin Malkurse für Vorschulkinder gab. Unter einem Foto, das sie von sich und ihrer aktuellen Zeichenklasse gepostet hatte, entdeckte Lola einen Kommentar von Simon: »Toll!« Simon hatte sich vor über einem Jahr unter falschem Namen auf Facebook angemeldet, und nachdem er sein Profil erstellt hatte, schickte Facebook ihr täglich eine Meldung, dass sie ihn als Freund adden solle. Sie hatte sich in diesen Wochen, in denen sie ständig mit seinem falschen Namen und einem aktuellen Profilfoto genervt worden war, gefragt, ob Facebook auch ihm vorschlug, sie zu adden, und wie er diesen Vorschlag einfach ignorieren konnte, aber dann hatte sie an die letzten vierzehn Jahre gedacht und die Frage offiziell zurückgezogen. Irgendwann, nach drei Monaten, schickte sie auf Max' Drängen Simon eine Freundschaftsanfrage, die dieser am nächsten Tag abgelehnt hatte.

Lola klickte auf »Nachricht senden« und schrieb Hélène, ob sie so lieb sein könne, ihr Simons aktuelle E-Mail-Adresse zu schicken, da sie keine Kontaktdaten von ihm habe und ihm gerne schreiben würde. Simon hatte seine zwei E-Mail-Adressen vor vier Jahren gelöscht und Lola niemals eine neue mitgeteilt. Er hatte das getan, weil Lola die zwei damals noch funktionierenden E-Mail-Adressen dem Standesamt gegeben hatte, in der Hoffnung, die Bearbeiterin würde sich erfolgreich mit Simon in Verbindung setzen können. Aber das war auch der Standesbeamtin nicht gelungen. Zuvor hatte Lola etwa ein halbes Jahr lang vergeblich versucht, ihren Vater per E-Mail dazu zu bewegen, ihr eine Kopie seiner Geburtsurkunde zu schicken und den Antrag auszufüllen, der ihr dabei helfen sollte, seinen Nachnamen anzunehmen und den ihrer Mutter abzulegen. Aber weil Simon selbst das Ausfüllen eines Antrags als tiefen Einschnitt in seine Persönlichkeitsrechte empfand und ihm der gesamte bürokratische Aufwand so zuwider war, dass dieses Gefühl es ihm unmöglich machte, Lolas Wunsch nachzukommen, hatte er als Reaktion seine beiden E-Mail-Adressen gelöscht.

Weil es in Europa Mittag war, bekam Lola postwendend eine Antwort: Hélène müsse Simon um Zustimmung fragen, um keinen Unmut zu erzeugen, schließlich wüssten ja beide, wie schnell Simon sehr ungehalten werde – Hélène meinte damit seine Reisvorfälle. Lola bedankte sich und wünschte ihr einen guten Tag. In Australien war es später als in Bangkok, also würde es bis zum nächsten Tag dauern, eine Antwort zu erhalten. Und damit das Warten nicht so unerträglich wie die letzten vierzehn Jahre werden würde, griff Lola nach ihrem Telefon, öffnete *Tinder* und änderte ihre Profilinformation in »Photographer from Berlin for a couple of days or weeks in Bangkok«. Sie swipte durch die Profile und likte ein paar Europäer, die nett und offen aussahen. Es dauerte keine halbe Stunde, bis die ersten Matches zustande kamen und Lola ein Gespräch mit einem Franzosen begann, mit dem sie vier gemeinsame Facebook-Freunde hatte. Frederic war vor ein paar Tagen aus Nepal gekommen und wohnte in der Nähe der Khaosan Road in einem Hostel. Lola erklärte ihm, dass sie Hunger habe und nicht alleine essen wolle, und weil auch Frederic Hunger hatte, verabredeten sie sich in der Bar vor ihrem Hotel.

Lola nippte an ihrem Weißwein, als Frederic aus einem Tuk Tuk stieg. Sein schulterlanges Haar war von der Sonne leicht ausgeblichen, seine Arme stark gebräunt und mit Kreisen, Dreiecken und Strichen tätowiert. In zehn Jahren würde Frederic das bereuen, dachte Lola und zahlte ihren Wein. Sie liefen die Yaowarat Road runter, vorbei an Plastiktischen und Plastikstühlen, die auf dem Gehweg und auf der Straße standen. Die Verkäufer zeigten in großen, bunten Schüsseln, was sie anboten: Krebse oder Haiflossen oder Hühnchen oder Schildkröten. An jedem Essensstand gab es nur ein Gericht, meistens mit Reis, manchmal mit Nudeln. An den Häuserwänden hingen grelle Leuchtreklametafeln in chinesischen Schriftzeichen. Die Abgase der Tuk Tuks und Motorräder vermischten sich mit dem säuerlichen Geruch der dampfenden Gerichte. Der Gehweg war zu überfüllt, um nebeneinander zu gehen, also lief Lola vor und blieb nach ein paar Metern an einem Stand stehen, der frische Suppen zubereitete. Sie drehte sich zu Frederic um, nickte fragend, und Frederic antwortete zustimmend. Sie zogen grüne Plastikhocker unter einem Klapptisch hervor und setzten sich.

Obwohl Lolas sexuelles Verlangen meistens nach dem ersten Glas Wein einsetzte, passierte bei Frederic nichts. Nicht, dass sie es bei diesem Treffen darauf abgesehen hatte, mit ihm zu schlafen, aber sie hatte es nicht ausgeschlossen. Sie schaute auf seine Hände und stellte sich vor, wie er sie berühren würde, sie blickte in seine Augen und stellte sich vor, wie diese sie anschauen würden, und sie begutachtete seine Ober- und Unterarme, die sie umklammern würden, aber sie spürte absolut gar nichts. Sie musste an Shlomo denken und wie Shlomo sie berührt, angeschaut und umschlungen hatte. Und dabei wurde Lola warm.

Als die Suppen kamen, erzählte Frederic, er sei seit zwei Monaten unterwegs und habe nicht vor, vor dem nächsten Frühjahr nach Paris zurückzukehren, denn in Paris habe er keine Wohnung mehr, weil er die letzten zwei Jahre in Island lebte, bei seiner Exfreundin, einer Isländerin, die er in Barcelona auf dem Sonar-Festival kennengelernt habe, um kurz darauf alles stehen und liegen zu lassen, und genauso schnell, wie sie sich ineinander verliebt hätten, sei sie schwanger geworden. Er habe aber nach der Geburt seiner Tochter eine Depression bekommen, die der isländische Winter verschuldet habe, Vitamin-D-Mangel. Er sei in Paris ein erfolgreicher Graphiker gewesen, habe aber in Island einfach keinen Job bekommen und in einer Geburtstagskartenmanufaktur angeheuert und von Oktober bis April so gut wie kein Tageslicht gesehen, so dass er nach der Geburt seiner Tochter diesen schweren Bedingungen noch drei Monate standhalten konnte und dann getürmt sei, erst nach Vietnam, von da nach Kambodscha und nach Nepal bis nach Thailand. Und jetzt saß Frederic auf einem grünen Plastikhocker an einem orangefarbenen Klapptisch vor Lola. Nicht mehr depressiv, sondern super braungebrannt.

Lola musste an Simon denken und wie er getürmt war. Er verließ Petra, als Lola fünf war, und war aus der DDR abgehauen, als Lola sieben war. Und nachdem er es von 1987 bis 1993 an einem Ort ausgehalten hatte, kehrte Simon Deutschland den Rücken. Auch er reiste nach Vietnam und Kambodscha und Nepal, immer von Oktober bis April, er hielt die Kälte nicht mehr aus, diesen furchtbaren Berliner Winter mit seinem Stalingradwind und dem verhangenen Himmel, der manchmal monatelang die Sonne nicht durchscheinen ließ. Ende April kehrte er dann zurück, braungebrannt und gutgelaunt. So, wie Frederic gerade auf seinem grünen Plastikhocker aussah. Und weil Lola im März Geburtstag hatte, war Simon maximal neunmal erschienen, hatte neun Geburtstage von vierunddreißig gefeiert. Das war nicht besonders viel. Aber dafür hatte man Verständnis aufzubringen. Der Berliner Winter und die Kälte und dieser eisige Wind. Das war schwer auszuhalten. Verdammt nochmal. Und wenn Simon dann im April zurückkehrte, dann sollte alles so sein, als wäre er nie weggewesen, dann setzten die Wochenendbesuche wieder ein, bis die Bäume ihre Blätter verloren und Simon zu frieren begann.

Während Lola an Simon dachte, zeigte Frederic ihr Fotos und Videos seiner Tochter, und sie sah Stolz in seinen Augen und Sehnsucht. In den Neunzigern, als Simon gereist war, hatte es keine Handys gegeben. Hatte Simon anderen Backpackern bei einer säuerlichen Nudelsuppe von Lola erzählt? Davon, wie sehr er sie vermisste, aber eben nicht anders konnte. Wegen der Depressionen und der Kälte. Wer hält das schon aus?

»Deine Tochter braucht dich«, sagte Lola leise.

»Was?«

»Deine Tochter braucht dich!«

»Ja, aber sie hat doch ihre Mutter. Ich bin im April wieder zurück. Wahrscheinlich nicht in Island, aber in Paris. Ich kann dann einmal im Monat rüberfliegen. Noch ist sie ja klein.«

»Aber sie wird groß werden. Ohne dich.«

»Dann skypen wir.«

Und als Frederic »Dann skypen wir« sagte, kramte Lola ihr Portemonnaie aus ihrem Beutel, legte hundert Baht auf den Tisch und verabschiedete sich freundlich, aber entschieden. Sie sei extrem müde vom Wein und dem Essen und der super Unterhaltung. Sie könnten sich ja morgen treffen, auf einen Wein und eine Suppe und diese super Unterhaltung fortführen. Frederic nickte wieder zustimmend und winkte ihr hinterher. Sie konnte einen dunkelblauen Kreis um seinen Ellenbogen erkennen und wie er begann, seine ursprüngliche Form zu verlieren, und irgendwie faltig und oval wurde.

In der Nacht träumte Lola von Frederics Tochter in Island. Sie träumte von schneebedeckten Hügeln und Hirschen. Aber sie träumte auch von einer weiten und sandigen Wüste, in der nur manchmal trockenes Wüstengras vorbeiwehte. Schneebedeckte Hügel wurden zu gelben Wüstendünen und gelbe Wüstendünen zu schneebedeckten Hügeln. Wenn sich die Hügel in Dünen wandelten, verschwand Frederics Tochter, und Lola sah, wie Simon auf einem gebatikten Tuch jubelnd die Wüstendüne runterrutschte und ein kleiner Heuballen an ihm vorbeiwehte.

Lola schlief bis zum frühen Nachmittag und öffnete ihren Computer, als sie aufwachte. Hélène hatte ihr geschrieben: »Hallo, Lola, schlechte Nachrichten. Simon hat mir geantwortet. Ich habe dir seine Mail einfach reinkopiert. Mehr kann ich dazu nicht sagen. Sorry.

Liebe Hélène,
nein, ich möchte nicht, dass du ihr meine E-Mail-Adresse gibst. Ich möchte dich hier nicht zum Mittler machen, obwohl Lola das ja bereits getan hat, und egal, was ich dir schreibe, es wird die Sache nicht besser machen. Die Wahrheit ist: Ich habe kein Interesse und keine Kraft für Gespräche ihrer Art. Ich habe den Eindruck, sie hat die Fähigkeit verloren, respektvoll mit ihrem Gegenüber umzugehen, und ich habe nicht den entferntesten Wunsch, mich mit ihr darüber auseinanderzusetzen. So möchte ich dich bitten, ihr meine E-Mail-Adresse nicht zu geben.
Sie kann mir gerne einen Brief schreiben, sie hat ja meine Adresse, mit der Post dauert die Sendung normalerweise nur vier bis sieben Tage. Ein Brief gibt mir und ihr Zeit zum Nachdenken, die Möglichkeit, das Geschriebene zu überdenken, ohne den Druck der modernen Kommunikationsmittel. Auf diesem Wege kann sich zeigen, ob wir zu einem Konsens kommen können. Und dann können Lola und ich weitersehen. Auch gibt es mir die Möglichkeit, bei Eskalation abzubrechen. Ich lehne die Kommunikation keinesfalls ab, habe aber meine Bedingungen, wie sie ablaufen soll. Der Grund hierfür liegt in den Erfahrungen, die ich mit ihr machen musste, und meiner Müdigkeit. Ich bin diesen scheinbar unlösbaren Konflikt in all den Jahren, seit meinem Weggang aus Deutschland, müde. Es tut mir leid, dass du hier zum Mittler geworden bist. Das ist nicht meine Art und

liegt in keiner Weise in meinem Interesse. Wenn es für dich einfacher ist, kopiere diesen Text gerne in eine E-Mail. In Respekt vor deiner Person und um zu verhindern, dass du weiter involviert wirst, bitte ich dich, es dabei zu belassen.
Dein Simon
PS: Falls meine Adresse verlorengegangen sein sollte:
643 Redrabbit Road, Hell Creek, NSW 3383, Australien«

Krasse Scheiße, dachte Lola, und dann schrie sie sehr laut: »Wie kann man nur so scheiße sein, du Arschloch.« Danach beruhigte sie sich kurz und wollte gleich wieder losschreien, aber jemand klopfte an ihre Hoteltür und erkundigte sich, ob alles in Ordnung sei. Erst wollte sie schreiend antworten, war aber schlagartig so müde, dass sie ihre Bettdecke über ihren Kopf zog und »Everything is fine« murmelte.

Er hatte also immer noch Angst, dass Lola einer deutschen Behörde seine E-Mail-Adresse geben würde und er belangt oder verfolgt werden könnte. Bis in den hinterletzten Winkel nach Australien, in den hatte er sich vor vierzehn Jahren verzogen, um nicht mehr kontaktiert zu werden. Und genauso lange hatten sie sich nicht mehr gesehen. Es hatte immer wieder vorwurfsvolle und wütende Kommunikation gegeben. Simon schien es als seine väterliche Aufgabe zu empfinden, ihr ihre Fehlbarkeit vor Augen zu führen. Nur so könnte sie ein aufrechter Mensch werden und nur mit einem aufrechten Menschen würde er in Kontakt treten wollen. Dieser aufrechte Mensch Simon, der ihr die vermeintliche Rettung aber im selben Moment versagte, aus Müdigkeit. So hatte er ein Dilemma kreiert:

Die Ursache der fehlenden Kommunikation lag in Lola, Simon könnte diese Ursache beheben, weigerte sich aber, diese Behebung in Angriff zu nehmen.

Lola hatte nicht vorgehabt, ihrem Vater eine ausführliche E-Mail zu schreiben, um eine Kommunikation wiederzubeleben, die vor so langer Zeit abgestorben war. Etliche Versuche hatte es von beiden Seiten gegeben, abwechselnd und im Abstand von mehreren Jahren, aber mehr als zwei Monate hatte keine der Gesprächstechniken durchgehalten. Dann wurden aus kurzen, übersichtlichen Nachrichten, die nichts weiter leisten sollten, als über die täglichen Belange zu berichten – beide hatten es »eine sachliche Kommunikation« genannt –, seitenlange Word-Dokumente. In diesen nicht enden wollenden Briefen warfen beide mit Projektionen und Vorwürfen um sich. Und weil Vorwürfe in Word-Dokumenten zu nichts führen oder auch weil Vorwürfe im Allgemeinen zu absolut nichts führen, wurden sie von Missverständnissen abgelöst, es folgten Beleidigungen und lautes Schweigen. Dieses Schweigen war so laut, dass sie beide es während der Jahre, in denen es keinen Kontakt gab und sie 14 500 Kilometer voneinander entfernt waren, permanent hören konnten.

Lola hatte Bangkok ausgewählt, um ihrem Vater entgegenzureisen. Weder hatte sie ihn jemals in seinem australischen Urwald besucht, noch hatte er sie jemals eingeladen. Sie wollte ihm eine kurze E-Mail schreiben, dass sie in Bangkok sei, er, wenn er wolle und die Zeit fände, herkommen könne und ihnen beiden die Chance geben, sich wieder näherzukommen. Sie hatte Hannahs Briefe dabei, und wenn es sich richtig anfühlen würde, dann wollte sie ihm diese Briefe geben. Schließlich waren es die Briefe, die sich seine wahren Eltern geschrieben hatten. Lola suchte sogar nach Flügen, die Route Brisbane-Bangkok hätte 350 Euro gekostet. Quasi nichts.

Das war der Grund, weswegen sie in diesem Hotelzimmer in Chinatown saß. Aber ihr Vater durchkreuzte ihren Plan, verweigerte sich ihr und wählte eine fadenscheinige Ausrede, um ihr nicht seine E-Mail-Adresse zu geben. Der wirkliche Grund war seine Angst vor Lola, seine Scheu vor Verantwortung und seine tiefe Ablehnung gegenüber staatlichen Institutionen. Dieser Widerwille war es, der Simon 1998 mit Sarah zusammengebracht hatte, dachte Lola.

3

Sarah war 1998 vierundzwanzig Jahre alt, als sie Simon in Melbourne auf der Straße kennenlernte. Simon finanzierte sich seine sechsmonatigen Auslandsaufenthalte mit Straßenmusik. Seine Stelle als Kameramann beim SAT1-»Glücksrad« hatte er aufgegeben. Im Sommer, wenn er nicht durch Asien reiste, hielt er sich mit Gelegenheitsjobs über Wasser. Manchmal hatten diese Jobs etwas mit seinem Talent, technische Geräte zu reparieren, zu tun, manchmal half er als Urlaubsvertretung befreundeter Kameramänner aus. Er war ohne Ambition, und seine tiefe Abscheu für Deutschland, dieses Holocaust-Deutschland, nahm ungeahnte Ausmaße an. Er lebte ein Leben unter dem Radar. Er war deutscher Staatsbürger, ohne deutscher Staatsbürger sein zu wollen, aber die israelische Staatsbürgerschaft, für die er 1987 die DDR verlassen hatte, hatte er niemals beantragt. Das Leben im Gelobten Land, die große Erlösung wäre in Reichweite gewesen. Nie wieder Deutschland, hätte er jubeln können, wäre er als Oleh in Tel Aviv aus dem Flieger gestiegen. Aber so konnte er weiterkämpfen: gegen Deutschland, gegen sein »aufgezwungenes« Leben in Deutschland und gegen die Deutschen als solche. Manchmal fragte sich Lola, ob ihn dieser Kampf am Leben hielt, ob dieser Kampf einfach dazu führte, dass Simon sich spüren konnte.

Simon saß in diesem Winter 1998 in Melbourne in einer Einkaufspassage auf dem Boden und sang seine altbekannte Sammlung von Songs, die sich seit zwanzig Jahren kaum verändert hatte. Für das englischsprachige Publikum hatte er von Neil Young »Don't let it bring you down« und »Cowgirl in the sand« einstudiert und stieß damit auf große Begeisterung. Jeden Nachmittag saß er am selben Platz und hatte sich innerhalb weniger Wochen einen Namen gemacht. »The Singing German« nannte man ihn, was Simon überhaupt nicht passte. Als Simon das letzte Lied anstimmte, »Lieb ein Mädchen« von *Karussell*, entdeckte er Sarah, die mit einer Freundin zu dem einzigen fröhlichen Song, den Simon kannte, tanzte. Nicht wild, aber immerhin so sehr, dass sie aus dem Personenkreis, der nur zuhörte, herausstach. Sie trug ein olivfarbenes Hippiekleid, das Simon an Petras Hochzeitskleid erinnerte und daran, wie sehr er Petra einmal geliebt hatte.

Sarah war eine kleine, aber nicht zierliche Person mit einem schwarzen Twiggy-Haarschnitt und großen vollen Lippen. Ihre strahlend blauen Augen hatten eine runde Form, und die Nase lief spitz zu. Die Haut war mit Sommersprossen übersät, und an den Fingern trug sie schwere Silberringe. Sarah lächelte Simon an und versuchte mitzusingen, obwohl sie kein Wort Deutsch sprach. Sie war 1974 in Trenton, New Jersey, geboren und hatte einen College-Abschluss in Theaterwissenschaften. Nach der Highschool hatte sie sich als Schauspielerin beworben, aber ohne Erfolg. Während des Colleges hatte sie in einem teuren italienischen Restaurant gearbeitet, das Geld investierte sie nach ihrem Abschluss in eine lange Reise, zusammen mit ihrem Zwillingsbruder Brian, der Anwalt werden wollte, aber einfach nicht gut genug war. Sie reisten nach ihren mittelmäßigen Abschlüssen nach Thailand, mit ihren Rucksäcken und dem Verlangen nach einem echten Abenteuer, auf das sie bisher vergeblich gehofft hatten. Sie waren jung und bereit, eine Welt zu erobern, die ihnen völlig unbekannt war. Vier Monate reisten sie von Chiang Mai nach Phuket und wieder zurück. Schneller als erwartet ging ihnen das Geld aus. Also schlug Brian vor, zurück nach Bangkok zu fahren, um dort in einem billigen Hostel unterzukommen und einen Job zu suchen.

Brian, der wie eine männliche Version von Sarah aussah, fand einen Job als Türsteher in einer Bar und besorgte Sarah einen Job als Bedienung. Schnell wurde Sarah zur ersten Anlaufstelle für Touristen, die nach leichten und harten Drogen fragten. Brian witterte eine Geschäftsidee, besorgte größere Mengen Gras und erklärte Sarah, sie solle die Touristen einfach an ihn verweisen. Den Job als Türsteher kündigte er, besorgte Ecstasy und zog ein florierendes Geschäft hoch. Dass sie Amerikaner waren und sich mit den Touristen verständigen konnten, war ihr Vorteil gegenüber den Einheimischen, die zum größten Teil nur gebrochenes Englisch sprachen, die Touristen schreckten vor ihnen zurück, aus Angst, an schlechte Ware zu geraten. Brian lieferte sogar an Hostels, und Sarah half ihm beim Verpacken der Päckchen und der Auslieferung. Alle dreißig Tage mussten sie aus Thailand ausreisen, um dann wieder einzureisen, und so erneuerten sie ihr Visum wie andere Traveller auch.

Die Monate vergingen, und Brian und Sarah zogen in ein Vier-Sterne-Hotel in der Nähe der Khaosan Road. Alle Fragen hinsichtlich ihrer Zukunft oder ihrer Vergangenheit gerieten in Vergessenheit. Das Vergessen schlich sich sanft in das Leben und legte einen milchigen Film über alles, die Vergangenheit, die Gegenwart, die Zukunft.

Das eingenommene Geld transferierten sie über Western Union auf ein amerikanisches Bankkonto, und Stevo, ein alter Schulfreund, organisierte alles Notwendige für einen prozentualen Anteil.

Weil das Leben nicht isoliert vom Einfluss anderer geschieht, musste auch dieses Unterfangen, in dem es sich Brian und Sarah gerade gemütlich gemacht hatten, gestört werden. Die thailändische Drogenmafia observierte das Geschwisterpaar wochenlang, brachte Brian dazu, mehrere Kilo Gras zu einem unschlagbaren Preis zu kaufen, und nachdem die Übergabe stattgefunden hatte, wartete die Polizei im Hotelzimmer auf ihn. Sarah saß in Handschellen auf dem Bett.

Es dauerte zwei Jahre, bis die amerikanische Regierung beide aus dem Gefängnis freikaufte. Nach der Entlassung ging Brian zurück nach Trenton und Sarah nach Melbourne.

Als Sarah an diesem besagten Nachmittag 1998 in ihrem olivfarbenen Kleid zu einem völlig unbekannten DDR-Song tanzte, war sie seit vier Monaten auf freiem Fuß. Sie blieb, obwohl ihre Begleiterin Kim, mit der sie tagsüber in einem Restaurant kellnerte, bereits gegangen war, so lange, bis Simon seinen letzten Song gespielt hatte und das Geld, das sich in seinem Koffer über den Tag angesammelt hatte, zählte. Sarah verabschiedete sich von ihm und kam am nächsten und auch am übernächsten Tag wieder. Am dritten Tag setzte sie sich neben Simon, ging aber, nachdem er seine Gitarre eingepackt hatte, ohne ein Wort zu sagen.

Zwischen ihnen existierte eine Übereinstimmung, die, würden sie beginnen, miteinander zu sprechen, sich im Moment der Reflexion und Auseinandersetzung auflösen würde, bis nichts mehr von dieser ursprünglichen Wahrheit übrig wäre. Sarah wusste darum. Und Simon wusste es auch. Also verlängerten sie jenen Moment, der ohne Worte auskam.

Simon und Sarah verbrachten den australischen Sommer zusammen, während Lola im Berliner Winter in ihre erste eigene Wohnung zog, die Hannah und Gershom ihr im selben Haus besorgt hatten. Die Wohnung lag im rechten Seitenflügel, im vierten Stock, hatte fünfunddreißig Quadratmeter und schenkte Lola eine größere Freiheit und Beweglichkeit.

Manchmal meldete sich Simon bei ihr, meistens telefonisch, und erzählte von Sarah, dass er nach Australien ziehen wolle, weil Australien und Sarah ihn glücklich machten und auf alle Zeit glücklich machen würden.

Lola war wütend darüber, dass Simon sein endgültiges Verschwinden im größtmöglichen Maße zelebrierte. Ein Verschwinden, dem Lola beizuwohnen und zu applaudieren hatte. Und vielleicht war Simon damals beim Versteckspiel aus dem Grund so böse gewesen, dass er ihr eben nicht von seiner bevorstehenden Flucht erzählen konnte, sondern so tun musste, als wäre alles in Ordnung. Plötzlich begriff Lola, dass es Simon niemals um ein Verschwinden ohne Ansage gegangen war, sondern um ein Verschwinden, das von allen angstvoll begleitet werden sollte. Simon war es niemals um das Verschwinden als solches gegangen, sondern darum, vermisst zu werden.

4

Der Motor hatte ein krächzendes Geräusch von sich gegeben, das zu einem erschöpften Tuckern wurde und danach verstummte. Nuk, so hatte sich der Bootsführer Lola an einem verlassenen Pier irgendwo bei Krabi vorgestellt, raunte etwas auf Thai, das ohne Probleme als Schimpfwort zu identifizieren war. Er steckte sein Handy, mit dem er gerade noch telefoniert hatte, in seine Gürteltasche, legte sein ganzes Gewicht auf eine lange Eisenstange, die als Steuer fungierte, und hob die Verankerung, an der der Bootspropeller anscheinend nur provisorisch befestigt war, aus dem Wasser. An der Stelle, wo normalerweise eine Formation von Flügeln dafür sorgte, dass sich das Long-Tail-Boot vom Fleck bewegte, sah man einen Fetzen abgerissener Algen. Der Propeller hatte sich offensichtlich verheddert, war aus seiner Verankerung gerissen worden und in die Tiefe gesunken. Jetzt lag er auf dem Grund des Meeresbodens.

Das Long-Tail-Boot wurde nur noch vom Wind bewegt. Manchmal in die eine und dann wieder in die andere Richtung. Von weitem sah Lola eine dunkelgraue Wolkenwand auf sie zukommen, und die ersten Regentropfen landeten auf ihren Armen. Sie schob sich unter die Plastikplane, die lose über einem Teil des Boots gespannt war. Dann zog Nuk sein T-Shirt aus und warf es in Lolas Richtung.

Eine Stunde war Nuk, bevor es zum Propellerunglück gekommen war, aufs offene Meer gefahren, um Lola nach Koh Sriboya zu bringen, einer winzig kleinen Insel in der Andamanensee, irgendwo zwischen Koh Lipe und Koh Phi Phi.

Lola hatte volles Vertrauen, dass Nuk das hier alles mit seiner archaischen Männlichkeit schaukeln würde. Er jagte von einem Bootsende zum anderen, montierte die alte Halterung ab, suchte eine neue, sprang ins Wasser, drückte sich mit seinen muskulösen Armen ab und stieg wieder aus dem Wasser heraus. Tropfen liefen langsam an seiner Haut herunter, und zum ersten Mal seit ihrer Ankunft in Bangkok musste Lola nicht mehr an Simon denken. Nicht mehr daran, was er Hélène geschrieben hatte, nicht mehr daran, dass sie ihm die Briefe von Hannah nicht geben konnte und nicht mit ihm über die letzten vierzehn Jahre sprechen.

Es vergingen Stunden, in denen Lola weder auf die Uhr schaute noch ungeduldig wurde, sondern Nuk ruhig und gelassen bei seinen handwerklichen Tätigkeiten beobachtete. Weil Nuk hin und wieder eine zur Fixierung notwendige Mutter ins Meer fallen ließ, verzögerte sich die Reparatur des Schiffspropellers unverhältnismäßig. Aber aus einem bestimmten Grund war das alles in Ordnung für Lola, obwohl sie zu jedem anderen Zeitpunkt einem Kontrollwahn verfallen wäre. Diesmal wurde sie ob dieser ineffizienten Vorgehensweise nicht schier wahnsinnig, wollte Nuk nicht auf die Bank verweisen, um den Scheißpropeller selbst auszuwechseln – schneller, besser und effizienter –, sondern blieb seelenruhig. Jemand übernahm, wenn auch in seiner individuellen Geschwindigkeit, Verantwortung, und das honorierte Lola mit gnadenloser Geduld.

Immer wenn Nuk an Lola vorbeimusste, lächelte sie bestätigend und motivierend, und Nuk reagierte mit einem ernstgemeinten »Sorry, sorry«. Kein einziges Mal in ihrem Leben hatte sich Simon für seine theatralischen Abgänge entschuldigt. Er hatte stattdessen Respekt und Verständnis erwartet, war selbst aber in keiner Weise in der Lage, das seinem Gegenüber entgegenzubringen. In Simons Welt sollte man seine Individualität anerkennen, die Individualität des Gegenübers empfand Simon als schweren Angriff auf seine Person. Deswegen forderte er in seiner E-Mail auch einen Konsens, dachte Lola. Ein Konsens bedeutet Übereinstimmung ohne verdeckten oder offenen Widerspruch. Aber der Mensch an sich ist ein Widerspruch, und Lola hatte das niemals als Problem gesehen. Lola wollte keinen Konsens, sondern einen offenen Austausch, der unterschiedliche Standpunkte zuließ. Lola wollte reden, ohne auf einen Nenner zu kommen, und Lola wollte streiten und sich anschließend wieder vertragen. Lola wollte Simon Hannahs Briefe geben, weil sie glaubte, dass das für Simon wichtig sein könnte.

Lola hatte das Geheimnis erahnt und stundenlang in den Schubladen ihrer Großmutter gekramt. Auch Simon suchte, ohne zu wissen, was ihn antrieb, und dehnte seine Suche auf die ganze Welt aus. Ihre unterschiedliche Herangehensweise, eine Schublade gegen den Rest der Welt, diente letztlich ein und demselben Ziel. Wer sollte da sagen, was richtig oder falsch war? Dass Lolas Reaktion auf Simons Suche genauso falsch war wie seine Reaktion auf ihre Suche, wusste Lola doch längst. Und genau das wollte Lola Simon gerne erklären. Hier in Thailand. Um sie beide aus diesem unerträglichen Zustand der Zustandslosigkeit herauszureißen. Als Lola das Motorengeräusch des Long-Tail-Boots wahrnahm, merkte sie, wie sie doch die ganze Zeit über Simon nachgedacht hatte.

Der Himmel verfärbte sich, so wie man es von kitschigen Urlaubskarten kennt. Nuk versuchte, die verlorene Zeit aufzuholen, und raste über das Meer. Das Wasser spritzte an Lolas Wangen und an die Stirn. Das Boot fuhr an kleinen und großen Inseln vorbei. Ab und zu rief ihr

Nuk Namen zu und zeigte in die jeweilige Richtung, aber Lola verstand nur die Hälfte und nickte trotzdem bestätigend, wie sie das auch während der Reparatur getan hatte. Sie wusste nicht, wie lange sie bleiben würde. Vielleicht ein paar Tage, vielleicht ein paar Wochen. Die Schachtel mit den Briefen hatte sie aus ihrem Koffer gekramt, als Nuk den Bootspropeller ausgewechselt hatte, und jetzt lag sie auf ihrem Schoß. Verschlossen. Aus Angst, ein einzelner Brief würde vom Fahrtwind erwischt und davongetragen werden. Vielleicht wäre es genau das, was Lola mit diesen Briefen machen sollte, die Box öffnen und die Briefe davonfliegen lassen. Vielleicht war es nicht richtig, Simons Welt aufzuwirbeln, hatte er sich doch immer durchgewirbelt genug gefühlt. Würde diese Wahrheit seine Suche beenden oder einen erneuten Aufbruch verursachen? Lola wusste es nicht, weil sie Simon nicht mehr kannte, weil sie nicht wusste, wer er mittlerweile war. Weil sie nicht wusste, was richtig oder falsch war, verstaute sie die Schachtel sicher in der Fronttasche ihres Koffers.

Als das Boot im Resort anlegte, war gerade Flut, und das Wasser stand so hoch, dass Lola über das felsige Ufer klettern musste. Nuk lief hinter ihr. Den Koffer trug er auf seinen Schultern. Natalie, die anfangfünfzigjährige französische Resortbesitzerin, empfing Lola herzlich und führte sie über die steile Treppe zu ihrem Bungalow. Die Grillen zirpten. Der Bungalow war spartanisch, aber liebevoll eingerichtet. Es gab keinen Fernseher und auch keine Aircondition, genauso wie es Lola gewollt hatte. Das Häuschen stand auf weißen, runden Betonpfählen in der Mitte eines blühenden Gartens, den Lola durch die Außenbeleuchtung erahnen konnte. Nuk stellte den Koffer auf ihrer kleinen Terrasse ab, auf der eine Hängematte aufgespannt war, und verschwand. Der nächste Bungalow war zehn Meter entfernt, dazwischen Palmen und Bäume und Sträucher. Keiner Menschenseele würde Lola begegnen, wenn sie es nicht wollte, und während sie Nuk hinterhersah, wie er in den kleinen schmalen Weg einbog und zurück zum Meer lief, war sie sich sicher, eine lange Zeit auf dieser Terrasse in dieser Hängematte liegen und auf so wenig Menschen wie möglich treffen zu wollen.

Lola legte sich unter das Moskitonetz auf ihr Bett und atmete tief ein und aus. Mehrmals hintereinander. Nichts außer ihrem eigenen Atem, den Grillen und den Wellen, die auf den Strand stießen, konnte Lola hören. Keine lauten Autoradios, keine aufheulenden Katzen, keine Hunde, keine Sirenen, kein Hupen, keine telefonierenden Menschen, keine plappernden Touristen. Atem und Grillen und Wellen. Sonst nichts.

In der Nacht wachte Lola von einer dumpfen Erschütterung auf, schlief aber sofort wieder ein. Als die Sonne kurz vor sechs aufging, nahmen die Erschütterungen erneut zu. Das Moskitonetz verschleierte die Sicht auf das Meer, das Lola vom Bett durch die geöffnete Terrassentür sehen konnte. Sie hatte ihre Sachen vom gestrigen Tag an, sogar ihre Sandalen. Ihr Koffer stand an derselben Stelle, an der Nuk ihn abgestellt hatte, und das Licht im Bad brannte. Sie war am Abend, während sie ihrem eigenen Atem zugehört hatte, eingeschlafen. Jetzt hörte Lola diesen verdammten *Boom*. Und genau wie in Israel zuckte sie zusammen.

Lola fragte sich, wie es möglich war, dass dieser *Boom* ihr bis nach Thailand gefolgt war. Sie fragte sich, woher jenes Geräusch kommen könnte, wenn es nicht das Abfangen einer Rakete war. Und das konnte es ja unmöglich sein. Das wusste Lola. Klang so der Motor eines Bootes auf dem Meer, wenn er ansprang? Oder sprengte man Löcher in den Boden oder das Gebirge der Insel? Könnte es ein angeschaltetes Fernsehgerät im Restaurant sein, das über den Gaza-Krieg berichtete? Ließ jemand über Nacht die etlichen Youtube-Videos, die von den etlichen Interzeptionen gedreht worden waren, auf seinem Rechner laufen? Schließlich waren den Sommer über mehr als 5000 Raketen auf Israel abgefeuert worden. 5000 Raketen. 5000 Mal fing der Iron Dome sie ab. 5000 mögliche Youtube-Videos. Drei Minuten dauerte das Abfangen einer Rakete durchschnittlich. 15 000 Minuten, vollgepackt mit *Booms*. Oder waren diese Geräusche nur in ihrem Kopf und gar nicht real? War das PTSD?

Lola ging auf den Balkon, ließ sich in ihre Hängematte fallen, drückte sich mit ihrem rechten Fuß am Geländer ab, um in Schwung zu kommen, und schaffte es, während des Hin- und Herschwingens ihren Rechner aus dem Lederbeutel zu holen, den sie am Vorabend neben ihrem Koffer abgestellt hatte. Sie legte ihn auf ihren Schoß, klappte ihn auf und loggte sich ins offene Wifi-Netzwerk ein. Sie scrollte ihren Facebook-Feed durch und wartete auf irgendwelche E-Mails. Sie hoffte auf eine Nachricht von Shlomo, aber Shlomo hatte ihr aus guten Gründen keine weiteren Nachrichten geschrieben. Und weil Lola sich bei Shlomo seit ihrem Verschwinden nicht entschuldigt hatte, klickte sie auf das E-Mail-Symbol und schrieb als Erstes »Sawasdee ka« in den Betreff, um diesen auf der Stelle wieder zu löschen. Lola fühlte sich an Petra erinnert, und immer, wenn sie sich an Petra erinnert fühlte, wollte sie sofort heiß duschen, um jegliches Petra-Sein in sich wegzuspülen. »Sawasdee ka«, wiederholte Lola leise und schämte sich so dermaßen, dass sie den Rechner auf den schwarzen Metalltisch stellte, in den Bungalow ging, ihre Sachen auszog und sich unter die Dusche stellte. Während des gesamten Duschvorgangs murmelte sie »Sawasdee ka« vor sich hin. Nachdem sie den Wasserhahn zugedreht hatte, rubbelte sie sich mit einem Handtuch ab, zog einfach ihre Sachen vom Vortag an, ging zurück zu ihrem Rechner, legte sich erneut in die Hängematte und schrieb in den Betreff: »I am sorry.«

Lieber Shlomo,
wusstest du, dass ich Mariah Careys »All I want for Christmas is you« quasi auswendig kann? Wahrscheinlich nicht. Dass du solche Dinge nicht über mich weißt, liegt an mir. Nichts von dem, was ich getan oder nicht getan habe, ist deine Schuld. Das sollst du wissen, auch wenn es möglicherweise keine Rolle mehr für dich spielt.
Dieser Krieg hat mir ganz schön zugesetzt, Shlomo. Ich erinnere mich, wie die erste Rakete fiel und ich dachte, das ist doch gar nichts, das schaffst du locker. Aber das war natürlich Quatsch. Ihr kennt das. Ihr seid mit Gasmasken aufgewachsen, die ihr während des Golfkriegs tragen musstet, weil Sadam mit Giftgasanschlägen gedroht hat, aber für mich war das mein erster

Krieg. Und ich weiß nicht, wie ich normal weiterleben soll. Das klingt jetzt furchtbar dramatisch, aber so meine ich es gar nicht. Der Krieg hat mich grundlegend verändert, und ich muss gerade herausfinden, wie sich mein zukünftiges Leben auswirken wird, ja, wie sich mein zukünftiges Leben gestalten soll, nachdem nichts mehr so ist, wie es mal war.

Es gibt vieles, was ich dir sagen will und das du längst über mich wissen müsstest, wäre ich nicht eine so unmögliche Person.

An dem Abend, an dem wir in dieser armseligen Spelunke gelandet sind, habe ich den Eindruck gemacht, als müsste man mich nur ein bisschen abfüllen und schon würde ich ganz redselig, aber das bin ich nicht

Ich habe diesen Trick, eine Attrappe, eine Art Haus. Dieses Fassaden-Haus steht für mein öffentliches Selbst. Es steht im Vorgarten meines richtigen Hauses, meines wahren Selbst. Eine große Baumreihe schützt dieses stabile Steingebäude vor Blicken und Eindringlingen. Das Attrappen-Haus sieht selbstverständlich wahnsinnig cool aus, ein bisschen so wie das »Dreamhouse« von Elisheva Levy: feminine Farben, minimalistisches Design, einladend, offen, mit vielen Fenstern nach allen Seiten, fast keine Türen. Als könnte man hindurchsehen und hindurchgehen. Als gäbe es keine Geheimnisse und keine Grenzen. Grenzenlos offen eben. Totaler Bullshit eben.

Von weitem wirkt das Haus großspurig, von nahem sieht man dann, dass es nur aus Pappe besteht. Man muss nur ein bisschen Kraft aufwenden, und schon fällt es zusammen. Ich glaube, dass du von Anfang an gesehen hast, dass mein Vorderhaus aus Pappe besteht und dass es eine Attrappe ist. Aber niemand, der im Papp-Haus war, hat es jemals in das Steinhaus geschafft. Es gab manche, die sich mit Händen und Füßen wehrten, das Papp-

Haus zu betreten: »Was soll der Scheiß. Hier wohnst du doch gar nicht.« Und ich habe so getan, als wären sie verrückt. Ich glaube, dass du gedacht hast: »Ach, lass die mal, dann gehen wir eben in ihr bescheuertes Papp-Haus. Kein Druck. Kein Pressure. Immer mit Ruhe und Geduld.« Aber das hat auch nicht funktioniert.
»Warum schreibst du mir diese E-Mail, Lola?«, fragst du bestimmt gerade total verärgert.
Ich will das Papp-Haus abreißen und dich ins Steinhaus lassen. Unabhängig davon, was aus uns wird.
Shlomo, ich bin in Thailand. Ich wollte Simon entgegenreisen. Ich wollte Simon sehen, um ihm vielleicht diese Schachtel mit all den Briefen zu geben, die Hannah mir hinterlassen hat und auf die ich gestoßen bin, weil Gershom vor über einem Monat gestorben ist. An dem Abend im Café Noir, an dem ich mich so unmöglich verhalten habe, war ich das letzte Mal bei ihm. Da lag er aber schon eingewickelt in ein Tuch unter der Erde.
»Wieso hast du nichts gesagt?«, fragst du jetzt sicher.
Weil du eben im Papp-Haus gelandet bist, obwohl du dort gar nicht hingehörst. Aber das konnte ich nicht wissen.
Ich bin heute Nacht von einem Boom aufgewacht und heute Morgen auch. Die ganze Zeit höre ich die Booms. Es ist kaum auszuhalten. Mitten im Nirgendwo, auf einer Insel namens Koh Sriboya. Die Booms kommen aus verschiedensten Richtungen, wie im Sommer in Tel Aviv. Dort konnte man sie auch ständig von überall hören. Aus Aschkelon und Ramat Gan und Bat Yam. Hörst du auch immer noch die Booms? Hörst du sie, wenn du nicht mehr in Tel Aviv bist? Was, wenn du in einen Flieger steigen würdest, nach Paris oder so, und darauf achten würdest, ob du sie hörst?

Ich glaube, ich werde verrückt, Shlomo. Was ist, wenn ich einfach verrückt werde?
Deine Lola

5

Lola lag mit ihrem Rücken auf einer gelben durchsichtigen Luftmatratze. Das Meer war still und der Himmel bedeckt. Lola musste an Adam denken und daran, wie er möglicherweise immer noch in Bangkok Gold kaufte und wie er dann zurückfliegen würde, zu seiner Frau und seinen Kindern und seiner Community. Adam würde einfach weitermachen. Unbeeindruckt von der Begegnung mit Lola und ihren Fragen und unbeeindruckt von Bangkok. Er würde in eine Welt zurückfliegen, in der man einfach immer weitermachen konnte, weil alle Stücke penibel zusammengehalten wurden. Lola fühlte sich, als flögen die Stücke ihres Lebens seit Gershoms Tod schwerelos durch die Gegend. Manchmal trafen sie Lola am Kopf, sie schrammten an ihrer Schläfe entlang oder erwischten sie an der Stirn.

Lola stellte sich vor, wie sie auf dieser Luftmatratze bis nach Australien trieb. So weit war Australien schließlich nicht weg. Sie könnte jetzt ihre Augen schließen, dachte Lola, und wenn sie sie das nächste Mal öffnete, wäre sie an eine Küste geschwemmt worden. Lola würde aus dem Wasser steigen und mit ihrer Luftmatratze unter dem Arm in den Dschungel laufen, in dem jetzt Sarah, Simon und ihre beiden Brüder lebten. Lola müsste viele Tage laufen.

Barfuß, versteht sich. Aber irgendwann käme sie an, in der Red Rabbit Road in Hell Creek. Simon würde wahrscheinlich gerade das neue Dach auf sein selbstgebasteltes Haus montieren, das er sich von Gershoms Erbe hatte kaufen können. Sarah würde in der Küche werkeln und ihren Söhnen Avigor und Chaim Frühstück, Mittagessen oder Abendbrot machen. Und Lola würde mit ihrer gelben Luftmatratze unter dem Arm im Dschungel erscheinen.

Nach ihrer Hochzeit hatten Sarah und Simon einige Hektar Land in Australien und einen kleinen Wohnwagen gekauft, in dem sie so lange wohnten, bis Simon begann, das Haus zu bauen. Sie waren noch einmal nach Berlin gekommen, um seinen gesamten Hausrat in einen Container zu verstauen und nach Australien zu verschiffen. Eine Woche waren sie geblieben. Lola hatte sich vor der Verschiffung Dinge aussuchen dürfen, die Simon nicht hatte mitnehmen wollen. Eine Kiste Bücher und einen Toaster, den er kurz nach seiner Flucht auf einem Flohmarkt gekauft hatte. Aber dieser Toaster erinnerte Lola an die Zeit nach dem Mauerfall und die Beziehung, die zwischen ihr und Simon entstanden war. Dieser braunbeige Toaster mit seinem kaum noch zu erkennenden Blumenmuster war aus den siebziger Jahren. Ihm hatte man noch keine Zeituhr eingebaut, so dass er sich nach zwei Jahren selbst zerstören würde, damit man sich einen neuen Toaster kaufen müsste, um das kapitalistische System zu unterstützen. Echte Wertarbeit, hatte Simon den Toaster genannt, und es war unerklärlich, dass er ihn nicht mit in den Dschungel nehmen wollte.

Der Toaster stand immer noch in Lolas Wohnung.

Funktionstüchtig. Einsatzbereit. Zuverlässig. Was die Beziehung zwischen Simon und Lola nicht geschafft hatte, war dem Toaster gelungen.

Ein halbes Jahr später rief Simon Lola an. Mitten in der Nacht. Zeitverschiebung. Lola wollte erst nicht rangehen, aber Simon war hartnäckig, ließ den Anrufbeantworter dreimal anspringen, ohne draufzusprechen, und klingelte erneut durch. Beim vierten oder fünften Klingeln nahm sie den Hörer ab. »Hallo, Lola! Mensch, na endlich«, war Simon entfernt zu hören. »Ich gratuliere dir zu deinen neuen Geschwistern. Heute sind deine Zwillingsbrüder geboren worden, und ich habe jetzt schon eine ganze starke Verbindung zu ihnen. Freust du dich?«, rief Simon aufgeregt, und Lola antwortete: »Ich wusste gar nicht, dass Sarah schwanger ist.« Simon gab ihr die Namen der Zwillinge durch, Avigor und Chaim Miller, Größe und Gewicht, 49 und 50 Zentimeter, 3077 und 2978 Gramm. Lola riss das Telefonkabel aus der Dose und ging zurück ins Bett.

6

Ameisen (rote kleine, rote große, schwarze kleine und schwarze große), Geckos, Mücken, Schnecken, Fische, Krebse, Schlangen (dünne graue), Spinnen (größtenteils Springspinnen), Mäuse, Hunde (ein schwarzer, drei braune), Schmetterlinge, Kolibris, Grillen, Grashüpfer, Käfer (sehr, sehr viele), Gottesanbeterinnen, Eidechsen und Insekten (fliegend, springend, laufend, sitzend). Obwohl Lola Tiere nicht sehr mochte, lebte sie hier seit vier Wochen sehr friedvoll mit ihnen zusammen. Morgens stand sie früh auf, frühstückte, legte sich in ihre Hängematte oder auf ihre Luftmatratze, gegen Mittag aß sie, schlief, las, aß wieder und ging schlafen. Dieser Ablauf entspannte sie. Ihr Denken war rein assoziativ und nicht mehr reflektierend. Sie ahnte plötzlich, dass diese Form des Heruntergefahrenseins ein Grund sein könnte, warum Simon in den Dschungel gegangen war. Simons Geist war sein Leben lang schnell und rege gewesen, aber auch unruhig und rastlos. Die Natur mit ihren zweckfreien Abläufen war eine große Erleichterung.

Nach dem Frühstück ließ sich Lola von Nuk, der nicht nur die Touristen mit dem Boot von Krabi abholte, sondern auch angelte, als Gärtner tätig war und kleinere Reparaturen übernahm, eine Angelsehne geben. Natalie fragte sie nach einer kleinen Kiste, die sie sich ausborgen könne, um darin Muscheln zu sammeln, aus denen sie ein Mobile basteln wollte. Mit einer verrosteten Metallbox bewaffnet, lief Lola an den Strand und Richtung Norden. Die Mittagssonne brannte auf Lolas Schultern und auf ihrer Nase.

Auf ihrem Weg zum Magic Beach, den ihr Natalie für die Muschelsuche vorgeschlagen hatte, kam sie an vielen geschlossenen und verlassenen Resorts vorbei. Die Saison hatte noch nicht begonnen, und weil Lola keiner Menschenseele begegnet war, zog sie ihr Bikinioberteil aus, so wie sie es aus der DDR kannte. Vor einigen Jahren hatte sie selbst in Tel Aviv barbusig am Strand gelegen. Ähnlich kopflos war es auch, auf Koh Sriboya ohne Bikinioberteil zu spazieren, denn auf der Insel gab es einen christlichen und einen muslimischen Teil. Der Magic Beach lag im muslimischen.

Lola breitete ihr Strandhandtuch aus und begann, passende Muscheln und Korallen für ihr Mobile zu sammeln, suchte gewissenhaft nach der richtigen Größe und idealen Form. Manchmal, wenn sie eine Muschel aufhob, konnte sie die schnellen, erschrockenen Beinchen eines Krebses erkennen, der versuchte, sich tief im Inneren der Muschel zu verstecken. Bald würden diese Muscheln an einer Angelsehne baumeln, in Lolas Badezimmer. Ein Mobile aus verlassenen Häusern.

Unter dem weißen Turban, den sie sich aus einem Tuch gewickelt hatte, das sie sonst immer mit nach Jerusalem nahm, um es sich über die Schulter zu legen, wenn sie die Klagemauer besuchte, kitzelte es. Sie legte die Muscheln in derselben Reihenfolge zurecht, in der sie später auf die Sehne gezogen werden sollten. Lola wollte sichergehen, dass Harmonie herrschte, dass sich die Muscheln und die Korallen miteinander verstünden, dass sie nebeneinander natürlich wirkten. Nicht konstruiert, sondern wie zufällig angeordnet, aber ästhetisch perfektioniert.

Auf Lolas Körper bildeten sich Schatten, und Lola spürte, wie diese Schatten ihren Körper angenehm kühlten. Sie hatte eine glatte rosafarbene Muschel als Abschluss in den Sand gelegt, als jemand »Lola! Lola!« rief. Und weil Lola sich sicher war, dass diese Stimme zu jenen Halluzinationen gehörte, die auch dafür sorgten, dass sie ständig von *Booms* verfolgt wurde, reagierte sie nicht.

»Hey, Lola!« Sie kannte die Stimme irgendwoher und begriff, dass sie kein posttraumatisches Stresssymptom war. »Ey, Mensch, Lola, ich bin's, Toni!« Lola kniff ihre Augen fest zu, hob ihren Kopf an, und Toni sagte erneut: »Augen auf, Lola!« Und auch, wenn sie die Augen nicht aufmachen wollte, öffnete sie erst das rechte Augenlid und dann das linke. »Vielleicht blendet sie die Sonne«, sagte eine Frauenstimme. Aber dem war nicht so.

Lola konnte Toni jetzt sehr klar erkennen. Neben Toni stand ein junges blondes Mädchen. Er trug abgeschnittene Nike-Jogginghosen und sein Supreme-Cap, das junge Mädchen einen blauen Metallic-Bikini. Lola bedeckte mit der einen Hand ihre Brüste, suchte mit der anderen den Sand nach ihrem Bikinioberteil ab und entdeckte es unter Tonis linkem Fuß. »FKK, oder was?«, fragte Toni mit einer süffisanten Intonation.

»Was machst du hier?«

»Ich habe auf Instagram gesehen, dass du hier bist.«

»Und dann habt ihr gedacht, die kommen wir besuchen? Wir buchen spontan ein Ticket nach Thailand und überraschen die Lola?«

»Na ja, so wichtig bist du jetzt auch nicht. Wir sind vor vier Tagen auf Koh Phi Phi angekommen und heute Morgen mit einem Long-Tail-Boot rübergekommen.«

»Wo wohnt ihr?«

»Na, in dem Resort, in dem du auch wohnst. Das von der Französin.«

»Ach.«

»Lass uns doch später zusammen essen.«

Dann schubste ihn das junge Mädchen.

»Das ist übrigens Peggy. Peggy arbeitet bei *Paris PR*. Dieser PR-Agentur. Das ist unser erster Urlaub. Peggy, das ist Lola. Fotografin.«

»Hi, Lola, ich freu mich, dich kennenzulernen, Toni hat mir schon deinen Instagram-Account gezeigt. Mensch, wie bist du denn auf den Namen Amon Hirsch gekommen? Amon ist ein total schöner Jungenname. Was machst du denn da mit den Muscheln?«

»Ein Mobile.«

»Wollen wir gegen sieben zum Abendessen, Lola? Das letzte Mal ist ja ein bissen aus dem Ruder gelaufen. Aber ich hab gesehen, du warst den ganzen Sommer in Tel Aviv. Meine Güte. Mich interessiert wirklich, wie das war.«

»Wir lassen dich mal dieses Mobile basteln«, sagte Peggy ziemlich niedlich und zog Toni am Arm weg.

»Also, Lola. Ich zähl auf dich. Um sieben im Restaurant!«

Lola starrte auf ihr Bikinioberteil, das in Tonis Fußabdruck lag. Und dann starrte sie auf ihre Muscheln und wollte kein Muschel-Korallen-Mobile mehr basteln. Sie ließ alles zurück und ging barbusig Richtung Resort. Sie musste an Nuk vorbei, der die Terrasse der Beach-Bar fegte, und an Seni, dem Barkeeper, der so tat, als würde er nicht gucken, aber merkwürdig schielte.

Als Lola den Bungalow erreicht hatte, klappte sie den Rechner auf. Shlomo hatte geschrieben:

Liebe Lola,
entschuldige, dass ich so lange gebraucht habe, um dir zu schreiben. Ein Monat ist eine lange Zeit. Das weiß ich. Du wirst zwi-

*schendurch gedacht haben, er wird mir nicht mehr antworten, aber du kannst dir vorstellen, dass ich zwei- bis dreimal durchatmen musste. Dazu kommt, dass ich gerade eine neue Ausstellung plane. Sie würde dir gefallen. Es geht um Erinnerung.
Es gibt Menschen, die wissen, dass sie geliebt werden, und es gibt Menschen, die das niemals wissen werden. Und beides hat eine besondere Schönheit und Ästhetik.
Ich höre keine Booms mehr. Niemand hört mehr die Booms. Alle haben vergessen, was diesen Sommer geschehen ist. Wir müssen vergessen, wir haben ja auch gelernt zu vergessen. Die Frage ist nur, was vergessen und was erinnern? Da gibt es Kategorien und Prioritäten. Persönliche und gesellschaftliche. Wir wissen um den nächsten Gaza-Krieg. Bis dahin müssen wir leben, ohne täglich an das zu denken, was passieren wird.
Als der zweite Teil des Gazas-Kriegs losging, als du kurz mal verschwunden warst, habe ich gedacht: »War is so July.« Viele haben ähnlich gedacht, denn niemand ist mehr aufgesprungen, als die Sirenen losgingen. Vielleicht haben wir sogar darüber gesprochen, als du wiederkamst. Ich weiß es nicht mehr. Ich wusste, dass du jederzeit verschwinden konntest. Das ist okay, Lola. Ich verzeihe dir, auch wenn du Verzeihen scheiße findest. Ich finde Verzeihen gut. Verzeihen ist richtig.
Ich denke jeden Tag an den Jungen. Wirklich jeden Tag. Er ist weg. Asche, Staub, Sand. Er lebt nur noch als Erinnerung. Natürlich haben seine Eltern und die Menschen, die ihn wirklich geliebt haben, viel mehr Recht darauf als ich, an ihn zu denken. Er sollte in ihnen weiterleben, nicht in mir. Nicht in seinem Mörder. Aber er ist durch meine Hand gestorben. Ich war das Letzte, das er bewusst wahrgenommen hat. Es gibt ein Band zwischen ihm und mir. Von diesem Band zwischen mir und dem Jungen habe*

ich noch nie jemandem erzählt. Bei dir ist dieser Gedanke gut aufgehoben. Weil du ein bisschen was weißt. Von mir. Von dir. Von der Welt. Von den Menschen.
Du wirst nicken, wie du es manchmal tust. Dabei sehr ernst schauen und diesen merkwürdig erscheinenden Gedanken einfach annehmen. Ohne zu urteilen. Es war dieses Band, das du mir mit deinen Bildern zeigen wolltest. Dieses Band ist eine Winternähe. Wir alle haben diese Winternähe zu irgendjemandem oder irgendetwas. Vermutlich würdest du noch weitergehen und sagen, das Leben ist durch diese ständige Winternähe geprägt. Ich hoffe, dass du irgendwann zurück nach Tel Aviv kommst. Ich hoffe, dass wir durch die Straßen spazieren und über diese Winternähe sprechen. Dass wir auf Dinge und Personen und Situationen zeigen und sagen: Da, Winternähe! Siehst du sie auch?

Ich bin traurig, Lola, dass ich nicht für dich da sein durfte, als dein Großvater gestorben ist. Es wäre für dich vielleicht schön gewesen, wenn jemand da gewesen wäre, als es dir schlechtging. Als ich deine E-Mail gelesen habe, wollte ich dich in den Arm nehmen, aber du warst nicht da, und wenn ich mir vorstelle, dass du im Café Noir vor mir gesessen hast, mit dieser Trauer im Bauch, und ich dich nicht trösten konnte, weil ich nichts von deiner Trauer wusste, werde ich wieder traurig und ein bisschen wütend. Auch, wenn ich daran denke, dass du auf irgendeiner dummen Insel hängst. Lola, das ist falsch. Das ist wie, wenn ich auf die Beerdigung des palästinensischen Jungen gehe. Und auch, wenn du nichts dazu gesagt hast, haben die Bilder deine Meinung dazu offengelegt. Natürlich hatte das nichts mit dem Jungen zu tun.
Ich will, dass du weißt, dass du jederzeit in den Flieger steigen

und einfach herkommen kannst. Ich weiß auch, dass du das nicht machen wirst, aber vielleicht reicht es erst mal, dass du weißt, dass es ginge.
Hier wird es langsam kühler. Der Wind am Abend will, dass man eine Jacke anzieht. Du fändest es furchtbar.
Ich stelle mir vor, wie du auf der Insel durch den Sand läufst und auf die Wellen schaust, und ich wünsche mir einfach nur, dass du glücklich bist. Eine glückliche Lola wünsche ich mir.
Dein Shlomo

――――――――――― 7

Das Ciabattabrötchen hinterließ einen weißen pudrigen Film um Lolas Mund. Es war kurz nach sieben, Lola saß allein im Restaurant und frühstückte. Das Meer war klar und ruhig, der Himmel dunkelgrau. Ein lauter, dumpfer Knall ertönte, und dann noch einer, und noch einer. Am Horizont blitzte es mehrmals so stark auf, dass das Meer davon glitzerte. Dann entleerte der Himmel mit einem Mal Tausende Liter Wasser über dem Resort, und Natalie rief: »Na endlich! Darauf haben wir so lange gewartet.« Lola erinnerte sich, wie sie in der ersten Woche des Krieges mit Yotam, einem befreundeten Piloten der israelischen Armee, einen Wein in Neve Tzedek, dem ersten jüdischen Stadtviertel, das außerhalb Jaffas gebaut worden war, trinken gewesen war. Sie hatten in einer Bar gesessen, und plötzlich waren alle, die draußen saßen, aufgesprungen. Menschen rannten eilig in Hauseingänge, und die Autos blieben mitten auf der Straße stehen. Yotam sagte: »Ah, es geht los«, und Lola antwortete: »Das Gewitter, oder was?«, weil sie sicher war, Donnergrollen gehört zu haben, und Yotam schaute sie völlig irritiert an: »Was für ein Gewitter?« Das war kein Donnergrollen, sondern ein *Boom*. Lola begriff, dass der *Boom* wie Donner klang und dass das Geräusch, das sie immer wieder auf der Insel gehört hatte, nichts weiter als ein Donnern gewesen war. Das Geräusch des Donners hatte sie schon ein halbes Jahr nicht mehr gehört. Lola würde sich neu konditionieren müssen. Dumpfes Wummern hieß jetzt, hier, auf dieser Insel: Regen. In Israel würde es für immer Raketen bedeuten.

Lola nippte an ihrem Filterkaffee, der nur genießbar war, weil sie eine Menge Milch und Zucker reingekippt hatte. Gershom hatte seinen Filterkaffee immer schwarz getrunken. Und Gershom hatte eine Menge Tassen Filterkaffee am Tag getrunken. Lola stellte sich vor, wie Gershom jetzt neben ihr sitzen würde und an seinem schwarzen Filterkaffee nippen. Er würde zu erzählen beginnen, wie er es immer getan hatte am Telefon oder wenn sie ihn in Holon besucht hatte:

»Lolale, was machst du da immer so viel Zucker und Milch rein. Das kann doch gar nicht schmecken.«

»Großpapa, wie kannst du da keinen Zucker und keine Milch reintun. Das Zeug ist ungenießbar.«

»Ich habe meinen Kaffee ja immer aus einer speziellen Tasse getrunken. Weißt du, wie die Tasse aussah?«

»Selbstverständlich. Es war so eine selbstgetöpferte, oder?«

»Ja, genau. Deine Großmutter hat sie mir geschenkt, als

wir ein paar Monate zusammen waren. Sie hat gesehen, dass ich gerne Kaffee trinke. Habe ich dir schon einmal diese Geschichte von der Tasse erzählt?«

»Ich weiß es nicht genau. Wahrscheinlich nicht. Worum genau ging es denn?«

»Na, wie ich die Tasse im Palast vergessen habe.«

»Erzähl! Die Geschichte kenne ich noch nicht.«

»Gut, gut. Ich war völlig meschugge. Vergesse ich doch meine geliebte Tasse im Palast der Republik. An meinem letzten Arbeitstag. Fünf Tage später schloss der Palast endgültig. Ich hätte noch drei Jahre gehabt, dann wäre ich pensioniert worden. Und weil ich meinen Kaffee aus dieser Tasse immer nur an diesem Schreibtisch getrunken habe, ist mir überhaupt nicht aufgefallen, dass sie nicht da war. Es war längst Oktober, es war kalt und dunkel am Morgen. Ich lag neben Hannah, ach, wie gerne ich neben Hannah gelegen habe, weißt du das, Lola? Wirklich. Deine Großmutter war die Liebe meines Lebens. Ich wünsche mir für dich, dass du auch die Liebe deines Lebens findest. Es hat bei uns ja auch ein bisschen gedauert. Wir waren spät dran. Anfang dreißig waren wir ja schon. Das war in den Sechzigern schon uralt. Heute ist dreißig blutjung. Da liegt noch so viel vor dir. Das Leben, weißt du. Oh, wo war ich stehengeblieben? Was wollte ich gerade erzählen?«

»Von der Tasse und dem Palast.«

»Ja, ja, genau. Ach, Lolale, wenn ich dich nicht hätte. Das ist natürlich schade, dass man im Alter so vergesslich wird. Fürchterlich vergesslich. Jedenfalls lag ich neben Hannah, und das Bett stand so, dass man aus dem Fenster schauen konnte, und ich sah diesen Berliner Winter. Man konnte nur vom Anblick des Himmels den Berliner Winter riechen, der ja gerade erst begonnen hatte, aber die nächsten sechs Monate anhalten würde. Man konnte ihn riechen und die kriechende Kälte fühlen, der man ausgesetzt wäre, würde man das Haus verlassen. Und ich lag unter meiner warmen Decke. Ich fragte mich, was ich die nächsten drei Jahre tun sollte. Ich hatte doch mein Leben lang gearbeitet, weißt du. Die ersten zwei Wochen nach meinem letzten Tag hatten sich noch angefühlt wie Urlaub, aber die dritte Woche nicht mehr. Ich wollte gar nicht in Rente gehen, aber wer würde schon einen alten Mann nehmen? Ich stellte mir meinen alten Schreibtisch vor und wie ich an diesem Schreibtisch dreißig Jahre gesessen hatte. Ich fühlte den kratzigen Stoff des Stuhls, und ich spürte ein paar Sonnenstrahlen, die meine Schultern wärmten, ich sah das olivfarbene Telefon.«

»Alle Telefone waren oliv oder orange oder grau.«

»Ja, das waren sie, Lola. Meines hatte schon Tasten und nicht nur eine Drehscheibe.«

»Fancy!«

»Was?«

»Cool.«

»Frenzi?«

»Fancy. Egal.«

»Nun gut. Ich stellte mir eben vor, wie ich da saß, den Hörer in der einen Hand und die Kaffeetasse in der anderen. Und dann wird mir klar, ich habe die Tasse dort stehenlassen. Hannah schlief noch, und ich bekam Panik. Wirklich schreckliches Herzrasen. Was man eben bekommt, wenn einem etwas Wichtiges einfällt. Also schlich ich mich aus dem Bett, ging ins Bad, wusch mich und stürzte aus dem Haus. Ich fuhr mit dem alten Mazda zum Palast, parkte am Hintereingang, ging zum Pförtner, der mich kannte und dem man verboten hatte, irgendjemanden reinzulassen. Er grüßte mich. Hallo, Hirschi, sagte er, man nannte mich ja Hirschi, und ich erklärte ihm, dass ich dringend etwas aus meinem alten Büro holen müsse. Und er zwinkerte, legte seinen Zeigefinger vor den Mund und öffnete mit einem Knopf die Tür. Lolale, du kannst dir nicht vorstellen, wie komisch es da war. Dieses verlassene Gebäude. Diese verlassenen Gänge, die dreißig Jahre lang mit Menschen gefüllt waren. Ein großes Unglück, dass man dieses Gebäude abgerissen hat. Ein großes Unglück. Jetzt baut man da ein Schloss hin, das niemanden interessiert, und in hundert Jahren reißen sie dann dieses Schloss ab und bauen den Palast wieder auf, weil das plötzlich besser zur Geschichte passt. Ein komischer Geschichtsbegriff. Genauso wie sie dem Reichstag eine Glaskuppel überstreifen und ihn damit in die Moderne katapultieren. Warum den Reichstag nicht der Geschichte und den Naturgewalten überlassen? Warum dieses Gebäude nicht der Erinnerung freigeben? Warum muss man es von Erinnerung befreien? Mit Glas? Was wollte ich denn erzählen?«

»Du wolltest den Kaffeebecher aus deinem alten Büro im Palast retten.«

»Ja, genau. Es war wirklich eine Rettung, Lolale. Das siehst du schon ganz richtig, auch wenn du das ein bisschen lustig meinst. Kannst du mir noch einen Filterkaffee bei dieser französischen Dame bestellen, bitte? Das wäre lieb von dir.«

Lola bestellte noch einen Kaffee, und als Natalie ihn brachte, stellte Lola ihn neben ihre Tasse.

»Wie schön. Danke, mein Spatz.«

»Los, erzähl weiter.«

»Ich gehe also durch dieses leere Gebäude und durch diese leeren Gänge, die einmal voll mit Menschen waren. Jetzt habe ich ein Déjà-vu. Das gibt es ja gar nicht.«

»Nein, nein. Du hast den Satz nur schon erzählt.«

»Ah ja. Das ist ja nicht schlimm, richtig? Man kann doch auch mal einen Satz wiederholen. Ich komme jedenfalls in mein Büro. Ach, Lola. Wie schön das war. Wirklich schön und traurig zugleich. Wenn etwas so richtig schön ist, dann ist es zugleich ein wenig traurig, denkst du nicht auch? Ich setze mich an meinen Schreibtisch, und da steht sie, die Kaffeetasse. Ein Rest Kaffee war längst verschimmelt, und ein weißgrauer Schleier hatte sich an der Oberfläche gebildet. Ich dachte, diese Tasse darf ich eigentlich gar nicht auswaschen. Ich muss sie so lassen. Sie symbolisiert meine dreißig Jahre Arbeit, und jetzt darf man sie nicht einfach als Frühstückstasse oder Nachmittagstasse oder, noch viel schlimmer, als Ruhestandstasse benutzen. Wenn sie doch die Arbeitstasse war, wenn dieser Rest Kaffee, der darin verschimmelt, von dem Kaffee stammt, den ich als arbeitender Mensch getrunken habe, dann gehört der Schimmel fortan zu dieser Tasse.«

»Finde ich auch!«

»Ich weiß, dass du das findest, und ich weiß, dass du das von mir hast, ein Gefühl für die fortschreitende Zeit. Für ein Leben, das nicht durch Störungen, sondern durch einen Fluss gekennzeichnet ist, der alles und jeden miteinander verbindet. Ich habe die Tasse dann in die Hand genommen, so wie ich es immer tat. Und jetzt wird es wirklich verrückt, Lola, und du wirst sagen, mein Großvater erzählt Geschichten, die nicht stimmen, aber ich sage dir, die Geschichte ist wahr. Ich halte also diese Tasse in der Hand, auf meinem alten Stuhl, an meinem alten Schreibtisch, in diesem leeren Gebäude, das über so viele Jahre gefüllt war mit Menschen und Gefühlen und Erinnerungen und Ereignissen, in dieser Stadt, die voll ist von Erinnerungen und Ereignissen, schmerzlichen und schönen, und dann klingelt doch wirklich mein Telefon. Lolale, du brauchst gar nicht so ungläubig zu gucken. Mein Telefon klingelt, und ein orangefarbener Knopf blinkt. Und ich denke, ich werd' verrückt. Das habe ich gedacht, genauso wie du denkst, ach, der ist doch meschugge. Aber es ist die Wahrheit. Ich lasse es klingeln, weil ich eine Weile brauche, um zu glauben, was da passiert, und dann gehe ich ran. Ich sage: ›Guten Tag, Hirsch‹, und die Stimme auf der anderen Leitung fragt: ›Ist da Gershom Hirsch? Spreche ich mit Gershom Hirsch?‹, und ich antworte: ›Ja, Sie sprechen mit Gershom Hirsch. Wer ist denn da?‹ ›Hier ist Herr Benedikt von der Philharmonie Berlin. Hätten Sie Interesse, die technische Leitung in der Philharmonie zu übernehmen?‹, und ich sage: ›Selbstverständlich. Ich gebe Ihnen erst einmal meine neue Nummer, unter der Sie mich erreichen können. Das ist mein altes Büro, und ich bin nur zufällig hier, um ein paar Unterlagen zu holen und eine Kaffeetasse.‹ So habe ich den Job in der Philharmonie bekommen, Lola. In dem Gebäude, in dem ich 1960 deine Großmutter kennengelernt habe.«

»Verrückt.«

»Oder? Das Leben ist ein Wunder.«

Gerade wollte Lola ihm antworten, ihm sagen, wie recht er hatte, aber der Platz neben ihr war leer. Gershoms Kaffeetasse war ausgetrunken, nur ein kleiner Rest bedeckte den Boden. Lola griff nach der Tasse, stand auf und ging zurück in ihren Bungalow. Sie legte sich in ihre Hängematte und fiel in einen tiefen Schlaf, aus dem sie gerissen wurde, weil es so heftig gewitterte, dass das Regenwasser die Terrasse zu überfluten drohte. Erst waren es nur wenige Tropfen gewesen, die sie im Gesicht trafen und ihre Wangen, dann wurden Sturzbäche daraus, die sich vom Dach in ihr Gesicht und auf den Boden entluden. Der Sturm schüttelte Lola in ihrer Hängematte hin und her, und als sie von dieser Unruhe aus dem Schlaf gerissen wurde, wusste sie weder, wo sie war, noch, wer sie war.

Seit Tonis und Peggys Ankunft hatte Lola, aus Angst die beiden zu treffen, immer nur gefrühstückt. Lolas Magen knurrte. Also duschte sie kurz, zog sich etwas über und ging ins Restaurant.

Von weitem konnte Lola Peggys Hintern erkennen. Sie trug kurze schwarze Baumwollshorts, auf denen I LOVE NY stand, und als Lola die letzte Stufe der Treppe erklomm, drehte sich Peggy sofort zu ihr um. Sie lächelte. Peggy lächelte mit einem breiten Mund und fröhlichen Augen. Die Vorstellung, einen weiteren unerträglichen Abend mit Toni verbringen zu müssen, wich der Vorstellung, Peggy besser kennenzulernen.

Toni saß an einer großen Holztafel in der Mitte des

Restaurants und redete in einem schnellen Englisch mit einem deutschen Akzent auf zwei Personen ein, die Lola, obwohl sie sie nur von hinten sah, sofort als Israelis erkannte.

Toni erblickte Lola und rief: »Lola, this is Hillel and Maya. They arrived today and are from Israel.« Hillel intervenierte leise, aber verständlich, dass sie seit einem Jahr in Berlin leben würden. »Olim le Berlin«, murmelte Lola und fürchtete, dass sie sich die nächsten zwei Stunden über den billigen Sahnepudding in Deutschlands Supermarktregalen unterhalten müsste. Ihr Magen knurrte so laut, dass Peggy rief: »Huch, da will uns einer etwas sagen!«, und Lola lächelte mit einem breiten Mund und fröhlichen Augen.

Lola setzte sich an die Stirnseite. Es würde ein guter Abend werden, dachte sie, und rief Natalie »Ein Glas Weißwein, bitte« zu. Sie griff in die blaue Tonschale, fischte einen dieser thailändischen Chips, die im Resort gebacken wurden, heraus und steckte ihn in den Mund.

»Ihr lebt jetzt also in Berlin!«, sagte Lola undeutlich.

»Ja, genau. In Neukölln.«

»Was macht ihr in Berlin?«

»Maya ist eigentlich Künstlerin, arbeitet aber in einem Café in Kreuzberg, und ich versuche gerade, mich neu zu orientieren.«

»Was für Kunst machst du denn?«, fragte Peggy, und Maya zückte ihr iPhone, öffnete ihre Instagram-App und zeigte Nude-Selfies mit verschiedenen Obstsorten.

»Wirklich toll. Ich wollte immer mal eine echte Künstlerin kennenlernen«, sagte Peggy und meinte es ehrlich.

»So, aber jetzt lasst uns doch wirklich mal über den Gaza-Krieg sprechen. Was denkt ihr?«, fragte Toni in die Runde, und Peggy gab ihm einen Kuss auf die Wange.

»Warum habt ihr Israel verlassen?«, fragte Lola, und Hillel antwortete ihr: »Wir haben Israel verlassen, weil wir die politische Situation nicht länger unterstützen möchten. Wir möchten die Okkupation nicht länger unterstützen.«

»Berlin ist frei. Ich kann da einfach frei sein«, antwortete Maya.

»Es ist ja nicht nur die Besetzung, sondern auch die ökonomische Situation. Die Regierung gibt Millionen für Rüstung und Sicherheit aus und spart an Bildung, Kultur und Kunst. Das ist schädlich für eine Gesellschaft. Das ist schädlich für die israelische Gesellschaft. Das Phantasma, wir wären ein jüdischer Staat, ist absurd. Israelis und Juden sind nicht identisch. Das muss man verstehen. Juden sind neurotisch und vorsichtig und sensibel, aber Israelis sind schroff und laut und aggressiv.« Hillel verstand sich als Jude, nicht als Israeli, und war deswegen nach Berlin gegangen. Hillel war auf der Suche nach dem jüdischen Volk. Lola konnte ihn verstehen und seine Suche, die niemals zum Ziel führen würde, weil es, nach Lolas Ansicht jedenfalls, kein Judentum mehr in Europa gab.

»Du bist auf der Suche nach dem jüdischen Volk, Hillel, aber das gibt es auch in Berlin nicht mehr. Das jüdische Volk ist tot. Ich erinnere mich, wie ich 2006 nach Israel gegangen bin. Da wollte ich das erste Mal Alija machen. Ich habe wie du das jüdische Volk gesucht, und ich gebe dir recht, dass ich es in Israel damals nicht gefunden habe. Vielleicht kann man unter den Juden in Amerika noch am ehesten das jüdische Volk, den jüdischen Charakter, ja die jüdische Identität entdecken. Europa ist nicht jüdisch, und Deutschland schon gar nicht. Welche Juden sind denn nach dem Holocaust nach Deutschland zurückgekehrt? Welche Juden sind freiwillig in dieses Land gegangen?«

»Ich weiß es nicht. Sag's mir, Lola!«, entgegnete Hillel energisch.

»Zuerst einmal muss man zwischen Westdeutschland und Ostdeutschland unterscheiden. Ostdeutschland war ja, wenn man so will, mit der Gründung entnazifiziert. In der DDR lebten deshalb die Gegner des Nationalsozialismus, was prinzipiell natürlich völliger Quatsch war, aber das war die offizielle Linie. Meine Großeltern sind nach Ostdeutschland gegangen, weil sie Kommunisten waren.«

»Die Juden haben den Kommunismus ja schließlich erfunden«, sagte Hillel aufgeregt.

»Wer nach Westdeutschland ging, war abgebrüht, unerschütterlich, Deutschland verbunden, trotz der ambivalenten Gefühle.«

»Vielleicht können wir eine neue jüdische Kultur in Deutschland etablieren?«

»Ich glaube, dass alle Berlin-Olims wegen des Traumas in Deutschland sind. Kein Jude wollte Deutschland verlassen. Keiner wollte die schöne Altbauwohnung gegen ein zusammengebasteltes Haus in der Steinwüste tauschen. Du weißt doch selber, wie es in Israel ist, entweder lieben sie alles Deutsche, oder sie hassen alles Deutsche. Wer also jetzt nach Deutschland kommt und sich vormacht, das würde mit dem Preis eines ekelhaften Sahnepuddings zu tun haben, der irrt. Da will was Zerstörtes zusammengeführt werden. Man will dorthin zurück, woher man ursprünglich kam.«

»Puh«, seufzte Peggy.

»Mensch Leute, lasst uns sachlich bleiben. Lola, du wirst schon wieder so wie damals im *Trois Minutes*. Das kommt sicher vom Weißwein. Sonst bist du doch auch entspannter. Ich finde, dass man gelassener darüber reden könnte«, entgegnete Toni.

»Finde ich nicht. Ich finde, dass man da total ungelassen drüber reden sollte.«

»Ich gebe Lola in diesem Fall wirklich recht. Man sollte in diesem Punkt emotional sein dürfen, weil es doch auch emotional ist. Und ich gebe Lola auch recht, dass die Entscheidung vieler Israelis, nach Berlin zu gehen, einem Trauma entstammt«, sagte Hillel sehr ruhig. »Aber selbst wenn es so ist, wenn es also einem Trauma entstammt, ist es nicht gleich falsch. Vielleicht kann es dadurch aufgelöst werden. Vielleicht kann das Leben in Berlin die Wunden heilen.«

»Aber das würde ja nur gehen, wenn man sich mit seinen Wunden auch beschäftigen würde und nicht die ganze Zeit im Berghain feiert oder Sahnepudding auf Facebook postet. Ich erinnere mich, wie ich im Juli mit Freunden in einer Bar saß, und dann erklärt mir diese Barkeeperin, dass in Berlin alles besser sei. Und ich fragte sie, was ist denn besser? Aber das konnte sie mir nicht beantworten. Es gibt eine Sehnsucht, dieser existentiellen Bedrohung zu entfliehen, und man idealisiert ein Land, das durch eine existentielle Bedrohung alle Juden in eine nicht enden wollende existentielle Bedrohung manövriert hat. Versteht ihr, was ich meine? Das ist doch pervers.«

»Ja, das ist es. Ich bin mir aber nicht sicher, ob alle das so kompliziert und psychologisch sehen wie du. Viele gehen nach Berlin, weil sie die Atmosphäre schätzen. Wirklich! Aus ganz simplen Beweggründen.«

»Ach, nichts ist simpel.«

»Soll ich euch taggen?«, fragte Maya, und Peggy gab ihr ihren Instagram-Namen und Toni auch. Lola schüttelte ihren Kopf, und Hillel sagte nur: »Ich habe gar kein Instagram.«

8

Am nächsten Tag reisten Hillel und Maya ab. Vom Restaurant aus beobachtete Lola Nuk und einen weiteren Mitarbeiter des Resorts, wie sie die Rucksäcke der beiden die steilen Treppen hinuntertrugen und sie aufs Boot luden.

»Das war aber ein kurzer Aufenthalt«, sagte Lola zu Hillel, der bei Natalie die Übernachtungen und Restaurantrechnungen bezahlte.

»Ja, Maya möchte lieber nach Koh Phi Phi. Ihr ist es hier zu ruhig. Außerdem findet da morgen eine Full-Moon-Party statt, und sie will unbedingt auf eine Full-Moon-Party, wenn sie schon mal in Thailand ist.«

»Bist du auch das erste Mal in Thailand?«, fragte Lola.

»Nein, nein. Das ist jetzt das dritte Mal. Ich bin nach der Armee hier gewesen.«

»Und warst du damals auf einer Full-Moon-Party?«

»Nein, war ich nicht.«

Lola stand auf und verabschiedete sich von Hillel. Sie umarmte ihn mit Wehmut und Mitgefühl. Es war der erste sonnige Tag nach einer Woche Regen, und Lola wollte ans Meer gehen, sich auf eine Decke legen und den Wolken dabei zuschauen, wie sie am Himmel entlangschlichen. Auf dem Weg zum Strand machte sie kurz in ihrem Bungalow halt, wickelte sich ihr weißes Jerusalem-Tuch um den Kopf, nahm ihr Hippie-Strandtuch und lief halb springend, halb gehend die Treppen hinunter. Maya und Hillel stiegen ins Long-Tail-Boot, Nuk versuchte, den Motor anzuschmeißen, indem er mehrere Male mit einem kräftigen Ruck an einer grauen Schnur zog, aber nichts passierte. Lola spürte eine unerwartete Melancholie. Es war eine angenehme und nicht irritierende Melancholie, die Hillel und auch Maya galt. Lola sah zu, wie sie sich auf die kleine Holzbank quetschten, ihre Rucksäcke zwischen den Beinen, und wie Hillel Maya einen Kuss auf die Schläfe gab, während sie ein letztes Foto vom Resort schoss. Dann sprang der Motor an und Hillel von seiner Bank auf. Erst winkte er Lola zu, formte dann aber seine Hände zu einem Trichter und rief: »Next year in Jerusalem, Lola! Next year in Jerusalem!«

»Next year in Jerusalem!«, sagte man zu Diaspora-Juden, die entschieden hatten, Alija zu machen, aber Lola wollte gar keine Alija machen. Lola hatte das letzte Mal vor acht Jahren daran gedacht auszuwandern. Und selbst während der letzten Monate in Israel hatte sie zu keinem Zeitpunkt auch nur einen Gedanken daran verschwendet, ernsthaft nach Tel Aviv zu gehen. Für immer Berlin zu verlassen kam für Lola gar nicht in Frage, auch wenn sie viel Verständnis für die Franzosen aufbrachte, die nach diesem schrecklichen Sommer endgültig Paris und anderen französischen Städten den Rücken kehrten. Sie erinnerte sich daran, wie sie im *Café Sheleg* saß, es musste Anfang August gewesen sein, wie sie an ihrem Espresso nippte und einem jungen französischen Paar dabei zuhörte, wie es einem deutschen Paar auf Englisch erklärte, dass sie sich entschieden hätten, Alija zu machen. Weil sie diesen Antisemitismus, der Europa heimsuchte, nicht mehr ertrugen. Lola hörte den vier Menschen zu, ihrem Schmerz und ihrer Angst darüber, was einem Juden in Europa plötzlich widerfahren konnte. Seit dem Hitlerbartvorfall vor zwei Jahren hatte Lola nichts mehr erschrecken können, seit Judith Hahns Monolog noch weniger, oder ihrem letzten Tag bei *Perfect Shot*. Aber trotzdem hatte keines dieser Ereignisse bei Lola dazu geführt, ihr Leben in Berlin aufgeben zu wollen. Keines. Und selbst als das französische und deutsche Paar sehr vernünftige Gründe und Beispiele für ihre Angst vor dem erstarkenden Antisemitismus in Europa darlegten, dachte Lola keine Sekunde an eine mögliche eigene Ausreise.

Lola schaute Hillel und Maya so lange hinterher, bis das Boot außer Sichtweite war, und ging am menschenleeren Strand entlang. Sie breitete, wie so viele Male zuvor, ihre Decke aus, auf der sie schon in Tel Aviv mit Shlomo gelegen hatte, und legte ihren Kopf auf den Boden. Der warme

Sand unter ihr wärmte ihren Rücken, durch den Stoff hindurch drückten Muscheln und Steine gegen ihren Körper. Lola empfand zum ersten Mal seit einer langen Zeit so etwas wie eine Nähe zu sich selbst. Ihr Bauch war nicht mehr hart und schwer, als hätte sie einen Stein verschluckt. Er war plötzlich leicht und warm. Ihre Arme und Beine waren nicht mehr mit Beton gefüllt. Ihr Kopf war frei von sich wiederholenden Gedanken. Tränentropfen liefen an ihren Wangen herunter. Das erste Mal, seit Gershom gestorben war. Genau so wie sie es geplant hatte, schaute sie den Wolken zu. Sie beobachtete, wie die Wolken am blauen Himmel entlanggeschoben wurden, die Zeit verging, und hätte sich die Luft, die sie einatmete, nicht bläulich verfärbt, hätte Lola über diese Beschäftigung ihr eigenes Leben vergessen können. Unter die bläuliche Luft mischten sich umherwirbelnde weiße Partikel. Es war Asche. Lola setzte sich auf und konnte in der Ferne erkennen, dass in einem der Resorts, das für die anstehende Saison auf Vordermann gebracht wurde, altes Holz verbrannt wurde. Sie versuchte, einzelne Aschepartikel einzufangen, und erinnerte sich daran, wie Shlomo und sie eines Nachmittags ziellos durch Tel Aviv spaziert waren. Zweimal war während dieses Spaziergangs der Alarm losgegangen, aber sie hatten sich nicht in einen Hauseingang begeben, sondern waren Hand in Hand weitergelaufen. Die Straßen waren wie leergefegt, und Shlomo erzählte davon, wie er vor Jahren zum ersten Mal nach Berlin geflogen war und sich im Flugzeug gefragt hatte, ob die Asche aller verstorbenen Juden noch in Berlin durch die Luft fliegen würde. Shlomo fragte Lola: »Glaubst du, dass die Asche der toten

Juden in Deutschland durch die Luft weht? Glaubst du, dass ich, wenn ich die deutsche Luft einatme, auch die toten Juden einatme?«, und Lola antwortete ihm: »Natürlich tut sie das. Überall. Sie liegt auf den Autodächern, auf den Schienen der Straßenbahnen, sie schwimmt auf den Seen und auf den Tümpeln, sie liegt auf den Hügeln und Bergen. Sie liegt als Staub auf den Regalen in jeder Wohnung eines jeden Deutschen. Die Asche von Millionen von Menschen verschwindet ja nicht einfach so. Weißt du, dass es zweieinhalb bis viereinhalb Kilogramm Asche pro Mensch sind? Also durchschnittlich dreieinhalb Kilogramm Asche pro ermordetem Juden. Es wurden ja nicht alle Juden verbrannt. Lass es die Hälfte sein. Drei Millionen verbrannte Juden. Das sind, meine Güte, zehneinhalb Millionen Kilogramm Asche. Zehntausendfünfhundert Tonnen Asche. Ich glaube, dass jeder Baum, jeder Grashalm, jede Blume in Deutschland diese Asche aufgenommen hat. Nicht nur die Pflanzen haben die Asche dieser Millionen Menschen über ihre Wurzeln aufgenommen, auch die Tiere. Sie haben sie mit dem Gras gefressen und beim Trinken aus Bächen runtergeschluckt. Und die Deutschen nehmen die Asche dieser drei Millionen Juden mit jedem Schnitzel, in das sie beißen, mit jedem Stück Käse, das sie zerkauen, in sich auf. Und deshalb sind alle ermordeten Juden längst durch die Mägen, Hirne, Adern und Zellen jedes Deutschen gegangen. Die Judenvernichtung hat die Juden zu einem Teil der Deutschen gemacht. Nicht nur historisch, sondern vor allem biologisch. Damit meine ich nicht, dass die Deutschen jetzt Juden sind. Sie sind lediglich Träger verbrannter Leichenteile. Jedes Mal, wenn ich die Luft in Berlin oder in München oder in Hamburg einatme, weiß ich, dass ich die Asche der toten Juden einatme. Das Einzige, was ich nicht verstehe, ist, wieso die Deutschen nicht längst an dieser Asche erstickt sind.«

Für Lola war das eine fundamentale Wahrheit, der man sich als denkender Mensch eigentlich gar nicht verschließen konnte. Vielleicht war das für sie so selbstverständlich, weil sie sich immer als eine Mischung aus KZ-Häftling und KZ-Aufseher gesehen hatte. Sie war Simons Tochter und auch Petras. Sie war Täter und Opfer in einem, und daher war es ihr unmöglich, nur eine Seite zu sehen. Es war ihr unmöglich, nicht an den Schmerz aller Juden zu denken und gleichzeitig die sadistische Macht eines KZ-Aufsehers zu spüren.

Wenn Lola in Tel Aviv sagte, dass sie aus Deutschland komme und Jüdin sei, dann wurde sie oftmals fragend angeschaut. Als hätte kein Jude in Deutschland überlebt oder als könnte man sich nicht vorstellen, dass Juden nach dem Krieg nach Deutschland gegangen wären, oder als wäre ein deutscher Jude ein Oxymoron. Lola fühlte sich wie ein Oxymoron, nicht nur weil sie deutsche Jüdin war, sondern weil sie Jüdin und Nichtjüdin war. Meistens hatte Lola ein positives Gefühl zu ihrem Oxymoron-Dasein. In ihr verband sich die Geschichte der Deutschen und der Juden, aber auch die Auseinandersetzung mit dieser Geschichte, in ihr hauste das Vergessen und das Erinnern gleichermaßen. Etwas, das in der Realität schier unmöglich war, dem war sie täglich ausgesetzt. Aber wenn sie ein negatives Gefühl zu ihrem Oxymoron-Dasein hatte, hielt sie es in ihrem Körper nicht aus, die Spannung, die Gegensätzlichkeit, die Wut und den Schmerz. Dann wollte Lola aus sich herausspringen oder eben nur noch eines von beidem sein: Jude oder Nichtjude.

Die Asche hatte längst einen pudrigen Belag auf Lolas Haut gebildet. Sie schloss die Augen und schrieb in Gedanken einen weiteren Brief an Shlomo:

Lieber Shlomo,
du fehlst mir. Das würde ich dir gerne als Allererstes sagen. Du fehlst mir, nicht weil ich mich einsam fühle, sondern weil ich es nicht mehr bin. Während ich einsam war, hast du mir eine lange Zeit nicht gefehlt. Und irgendwie scheint diese Einsamkeit verschwunden.
Heute wurde in einem Resort ein großer Haufen Holz verbrannt, und ich musste an unseren Spaziergang und deine Asche-Frage denken. Ich erinnere mich, wie du diese Frage stelltest und ich ganz berührt davon war, weil ich meine ganze Kindheit, meine ganze Jugend, mein ganzes Leben an diese Asche denken musste. Wenn meine Mutter in eine Karotte biss, fragte ich mich, welches Ohr welches ermordeten Familienmitglieds jetzt von ihren Zähnen zermahlen wurde. Niemals habe ich irgendjemandem davon erzählt, weil ich fürchtete, dass man denken würde, ich spinne. Als du mich angesehen und mir diese Frage gestellt hast, fand ich dich wunderschön. Ich dachte, da gibt es noch einen zweiten Menschen in dieser Welt, der diesen Schmerz spürt, auch wenn er immer so tut, als wenn alles Vergangene zur Vergangenheit gehört. Mir wurde klar, wie wenig die Vergangenheit für dich abgeschlossen ist, wie sehr sie ein Teil deiner Gegenwart zu sein scheint. In Israel muss jedes Kind in einem bestimmten Alter, ich glaube, mit acht oder neun (du wirst mich gleich berichten), diesen

Stammbaum erstellen. Sie müssen recherchieren, woher sie kommen, wer ihre Eltern und ihre Großeltern sind. Sie müssen ihre Verwandten befragen. Sie müssen fragen: Und was hat Großpapa gemacht oder Großmama oder der Urgroßonkel?
Die Familienmitglieder erzählen ihre persönlichen Geschichten, die sie mit diesen Vorfahren verbinden, aber sie liefern auch Fakten. Dabei kommt die Vergangenheit, die Geschichte der Familie, zum Vorschein. In Deutschland macht man das nicht. Kein Kind muss in der Schule die Geschichte seiner Familienmitglieder recherchieren. Wieso wird das nicht gemacht, frage ich mich. Es ist natürlich völlig klar, warum das nicht gemacht wird. Aber ich glaube, dass es absolut notwendig wäre, sich mit der deutschen Geschichte anhand seiner Familienmitglieder zu befassen. Genau so müsste die Auseinandersetzung mit der Geschichte aussehen. Wenn Olaf Henninger und Manuela Müller in ihrer Schulzeit eine solche Präsentation hätten erstellen müssen, wenn sie ganz persönlich hätten erfahren müssen, dass vielleicht ihr Großvater ein SS-Mann war oder ihre Großmutter ein Mitglied der NSDAP oder ihr Großonkel ein Widerstandskämpfer, ihnen wäre vielleicht die Geschichte, die nur siebzig Jahre her ist, näher gewesen. Vielleicht hätten sie sich von der Schuld oder Unschuld ihrer Familienmitglieder so sehr berühren lassen, dass sie nicht im Traum auf eine solche Aktion gekommen wären. Weil ihnen die Geschmacklosigkeit und die Gewalt viel bewusster gewesen wären. Vielleicht.
Irgendeine Lösung muss es doch geben, Shlomo! Eine Lösung, von der Geschichte ernsthaft zu lernen. Die Geschichte im Jetzt zu fühlen, ohne davon überfordert zu sein. Ich glaube, es ist eine Art Aushalten. Geschichte aushalten. Das müssen die Menschen lernen. Auch ich muss lernen, meine Geschichte, meine

ganz persönliche Geschichte, auszuhalten. Du musst es. Ein jeder eben. Ich umarme dich.
Deine Lola

──────────── 9

Es war Rabins Todestag. Vor neunzehn Jahren hatte man ihn am Kings of Israel Square nach einer friedlichen Demonstration anlässlich der Oslo-Verträge ermordet. Lola erinnerte sich an jede Einzelheit dieses Tages. Es war ein Samstag gewesen, den sie in Hamburg bei Petra verbrachte. Petra schob in ihrer Küche ein Fertiggericht in die Mikrowelle. Lola lungerte auf Petras Couchecke herum. Der Fernseher lief. Ein großer Fernseher, der in die Wand eingelassen war und dessen flackernde Bilder sich in der gegenüberliegenden Glasfront spiegelten. Diese Glasfront gehörte zur Terrasse, die als Kubus ins Wohnzimmer integriert war, von allen Seiten begehbar. Petra hatte die Winterbepflanzung der Terrasse mit bunten Lichtern geschmückt, schließlich stand Weihnachten vor der Tür.

Es war halb neun, die Samstagabendspielfilme hatten gerade auf allen Kanälen begonnen, Lola zappte hin und her, landete bei der ARD und sah einen News-Ticker durchs Bild laufen: »Attentat auf Israels Premierminister Rabin«. Petra brachte in diesem Augenblick die in der Mikrowelle erwärmte Roulade mit Kartoffeln und Rotkohl, und Lola wurde vom Anblick der Roulade schrecklich schlecht. Sie versuchte, den Verzehr zu verweigern, aber

Petra bestand auf dem gemeinsamen Abendessen. Sie schaltete auf einen Sender, der keinen News-Ticker zeigte, SAT1. Und nachdem Lola eine halbe Roulade, drei von fünf Kartoffeln und zwei Drittel des Rotkohls gegessen hatte, war Petra zufrieden und erlaubte Lola, die Sondernachrichten zu sehen. Während Petra die Wäsche aufhängte, sah Lola die Bilder von Rabins Ermordung, und wenn sie den Kopf nach links drehte, sah sie Petra, wie sie ihren weißen Satinbody in die Luft hob, ihn ausschüttelte und mit Klammern an der Wäscheleine befestigte. Die Sondernachrichten zeigten die friedliche Demonstration. Sie zeigten die letzten Worte von Rabins Rede und wie er zu Boden ging. Sie zeigten die ersten Bilder des mutmaßlichen Täters, und der Sprecher sagte, welch großer Verlust der Tod Rabins sei, der zwanzig Minuten zuvor bestätigt worden war. Auf dem Operationstisch sei er gestorben, dann fügte der Sprecher hinzu, dass durch seinen Tod eine große Lücke entstanden sei. Lola weinte, und Petra sah sie an und fragte: »Sag mal, weinst du?«, und fuhr fort: »Was hast du denn damit zu tun? Das ist doch jetzt albern. Schalte mal um, bitte.« Weil Lola nicht umschaltete, ließ Petra die Wäsche liegen, lief zum Couchtisch, griff die Fernbedienung und schaltete um. »Ende der Diskussion!«

Auf Ha'aretz, Zeit Online und der Seite der FAZ fand Lola Artikel zu Rabins Todestag. Zwei Tage zuvor hatte es am ehemaligen Kings of Israel Square, der jetzt Rabin Square hieß, eine Demonstration zum Gedenken gegeben. Monate zuvor hatte sie an diesem Platz gestanden und ihren Kopf auf Shlomos Schulter gelegt, als die Namen der ermordeten Gaza-Bewohner vorgelesen wurden. Jetzt saß sie in Thailand auf dieser Insel und fühlte sich das erste Mal seit sechs Wochen am falschen Ort. Deplatziert. Sechs Wochen lang hatte sie absolut nichts getan. Sie war dieser Routine nachgegangen, die sie in den ersten Tagen entwickelt hatte. Lola spürte plötzlich eine Unruhe in sich, schmiss ihren Rechner aufs Bett, rannte ins Restaurant und fragte Natalie, ob sie am nächsten Morgen mit den Fischern aufs Meer rausfahren könne. Sie habe mit ihrem Großvater immer gefischt und sie wolle, in Gedenken an Gershom, jetzt hier fischen, und Natalie rief Nuk, der am Stamm einer Palme hing und alte gelbe Blätter mit einem Säbel abschlug, auf Englisch zu, dass er am nächsten Tag Lola zum Fischen mitnehmen solle. Nuk antwortete nur »Okay«, drehte sich wieder um und schlug ein weiteres vertrocknetes Palmenblatt ab, das auf den Stufen vor dem Restaurant landete.

Lola stand um halb fünf auf. Es war dunkel und still. Selbst die Affen waren noch nicht wach. Obwohl sie sonst noch vor den Grillen den meisten Lärm veranstalteten. Oft sprangen sie auf die Dächer der Bungalows. Kleine Makaken, aber auch Orang-Utans. Sie klauten stehengebliebenes Essen von den Terrassen oder bunte Gegenstände, die im Resort herumlagen. Sobald die Affen gesichtet wurden, schrien die Angestellten oder Natalies Mann, Maha, hysterisch und laut in den Urwald und versuchten, sie so zu verjagen. Lola mochte die Affen. Wenn sie sie morgens hörte, schlich sie auf den Balkon und schaute ihnen zu, wie sie von Ast zu Ast hangelten. Wer gegen Affen war, der hatte auch ein Problem mit sich selbst, dachte Lola, hatten wir doch schließlich gemeinsame Vorfahren. Lola bewunderte, wie sie ihre Jungen bei sich trugen und wie die unterschiedlichen Affenarten dieses Stück Urwald miteinander teilten. Die Einzigen, die ihnen nicht freundlich gesinnt waren, waren die Menschen. Diejenigen, die eigentlich gar nichts in diesem Urwald zu suchen hatten.

Nuk saß schon im Boot, als sie zum Strand kam. Es war Ebbe, und das Boot lag weit draußen mit einem Anker befestigt. Sie sah Nuk winken und lief durch das flache Wasser. Nuk hängte eine kleine Leiter an die Seite des Boots, und Lola kletterte hinein. Er zeigte auf drei Angeln, die vorbereitet an der Brüstung lehnten. »Fish. Fish«, sagte er, und Lola nickte. Dann schmiss Nuk den Motor an, Lola setzte sich auf die Holzbank und blickte zum Horizont, an dem sich erste orangefarbene Streifen abzeichneten.

Sie fuhren weit aufs Meer hinaus, bis Nuk den Motor ausschaltete und wortlos nach den Angeln griff. Er nahm eine rote Angel mit einem schwarzen schnittigen Muster aus ihrer Plastikhalterung, ging ans Heck, kramte in einer dreckigen Plastiktüte und zog einen kleinen Fisch heraus. Er befestigte den Fisch am Drillingshaken, holte mit Schwung aus und warf den Haken so weit ins Meer hinaus, dass die Multirolle ein rasselndes Geräusch von sich gab. Wie sehr hatte Lola dieses Geräusch vermisst. Sie musste an Gershom denken und ihre Touren auf der Ost- und Nordsee, auf alten Fischkuttern, und wie sie Hechte und Dorsche gefangen hatten. Nie hatte ihr Gershom von seiner Reise nach Palästina erzählt. Irgendwann erzähle ich dir von der *Otrato*, hatte Gershom immer wieder gesagt, dabei aber vergessen, dass *irgendwann* zu spät sein könnte. Eine Geschichte, die mit Gershom gestorben war. Nuk versenkte die Angelroute in einer weiteren Plastikhalterung, band sie mit einer dicken Schnur an einem Metallhaken, der in das Boot geschraubt war, fest und sagte »Big fish«. Erneut startete er den Motor und fuhr so schnell, dass sich am Bug des Bootes Schaum bildete. Sie sah eine kleine gelbe Sichel aus dem Meer emporsteigen. Das Licht war kobaltblau. Delphine folgten dem Boot. Dann schaltete er den Motor aus, warf den Anker über Bord und nahm die beiden Angeln aus den Plastikrohren. Er reichte Lola die Tüte. Sie legte sechs Tintenfischstücke neben sich auf die Bank. An den Leinen ihrer und Nuks Angel waren sechs Drillingshaken befestigt, an die Lola jeweils ein Stück Tintenfisch hängte. Nuk lächelte und fragte: »You like fishing?«, und Lola antwortete: »Yes. Very much.«

Lola und Nuk stellten sich auf die Erhöhung am Bug. Lola auf die rechte und Nuk auf die linke Seite. Dann warfen sie nacheinander ihre Angel aus und warteten. Es geht beim Angeln nur um das Warten, nicht um das Fangen. So sah Lola es jedenfalls. Mit Gershom hatte sie stundenlang warten können, manchmal erzählte er Geschichten von früher, aber meistens schwiegen sie. Nebeneinander zu schweigen, ohne komische Gefühle zu bekommen, das hatte Lola von Gershom gelernt. Mit Nuk zu schweigen war natürlich nicht so, wie mit Gershom zu schweigen, aber es reichte, um Lola auf eine sehr spezielle Art glücklich zu machen.

Als die ersten Sonnenstrahlen auf Lolas Haut trafen, biss ein Fisch an, und sie hatte viel Mühe, ihn aus dem Wasser zu ziehen. Die Angelrute bog sich und zappelte vom Überlebenskampf des Fisches. »Barrakuda, Barrakuda«, rief Nuk, als er Lola beim Aufrollen der Schnur half, während sie die Angelrute fest in ihren Händen hielt. Der Barrakuda landete auf dem Boden des Bootes. Es gab ein dumpfes Geräusch, und Nuk hielt Lola ein verdrecktes Beil hin, das er unter der Holzbank hervorgeholt hatte. Er zeigte ihr in der Luft, dass sie den Fisch mit der stumpfen Seite des Beils auf den Kopf hauen müsse, und Lola schossen sofort die Tränen in die Augen. Also holte Nuk mit dem Beil aus, aber Lola fing seinen Arm mit ihrer linken Hand ab, griff mit der rechten nach dem Beil, drehte es in die richtige Richtung, zielte, schloss die Augen und traf den Barrakuda so am Kopf, dass er das Bewusstsein verlor. Dann schnitt sie ihm die Kehle durch und entfernte den Angelhaken.

10

Lola stieg vom Motorroller ab und landete im staubigen Sand des Friedhofs. Die Musik war laut. Das kleine Gelände war völlig überfüllt. Um acht hatte das Fest der Toten begonnen, jetzt war es halb elf. Peggy schaltete den Motor aus und stieg vom Sattel. »Wow. Wahnsinn. Die ganzen Menschen hier. Hast du so was schon mal gesehen, Lola?«, fragte sie, und Lola antwortete: »Noch nie.«

Einmal im Jahr traf sich die Dorfgemeinschaft, nicht nur auf Koh Sriboya, sondern auch auf den anderen Inseln der

Andamanensee, und gedachte der Toten. Und dieses Gedenken geschah auf eine sehr ungewöhnliche Weise. Ganz anders, als man es in Deutschland kannte. Dort, wo man Schwarz zur Beerdigung trug, wo man, wenn überhaupt, mit düsterer Miene am Totensonntag zum Grab seiner Familie und Bekannten ging und einen Blumenstrauß niederlegte, schien das Gedenken dunkel und schwer. Gedenken war unangenehm, mit Verlust verbunden oder mit Schuld. Doch diese Menschen auf Koh Sriboya zeigten Lola, wie ein anderes Gedenken aussehen konnte. Sie hatten auf dem Friedhof Stände aufgebaut, an denen man Essen und Getränke kaufen konnte. Mitten auf dem Friedhof wurde frisches Hühnchen gegrillt. Mitten auf dem Friedhof tranken die Besucher hochprozentigen Schnaps, der eigens für dieses Fest zusammengebraut worden war, oder Bier, nur selten Wasser.

»Was wollen wir als Erstes machen?«, fragte Peggy.

»Ich weiß es nicht. Ich bin überfordert. Du nicht?«

»Ich find's super. Schau mal, die sind alle schon total besoffen«, sagte Peggy und zeigte auf ein Pärchen, das nicht älter als sechzehn Jahre war und Arm in Arm an Lola und Peggy vorbeiwankte.

So ganz anders schien diese Beziehung zu den Toten, dachte Lola, als Peggy ihre Hand griff und sie in Richtung Barbecue-Grill zog. Der Friedhof lag direkt am Strand. Neben den Essensständen waren zwei provisorische Dancefloors aufgebaut, auf denen gleichzeitig unterschiedliche Musik gespielt wurde. Auf dem einen lief traditionelle thailändische Musik und auf dem anderen Trance. Die Familien und Angehörigen der Toten saßen auf den

Gräbern und aßen und tranken und redeten. Wahrscheinlich erzählten sie sich alte und lustige Anekdoten. Lola dachte, wie wenig man sich alte und lustige Anekdoten über die Toten in Deutschland erzählte, wo so viele Menschen gestorben waren, mehr jedenfalls als auf Koh Sriboya. Wie gesund wäre eine solche Tradition, wie wohltuend, wenn man das Vergangene in der Gegenwart zuließe, es nicht ausschließen, es nicht verneinen oder einfach ignorieren würde. Wie wohltuend doch der Tod wäre, wenn man wüsste, man würde nicht vergessen. Hier jedenfalls auf Koh Sriboya vergaß man sich nicht. Die Menschen gedachten der Toten, und die eigenen Gefühle, ob man nun wütend oder traurig oder hilflos war, die Gefühle dem Verstorbenen gegenüber, wurden einfach integriert ins Leben. Sie fanden im Hier und Jetzt statt, weil der Tote ja nach wie vor im Hier und Jetzt war. Es ging bei dieser Form des Gedenkens um Auseinandersetzung. Lola erinnerte sich, dass die Mitglieder des Stammes der Toraja in Sulawesi, in Indonesien, ihre Toten einmal im Jahr ausgruben, sie wuschen und ihnen neue Kleidung anlegten. Tod hieß dort eben nicht vergessen werden. Tod hieß nicht aus dem Leben scheiden, sondern in einer anderen Form weiter am Leben teilhaben. Genau so erschien Lola auch dieses Fest der Toten, hier auf Koh Sriboya. Sie nahmen, indem man das Leben zu ihnen brachte, wieder am Leben teil.

Peggy und Lola kauften Chicken Wings, ein Bier und ein Wasser. Sie liefen zum überdachten Floor, auf dem die traditionelle Musik spielte, setzten sich auf eine Steinbank und aßen ihr frittiertes Hühnchen. Die Menschen liefen zu dieser Musik im Kreis. Hintereinander. Sie tanzten individuell, aber als Teil des sich bewegenden Kreises. Man konnte sich jederzeit in den Kreis eingliedern und mittanzen oder aus dem Kreis heraustreten, sich hinsetzen oder weggehen. Neben den Einheimischen gab es ein paar wenige Touristen, die wie Lola und Peggy während der Nebensaison nach Thailand gekommen waren. Die meisten waren älter. Mitte, Ende vierzig. Manche waren sogar sechzig. Es wirkte, als kannten sie das Fest. Sie tanzten ausgelassen mit, schlossen ihre Augen und ließen sich von der Energie des sich drehenden Kreises und dem immer gleichen Rhythmus treiben. Man konnte sehen, wie alle diese Zwanglosigkeit, mit der hier auf einem Friedhof gefeiert wurde, als große Freiheit empfanden. Und auch Lola wünschte in diesem Moment, sie könnte jetzt hier auf Gershoms und auch auf Hannahs Grab hocken, ihre Chicken Wings essen und Peggy von der Wohnung am Kollwitzplatz und dem Garten in Stolzenhagen erzählen. Oder von Hannahs Rettung aus Dachau oder von ihrem Großvater, dem amerikanischen Soldaten Joshua Simon Katz, den sie niemals kennenlernen würde.

Auch auf Joshuas Grab könnte Lola sitzen und an ihrem Wasser nippen, wenn so etwas in den USA erlaubt wäre. Überhaupt, dachte Lola, müsste sie eigentlich in die USA fliegen und Joshuas Grab ausfindig machen und dann ihre Halbtanten und Halbonkel und Halbcousinen und Halbcousins treffen. Sie müsste ihnen von Hannah und Joshua erzählen und auch von Simon. Das würde diese Familie wahrscheinlich durcheinanderbringen, so wie Simon die

Wahrheit durcheinanderbringen würde. Was für ein Chaos entstünde, wenn Lola allen die Wahrheit sagte. »Glaubst du, dass man immer die Wahrheit sagen sollte, Peggy?«, fragte Lola, als Peggy gerade in ihren dritten Chicken Wing biss: »Kommt drauf an, oder? Also, wenn du jetzt Hühnchen an der Wange kleben hättest, dann würde ich dir sagen, ey Lola, dir klebt da was an der Backe, weil ich finde, dass man jemanden so nicht rumlaufen lassen sollte. Auch wenn dir das vielleicht kurz unangenehm ist. Dem Toni habe ich zum Beispiel gesagt, wenn da mal was passiert, du weißt schon, mit einer anderen Frau, dann soll er mir das nicht sagen. Wenn es nichts an seinen Gefühlen ändert, wenn er mich nicht aufgehört hat zu lieben, dann will ich es nicht wissen, weil es dann mein Leben umwirft, ohne Grund.«

»Okay. So siehst du das also?«

»Ja, wieso? Du nicht?«

»Ich finde, dass Dinge, die das Leben umwerfen würden, gesagt werden müssen, weil sie schließlich diesen Verwandlungsprozess in Gang setzen. Wenn ich also weiß, das wirft das Leben des anderen um, und ich sage es nicht, dann halte ich doch etwas auf, das automatisch passieren würde, wenn der andere von dieser Sache wüsste.«

»Du kannst dir doch nicht einfach so das Recht herausnehmen, das Leben anderer Menschen auf den Kopf zu stellen. Das kann man nicht machen.«

»Aber ist das Leben nicht schon auf den Kopf gestellt worden, der andere weiß es nur nicht?«

»Wenn der andere total ruhig und relaxt jeden Morgen aufwacht und aufsteht, dann ist das Leben doch noch nicht auf den Kopf gestellt. Aber wenn ich doch von der anderen Frau wüsste, dann würde ich immer, wenn ich den Toni angucke oder küsse, die andere Frau sehen. Das ist doch das, was weh tut.«

»Aber die andere Frau ist doch da. Du kannst sie nur nicht sehen, weil du nichts davon weißt. Wenn du Toni küsst, dann küsst du auch die andere.«

»So, jetzt muss ich immer, wenn ich Toni sehe, an die andere Frau denken.«

»Aber vielleicht hat Toni dich ja gar nicht betrogen.«

»Das weiß ich ja nicht, weil ich doch gesagt habe, ich will es nicht wissen.«

»Ja, eben. Theoretisch lebst du doch die ganze Zeit mit dem Gefühl, dass es schon längst passiert sein könnte.«

»Lola, kennst du dieses Sprichwort: Was ich nicht weiß, macht mich nicht heiß?«

»Klar!«

»Das kannst du dir öfter mal sagen.«

Während Peggy aufstand, um sich ein Bier zu holen, checkte Lola ihre E-Mails. Moritz vom SZ-Magazin hatte ihr geschrieben mit dem Betreff: »Job in Bangkok. Melde dich asap.« Sie öffnete die Mail und las seine Nachricht. In drei Tagen würde ein Event in Bangkok stattfinden, das sie als Fotografin covern solle. Man würde ihr den Flug nach Bangkok, drei Tage Hotel und den Flug zurück nach Berlin bezahlen. Und das erste Mal seit Monaten dachte Lola intensiv an Berlin. Sie stellte sich vor, wie sie in ihrem Wohnzimmer schlafen würde und in der Küche an ihrem Schreibtisch sitzen. Lola spürte so etwas wie Sehnsucht nach einem Zuhause und antwortete nur kurz und knapp: »Bin dabei. Schick mir alle Details. Kann hier jederzeit weg. Flug bitte von Krabi nach BKK buchen. Freu mich! L.« Nur zehn Minuten später bekam sie alle Infos zu ihren Flügen. Bangkok-Berlin, am 8.11. um 08:05 Uhr. Umsteigen in Wien. Ankunft in Berlin: am 9.11. um 21:30 Uhr.

Ihr Flug nach Bangkok ging am nächsten Abend. Lola lag in der Hängematte und schrieb einen letzten Brief an Simon, den sie, wie all die anderen, niemals abschicken würde.

Lieber Simon,
fast zwei Monate war ich auf dieser Insel, ohne das erledigen zu können, weswegen ich eigentlich gekommen war. Das ist okay. Ich weiß, dass man manchmal Dinge aus einem ganz bestimmten Zweck tut, um ein ganz bestimmtes Ergebnis zu erzielen, am Ende aber versteht man plötzlich, dass eigentlich etwas ganz anderes viel wichtiger war. Ich konnte dir weder die Briefe deines Vaters und deiner Mutter geben noch diese ungelebte Beziehung zwischen uns wieder lebendig machen.
Ich war die ersten Wochen ziemlich durch den Wind, wegen Gershom, wegen des schrecklichen Sommers, aber auch, weil ich plötzlich ohne Aufgabe und ohne Ziel war. Ich war auf dieser Insel gestrandet. Und jetzt, nach diesen ganzen Wochen, weiß ich, dass das das Beste war, was mir hätte passieren können. Es ist etwas in mir geheilt.
Es gibt ein paar Dinge, die ich dir sagen will und die ich dir so noch nie gesagt habe:

1. Auch, wenn ich in den letzten Jahren das Gefühl hatte, dass du mir abhandengekommen bist, so warst du doch auf eine besondere Weise bei mir. Ich erinnere mich, wie Gershom einmal zu mir am Telefon sagte, ich sei wie eine Mischung aus dir und Petra. Ich wollte immer mehr wie du sein, und vielleicht bin ich es tatsächlich. Was hättest du an meiner Stelle getan, nach dem Perfect-Shot-Meeting? Du hättest gekündigt. Du hättest auch Manuela Müller und Olaf Henninger angezeigt und verklagt. Du wärest einfach gegangen, wenn dir ein Freund erklären würde, dass er im Falle eines weiteren Holocausts aus deinem Bein einen Lampenständer und aus deinem Schädel eine Suppenschale machen würde.

2. Ich habe mich immer über deinen Deutschland-Hass und deine Antisemitismus-Paranoia aufgeregt. Jetzt weiß ich, dass du recht hattest. Was im letzten Sommer passiert ist, hat mich in einen Schockzustand versetzt. Nicht, dass die Dinge zuvor nicht schon erschreckend genug gewesen wären, aber die Reaktionen auf den Gaza-Krieg haben mir deutlich gemacht, dass der Antisemitismus nicht einfach nur zurückgekommen oder, wie man so schön sagt, in der Mitte der Gesellschaft angekommen ist, sondern dass er nie weg war. Warum erzähle ich dir das alles? Weil ich unsere Gespräche vermisse!

3. Du und dein Scheißdschungel. Mein Lieblingssatz. Der Simon und sein Scheißdschungel. Soll der doch in seinen Drecksdschungel gehen oder eben in seinem Drecksdschungel bleiben. Ich finde es scheiße, dass du in den Dschungel gegangen bist, aber ich habe beschlossen, dass ich diesen Satz nie wieder sagen oder denken werde. Dass du in die Natur gezogen bist (das ist meine neue Formulierung), verstehe ich. Ich verstehe viele Dinge, die du tust, nicht, und das wird auch immer so bleiben, aber ich

verstehe, dass du weggegangen bist. Ich verstehe auch, wieso du nicht nach Israel gegangen bist. Unabhängig von der Armee. Ich verstehe, jetzt, wo ich den Sommer dort verbracht habe, dass dieses Land viel zu laut und zu grob und zu rau für dich ist. Ich verstehe, dass die Sanftheit der Natur, dass diese heilende Ruhe genau das Richtige für dich ist.
Aber nicht nur in die Natur zu gehen war richtig, aus Deutschland wegzugehen war richtig.
Warum? Weil du mich damit gelehrt hast, meinen eigenen Weg zu gehen!
Ich weiß nicht, ob und wann wir uns irgendwann wiedersehen werden. Aber das ist okay, weil es letztlich keine Rolle spielt. Ich liebe dich. Du bist mein Vater.
Deine Lola

Am nächsten Morgen packte Lola ihre Sachen in ihren Rollkoffer, der für das Reisen nach Thailand eigentlich nicht geeignet war. Eigentlich müsste sie einen Rucksack auf ihren Rücken schnallen, dachte sie, als sie den Koffer über den Holzboden ihrer Terrasse rollte. Nuk wartete schon und hob ihn auf seine Schultern. Lola bezahlte ihre Rechnung, umarmte Natalie so, wie man jemanden umarmt, den man nie wiedersieht, und ging noch einmal zurück zum Bungalow. Aus ihrem braunen Lederbeutel nahm sie Hannahs Schachtel, schob sie unter das Bett und ging zum Boot.

11

Aus dem Hahn schoss heißes Wasser und füllte die Badewanne. Es war eine mächtige, runde Wanne, die man in der Mitte des riesigen Badezimmers auf dunkelbraune Dielen platziert hatte. Lola tapste in ihrem weißen Kimono, der hübsch gefaltet auf dem King-Size-Bett gelegen hatte, an die bodentiefen Fenster ihres Hotelzimmers. Es war dunkel. Lola machte sich einen Tee und aß eine Banane. Ihren Koffer packte sie nicht aus. Fünf Monate waren vergangen. Als sie abgeflogen war, hatte der Sommer in Deutschland gerade begonnen, drei Jungen waren in Israel entführt worden, und ein Krieg lag vor ihr, von dem sie noch nichts wusste. Jetzt, hier, in Bangkok, wirkte das alles plötzlich surreal. Surreal, wie sie in diesem Fünf-Sterne-Hotel im sechsunddreißigsten Stock stand und ihre Banane verdrückte. Shlomo war weit weg. Tel Aviv war weit weg. Die Raketen waren weit weg. Dominik Dreher war weit weg. Selbst Koh Sriboya gehörte der Vergangenheit an.

Sie ging ins Badezimmer, drehte den Hahn zu und schüttete den gesamten Inhalt des Mandelmilchbadezusatzes in das Wasser. Sie dachte an ein Kinderfoto, auf dem man sie in der Wanne sitzen sah. Damals war sie zwei, und Simon legte ihr eine Haube aus Seifenschaum auf ihren Kopf. Glücklich sah sie auf diesem Foto aus, und Simon auch.

Lola wachte am nächsten Morgen von den Sonnenstrahlen auf, die durch die Fensterfront auf ihr Gesicht trafen. In zwei Stunden musste Lola in der Lobby sein. Zeit genug, um sich Eggs Benedict aufs Zimmer zu bestellen und ihren Facebook-Feed durchzuscrollen. Christian, einer ihrer Facebook-Freunde, postete gerade ein Foto seiner selbstgemachten Eggs Benedict, das er in einem kleinen Zimmer in Tokio aufgenommen hatte. Lola scrollte weiter und stieß auf einen Post einer Bekannten. Sie hatte einen Artikel eines neuen Online-Dating-Magazins namens »Im Gegenteil« geteilt. In diesem wurde Manuela Müller vorgestellt. Lola klickte auf den Artikel. Man sah Fotos von Manuela Müller, auf denen sie vor einem blattlosen Strauch hockte. Sie trug kräftigen roten Lippenstift. Und man sah Fotos von Manuela Müller, auf denen sie übermäßig relaxt auf ihrem Art-déco-Sessel in ihrer Kreuzberger Singlewohnung saß. Im Artikel hieß es, dass Manuela seit zwei Jahren ohne Beziehung war und sich einen Partner zum Kuscheln und Feiern wünsche. Sie sei ein Partygirl, das gerne am Freitagabend tanzen geht; aber sonntags beim »Tatort«-Schauen in den Armen eines Mannes zu liegen sei das absolute Nonplusultra. So drückte sie es aus. Lola erfuhr, dass Manuela Müller, die sich auf Instagram immer noch Karla Minogue nannte (der Account wurde im Text verlinkt), nicht mehr als Verkäuferin bei COS arbeitete, sondern als Social-Media-Managerin bei einer Werbeagentur. Sozialer Aufstieg, dachte Lola. Das war Manuela passiert. Ihre Social-Media-Skills von damals brachten ihr heute ein monatliches Nettoeinkommen, das vermutlich bei 1300 Euro lag, vielleicht auch 1500 Euro, nicht mehr, schließlich war das immer noch Berlin.

Wer, fragte sich Lola, wusste eigentlich noch von ihrem Fehltritt vor zwei Jahren. Alles vergeben und vergessen.

Olaf Henninger war Vater geworden und hatte geheiratet. Er hatte eine Frau gefunden, die ihn liebte. Beide, Manuela Müller und Olaf Henninger, waren in den letzten zwei Jahren glücklich geworden, dachte Lola. Manuela durch ihren sozialen Aufstieg und Olaf durch die große Liebe. Solche Beispiele ließen einen doch an der Existenz Gottes zweifeln, dachte Lola. Wie der Holocaust. Das gesamte orthodoxe Judentum hatte sich damals die einzig logische Frage gestellt: Wie kann man nach dem Holocaust noch an Gott glauben?

Manuela Müller und Olaf Henninger waren völlig unbeschadet aus dieser Situation gekommen. Nur für Lola war es ein Spießrutenlauf gewesen. Die bekloppte Pseudo-Jüdin hatte man sie genannt, die stressige Möchtegern-Semitin. Dabei war sie minimal stressig gewesen. Stress wäre gewesen, den Screenshot von Manuelas Facebook-Post auf A0-Plakate drucken zu lassen, auf eintausend verdammte A0-Plakate, und diese dann in der gesamten Stadt anbringen zu lassen. Das wäre ein ziemlich stressiges Verhalten einer völlig durchgeballerten Jüdin gewesen. Lola hatte über diese Aktion eine Zeitlang nachgedacht. Sie hatte die Kosten ausrechnen lassen und eine Kickstarter-Kampagne entwickelt, die sie aber nie veröffentlicht hatte. Warum? Weil David, dem sie von der Idee erzählt hatte, außer sich gewesen war: Auf keinen Fall.

Jetzt, zwei Jahre nach dieser Zeit, dachte Lola erneut daran, eintausend A0-Plakate in Berlin anbringen zu lassen. Vielleicht sollte sie auch einfach nur den Screenshot auf Facebook posten, mit der Bildunterschrift #justsaying. Irgendwas jedenfalls müsste sie eigentlich tun, dachte Lola.

Gleich am Eingang hatte man Lola und den anderen geladenen Gästen geschliffene Tumbler mit frischem Cranberrysaft und Minzblättern gereicht. In dem einhundertzwanzig Quadratmeter großen Concept Store hingen Eisenketten von der Ziegelsteindecke, an denen Kleiderstangen befestigt waren. Wie alle anderen Personen, die unkoordiniert durch den Raum liefen, schob Lola mit dem Holzstrohhalm die herzförmigen Eiswürfel in ihrem Glas hin und her. Dazu sang ein Singer-Songwriter, der mit einer Gitarre auf einem Barhocker auf der Bühne saß, traurige Lieder. Der Sohn eines reichen thailändischen Industriellen hatte sich mit diesem Concept Store seinen Traum erfüllt. Er war gerade einundzwanzig Jahre alt geworden und würde anlässlich des Openings eine Ansprache halten. Lola setzte sich in die erste Reihe auf einen lackierten Baumstumpf und hörte Jimmy Mitchell zu, der sich nach Jimmy Hendrix und Joni Mitchell benannt hatte. Lola dachte, dass sie sich am allerliebsten »Magdalena war so schwarz« von Jimmy Mitchell wünschen würde, als sich ihr eine dunkelhaarige Enddreißigerin vorstellte und sie fragte, ob der Baumstumpf neben ihr noch frei wäre. »Hi, ich bin Tracey«, sagte sie, und Lola antwortete: »Deine Nase sieht ja aus wie meine!«

Während der wohlhabende Thailänder sein Konzept erklärte, Jimmy Mitchell weiterspielte, It-Girls umherliefen und für die Fotografen posierten, redeten Tracey und Lola über ihre Nasen, ihre Jobs, Berlin und Thailand.

Nach der Veranstaltung verließen sie gemeinsam den Store. Nur wenige Meter gingen sie durch das schwüle

Bangkok, bis sie einen kleinen Suppenstand vor einem Supermarkt entdeckten. Er verkaufte Nudelsuppen, in denen abgeschlagene Hühnerfüße schwammen. »Kannst du das?«, fragte Lola, und Tracey nickte mutig. Sie setzten sich auf die roten Plastikhocker, stellten ein grünes Plastiktischchen zwischen sich und bestellten zwei Suppen.

»Erzähl mal, wo du warst. Du sagtest doch, du seist eine Weile nicht mehr in Berlin gewesen.«

»Ich war in Tel Aviv. Drei Monate. Während des Gaza-Kriegs.«

»Oh. Wie war das? Ich war erst einmal in Israel. Da war ich noch klein.«

»Es war sehr anstrengend. Was hast du in Israel gemacht?«

»Meine Familie besucht.«

»Ach, du hast auch Familie dort?«

»Ja, in Bethlehem.«

»Bist du Palästinenserin?«

»Ich bin Palästinenserin. Sieht man das nicht?«

»Nein, das sieht man nicht. Sind deine Eltern beide Palästinenser?«

»Nein, nur mein Vater.«

»Weißt du, dass du meine erste Palästinenserin bist?«

»Wie meinst du das?«

»Du bist die erste Palästinenserin, die ich kennenlerne, also, mit der ich auch wirklich spreche.«

»Wahnsinn.«

»Oder? Eigentlich wollte ich diese Tour machen, die von *Breaking the Silence* organisiert wird. Man reist als Gruppe in die Westbank, ich glaube nach Hebron.«

»So was gibt es?«

»Ja, man trifft sich in Jerusalem und fährt mit einem Minibus rüber. Man spaziert durch Hebron, sieht, wo die Siedler ganze Straßenzüge besetzt haben, und trinkt bei einer palästinensischen Familie Tee.«

»Was?«

»Ja!«

»Schaut her, das sind echte Menschen, keine Terroristen.«

»Genau so. Eigentlich müssten wir ein Selfie von uns machen und dann Hashtag: Arabs and Jews refuse to be enemies. They prefer having thai soup in Bangkok.«

»Ich hasse Selfies.«

»Es reicht ja, dass wir wissen, dass wir hier jetzt zusammenhocken. Mitten in Bangkok. Du und ich. Eine Palästinenserin und eine Jüdin.«

»Ich will ein Buch schreiben. Über meine Familie in Bethlehem.«

»Wann willst du nach Israel?«

»Anfang des Jahres. Ich muss ziemlich viel recherchieren und will mit Kickstarter das Geld für das Schreiben reinholen.«

»Das muss viral gehen.«

»Ich habe von solchen Sachen keine Ahnung.«

»Du musst das in Gruppen sharen. Gruppen wie *Stop Israeli Terrorism*.«

»Meinst du?«

»Natürlich!«

»Ich denke drüber nach.«

»Wollen wir über den Konflikt reden?«

»Ich weiß es nicht.«

»Hast du Angst, wir fangen an zu streiten?«

»Guck mal, wir haben uns eben bei dieser Veranstaltung kennengelernt. Ich hab dich gesehen und wie du den Sänger angestarrt hast. Ich dachte mir, zu dem Groupie in der ersten Reihe setze ich mich. Wer weiß, vielleicht könnte das eine lustige Geschichte werden. Europäerin reist zu Concept-Store-Eröffnung für thailändischen Singer-Songwriter. Und dann stellt sich heraus, dass du Jüdin bist. Aber erst, nachdem wir uns so gut verstehen, dass wir beschließen, eine Suppe auf der Straße mitten in Bangkok zu essen. Das ist doch eigentlich romantisch. Und wenn wir jetzt über Politik reden, dann machen wir kaputt, was da ist. Begegnung ohne Vorurteile. Liebesratgeber sagen doch auch: weniger sprechen und diskutieren, mehr Sex.«

»Du willst also Sex mit mir machen?«

»Du verstehst schon, wie ich das meinte.«

»Klar. Aber stell dir vor, wir könnten so gut über den Konflikt sprechen, dass es unsere Begegnung nicht zerstört.«

»Man kann nicht gut über diesen Konflikt sprechen«, sagte Tracey. »Alles, was ich dazu sagen kann, ist, dass es sich bei dem Konflikt um ein menschliches Dilemma handelt. Der Mensch ist zugleich gut und böse, hässlich und schön, schlau und dumm. Wir sind weder altruistisch noch von Geburt an schlecht. Was uns auszeichnet, ist, dass wir eine Wahl haben. Jeder Einzelne hat die Wahl, sich für die eine Seite oder die andere Seite zu entscheiden. Wir haben die Wahl, moralisch oder unmoralisch zu handeln. Viele sind sich dieser Wahl nicht bewusst. Und viele wissen auch nicht, dass diese Wahl sie in die Pflicht nimmt. Sie bestimmt meine Identität. Bin ich Mörder, oder bin ich ein Retter? Wenn alle Menschen irgendwann begreifen, dass sie eine Wahl haben und dass diese Wahl ihr Sein beeinflusst, dass sie möglicherweise durch diese Wahl für immer einem Mörder ins Spiegelbild schauen müssen, dann würden sie ihre Entscheidungen vermutlich besser treffen.«

»Tracey, bist du schon mal einem Mörder begegnet?«
»Nein, bin ich nicht ... Ich würde mir gerne nach der Suppe in einem dieser thailändischen Beautysalons ein Facial verpassen lassen.«
»Ich begleite dich und nehme eine Massage.«
»Guck, wir sind nur zwei Frauen, die ein Facial und eine Massage wollen. Und das könnten wir einfach bleiben. Zwei Frauen. Nicht eine Jüdin und eine Palästinenserin.«

Das Flugzeug wurde still, glitt eine kurze Weile über seinem Landeziel, um an Flughöhe zu verlieren. Lola sah aus dem Fenster auf Berlin hinunter. Sie konnte die Lichter in den Wohnungen sehen, die schwach die Stadt erhellten, und sie sah die Leuchtballons, die anlässlich des fünfundzwanzigjährigen Mauerfalljubiläums die ehemalige Grenze zwischen Ost und West symbolisierten. Rechts von Lola war wieder Ostberlin und links von ihr Westberlin. Von einer dieser beleuchteten Wohnungen aus hatte sie aus dem Fenster gesehen, im Sommer 1987, und darauf gehofft, dass auch Simon in diesem Moment aus dem Fenster sehen würde. In diesen beiden Wohnungen, in Hannah und Gershoms sowie in Simons, lebten jetzt andere Menschen mit anderen Leben, anderen Hoffnungen, Erinnerungen und Wünschen. Die Vorstellung, dass überall Geschichte war, dass diese Menschen, die jetzt in Hannahs und Gershoms Wohnung wohnten und aus dem Fenster schauten, an das Lola vor siebenundzwanzig Jahren mit ihrem Finger »Papa« geschrieben hatte, nichts von dieser Beschriftung wussten, obwohl sie dort war, stimmte Lola nachdenklich. Diese Beschriftung hatte eine große Bedeutung für sie, und diese Bedeutung klebte immer noch an diesem Fenster in dieser Wohnung. Sie war da, nur ungesehen. Sie war unsichtbar für die neuen Bewohner dieser Wohnung.

Überall, wohin wir gehen oder schauen, klebt Geschichte, dachte Lola. Eine Geschichte, über die wir niemals alles erfahren können. Jede Person, mit der wir sprechen, ist angefüllt mit eigener Geschichte. Einer Geschichte, zu der wir niemals einen vollständigen Zugang haben werden. Und trotz dieses fehlenden Zugangs muss diese Geschichte, obwohl wir von ihr nicht wissen, immer mitgedacht werden. Lola sah sich im Flugzeug um und beobachtete die Menschen, die aus den Fenstern schauten. Sie alle brachten ihre eigene Geschichte mit. Was sie an diesem Tag vor fünfundzwanzig Jahren gedacht oder getan hatten, blieb ihr Geheimnis. Aber Lola fühlte, dass dieses Flugzeug plötzlich nicht nur erfüllt von den Gedanken der vielen Passagiere war, sondern erfüllt von ihrer Geschichtlichkeit.

Als Lola nach der Landung das Telefon einschaltete, hatte sie eine SMS, eine Nachricht von Simon: »Hi, this is Simon Miller. I will be coming to Berlin at the end of December for two weeks. Maybe you find the time to meet.« Und weil Lola sicher war, dass Simon diese Nachricht aus Versehen an sie geschickt hatte, antwortete sie: »Hi, Simon, hier ist Lola. Ich habe gerade eine Nachricht von dir bekommen. Ich glaube, die sollte an jemand anderes gehen.« Aber sie war für Lola.

──────────────────────── EPILOG

Am 10. November, dem Tag, an dem Lola Simon vor fünfundzwanzig Jahren das erste Mal nach seiner Flucht wiedergesehen hatte, schickte Lola den Screenshot des Bildes, das Manuela Müller auf Facebook gepostet hatte und auf dem man Olaf Henninger sehen konnte, wie er auf einem Foto, auf dem Lola abgebildet war, über ihre Oberlippe einen Hitlerbart zeichnete, an eine Druckerei und bestellte eintausend farbige A0-Plakate, die durch einen Plakatierungsservice eine Woche später in Berlin verteilt werden sollten. Danach setzte sie sich in die S-Bahn und fuhr dieselbe Strecke ab, die Petra damals mit ihr gefahren war, um Simon am S-Bahnhof Schöneberg zu treffen. Lola erinnerte sich nicht mehr genau an die Strecke, aber sie erinnerte sich daran, wie lange es gedauert hatte und dass sie und Petra zwischendurch in Wannsee hatten umsteigen müssen und wieder zurück zur Friedrichstraße gefahren waren, also fuhr Lola von der Friedrichstraße nach Wannsee und von Wannsee zur Friedrichstraße und nach Schöneberg. Anschließend nahm sie ein Taxi, weil es schrecklich duster und furchtbar kalt war.

Das Taxi bog von der Prenzlauer Allee in die Wörther-Straße ein und dann in die Rykestraße. Lola saß auf der

Rückbank und wärmte sich an der Heizungsluft auf, die aus den Lüftungsdüsen strömte. Durch die Frontscheibe sah sie Blaulicht. Sie sah Feuerwehrwagen und stechende Flammen, die aus ihrem Haus schlugen. »Stop. Ich steige hier aus«, rief sie dem Taxifahrer zu und drückte ihm fünfundzwanzig Euro in die Hand. Als sie die Rykestraße in Richtung ihres Hauses runterlief, zitterte Lola am ganzen Körper. Fünfzig Meter vor dem Haus wurde sie von einem Feuerwehrmann angehalten. »Lola! Ey, Lola!«, rief eine Frauenstimme, die Lola sofort erkannte. Myrna saß vor einem kleinen Café, eingehüllt in eine Isolierdecke. Vor ihr stand eine Tasse, aus der Dampf stieg. Myrna grinste fröhlich und winkte wild, so als hätte sie Lola zufällig von einem Café aus entdeckt. An einem ganz normalen Tag.

Lola setzte sich neben sie und nahm einen Schluck von ihrem Tee. »Nana«, sagte Myrna.

»Ich merk schon.«

»Ich weiß wirklich nicht, wie das passieren konnte.«

»Verstehe.«

»Da lasse ich mir ein Bad ein, und als ich aus der Wanne steige, steht das Wohnzimmer in Flammen.«

»So was aber auch.«

»Mensch, wir haben uns ewig nicht gesehen. Da muss erst ein Haus brennen, damit wir mal echten Nana-Tee trinken. Du und ich.«

Lola beobachtete, wie die Feuerwehr einen Wasserwerfer auf ihre Wohnung richtete. Direkt in ihr Schlafzimmer. Die Fenster waren vom Feuer zerbrochen. Myrna schob ein Buch über den Tisch: »Die Gewordenen«.

»Mein Gedichtband. Den habe ich schnell gegriffen, bevor ich aus der Wohnung gerannt bin.«

»Gratulation! Keiner hat mehr daran geglaubt, dass du das noch mal fertigbekommst.«

»Aber du schon, oder?«

»Nein, ich auch nicht. Aber das ist jetzt unwichtig.«

Auf Lolas iPhone, das neben dem Buch lag, erschien eine Nachricht, eine E-Mail von Natalie. Natalie schrieb, sie habe eine kleine Schachtel mit Briefen in Lolas Bungalow gefunden. Was sie mit dieser Schachtel machen solle, wollte Natalie wissen, und Lola antwortete ihr.

 DANKSAGUNG

Mein besonderer Dank gilt:
Joachim Bessing & Lisa Wameling

Yaniv Eiger, Sunny Pudert, Boussa Thiam, Ellen Hofmann,
Jana Hensel, Enrico Nagel, Joachim Lottmann,
Bernhard von Guretzky, Jürgen Funk, Ursula Funk,
Andrée Leusink, Mattathja, Roy Chicky Arad,
Avi Schneebaum, Dana Levy, Rita Kersting, Petra Gropp,
Petra Eggers und Oliver Vogel

Antje Rávic Strubel
In den Wäldern des menschlichen Herzens
Episodenroman
272 Seiten. Gebunden

Antje Rávic Strubel erzählt von Reisen in den Mittelpunkt des menschlichen Herzens.

René. Emily. Sara. Katt. Sie sind Liebende, Begehrende, sie sind unterwegs und begegnen einander in finnischen Wäldern, am Stechlin und im Eiswind Manhattans. An einem schwedischen See kommt René die große erste Liebe abhanden. Emily kehrt aus der Mojave-Wüste nicht zurück. Das setzt einen Reigen an Beziehungen in Gang, die zwischen Ländern und Geschlechtern oszillieren.
Antje Rávic Strubel erzählt hellsichtig und leidenschaftlich von den Brüchen, den blinden Flecken und verborgenen Unterströmungen in unseren Vorstellungen von der Liebe.

»Dieser Roman ist wie das Leben selbst:
unendlich kompliziert und doch einfach herrlich.«
Andreas Platthaus, Frankfurter Allgemeine Zeitung

»Das Bestechende von ›In den Wäldern des menschlichen Herzens‹ ist die Eleganz, mit der Strubel von diesem Identitäts- und Begehrenskosmos erzählt.«
Nadine Lange, Der Tagesspiegel

Das gesamte Programm gibt es unter
www.fischerverlage.de

Thomas von Steinaecker
Die Verteidigung des Paradieses
Roman
416 Seiten. Gebunden

Er möchte ein guter Mensch sein. Aber Heinz wächst auf in einer Welt, die Menschlichkeit nicht mehr zulässt. Deutschland ist verseucht und verwüstet, Banden streifen umher, am Himmel kreisen außer Kontrolle geratene Drohnen. Heinz nimmt sich vor, die verlorene Zivilisation zu bewahren, er schreibt die Geschichte der letzten Menschen. Doch was nützen Wissen und Kunst jetzt noch? Da gibt es plötzlich das Gerücht, weit im Westen existiere ein Flüchtlingslager. Und die Gruppe Überlebender bricht auf ins vermeintliche Paradies ...
Thomas von Steinaecker schreibt einen so abenteuerlichen wie philosophischen Roman darüber, was es heißt, Mensch zu sein.

»Thomas von Steinaeckers Roman
›Die Verteidigung des Paradieses‹ ist eine Provokation
– ein komplexes literarisches Experiment,
ein Prosa-Kunstwerk, das polarisieren wird.«
Niels Beintker, Bayerischer Rundfunk, br2

»Die ›Verteidigung des Paradieses‹ ist ein
überwältigend kluges, flirrendes, verwirrendes
und vor allem hochliterarisches Buch.«
Christoph Schröder, Zeit online

Das gesamte Programm gibt es unter
www.fischerverlage.de

Annika Reich
34 Meter über dem Meer
Roman
Band 19586

Sie könnten unterschiedlicher nicht sein: Ella ist jung und verträumt und verliebt, Horowitz ein in die Jahre gekommener Meeresbiologe, der niemals am Meer war. Doch sie wünschen sich beide ein anderes Leben. Also tauschen sie ihre Wohnungen.

»Mit viel Witz geschrieben, manchmal fast schrullig, eigensinnig und immer ein bisschen melancholisch. (…) Ein zartes, sanftes Buch (…). Es erzählt ganz sachte vom Leben.«
Christine Westermann, WDR 2

»Von liebenswerten Figuren bevölkert, fordert der Roman seine Leser auf, die Welt vor den eigenen Augen zu entdecken.«
Simon Broll, Spiegel online

»Wunderbar poetisch!«
Freundin

Das gesamte Programm gibt es unter
www.fischerverlage.de

Silke Scheuermann
Shanghai Performance
Roman
Band 19217

Die berühmte Performance-Künstlerin Margot Wincraft nimmt überraschend das Angebot einer unbekannten Galerie in Shanghai an. Ihre Assistentin Luisa kann dem Projekt nicht viel abgewinnen und wird misstrauisch. ›Shanghai Performance‹ ist ein schillernder Roman über Sehen und Gesehenwerden, Kunst und Identität sowie eine Gesellschaft, die ihren ganz eigenen Regeln folgt. Silke Scheuermann reflektiert über Lebensläufe in Zeiten der Globalisierung und erzählt auf spannende Weise von einer »ewigen Tragödie der Schuld«.

»Wie ein mitreißender Film liest sich
der neue Roman von Silke Scheuermann. Sie erzählt
mitleidlos und aus kühl-ironischer Distanz von der
tragischen Verstrickung zweier Frauen,
die in Shanghai eskaliert.«
Sandra Kegel, Frankfurter Allgemeine Zeitung

Fischer Taschenbuch Verlag

Gregor Sander
Was gewesen wäre
Roman
Band 03199

»ein wunderschöner Liebesroman«
Ernst A. Grandits, 3 sat

Ein heruntergekommenes Luxushotel in Budapest. Paul hat Astrid diesen Kurzurlaub geschenkt, er will mit dieser Reise zugleich einen Blick in ihre Vergangenheit riskieren – und bekommt mehr zu sehen, als ihm lieb ist. Denn ihre Geschichte beginnt in der DDR auf einer wilden Künstlerparty, als sich Astrid Hals über Kopf in Julius verliebt, und endet im Verrat.

»Sander setzt ein vollkommen kitschfreies
Geschichtspanorama zusammen aus Alltag und Verrat.«
Elmar Krekeler, Die Welt

»Gregor Sander kann Szenen schreiben, die so plastisch
sind, dass man in ihnen spazieren gehen kann.«
Dirk Knipphals, Deutschlandradio Kultur

Das gesamte Programm gibt es unter
www.fischerverlage.de

Anne Weber
Ahnen
Ein Zeitreisetagebuch
Band 03161

Die Vergangenheit liegt vor uns als ein fremdes, fernes Land. Anne Webers Reise führt in die Welt ihres hundert Jahre vor ihr geborenen Urgroßvaters »Sanderling«, zu dessen Freunden Walter Benjamin und Martin Buber und schließlich bis in ein Dorf bei Posen, in dem er eine Zeitlang Pfarrer war. Doch auf dem Weg zu diesem leidenschaftlichen und gespaltenen Menschen stellt sich immer wieder ein gewaltiges Hindernis in den Weg: die deutsche und familiäre Vergangenheit, wie sie nach Sanderlings Tod 1924 weiterging. Und damit die Frage, wie es sich lebt mit einer Geschichte, die man nicht loswerden kann. Was bedeutete es vor hundert Jahren, deutsch zu sein? Und wie ist es heute?

»Lauter atemberaubende Suchbewegungen über
ein deutsches Jahrhundert hinweg.«
Alexander Cammann, Die Zeit

»Anne Webers Text ist (…) ein hintergründiges
und existentielles Spiel mit Fakten.«
Helmut Böttiger, Süddeutsche Zeitung

»Ein Erkenntnisprozess, der auch literarisch fasziniert.«
Andreas Platthaus, Frankfurter Allgemeine Zeitung

Das gesamte Programm gibt es unter
www.fischerverlage.de